「三島由紀夫」の誕生

The Birth of Mishima Yukio

杉山欣也

Sugiyama Kinya

翰林書房

「三島由紀夫」の誕生◎目次

III　戦時下学習院のメディアと作品

資料の部

事実というものは存在しない。存在するのは解釈だけである。
ニーチェ「権力への意志」

序章　「三島由紀夫」から遠くはなれて——学習院の文化とメディア

1

人は、「三島由紀夫」という名前に何を想起するだろうか。

文学離れが叫ばれる今日において、三島由紀夫はもっとも語られることの多い作家のひとりである。それは、昭和四十五年十一月二十五日を起点に突如として大きくなり、今日に至る現象である。その間も、適当な節目ごとにくりかえされるマスメディア主導のセレモニーに乗じて、おびただしい数の「三島由紀夫」にかかわる言説が生産・消費されてきた。この「三島由紀夫」を語る場は、没後三十五年（平成十七年）というそれ自体にはほとんど意味のない数字を根拠とした一連のセレモニーを経過して、ますますその濃度を高めつつある。この場においてある世代以上の多くの読者が「三島由紀夫」の名前から想起するのは、彼の作品の内容よりはそのむこうに透けてみえる三島の身体のイメージであるように思う。

小説の読者には、メディア上に流布するさまざまな情報によって、作品を読む前から作品なり作者なりに対する先入観が与えられている。写真や映像あるいは音声による身体のイメージ、評伝やゴシップなどによる作家のエピソード、あるいは学校や家庭での教育といったさまざまな情報によって、私たちは作家像なり作品像なりにある種の型を作り、その型に基づいて作品に接する。私たちがこれを安易に受け入れるのは、膨大な作品群を前にしたとき、その方が楽だからであろう。しかし、それは私たちの自由な読解、おおげさに言えば自由な精神の飛翔を妨げ、作家の固有名のもと作品を単純なイメージに塗り固めることと同義である。一方、芥川龍之介や太宰治、そして三島由紀夫といった、生前からメディア上に多くの情報が流布していた作家が自殺を遂げると、かれらの死は個人的な領域にとどまらず、華やかなメディアイベントとなる。その衝撃は、私たちの先入観をきわめて強固なものとするだろう。この先入観は、自由な思考を疎外し、容易に拭い去ることができないという意味において、ひとつの強大な権力である。筆者はこれを〈読者の読みに介在する権力〉と名付けてみたい。そもそも、メディアという存在は、無色透明を装い、媒介としての機能に徹しているかにみえてその実は情報の流通に関わって隠然たる影響をおよぼす権力そのものである。しかし私たちの読書行為はメディア抜きには成立しない。そこに三島由紀夫の研究をめぐる困難も存在しているようである。

昭和四十五年十一月二十五日、三島由紀夫は自殺した。これを一般に「三島事件」と呼ぶ。陸上自衛隊市ヶ谷駐屯地を占拠し、憲法改正を狙ったクーデターの呼びかけとその失敗、それにつづく割腹自殺は、正しく「事件」であった。しかし、彼の死はその主張以上にメディアイベントとしての側面を有している。バルコニーでの演説はテレビ映像や音声によって増幅され、またたくまに全国に知れ渡った。そして遺体の一部は翌朝の新聞一面を飾ることとなる。この身体は、写真集の被写体になったり、映画やテレビへ出演したりとマスメディアに露出しつづけ、すでに公衆の記憶に刻み込まれていた身体であった。その身体がこのような形で最期を迎えたことを、やはりメディアを通じて知ったとき、読者の内面では「三島由紀夫」という名前に劇的な意味の変容が起こる。あまりの生々しさやその政治主張に対する否定と、「やはり」という感想や「生命を賭した」美的行為に対する消極的な肯定とがないまぜとなって大きな葛藤を形づくり、心に深く刻み込まれる。いわば、血塗られた記憶、心の傷としての先入観が「三島由紀夫」という名前には与えられているのだ。

この心の傷の存在によって、「三島由紀夫」を論じることにはつねに遡及的な問いが含まれることとなった。

ここでいう遡及的な問いとは、ある結果の生じた原因をそれまでの経緯に見出そうとする問いの形式のことである。三島論の場合、この遡及的な問いは「なぜ」という言葉をとって現れる。「あの三島が、なぜ死を選んだのか」という問いが読者にはある。近年では、昭和四十五年を青春期としてすごした世代を中心に「あの時代とは何だったのか」という追憶まじりの問いが発せられている。その際、身体のイメージと一体化した「三島由紀夫」の名前はこの問いを具体化してくれる恰好な記号となる。この名前はノスタルジックな告白の装置としても有効なのである。こうした問いは三島論に対する期待となっており、批評者の側にも、この問いに答えなくては三島を論じたと認めてもらえないのではないか、という意識がはたらくようだ。事実、昭和四十三年生まれで生前の三島をまったく知らない筆者に対しても、このような問いを発する人がいる。答えたくない質問を問われる点において、これもまたひとつの権力といえるだろう。あらかじめ述べておくと、本書はこの問いに対する解答は用意していない。医療がそうであるように、心の傷の治療方針も患者によって異なる。解答は読者の人生経験や個性に応じてさまざまにありうるわけで、筆者が答えを用意したところでそれはおそらく徒労に終わる。だとすれば、その答えは解答者自身に対する自己治療の意味しかもちえない。そこで語られているのは三島由紀夫自身ではなく、「三島由紀夫」の名前に仮託された批評者自身である。それは一種のノスタルジーであろう。そして筆者は、この問いに対してノスタルジーを感じない世代に属している。筆者としてはむしろ、そのような問いを強いる「三島由紀夫」の場の権力構造そのものを問題視し、相対化したい。死者の思いを過度に忖度することは時としてその死を都合よく利用することにつながりかねないからである。

このような身体のイメージがもたらす遡及的な問いの存在によって、「三島由紀夫」を語る場における「なぜ」

の権力は、他の自殺作家と比較してもことさらに強い。そして作家の死を問うことは、その作家の生を問うことと同義であるから、当然のようにその生に対する読者のまなざしは因果論的な色彩を帯びることになる。その死の原因を問う目的から生前の活動を問う、一種の色眼鏡で対象を観察するのである。その際には「死の原因を問う」という目的に合致する言説がゲシュタルト心理学でいう図として色濃く浮かび上がり、そうでない言説は地の中に溶け込んでしまう。この目的に合致する要素を含んだ作品が三島文学のメインストリームとして注目され、読まれ、論じられる一方で、目的に合わない作品は読まれず、読まれても論じられず、論じられたとしても作品全体の流れを無視した断片的な引用にとどまる。そして三島由紀夫の作品には、「例外」と呼ぶことがはばかられるほど「例外」が多いのである。

これが三島由紀夫に関する遡及的な問いのもたらす最大の弊害である。つまり、私たちにはあらかじめ謎が与えられており、その要求に叶う問いを立てる必要があり、それにそった証拠が目の前に提出されて、それを用いて答えを導き出すことが強いられているのである。ここに、読書行為が本来私たちを誘うはずの精神の自由は存在しない。

このような問いを際限なく繰り返す窮屈な場は、いうまでもなく三島由紀夫自身が作りだしたものである。生前あれほどメディアに身体を露出した自分があのように派手な死に方をすることの影響を三島は理解していただろう。そう考えると、三島の晩年の言動には右に記したような遡及的な問いを誘発する内容が多く含まれていることに気づく。三島は死を前にして自らの文学的営為を首尾一貫させるべく自己を定義するための言説を重ねた。そして、三島ほど自己言及の好きな作家はいない、とはよく言われるところである。自殺直後のメディア状況はそれを後追いし、誇張する。この自己言及とその再生産は三島を語る場の濃度を高めてゆく。

晩年の自己言及について、具体例を挙げよう。昭和四十五年十一月十二日から十七日まで、池袋の東武百貨店で

「三島由紀夫展」が開催された。この展覧会は三島自身がプロデュースしたもので、四十五年の生涯を四つの河にたとえ、「書物の河」「舞台の河」「肉体の河」「行動の河」の流れが『豊饒の海』に流れ込むという構成をもっていた。筆者はここに、自らの生を論理的かつ目的論的に合理化しようとする、いわば「三島由紀夫」たらんとする意志を感じる。『日本学生新聞』（昭和四五・一二）によれば会場は連日満員、ポスターと図録はすぐに売り切れたというが、目的論的にその生涯を見渡そうとする企画が、直後の自殺によってダイイング・メッセージとして機能したことはいうまでもないだろう。しかしこの自己言及に依拠した思考様式においては、上流に広がる広大な森は水源地としての有効性においてのみ定義されてしまう。本来、森にはさまざまな機能や美点が備わっているはずであるにもかかわらず。

そして今日なお、三島の死を解釈する源泉を求めて多くの批評者がこの河を遡りつづけている。作家神話の解体がいわれて久しい今日においても、三島のように広汎な読者をもつ作家においては、前述のような遡及的な問いの力はまだまだ強い。それに答えようとする際には三島の自己言及を根拠とすることがもっともふさわしいものとなる。三島自身のお墨付きと称することができるからである。こうして、三島の自己言及は批評者によってくりかえし再生産され、「三島由紀夫」の場の濃度はますます高まることとなる。それが今日に至る三島を語る場の強度を構築している。

くりかえしになるが、晩年から死の直後における「三島由紀夫」イメージは、三島自身の望む形へと変形がなされたものである。三島論の熱狂はそれを後追いし、三島の自己言及を再生産しつつ増幅していく。こうして「三島由紀夫」を語る場は形成された。三島について語ることは三島事件について語ることであり、三島の作品や評論を読むことは三島の死の意味を探ることと同義であるような期待がこの場にはある。この期待にそって三島の伝記的事実や作品は取捨選択され、新しい批評が生産されてゆく。それによって「三島由紀夫」の場はさらに濃度を高められ、三島事件を知らない新しい読者の読みをも否応なく拘束してゆく。

そしてこの場の濃度は批評者を、そして読者を厳しく選別する。「三島由紀夫」の論理に従う者の一部はやがて言説を再生産する批評者となって熱っぽく「三島由紀夫」を論じる一方、その閉鎖性は多くの読者を疎外するからだ。こうして「三島由紀夫」の場の濃度はますます高まることとなる。あえていえば、従来の三島論はどれも似たり寄ったりで、退屈な代物ばかりである。それは、三島の自己言及が作り上げた場で再生産をくりかえしているためにほかならない。本書において「三島由紀夫」とはこのようにして生成された三島をめぐる言説の場全体、あるいはそこで形成された三島イメージを指す。「三島由紀夫」の場には自己言及的――あえていえば自己愛的――な告白の気配があり、その循環の中で今日まで「三島由紀夫」の名前と作品は消費されている。私たちは「三島由紀夫」の場をまったく相対化できていないのである。

2

自ら望むように理解されたい／させたいという欲望が晩年の三島にあったことは「三島由紀夫展」の一例に明らかだが、望むなにかを強調することは、そのなにかを声高に宣伝することによってのみならず、望まないなにかを語らないことによっても可能である。自己を定義することは、定義に合わない事柄を自ら隠蔽することと同義であろう。思い詰めた人間は自らの生が大きな目的に向かってひとすじに営まれたと考えることを好む。その過程で、自らの履歴に対して取捨選択の操作を行うのである。三島の自己言及に、そのような操作がなかったとどうして言えるだろうか。大事ななにかを隠そうとするとき、人はかえって饒舌になるものである。

本書がおもに扱うのは平岡公威《きみたけ》（三島由紀夫の本名）の十代における創作とその作者像である。

三島は十代前半で小説を書きはじめ、十六歳の初夏に執筆した「花ざかりの森」が当時の学習院教官で国文学者の清水文雄の目にとまり、その推薦で雑誌『文芸文化』(昭和一六・九〜一二)に掲載されて文壇デビューを果たしたとされる。国文学研究者がはじめた研究同人誌への掲載が文壇デビューを意味するかどうか、個人的には疑問のあるところだが、十六歳の少年にとってそれまでとは比較にならない、きわめて広い流通圏を『文芸文化』がもっていたことはたしかであろう。そして、この発表に際して「三島由紀夫」という名前をはじめて用いたことから、一般にはこのできごとをもって「三島由紀夫」の誕生と考えられている。しかし、この通念が三島自身による取捨選択の操作によって生成されているとしたらどうだろうか。

晩年の三島は自らの初期に対してさまざまな自己言及を行った。代表例として、死の直前に行われ、死の直後に発表された古林尚との対談「三島由紀夫対談　いまにわかります」(昭和四五・一二・一二『図書新聞』)を掲げる。ここで三島は自らの思想・行動について「十代に受けた精神的な影響、いちばん感じやすい時期の感情教育がしだいに芽を吹いてきて、いまじゃあ、もう、とにかく押さえようがなくなっちゃったんです。」と語っている。この「感情教育」とは、同対談冒頭部の「ぼくは蓮田善明に思想的影響といいますか、一種の感情教育を受けている」という発言をふまえている。

蓮田善明は『文芸文化』の同人で、終戦直後の昭和二十年八月十九日に出征先のジョホールバルで連隊長を射殺したのち自殺した国文学者である。「三島由紀夫展」同様、この対談に、蓮田の死を重ね合わせることによって三十年前と今の自分を呼応させつつ、自らの死に対する遡及的な謎解きに読者を誘導する三島の自己言及を、筆者は強く感じる。案の定、没後の批評は三島由紀夫と蓮田善明との思想的な影響関係を論じ、日本浪曼派の思想運動の流れのなかにおいて三島事件を解釈した。そして三島由紀夫の思想全体を日本浪曼派と結びつける論調が主流となった。それによって「三島由紀夫」をある種の思想的カリスマとして偶像視する考え方が広まっていったように思う。それはおそらく三島自身の望みでもあっただろう。みごとに、自己言及は再生産され定着したのである。しかし、はたして三島由紀夫の十代は日本浪曼派の流れにのみ収斂されるような一途なものだったのだろうか。筆者はこの饒舌な語りのうちに、むしろ三島が隠しておきたかったこと、知られたくなかったこと、しかし重要であったはずの何かを見出したいのである。

三島の十代に関する自己言及はことさら晩年に限ったことではない。一例を掲げよう。昭和三十八年に発表された「私の遍歴時代」(昭和三八・一・一〇〜五・二三『東京新聞』夕刊)は、十代における文学的出発について詳細に語った自叙伝として重視されている。その冒頭近くで三島は次のように述べる。

さて、どこから自分の文学的遍歴を語りだしたらよいか、学校内の文学活動はしばらくおくとして、戦時中の日本浪曼派とのつながりから書き出したらよからうと思ふ。

私は日本浪曼派の周辺にゐたことはたしかで、当時二本の糸が、私を浪曼派につないでゐた。一本の糸は、学習院の恩師、清水文雄先生であり、もう一本の糸は、詩人の林富士馬氏であつた。

みずからを「日本浪曼派の周辺にゐた」と語り、清水文雄に「花ざかりの森」を認められ、雑誌『文芸文化』とめぐりあったことが文学的出発点であったとここで三島は定義する。そして『文芸文化』を通じて影響を蒙った存在として前述した蓮田善明や保田與重郎の印象が語られてゆく。右の引用に登場する林富士馬についても、『文芸文化』を通じてめぐりあった文学青年の典型として紹介されているので、「私の遍歴時代」における太平洋戦争敗北までの叙述は基本的に『文芸文化』ならびに日本浪曼派との関係において語られているといえる。ここにおいて、「三島由紀夫」の誕生を十代における日本浪曼派との接点にみる図式はいささかも揺るぎないようにみえる。しかしこのように日本浪曼派を強調することは、必然的に日本浪曼派とかかわりの薄い別の要素を隠蔽することになるとも考えられる。

「花ざかりの森」で『文芸文化』に登場した昭和十六年九月に平岡公威は学習院中等科の五年生であった。清水文雄の知遇を得たのも、学習院中等科の国語の時間であった。つまり先生と生徒という関係である。常識的に考えて、この年代の若者にとって学校生活はもっとも重要な要素である。しかし右の引用箇所で「しばらくおく」とされた「学校内の文学活動」は「私の遍歴時代」においてまったく語られていない。他の文献をみても、あれほど自己言及の好きだったはずの三島が学習院の記憶を語ることはあまりない。筆者としては、この短い一節「学校内の文学活動はしばらくおく」の箇所に、三島が「三島由紀夫」たらんとして行った操作、日本浪曼派との関係を強調する一方で隠蔽した側面をみたいのである。

ここでのちの三島由紀夫、平岡公威の学習院時代について記しておく。

平岡公威は昭和六年四月の学習院初等科入学以来、太平洋戦争下の繰り上げ措置によって昭和十九年九月に高等科を卒業するまでの十三年半を学習院に在籍した。中等科へ進学した昭和十二年以降、平岡は文芸部に在籍し、そこで多くの文学的な仲間と交流しながら創作をつづけていた。その成果の一部は三島由紀夫名義で『文芸文化』に掲載されたが、多くは平岡公威の名で文芸部の機関誌『学習院輔仁会雑誌』に掲載されている。やがて彼は文芸部委員となって文芸部を主導する一方、『学習院輔仁会雑誌』の編集長に就任して、戦時中の困難な状況下に二冊の雑誌を発行している。また、三島由紀夫名義で参加した雑誌『赤絵』は学習院文芸部の先輩とはじめた同人誌だった。さらには輔仁会文化大会（現在一般にいう文化祭）で自作戯曲を演出するなど、さまざまな活動に力を注いでいる。

卒業後、作家として地位を確立した戦後においても、「仮面の告白」（昭和二四・七　河出書房）、「詩を書く少年」

（昭和二九・八『文学界』）、「春の雪」（昭和四〇・九〜四二・一『新潮』）など代表作を含むいくつかの小説で学習院を舞台としたほか、卒業生として、学習院大学時代の吉村昭・津村節子らがその名を継承して創刊した同人誌『赤絵』に寄稿し、『学習院輔仁会雑誌』の企画による対談に参加するなど、晩年に至るまで三島は学習院と一定の関係を保ちつづけた。だがその一方で、当時の文学上の友人と交際を絶ち、戦後の学習院に異を唱えた長大な書簡を後輩に書き送るなど、アンビバレントな感情をも示している。

「私の遍歴時代」を読むと、あたかも三島は「学校内の文学活動」もそこそこに『文芸文化』を活動拠点としていたような印象を受ける。しかし、右に概観したように『文芸文化』における活動は「学校内の文学活動」と並行しており、むしろ立場上の制約が少なく、のびのびと活動を行っていたのは学習院という場においてという印象が筆者にはある。その内容が一切語られず、日本浪曼派とのかかわりばかりを語る三島の口ぶりに、筆者はある種の違和感、下世話な言い方をすれば胡散くささを感じる。そこには前述の欲望と隠蔽の構造が存在する。もちろん、この〈欲望〉とは〈三島由紀夫の誕生＝十代における日本浪曼派体験〉という図式によって読者に理解されたい／させたいという願望であり、〈隠蔽〉とはここに語られなかった「学校内の文学活動」である。しかし、ならばなぜ「学校内の文学活動はしばらくおく」という一節は書き込まれたのだろうか。

一般に、作家は習作時代の作品が取り上げられることを忌避する傾向にある。社会を見渡す広い視野を獲得していない少年時代に、狭い生活環境の影響を受けて書かれる作品は、思索的、文体的に未熟で、その共同体に属さない広汎な読者の理解を得にくい場合が多い。「私の遍歴時代」における三島の場合も、そうした気恥ずかしさゆえの隠蔽であると、ひとまずは理解できる。しかしその一方で強調されるのが没後あれほど喧伝された日本浪曼派との関係である以上、なぜそれを隠蔽するのか、一度は疑ってみる必要があるだろう。前述したように、私たちは三島の自己定義がもたらす濃厚な場によって自由な読書を妨げられている。その際に三島の自己定義に縛られていては、私たちはいつまでたっても精神の自由は獲得できない。その権力の束縛を逃れるためには、自明とされる事柄でも一度は疑ってかかり、別の可能性を検証してみることが必要である。ましてこの場合の自己定義は「三島由紀夫」のメインストリームとされる事柄に関わる。平岡公威の名で行われた学習院における文学活動は、その生前はほとんど知られることがなかった。それは、「三島由紀夫」の名前が巨大メディア上に流通し、広大な場を形成しているのとは正反対に、ほんのささやかな場において流通していたにすぎず、遡及的な問いによって「三島由紀夫」の色に塗りつぶされてしまったからである。

そこで本書では、この〈三島由紀夫の十代＝日本浪曼派〉という自己言及など、後年の「三島由紀夫」の場から遡及的に定義された十代の三島像を〈三島の語る三島〉ととらえ、これに〈三島の語らなかった三島〉を対置することで、のちに「三島由紀夫」と呼ばれる作者の十代を相対化したい。この〈三島の語らなかった三島〉は「私の遍歴時代」のいう「学校内の文学活動」であり、三島の本名である平岡公威の領域であるといいかえられるだろう。比喩的にいえば、「私の遍歴時代」の「学校内の文学活動はしばらくおく」という一節を、隠そうとして隠しきれなかった「見せ消ち」として認識し、さまざまな資料に刻印された言説を傍証に、〈三島の語らなかった三島＝平岡公威〉の場から「三島由紀夫」の誕生をとらえ直そうというのが本書のもくろみである。

3

このもくろみ、すなわち「三島由紀夫」の領域から「平岡公威」の領域を独立させる試みにおいて必要な方法とはどういうものだろうか。筆者は、〈個人全集的思考〉から〈雑誌的思考〉へと認識の枠組みを変更し、図と地を反転することによって可能と考える。具体的には、個人全集という巨大メディアと学習院におけるささやかな雑誌メディアを対比し、〈個人全集的思考〉そのものである遡及的に統一された「三島由紀夫」の場から学習院のもたらす共時的な場の復元現場へと読者をいざない、「三島由紀夫」の桎梏から解放したいのである。

メディアとは英語のmediumの複数形であり、「媒体」と訳される。活字によって言語情報が流布するようになった近代以降、メディアの存在に対する意識を抜きに文学を考察することはできないであろう。そして情報の流通が商品価値をもつ今日のメディア環境において、高い商品価値を有する三島のような作家の場合、その名前の元に作品は序列づけられ、読者に提供される。その意味で、先述の「三島由紀夫」がもっとも高い濃度で凝縮されている場が、個人全集というスタイルである。

三島作品にかぎらず、日本近代における小説の多くは肉筆原稿から雑誌掲載という手順を踏んだのち単行本に収録され、その集積はやがて個人全集になる。その過程では作者や編集者、出版社の欲望が凝縮されると同時に多くの隠蔽も生じる。「雑誌」というくらいで、初出雑誌には当該作家の作品だけでなく同時期に書かれた他の作家の作品や読者サイドの反応、それを仲介する編集サイドの発言や広告等、同時代を彩るさまざまな言説が活字化され、パッケージされている。それらの言説は当の作品がどのような場で生まれ、どのように流通し、そして同時代の読者に受容されたかを知る大きな手がかりを与えてくれる。ところが、個人全集に至る書籍化の過程においては、作品はこのような要素から切り離され、作家名ごとに成立順ないしは発表順に並べ直されてしまう。つまり、空間上に併存していた作品は周囲の状況から切り離され、時間軸上に並べ直された状態で提供される。読者はそのような場において作品理解を求められている。

その意味において、三島没後の読者は同時代的・空間的コンテクストから遠く離れた場において読書し、「三島由紀夫」について思考している。このような読書によってもたらされる思念を〈個人全集的思考〉と呼ぶことができるだろう。個人全集こそは、作家の固有名の元にしたがって作品を並べ直して展示した、現代における「三島由紀夫」の場だからである。

この〈個人全集的思考〉の問題点を掲げる。それは、個々の作品が作家の固有名に還元されることによって、成立・発表時のコンテクストから切り離され、現代の読者が存在するコンテクストによって解釈されることにある。多くの場合、個人全集は作家の没後に編集され、読者に提供される。その際、時間軸にしたがって配列されることによって、首尾一貫した営為として作品は作家の固有名の元に定位することになる。これによって、読者は作家の生涯を一望することが可能であるかのような意識をもつ。右に論じたような「三島由紀夫」の場に時系列にしたがって編纂された個人全集が投入されることによって、前述した遡及的な問いがさらに強まることは容易に想像できる。そしてこのような発想が、私たちの思考を〈三島の語る三島〉の領域にとどめ、〈三島の語らなかった三島〉の領域を隠蔽する役割を果たしているといえるだろう。本人が語らなかったことは個人全集に収録されないからである。もちろん、筆者は『三島由紀夫全集』(昭和四八・四〜五一・六　新潮社)『決定版三島由紀夫全集』(平成一二・一一〜一八・四　新潮社)の具体的な編集方針を批判したいわけではない。三島のみならずほとんどの個人全集がその理念上持ち合わせている特徴を、個人全集によって作品を読み、作家を所有しようとする〈読者の読みに介在する権力〉ととらえ、その思考様式の限界を指摘したいのである。

さて、この場を相対化する可能性を秘めた〈雑誌的思考〉について述べたい。先述したように、「三島由紀夫」の誕生時に平岡公威は学習院の学生であった。学習院は幕末の弘化四年に京都で開学した公家子弟の教育所をその淵源とする教育機関で、明治期の華族制度の発足にともない、西洋の貴族学校にならった華族子弟の教育機関として明治十年に開学した。その成り立ちからみても、学習院が一般的な学校とはいささか異なる場であったことは容易に想像できる。学習院には、過去に白樺派の面々を輩出した実績もある。かならずしも学習院において他の学校より文学教育がさかんであったというわけではなく、むしろ白樺派の作家たちにとっては疎ましい思いをいだくことも多い場でではあったが、華族制度に由来する特権性もあって他の学校に比べて学生の自由度が高かったことはたしかである。教授陣も充実しており、著名な作家が講演に訪れる機会も多い。文学をはじめとする文化活動に打ち込むことができる環境であったことはたしかだろう。

一方、当時の教育内容や学生の活動は今日なおあまり知られていないのが実情である。華族制度に基づく学校という性格とクーデターを叫んでの割腹自殺という三島の死との関係からある種の禁忌に触れると考えられたのか、あるいは三島の自己言及が触れない事柄であったからか、学習院について実証的な調査はほとんどなされないまま、伝聞や憶測ばかりが語られる傾向にあった。それは、検証不能な伝説の域を出ない場合が多く、それゆえ「三島由紀夫」の場の補強材料として適宜改変され、都合よく用いられてきたという経緯がある。実際に調査に赴くまでは筆者もそのような憶測を事実として考えていた。

ところが、実際に学習院に足を運び、大学図書館や院史資料室に保存されている資料を読むことによって、その認識は一変した。そこに保存されているさまざまな資料、ことに雑誌メディアを通読したとき、筆者は学習院における文化環境の豊かさに目を見張った。カラフルな表紙に装われた初等科の雑誌『小ざくら』や、学生によって編集され、文学作品のみならず校友会である輔仁会所属の部活動を中心に学生の活動が記された『学習院輔仁会雑誌』やその後継誌、あるいは戦後になって収集された回想録の原稿などは、平岡公威が文学的出発を遂げるにあたって学習院の存在が必要不可欠な存在であったことと同時に、学習院における文化環境そのものの豊かさを筆者に教えてくれた。

そこで本書では、こうしたメディア上の言説から浮き彫りになる学習院のイメージを学習院固有の文化環境ととらえ、そこに息づく平岡公威の姿を、三島の自己言及からはうかがい知ることのできない、〈三島の語らなかった三島〉として実証的に検討してみたい。

この目的のために、本書は次のような構成をとる。

一、　環境としての学習院の状況と作品における語られ方
二、　『学習院輔仁会雑誌』における学習院文芸部の状況と「花ざかりの森」との関係
三、　戦時下学習院におけるメディアの状況と「花ざかりの森」以降の作品

まず、第I部において、環境としての学習院を探る。学生としての教育の場、自主的な運営を許された学生の活動の場、華族子弟の教育機関としての場といった側面から当時の学習院をとらえる。先述したように、学習院は華族教育を目的とした特殊な成り立ちをもつ一方、昭和十年代の学校としては比較的自由な環境でもあった。その環境の把握と、そこにおける平岡公威像と作品の意味とを考察し、従来の「三島由紀夫」イメージの相対化を試みる。

第II部においては学習院文芸部における環境と平岡公威作品との相関関係について、とくに「花ざかりの森」に焦点を当てて考察する。「花ざかりの森」が清水文雄の推薦によって『文芸文化』に掲載され、「三島由紀夫」が誕生したことはすでに述べたが、それはまったくの偶然であり、平岡公威としては僥倖と呼ぶべきことであった。そうである以上、当時の平岡公威は、学習院において文学活動をはじめ、学習院を想定読者として執筆をしていたと考えるのが自然である。そしてそこに描かれた内容が『文芸文化』にも通用する理念を含んでいたために『文芸文化』に掲載されたのではないか。このような仮説をもとに、学習院の場における作品の解釈を試みる。

第III部においては「三島由紀夫」を名乗りつつ学習院文芸部の先輩と創刊した同人誌『赤絵』の誌面と作品を考察の中心に据える。「三島由紀夫」でありながら学習院における活動の番外編でもあった『赤絵』における活動は、その両義性と同時に『赤絵』そのものの稀少性から考察が遅れている。現存する資料が豊富なものは考察が進み、

稀少なものは等閑視されるのは三島研究にかぎらず歴史性をふまえた学問の問題点だが、こうして生成されるまだら模様の歴史認識は、やはりひとつの欲望と隠蔽の操作である。近年になって公開された書簡類や、筆者の調査の過程で得たいくつかの資料をもとに、この認識に補正を加えることも、筆者の考える「三島由紀夫」の相対化作業のひとつである。さらに、この『赤絵』の路線上に学習院卒業後の三島の活動を位置づける。

これらの作業によって、〈三島由紀夫の十代＝日本浪曼派〉という固定観念を揺さぶり、図と地を反転させ、自己言及がもたらす場の権力構造から読者を解放することが本書の企てである。

三島公認の問いのもたらす権力の場においては、三島の自己言及を疑うことはある種のタブーとされている。それは、これまで積み上げてきた場そのものを相対化し、崩壊に導く可能性を秘めているためである。しかし、「哲学の議論においては、陳述の窮極性に関して、独断的に確実だとたんにほのめかすだけでもおろかさの証拠である」（ノース・ホワイトヘッド『過程と実在』序文、山本誠作訳）。三島自身によって独断的に確実と定義されている事柄を相対化し、揺さぶりをかけること。同時に、喧噪の中でかき消えがちなさまざまな記憶や資料を、従来の場から独立した別の場に蓄積してゆくこと。これらが三島没後第一世代の批評者に課されているという思いが筆者にはある。三島由紀夫の身体の記憶をもたない世代が主な読者となっていくこれからの時代に向けて、手垢にまみれた護符は一度返納し、洗い清めた上で継承していくことが重要であると筆者は信ずる。

最後に、本書における「三島由紀夫」と「平岡公威」の呼称の使い分けについて説明する。本書においては〈三島の語る三島〉と〈三島の語らなかった三島〉の領域の二面性に自覚的であるために、あえてひとりの人物に対して「三島由紀夫」と「平岡公威」というふたつの名前を文脈に応じて使い分けている。これは、取材の過程での経験に示唆を得ている。

筆者は学習院卒業生である板倉勝宏氏・入江俊久氏・神崎陽氏・林易氏・坊城俊周氏にインタビューし、さまざまな教えを受けたが、その際みな一応に彼を「平岡」と呼んだあと筆者の様子を窺いつつ「三島」と言い換えていた。たとえば「平岡、…三島は」といった語りである。これは、学習院時代の彼を知らない筆者に対する配慮なのであろうが、学習院時代の身体を知る人々にとってまずなにより彼は「平岡公威」であったということである。これを何度となく耳にするうち、徐々に発話者の記憶にある平岡公威のイメージと公衆に流布した三島由紀夫イメージとの乖離に筆者は自覚的になった。これが〈三島の語る三島〉〈三島の語らなかった三島〉という発想の根底にある。そこで本書では、読みにくくなることは承知の上で「平岡公威」と「三島由紀夫」の呼称を区別してみた。しかし、その読みにくさの原因には「三島由紀夫」イメージの強固さもいくぶんか含まれているはずである。

なお本文引用は、学習院関連メディアに収録されているものについては基本的に初出誌に従い、適宜全集等を参照した。旧漢字は新漢字に改めた。

I

環境としての学習院

第一章　教育環境としての学習院——伝説的「三島由紀夫」イメージに抗して

1

『決定版三島由紀夫全集』第四二巻（平成一七・八　新潮社）に詳細な「年譜」（佐藤秀明・井上隆史編）が掲載されたことによって、三島由紀夫の生涯に関する研究は大きな進展を示したと言ってよいだろう。本書が問題とする学習院時代に関しても、昭和六年四月八日の初等科入学より同十九年九月九日の高等科卒業に至る在学期間の空白は大きく埋められることとなった。たとえば、各年次のクラスや主管（学習院における担任の呼称）といった基本的事項から、体格測定の結果や成績通知票の内容といったプライバシーに関わる領域まで「年譜」には記されている。これは学習院の資料提供と著作権継承者の許可がなければできない。全集刊行という目的以外では不可能なことだろう。

従来、三島研究における学習院時代に関する記述は、ある種の伝説に依拠する場合が多かった。ここでいう伝説とは、三島自身や近親者の回想によって生成され、充分な批判的検証の過程を経ずに流通している「三島由紀夫」イメージを指す。具体的には、祖母・夏子（戸籍名・なつ）によって幽閉された少年時代、やはり夏子によってもたらされた貴族的プライド、学習院に進学したことに由来する階級的コンプレックス、同性愛嗜好の目覚め、日本浪曼派との関連などのエピソードである。そこにはなぜか根拠を問うことをはばかるような気配があり、三島晩年の思想・行動と結びつくことによってエピソードは伝説となってゆく。

こうしたエピソードは、「花ざかりの森」（昭和一六・九〜一二『文芸文化』）、「仮面の告白」（昭和二四・七　河出書房）といった三島の小説や「私の遍歴時代」（昭和三八・一・一〇〜五・二三『東京新聞』夕刊）などの回想の中で語ったことがらや、両親である平岡梓『伜・三島由紀夫』（昭和四七・五　文藝春秋）、平岡倭文重《しずえ》「暴流《ぼる》のごとく」（昭和五一・一二『新潮』）、あるいは学友である坊城俊民『焔の幻影　回想三島由紀夫』（昭和四六・一一　角川書店）、三谷信『級友三島由紀夫』（昭和六〇・七　笠間書院）といった近親者の証言に由来することが多い。

これらの多くは昭和四十五年十一月二十五日の三島事件を契機に書かれた。軍事クーデターを呼びかけ、割腹によって死ぬという行為は、映像や音声といった要素によって報道されたメディアイベントとしての側面を強く有している。その喧噪をくぐり抜けてきた記憶は「三島事件」に対する「なぜ」という問いが加わることで、否応なく変質することとなる。「三島の死の根拠を問う」というバイアスがそこに備わるのである。このバイアスゆえにエピソードは伝説へと変質してゆく。

多くの場合、個人的な回想には客観的な証拠がない。そのために、後年の読者は三島事件による回想のバイアスを差し引いて考えることが難しいのである。一方、没後にはそのバイアスを引き受け、むしろ右の問いに積極的に参加するようにして多くの三島論が書かれた。自らの立っている場所が一定速度で一定方向に動いているとき、私たちはその動きを意識しない。この慣性の法則によって、従来の三島研究は成り立ってきた。だから、その立脚点そのものを疑うことははばかられるのである。

むしろ、こうした伝説は、作家イメージの形成過程を考察する説話研究や社会学的研究の素材として扱うべきものだと筆者は考えるが、没後三十数年を経た今日なお評論、評伝のなかで何の検証もなしに気軽に用いられているのをみるとうんざりさせられる。

こうした伝説によって学習院は研究対象から疎外されてきた。平岡公威は昭和六年四月の初等科進学以来、学習院という、貴族の子弟の育成機関として創設された宮内省管轄の学校に在学した。同時期の三島に関する華やかな伝説の影で、たとえば、三島は学習院でなにを学んだのか、といった単純な事柄さえこれまでまったく語られることはなかったのである。それは、「私の遍歴時代」で「学校時代の文学活動はしばらくおく」と片づけてしまったように、生前の三島がほとんど発言を遺さなかったこと、両親や当時の友人たちの回想がエピソード中心で、総体としての三島像を提示しようとする実証的態度から執筆されたものではなかったこと、そしてそういった証言に依拠する以外に検証作業を行ってこなかった研究者の怠慢などが重なり合って形成されている。そうした折、『決定版三島由紀夫全集』の「年譜」はきわめて有益な情報を提供しているといってよいだろう。

一方で、こうした新情報がどのように扱われることになるのか、その点についてはいささかの不安もある。さきほど述べたように、これらの情報の中にはプライバシーに関わるものが多い。伝説的な三島像を相対化するために提出されたはずのこれらの情報が、その意図とは裏腹に、旧態依然たる「なぜ」の連関の中に組み込まれてしまうことを筆者は危惧する。成績や体重は、人の身体性を浮き彫りにする重要な数値であるが、「三島由紀夫」に対するフェティッシュな愛好によって、その数値に奇妙な意味づけがなされる可能性があるからだ。

筆者は平成十三年に学習院院史資料室の協力を得て調査を行った。個人の資格での調査であったため、『決定版三島由紀夫全集』の「年譜」に比べれば情報の上で引けを取るが、こうした実態調査は立場を異にする複数の目によって検証されてはじめて妥当性を得るものだろう。そこで本章ではその調査結果を発表しようと思う。ちなみに、平成十三年当時の筆者のもくろみは「学習院における平岡公威の教育環境を解明する」というものであった。ほぼ六十年前という時間の経過や戦時下の状況、そして今日のように講義内容の情報公開など求められない時代であることから調査は困難を極めたが、院史資料室の花田裕子氏、卒業生の板倉勝宏氏・林易氏のご協力により、ある程度の成果を得たと考えている。

本章ではこの調査によって得られた情報をひとつの立場から語ることになる。この立場とは、右に述べた伝説的「三島由紀夫」像に対する筆者の批判的なまなざしである。そのような観点から、いくつかの興味深い事実を知るにいたった。その意味で本章は調査結果の内容そのものよりも、調査結果を根拠とした従来の伝説に対する批判的考察に力点をもつ叙述となるだろう。

その際、補助線として調査の過程で発見したひとつの資料に依拠することとした。卒業生である板倉勝宏氏が執筆した草稿「学習院の想い出」(執筆年未詳、学習院院史資料室蔵。本文は本書資料の部に収録)である。学習院院史資料室では、学習院の歴史を調査する目的から学習院に関連する資料を収集・管理している。そのため、教官・卒業生などを対象に行われた聞き取り調査や座談会、あるいは回想録などの資料が保管されている。この資料のなかに「学習院の想い出」もあった。筆者の板倉氏は大正十四年生まれ、昭和六年に初等科に入学し、昭和十九年九月に高等科(文科乙類)を繰り上げ卒業後、東北帝国大学法文学部に進学、同時に海軍に入隊している。要は平岡公威の学習院における同級生である。

この学年には『級友 三島由紀夫』の著者である三谷信、創価学会の第四代会長となる北條浩、あるいは東宮侍従長となる濱尾実などがいた。板倉氏がこの草稿の冒頭で述べるように、この年次は昭和の元号と満年齢を等しくし、満州事変勃発の年に四谷の初等科入学、二・二六事件から太平洋戦争へと進む時代に目白の中等科・高等科で学び、昭和十八年十一月に学徒出陣に赴く仮卒業者を見送ったのち、昭和十九年九月に簡素な卒業式を行い、乃木希典が学内に設置したお榊壇で別れた学年である。その同窓生のひとりの回想であることだけでも「学習院の想い出」が意味するものは大きいと思う。

もうひとつ本章の補助線として適切であると筆者が判断した理由に、この「学習院の想い出」が「三島由紀夫」

の回想として執筆されたものではないということがある。それはこの資料の価値をなんらおとしめるものではなく、むしろ右に論じたようなバイアスから自由であることから、本章で補助線として取り上げるにはふさわしいと考える。なお板倉氏には平成十三年八月にインタビューをする機会にも恵まれた。こちらでは氏の記憶にある平岡公威像を話題とした。このときの内容も本章では用いることとする。当時、氏はとくに文学青年ではなく、文芸部における平岡の活動についてはあまり記憶をもっていない。無二の親友というわけでもなかった。その点の限界はあるが、それゆえにこそ氏の記憶にある平岡像は客観的であり、粉飾の少ないものであると筆者は感じたのである。

その他、学習院院史資料室には部分的ながら当時の時間割、学生名簿、各教官の異動一覧、当時の教官・学生による回想や座談会などの資料が保管されている。また、当時の学習院を知る資料として、当時刊行されていた『小ざくら』『学習院輔仁会雑誌』といった雑誌の記述は欠かせないだろう。こうした学習院における資料によって、従来の研究が依拠した三島自身や近親者の証言を相対化するのが以下の目標である。

2

まず、学習院初等科の様相について論じたい。この時代に関する「三島由紀夫」伝説はとくに多いようだ。

三島由紀夫の本格的評伝の嚆矢ともいうべきジョン・ネイスン『三島由紀夫　ある評伝』（原題：John Nathan “MISHIMA a biography” Little Brown 1974.2　昭和五一・六　新潮社、野口武彦訳）は、ながらく絶版という憂き目にあっていたにもかかわらず、あるいはむしろそれ故に、その後の三島評伝の原型をかたちづくった著作であるが、初等科時代の三島について次のような記述がある。

学校での最初の六年間は、おおむね悲惨だった。おそらく公威は、自分の家庭背景の貧弱さを卑下したことだろう。同じクラスの平民の生徒でさえ、宏壮な邸宅に住む裕福な子供たちが多かった。そして若い華族たちは、平民階級の生徒を、そして教師たちをさえも、華族の尊大さで扱った。華族の生徒たちには、多くの特権が与えられていた。〔中略〕公爵の八歳の息子が友達に向って大声で、しかも当人のいる前で、自分の教師をあれはうちの家来なんだというなどは普通のことであった。教師の先祖は譜第の家臣だったというのである。

一読して目を疑いたくなるようなエピソードであるが、これが当時の学習院の実態であるかは検証が不可能である。なぜなら、ネイスン氏はその根拠を一切示していないからだ。それが仮に当時を知る者から実際に発せられた内容であるにせよ、その発言の妥当性を氏は読者に対して確保すべきではなかったか。もっとも、ネイスン氏は当時の平岡の「主たる問題」が、夏子の過保護に由来する「少年たちとどうつきあったらよいのかさっぱりわからないこと」にあると述べている。「おそらく」という副詞がつくことからも「卑下」の部分は推測なのだろう。こういった伝説は、ボディ・ビルによる肉体の鍛錬を経て割腹自殺へと至る三島の肉体改造願望を精神分析的枠組みに囲い込んで解釈するために、あとからことさらに強調された側面があるので客観的な判断はむずかしい。「ひよわな、気の小さい、女の子みたいな少年」に育てられ、病弱だったこともあって、「アオビョウタン」あるいは「アオジロ」というあだ名を付けられていじめられたということは筆者も板倉氏よりうかがったが、それは現代におけるようなひどいものではなかったということである。(1)

また、「あれはうちの家来なんだ」と言い放った少年に対して教官がどのような反応を取ったかはここで語られていない。板倉氏によれば、こうした露骨な階級意識は各家庭におけるしつけのなかで厳に禁じられたものであった。学習院では、戊辰戦争や西南戦争で敵味方にわかれた者の子弟どうしが同じ教室で机を並べることが一般である。そのため、こうした階級意識は家どうしのいさかいのもととなる可能性が高い。そこで親たちは、学内で妙な自己顕示をしないように厳しくしつけたというのである。それは学校で指導にあたる教授陣も同様ではなかったか。というのは、華族制度のなりたちに、戊辰戦争で敵味方に分かれた者を同列に叙すことによって緊張関係を融和し、国民国家体制を築き上げるという目的があったため、この制度にしたがって設立された学習院としても、こうした緊張関係は無視できないものであったからである。

また、学生自身も、華族の子弟が多く、学習院を卒業した教授陣も数多い環境のなかでは、へたに階級意識をむき出しにすれば逆に自分のかなわぬ相手を作ってしまうことになりかねない。板倉氏によれば、むしろ当時の学習院においては体格の劣る者がからかいやさげすみの対象となる場合が多く、平岡よりも手ひどくいじめられた学生はほかにいくらでもいたという。それは、現代の一般的な小学校と、さほどかわりないといえるだろう。そもそも、子どものいじめというのはいじめる側といじめられる側が入れ替わる場合も多い(2)。

ネイスン氏が右に表したエピソードは、まだしつけのいきとどかない低学年時、それもごく一部の学生のことではなかったか。くりかえしになるが、右のエピソードは、誰がどのような文脈で語ったか、第三者には検証ができない。根拠が明示されていない叙述は研究として信頼性に欠けると筆者は考える。

さて、そうした伝説的な三島論とは別の観点から筆者が提示したいのは、初等科時代の教育環境である。当時の初等科は四谷にあり、各学年二クラスであった。二クラスを併せた平岡の同期生の総数は六年次の昭和十一年四月の時点で六十七名である。以下に平岡の在籍したクラスを掲げよう。

昭和六年度（一年次）　東組　主管…鈴木弘一
昭和七年度（二年次）　北組　主管…鈴木弘一

昭和八年度（三年次）　南組　主管…鈴木弘一
昭和九年度（四年次）　北組　主管…鈴木弘一
昭和十年度（五年次）　北組　主管…鈴木弘一
昭和十一年度（六年次）　東組　主管…鈴木弘一

学年ごとにクラス名を表す方位がまちまちなのは木造二階建て校舎の形状による。この校舎は昭和天皇の入学のために造られた木造校舎で、六年次の昭和十一年九月に皇太子の入学に備えて建て替えがあったため、目白の仮校舎に移った。クラス替えはなく、六年間まったく同じ学生、主管のまま持ち上がりとなる。[3] 平岡は三谷信とは六年間同級であったが、板倉氏とは別クラスであった。ちなみに、平岡の主管となった鈴木弘一は当時の初等科長・石井国次に関連して「先生は入学試験の時、いつも両主管とともに臨まれ、受験者の成績が最優先で、その他の事は、たとえ有力者の推薦であっても、その子弟、或は学校の縁故者であっても断呼正義を貫かれました。」（鈴木弘一「学習院百年史原稿」執筆年不明、学習院院史資料室蔵）と述べている。平岡の入学に当たっては、担当する教官がじかにその目で選んだことがわかる。

鈴木弘一は、のちに皇太子（今上天皇）のクラスを受け持った人物で、東京師範学校卒。国史専攻であった。当時の辞令簿などによれば大正十五年八月末に学習院に助教授として赴任し、初等科勤務となった。昭和十四年四月に教授に任ぜられ、昭和四十一年三月末に退職するまで学習院初等科一筋であった。ちなみに板倉氏のいた、もう一方のクラスの主管は秋山幹。前任校の尾道高女で林芙美子を教えた経歴をもち、やはり鈴木とコンビで皇太子のクラスの指導に当たった。

平岡はこの秋山の講義も受けていた。というのは、当時の学習院初等科の三年以上では同学年を担当する二教官が文系科目・理系科目を分担し、両方のクラスを指導することになっていたからである。この学年では文系科目を鈴木、理系科目を秋山が担当していた。三島評伝では、しばしば平岡の主管であった鈴木の厳しさが伝えられているが、板倉氏によれば秋山の方がよほど厳しく、学生たちに怖れられていたという。ちなみに入学当時の初等科長・石井国次は昭和天皇を教えた人物である。板倉氏の「学習院の想い出」によれば、「修身の時間には天皇陛下の御話しが多く、「おぢいさま（明治天皇）によく似てをられる」というのが口癖みたいであつた」という。当然のことながら、こうした「御話し」は平岡もよく聞いたことであろう。なにげないエピソードだが、三島の天皇観を育んだ環境としての意味からも、学習院における教育内容の解明が望まれる。

鈴木の厳しさという点について流布しているエピソードのひとつに、いたずらをした三島が友人と鉢合わせをさせられたというものがある。安藤武『三島由紀夫の生涯』（平成一〇・九　夏目書房）はこのエピソードとともに当時平岡が同級の生方慶三・三井源蔵とあわせて「いたずら三羽烏」と呼ばれていたことを記している。このエピソードは随筆「生徒を心服させるだけの腕力を――スパルタ教育のおすすめ」（昭和三九・七『文芸朝日』）で三島自身が紹介し、三島の父・平岡梓氏の『伜・三島由紀夫』のなかで三島の母・倭文重氏も触れている。それは、ふざけていて鈴木に見とがめられ、教官室に呼ばれて対座させられた三島と級友が、鈴木に後頭部をもたれておでこをいやというほど鉢合わせされたというものである。帽子のかぶれないほどおおきなこぶをこしらえた三島は、その帽子でこぶを隠して泣きながら帰ったという。

「生徒を心服させるだけの腕力を」で三島は「同じひどい目に会はされても、カラッとした人柄の先生にはいつまでもなつかしさが残り、陰気な固物の先生にはやはり面白くない記憶が残る。」と述べ、いくつか自身が体験した体罰の思い出を記している。この鉢合わせのエピソードに関する具体的な感想は記されていないが、中等科時代に代数の先生に机ごと投げ飛ばされたエピソードについて「この先生も実にいい先生で、その日、帰りがけに敬礼したら、さつきの激怒も忘れたやうにニッコリしてくれたので、ますますこの先生が好きになつた。」と感想を記している。これが自身の経験した体罰のエピソードをしめくくることばなので、鉢合わせに関しても三島自身は心の傷とは思っていなかったのではないだろうか。

だが、額にこぶをつくって帰ってきた息子をみて、母親がかならずしも同じように感じるとはかぎらない。倭文重氏は『伜・三島由紀夫』で、三島が肺門リンパ腺の病気にかかっていたために姿勢が悪く、叱られどおしだったことを記している。「自分のうしろの席には級中きっての悪童がひかえていて、その煽動でのべつ幕無しに二人でいたずらをする」ために鉢合わせにさせられたのだ、というのである。

このエピソードは検証をなされないまま一人歩きし、伝説化したもののひとつである。奥野健男氏は『三島由紀夫伝説』(平成五・二　新潮社)で『伜・三島由紀夫』の記述のみをたよりに、「悪童から一方的になぐられたコブであったに違いない。」「もちろん悪童と調子を合わせ悪戯したかも知れない。しかし、それは級友と適応しようとする必死の道化ではなかったか。」と述べている。

一方、この鉢合わせ事件は鈴木の心にも大きな傷となった。というのは、前述した「学習院百年史原稿」に鈴木自身が次のような記述を遺しているからである。はじめて紹介される資料なので、このエピソードに触れた箇所を中略せず掲げる。おそらく、このエピソードに関する鈴木の発言としては唯一の記述であろう。

　大勢の学生の中で異色のものを一つあげましょう。
まだ旧校舎の時でありましたが、或る時あまり落着きがなく、H君とK君と悪ふざけをしているので、二人を呼んで頭と頭を持って鉢合わせをさせた事がありました。二人共額にこぶを作ってしまいました。さて、その夜H君やK君の家庭から一談判あるに違いないと思って、玄関の鴨居の上に「忍」の字のある額を掲げ、若しも家庭から来られたら説得しようと待ちかまえていました。しかしその夜は何事もありませんでした。翌日きっと科長に抗議され、科長から御注意があろうかと待ちかまえていました。しかしその日も何事もありませんでした。その翌日、これは両家で院長の所まで話を持っていかれたのだと思って、院長の呼出しを待ちかまえていました。勿論責任は取る覚悟でした。しかし、その日も何事もありませんでした。

初等科は校舎改築のため、目白の仮校舎に移り、ここで二人共六年を卒業しました。それから二年ばかり過ぎた或る日、K君の母君がつくづく述懐された事がありました。額のこぶの件です。大変驚き、怒り、両家で相談もしました。よく考えてみると悪いのは子供で、それを矯正してくださったのだから、むしろ感謝すべきで、子供の教育は先生にお委せしたのだからと反省したと言われます。それで科長にも院長にも話されなかったのだと思いました。

もし学校でトラブルが起った時、子供によく事情を問い糺し、冷静に判断しても尚納得の行かない時は、直接当事者に相談すべきで、交渉の相手を一つも二つも通り越して上司へ話したら解決できると思うのは決して子供に幸せをもたらすものではありません。H君があれだけ成長し世界的にも名をなし、K君また一流会社の重要ポストにつき有為の社会人になられたのも故ありと思われます。

この、「世界的にも名をなし」た「H君」が平岡公威の頭文字であることはいうまでもない。三島や倭文重氏は知らなかったが、このできごとに際しての鈴木の葛藤はたいへんなものだったわけである。「忍」の一字を掲げ、責任を感じて腹をくくった鈴木の、一徹な人柄がほうふつとする。従来の評伝では三島の初等科時代を暗く彩る役回りを演じることの多い鈴木だが、鈴木は鈴木なりの信念のもとに平岡と接したのではなかったか。鈴木のきびしさと、倭文重氏の母親としてのすなおな感情の発露が、三島評伝においては三島の少年時代の伝説と結びついて、学生の才能に無理解な教師像を生成してしまったようだ。

こうした事実から奥野氏の考えを検証してみると、それが氏の太宰治論における道化概念の援用と三島に関する伝説との結託によってもたらされた憶測にすぎないことがわかる。つまり、病弱でいじめられっ子の幼年時代という伝説と、いたずらっ子であったことを示すエピソードとを折り合わせるために道化の概念が持ち出されたのである。こうした態度を筆者は〈伝説の再生産〉と呼ぶ。しかし、対立する立場からの証言があれば、これを相対化することができるのである。

3

さらに、鈴木に関するエピソードとして、三島が初等科時代に書いたとされる詩「フクロフ」（全集未収録）に関する鈴木の対応がしばしば語られている。以下、このエピソードを切り口に鈴木および学習院初等科における作文教育について考えておきたい。

このエピソードは、作文の時間に「フクロフ」という自作の詩を朗読した平岡が教室中の失笑を買い、鈴木が「平岡は特別だから」といって二度と作文を読まされることがなかったというものである。このとき同じ教室にいた三谷はこのさまをみた。そして『級友　三島由紀夫』で次のように論じた。

餓鬼どもの中で、三島は「フクロウ、貴方は森の女王です」という作文を書いた。彼は意識が始まった時から、すでに恐ろしい孤独の中に否応なしに閉じこもり、覚めていた。思うに、彼は精神面で、幼児期はなかった。従って少年期もなかった。

三谷はこの記憶を初等科一年次としているが、『決定版三島由紀夫全集』の「年譜」では鈴木の教案簿を根拠に三年次の昭和八年九月十五日のエピソードとしている。この引用箇所の叙述に、「フクロフ」事件そのものをではなく三島の死に対する三谷の衝撃と、それによってもたらされた記憶の再編を読みとるのは筆者だけだろうか。同書で、三島の死をきいて「烈しいショックを受け」、切腹して果てたことを知って「両足が萎え、踏んばっていないと立っていられなかった。」と三谷はいう。級友の衝撃的な死に、こうした幼年時代の記憶に関する印象が一変してしまったことは想像に難くない。そのために、このエピソードにもこうした感想が付されるのである。それは、近親者の証言としては貴重なものであり、こうした叙述が『級友　三島由紀夫』の価値を下げるものではないが、こうした叙述を安易に引用する傾向には疑義を呈さざるをえない。

筆者はこれを、先にみたような鈴木の一面を表すエピソード、あるいは学習院における教育目標の問題としてとらえなおしてみたい。

まず、第一に考慮すべきは、この「フクロフ」という詩が授業中に教室で読み上げられたという点である。つまり「フクロフ」が綴方の授業で書かれた課題であったということである。こうした綴方の実例は、学習院初等科幼年図書館発行の雑誌『小ざくら』にみることができる。文芸部の学生によって編集されていた中等科・高等科の文芸誌である『学習院輔仁会雑誌』と異なり、『小ざくら』は初等科の教授陣によって編集されていた。そのため、『小ざくら』は授業成果の報告集としての性格が強い。ここに掲載された、初等科学生の綴方や詩・和歌・俳句・童謡といった創作、あるいは自由研究などの作品の多くは、授業中や宿題として書かれた作品であった。

平岡が「フクロフ」を書いた直後に刊行された『小ざくら』一四号（昭和八・一二）をみよう。夏休みの課題である「自由研究」欄にもっとも多くの誌面を割いた号であるが(4)、「綴方」欄にも一年生から六年生まで三十名の作品が掲載されている。平岡と同じ三年生の文章としては山口裕「学校のづぐわ」(筆者注・図画)・林宏「蚊」・杉渓文言「一日一善」・松村義男「軍用犬のくんれん」が掲載されている。「童謡和歌俳句」欄には六十八名の詩と童謡、「短歌」欄には九十七名、俳句に至っては二百九十八名の句が掲載されている。(5)

三年生の童謡として瀬川昌久「朝」・利光一夫「とんぼ」・武宮恒雄「昼休」・四野宮弘道「ピアノ」・波多野敬人「えび」・舟橋明賢「ざくろ取」・林易「はと」・林宏「ひよこ」・山口裕久「つり」・岡崎国光「日足」・高橋悦二郎「きり」・百島祐信「木の葉」がある。ここで注目すべきは「はと」「ひよこ」といった鳥の題材があることである。『決定版三島由紀夫全集』第三十六巻(平成一五・一一　新潮社)には平岡公威の作文が一括掲載されているが、「フクロフ」は所収されておらず、この昭和八年九月十五日の直前、九月八日に書かれた「鴉」「鳩」、十月十八日に書かれた「鳥と獣とどちらが人の役に立つか?」が所収されている。いずれも鳥に関する題材である。

試みに「はと」と「ひよこ」を掲げよう。なお、氏名の上の数字は学年をあらわす。

はと

3林　易

ぼくのお家の庭のすみ
　はとの小屋がおいてある
或日一匹にげ出して
　あれよ〱と言ふうちに
お屋根をこして飛んでいく
　これからどこへ行くのでせう

ひよこ

3林　宏

木かげに立つた二匹のひよこ
　足音きいてとび出した
けむしをやればこはがつて
　一足二足あとすざり
みの虫やつたらとりつくら
　二匹の選手の綱引だ。

いずれも七五調で、身近な鳥の観察から作られた童謡である。「綴方」欄に見える軍用犬についても、「鳥と獣とどちらが人の役に立つか?」のなかで平岡は触れている。鳥のテーマは題詠であり、軍用犬についてもなにか学校で知る機会があったのではないか。

この『小ざくら』一一二ページには「文話」という教官の文章が掲載されている。

　綴方を書く場合にいつもありふれたものを書いても面白くないから、何かよほどかはつた事を見つけて書かうとする人がある。しかし自分の身のまはりを顧みても大事件といふやうなものはめつたにあるものではない。またそんなにあつてはたまつたものではない。
　そこで私どもが綴方の題材をえらぶ場合にはどんな態度が必要かといふことを考へて見たい。それには平生の生活——ぢみな生活をぢつと見てゐると、そこに小さくともぢみな事件や問題がいくつも横たはつてゐるのを発見するものである。

本号を見てもさういふ気持のものを見出し得ないわけではない。例へば

水郷へ。　　桜木町の頃。

妹と弟。　　学校の図画。

蚊。　　キビガラ。

かういふぢみな材料を見出して、しんみり書くといふことも綴方としての一つの目のつけどころである。何かよほどかはつたものを書かなくてはだめだと思ふやうに考へてゐる人もあるので、以上題材を選ぶ上に気をつけて置きます。

この「文話」は無記名なので、誰が書いたかはわからないが、当時の学習院初等科における綴方教育の方針がわかる。すなわち、学習院初等科における作文指導は、いかに虚飾を交えず事実や現実を描写するかが問題であったのだ。

『小ざくら』には他にも同趣旨の指導が散見される。たとえば昭和十一年十二月発行の第二十号「編集後記」には、

◇自由研究に関する原稿もありましたから、いゝものは綴方の部に採択してあります。綴方の作品もかういふ風な、しらべる綴方の方向をとるのはよいことゝ思ひます。ある事柄をくはしく調べて行つて、感想を主とせずに事実をどこまでも克明に描いて行くことは本当に大事なことですから。

とあり、教育方針として観察的・客観的な叙述を一貫して求めていたことがわかる。鳥を題材とした昭和八年秋の綴方指導においても、自然観察的な内容が求められていたはずである。鈴木の教案簿には「フクロフ」について「題材を現在に取れ」という寸評が記載されているが(6)、右のような指導を念頭に置いたとき、「フクロウ、貴方は森の女王です」といった書き出しで始まる詩は『小ざくら』に掲載できない。題材こそ与えられた課題に対応するものであったとしても、内容的に指導方針と合わないからである。

したがって「フクロフ」のエピソードは、教官の指導に従わない学生に対する叱責のひとつというべきではないだろうか。「おおむね悲惨」(ネイスン氏前掲書)な初等科時代を暗く彩る一事件とみなすためには学習院初等科の教育環境全体との相関関係からその意味が解明されなくてはならない。なお奥野氏は「母倭文重の回想によると初等科時代、作文の点がきわめてわるかったと言う」としているが、「年譜」では学習院初等科時代の綴方の成績は「中」から「中上」、「フクロフ」を書いた昭和八年度二学期の成績も「中上」である。「花ざかりの森」を発表して三島由紀夫となった中等科五年次(昭和十六年度)における作文の年間評定「上」に比べれば低いが、「きわめてわるかった」とは言えない。

ところで奥野氏は前掲『三島由紀夫伝説』のなかで、当時の平岡の詩をいくつか列挙し、「それは祖母の陰気な病室の中で、ひとりでできるもっとも楽しい遊びであった。」あるいは秋に関するいくつかの詩歌について「彼は小学一年生の時から、終りや死に格別の美しさ、魅力を感じていたらしい。」などと論じている。そこに引用された作品のいくつかが『小ざくら』に掲載されたものであったことを思うとき、右のような評価がまたいともたやすく〈伝説の再生産〉の趣を帯びてしまうことを指摘しておきたい。なぜなら、『小ざくら』に掲載されている詩には、同学年の学生がおなじテーマを歌っている場合が多く、秋に関する詩も、綴方の時間における題詠であった可能性が高いからだ。学校という場における綴方の意味が、こうした伝説ではまったく問われていない。

具体例を挙げよう。『小ざくら』（一〇号、昭和六・一二）には二六八ページに「コウエフノアキノオヤマノハガチルヨシヅカニシヅカニチラチラチラト」という短歌一首、二七四ページに「アキノヨニスヾムシナクヨリンリンリ」「アキノカゼ木ノハガチルヨ山ノウヘ」の俳句二首が掲載されている。これらは『小ざくら』に掲載された初の平岡作品である。いずれも「アキ」（秋）が題材に選ばれているが、同じ二六八ページに一年生・久保ケンヂ（謙治）「モミヂ」という長歌がある。二七四ページには平岡を含む一年生の俳句二十五首があるが、「コスモス」「アサガホ」「ユフガタノフジサンマツカ」「十五ヤノツキ」「アキカゼ」「アキノソラ」「アキノアメ」「カキノミ」「アカトンボ」「カキノキ」といった秋の季語が並んでいる。もう一例だけ掲げると、『小ざくら』（一二号、昭和七・一二）の二六二ページに平岡の「秋」という詩が掲載されているが、ここに掲載されている二年生の詩のほとんどが夏から秋にかけての季節を材としたもので、「おいもほり」「つた」「田舎の秋」「赤とんぼ」「かれは」「くりひろひ」といった秋らしいタイトルが並んでいる。これは例年の傾向である。

ともあれ、鈴木は綴方指導に熱心な教師だった。そうした一面を表す資料に、学習院初等科時代の作文「永井玄蕃頭尚志」がある。これは、平成十一年六月二十六日から二十七日にかけて各新聞紙上に報道され、同時に明治古典会七夕古書大入札会の会場で展示されたものである。その際、「小説「花ざかりの森」で「祖先」と表現した幕臣永井尚志の役職の変遷をまとめたリポート。」「三島文学の根底には自分の肉体や祖先へのこだわりがあるといわれており、この作文は祖先に言及した初めての文章とみられる。」（平成一一・六・二六『日本経済新聞』夕刊）といった紹介がなされた。その後「永井玄蕃頭尚志」の内容は発表されておらず、『決定版三島由紀夫全集』にも収録されていないので、この紹介は一人歩きをしている。たしかにそうした見方もありえるだろうが、それは資料の全体像との関連から論じられたものではないように思われる。そして、資料の全体を手にとってながめたとき、こうした論点とは異なる理解が可能になる。

筆者は現所蔵者である諏訪精一氏の了解を得て、この資料を手に取る幸運に恵まれた。その調査結果と筆者なりの理解を以下に論じたい。

「永井玄蕃頭尚志」はB5版、二十三字×十二行、右下に［小ざくら原稿紙］と印刷された原稿用紙七枚にペンで書かれているもので、おなじ原稿用紙約四〇〇枚とともに綴じられた厚さ四センチ以上ある無題の冊子のなかほどに収まっている（図版1）。内容は「一　系図」「二　職」「三　本文」と番号付きで三章にわかれている。また、家紋（《抱きめうが》とあるが正しくは「丸に抱き茗荷」）が別紙に描かれ、添付されている。

図版1

本文について説明する。「一　系図」には実父・松平主水正と尚志のつながりが「一」とされ、養父・永井能登守尚徳から尚志、その息子の永井岩之丞[7]までを「二」としてある。この岩之丞の娘が平岡公威の祖母・夏子で、夏子が平岡定太郎のもとに嫁して以降の三代が「三」として分かち書きされている。「二　職」では尚志の役職が記される。若年寄までつとめた幕府における経歴や、元老院権大書記官にいたる新政府での役職が列記される。ここまでに原稿用紙の一枚目が費やされている。「三　本文」はです・ます体を用いて、永井玄蕃頭尚志の事跡が語られていく。文化十三年十一月三河国の奥殿に生まれた尚志が永井能登守尚徳のもとに養子に入り、弘化四年に出仕、小姓組番士をふりだしに歴任した役職が列記され、長崎監察使を経て、日本最初の軍艦・ズームピング号がオランダから贈呈されたことにともなって伝習統督に任ぜられ、玄蕃頭となるまでが三枚目までに記される。四枚目には、観光丸と改称されたズームピング号操縦のための教授所の校長兼統督としての活躍、製鉄所の設立などが記される。五枚目以降は尊皇攘夷運動以降、明治元年に函館を拠点として新政府軍と戦って降伏、明治五年正月に罪を許されて元老院権大書記官に至るまでの事積と向島岐雲園に隠居したことなどが記される。六枚目から七枚目二行目に至る末尾は「辛卯夏疾にかゝり、再び起たず。朝廷は旧功を追念され叙従五位この日卒す。享年七十有六、お墓は谷中の本行寺にあります。」と締めくくられている。

この作文を読んでまっさきに思うのは、小学校六年生の学生が右に引用した末尾のような文章をひとりで書いたとは考えにくいということである。また、玄蕃頭尚志が題材に取り上げられ、祖母・夏子の家系のみが記されていることも問題になる。また、鈴木によると思われる朱書きの添削のあとも気になる。こうした点について考察していこう。

「永井玄蕃頭尚志」には一枚目一行目、タイトルの下に「六年東　平岡公威」と署名がある。これによって、本原稿が初等科六年次に提出されたレポートであることが明らかとなる。「年譜」によれば冬休みの宿題であるという。この分厚い冊子に四十九名分のレポートと、原稿用紙に添付された家紋十三名分（レポート提出者と重複する一名を含む）が綴られている。ほぼ当時の六年生全員が提出したものとみてよいだろう。前述したように「永井玄蕃頭尚志」は『小ざくら』用の原稿用紙七枚の作品だが、七枚以上のレポートは全部で二十二編ある。なかには二十一枚という長大なレポートもある。内容面は、平岡と同様に家系図・家紋・任意の一人を取り上げての評伝というパターンが多い。家紋のみ添付というのは手抜きレポートであろうか。

次に鈴木による添削の特徴を述べる。平岡のみならず、多くの学生のレポートに赤ペンで添削が施されている。添削の多くは、平岡がそうであったように漢字の誤りや振り仮名の誤りであるが、文語文で書かれたあるレポートに「口語文にすること」という注意書きがあり、すべての漢字に振り仮名を振ってあるレポートに対しては「振仮名は縦線の部だけ」と書き入れして、固有名詞を中心とする単語に朱線が引かれているなど、体裁の統一を図る意識が見える。「永井玄蕃頭尚志」の場合、漢字や振り仮名の訂正のほか署名部分の「六年東」という記述が赤ペンで削除され、平岡自身が付した注が削除されている。これらも、すべてのレポートに共通する添削の特徴である。

こうした特徴は、ひとつの課題に基づいて出題された宿題のレポートが、添削を経たのちにスタイルを整えられて公刊された可能性をものがたる。原稿用紙が『小ざくら』用のものであることを考えると、『小ざくら』への掲載が念頭に置かれていた可能性もあるが、『小ざくら』にこれに類する記事はない。

この点から理解すべきは、「永井玄蕃頭尚志」が教官の指導のもとに書かれたものであり、たしかに「祖先に言及した初めての文章」であることはたしかにしても、内発的な欲求から執筆された創作とは分けて考えなければならないことだ。

この作文にみる、大人びた、あるいはこなれた表現も、初等科六年生の文体とはみなしがたい。さきに引用した末尾の一節など、墓碑銘の引き写しのような観をいだかせる。これが平岡の筆跡であることはたしかにしても、家族や書生といったおとなの影がその背後に見え隠れする。憶測になるが、祖母方の系図のみが記されている点からみて、当時同居していた祖母の夏子が口添えをして書きあげられたものではないだろうか。そしてこれも平岡だけの特徴ではない。文語文で書いて注意を受けている学生がいたことをさきほど述べたが、それ以外にもおよそ初等科六年と思えない文体の作文が多い。「学習院の想い出」には夏休みの自由研究について「当時のことと父兄や書生さん、家庭教師のお手伝いも相当あったのではあらう」とあるが、この宿題をめぐっても各家庭で似たような光景が繰り広げられたのだろう。

板倉氏にこの原稿について尋ねたところ、まったく記憶にないということであった。さきほども述べたように、当時の学習院においては階級に関する問題を忌避する傾向があり、こうした宿題を課されること自体が当時の風潮になじまないのだという。そう考えると、『小ざくら』専用の原稿用紙を用いながら、一編も『小ざくら』に掲載されていない理由と、一巻にまとめられて鈴木の手元に残された理由はよくわかる。学習院の教育方針からみて公開には不適切なのだ。また、さきほど述べたように、多くのレポートには家族などの手助けの気配が感じられる。その点も、公刊に適さないと考えられた一因ではなかっただろうか。

むしろこれをみて筆者が感じるのは、綴方教育に関する鈴木の熱意である。「永井玄蕃頭尚志」には鈴木による添削があるが、おもに平岡が付した注を削り、「徒士頭」に「トシガシラ」とあるルビを「カチ」と直したり、間違った漢字を訂正してあったりといったものであり、文体や内容に関わるものではなかった。そのため、この資料一点では鈴木の指導が三島の創作にどのような影響を与えたか、という点に踏み込むことはできないが、それがこの分厚い冊子全編におよぶを見ると、鈴木が熱心に添削をしたことがよくわかる。

このように事実を検証していくと、祖母の病室に幽閉され、いわれなきいじめを受けた少年時代、といった陰鬱な色彩に彩られた三島像とは異色の学生像が考えられてもいいのではないかという思いを強くする。すくなくともこの「永井玄蕃頭尚志」に関して、右に述べてきたような教育現場における宿題であったことへの検証を抜きに「花ざかりの森」に通じる血統意識やコンプレックスの問題へと結びつけるべきではない。

鈴木は国史を専攻し、漢文に堪能であった。板倉氏によれば、漢文に堪能であった鈴木は、西洋のお伽噺や文学から国文学に向かっていった平岡とは相容れなかったのではないかということであった。そして、それは中等科以降でも同様で、国文の教授の多くが平岡の作品を賞賛する一方で、漢文の教授はあまり平岡を評価していない印象があったという。鈴木の指導に関するより詳細な調査が必要である。

その他、初等科における行事として、「学習院の想い出」は自由研究や沼津の遊泳(8)、遠足や校外運動といった年中行事を掲げている。『小ざくら』にも綴方や写真でその様子が掲載されているのでこれらと突き合わせてみる必要があるだろう。

後年の三島にも関連するできごととしては、二・二六事件が掲げられるだろう。学習院、とくに目白の校舎における二・二六事件については第II部第一章で取り上げるのでここでは控えるが、四谷にあった初等科の対応について先述「学習院百年史原稿」で鈴木は次のように記している。

三、宮本主税科長から川本為次郎科長へ

石井科長退任のあと、すぐ宮本先生が科長になられたが、その夜宮本先生は脳出血で倒れられ、川本為次郎先生が科長の代行をされた。十一年の二月二十六日の朝、大雪であった。出勤しようと初等科の門前に行くと、銃剣をつけた武装の兵士が数人（非反乱軍）初等科裏門へ行く横丁入口に立っていた。職員室もがらんとしていていつもは早々から集まってくる学生も今朝は少ない。宿直の庁仕の話で、今暁初等科裏の斎藤実さんが反乱軍のために襲撃され、非業の最期を遂げられた事が分った。そして日比谷付近を反乱軍が占拠しているらしい。川本先生も来られ数人の方々と善後策を相談した。そのうち省電が止まるという情報がはいったので昼すぎ私は退庁。翌二十七日、省電は新宿から中央線が動かなかったので、新宿から初等科まで歩いて行った。事態は深刻であった。また歩いて帰る。二十八日も同じ。二十九日は戒厳令がしかれ、省電は動かなかったので、池袋から初等科まで歩いた。勿論休業、そのうち事態は急進展した。

平和が蘇った。

四月五日、宮本科長が永眠され、川本先生が科長心得として引続き初等科の教育を担当された。

『小ざくら』第十九号（昭和一一・七）の「学校日誌」二月二十九日の項目には「帝都に戒厳令がしかれ交通機関が停つて臨時休となつた。」とあるのみだが、「年譜」昭和十一年二月二十六日の項目にある「授業1時限目に教師は休講を宣し、帰宅途中に何が起ころうとも学習院学生の矜りを忘れてはならないと訓辞。」とあるように、四谷の初等科が事件のまっただなかにあり、緊張状態にあったことがこの記述からもわかる。それは、当時高等科生であった坊城俊民が「鼻と一族」（昭和二一・一〇『雪線』六号）や『焔の幻影　回想三島由紀夫』に記した目白の印象とは異なる。(9)

従来、三島における二・二六事件の意味は、二・二六事件三部作と呼ばれる「憂国」（昭和三六・一『小説中央公論』）、「十日の菊」（昭和三六・一二『文学界』）、「英霊の声」（昭和四一・六『文芸』）やいくつかの評論との関連から、日本浪曼派や政治思想の問題に引きつける形で晩年の行動を理解する手段として論じられてきた。しかし、何度も述べるように、それは遡及的な問いといえる。平岡が二・二六事件の目撃者であったことはたしかだが、まずは事件当時の目線が把握され、その意味づけがいつごろどのようにして再編されていったのかを問うのが順序として正しいと筆者は考える。

4

さて、そろそろ初等科時代に別れを告げて、中等科・高等科時代へと筆を進めたい。ただし、本章で問題視するような伝説は、この時期にはあまり生成されていない。その理由として、平岡自身、あるいは級友たちも年齢が高くなってきたために回想に冷静さと正確性が備わってきたこと、平岡の健康状態がよくなり、成績もよくなってきたためにからかいやさげずみの対象とならなくなってきたことが掲げられるだろう。また、祖母・夏子と別居し、一般家庭同様に両親や兄弟たちと同居するようになったことは母・倭文重氏の回想から強烈なバイアスを取り除く要因となっている。またコンプレックス説の根拠を求めるような年齢でもない。こうしたことがらによって、妙な伝説の生成する余地が減ったのである。この時代については、次章以降に論じる主題でもあるので、本章では以下の章のベースとなることがらを中心に叙述してゆく。

一部「年譜」の記述と重複するが、平岡公威在籍のクラスと主管、組長を一覧にしておこう。

昭和十二年度（中等科一年次）　北組（二十八名）　主管…福田福一郎　組長…北條浩・堀越勉
昭和十三年度（中等科二年次）　南組（二十五名）　主管…岩田九郎　組長…堀越勉・桜井裕
昭和十四年度（中等科三年次）　東組（二十五名）　主管…岩脇完爾　組長…瀬川昌久・堀越勉
昭和十五年度（中等科四年次）　南組（二十四名）　主管…岩脇完爾　組長…不明
昭和十六年度（中等科五年次）　西組（二十名）　主管…福田福一郎　組長…林易・渡邊嘉男
昭和十七年度（高等科一年次）　文科乙類（二十四名）　主管…佐藤文四郎　組長…平岡公威
昭和十八年度（高等科二年次）　文科乙類（十六名）　主管…豊川昇・佐藤文四郎　組長…溝口昇・平岡公威
昭和十九年度（高等科三年次）　文科乙類（十二名）　主管…松尾　聰　組長…平岡公威

組長を一覧に加えたのは、しばしば三島が中等科高学年から成績がよくなってきて、高等科ではトップであったといわれていることを確認するためである。「年譜」には中等科・高等科時代の通信簿も掲載されているが、中等科一〜二年次（昭和十二〜十三年度）の二年間と高等科一年次（昭和十七年度）二学期分の記載がない。また、高等科二年次（昭和十八年度）の主管についても記載がないので補完の意味をもっていると考える。

中等科は一学年三クラスで、毎年クラス替えがあった。高等科は文科甲・乙・丙類と理科に分かれており、二年半クラス替えはなかった。平岡のいた文科乙類はドイツ語の専攻。時勢もあって当時ドイツ語専攻の志望者は多かったという。なお、中等科で年々学生数が減っていくのは留年のためである。高等科でも、二年次が前年に比べてぐっと減っているのもそのためである。このとき、組長として責任を感じた平岡は、進級に関する職員会議の日に登校し、職員室の前をうろうろしていたという。いくつかの評伝類に記述のあることだが、板倉氏もこのとき職員室前で平岡と立ち話をした記憶があるという。

また、高等科三年次が減っているのは、昭和十八年十二月に志願して出征した学生が学年中に十名いたためでもある。

当時の学習院中・高等科の教授陣はそうそうたる顔ぶれが並んでおり、彼らがどのような内容の講義を行ったのか、気になるところである。学習院の先輩で一緒に『赤絵』を創刊した東文彦（本名・健《たかし》）宛の書簡にも、たとえば「「大鏡」の試験をやって…」といった記述があり、高度な内容を想像させるが、板倉氏によればそうした筆者の想像とは異なり、基本的には一般の教科書を用いた授業であったという。「「大鏡」の試験」といった言い方は、彼一流の言い回しなのではないか、ということである。シラバスなど存在しない時代であることはもちろん、当時の教科書も確定できないため、この点に関しては不明とせざるをえない。いずれ平岡公威自身や当時の教授陣の講義ノートなどが整理・公開されることを期待したい。

ただし、一部の年度ではあるが、学習院院史資料室の資料に当時の時間割が記載されていた。これらを章末の別表に掲げておく。なお、中等科に関しては五年次の二〜三学期、高等科に関しては、『昭和十八年九月　高等科学年時間表』『昭和十九年四月　高等科学年時間割表』によって知りうる事実を列記した。

次に、学習院中等科以上における教授陣との関係についてふれたい。

前掲『仵・三島由紀夫』に記された倭文重氏の記憶によれば、平岡の文才を最初に認めたのは中等科二年次の主管であった岩田九郎であったという。倭文重氏は「作文の点数はたちまち最高点を取りますし、作家としての素質が俄然あらわになり、俳句や和歌にまで食指をのばすようになりました。この岩田先生の御恩は私一生お忘れできません。何ともお礼の申しあげようもございません。」と記している。同様に板倉氏も、岩田が平岡の文才を認めていたことを筆者に語った。平岡本人がいない場所で、その文才を岩田が賞賛するのも聞いたという。

岩田は国文学者として名を残した人物だが、水鳥という号をもつ俳人でもあり、「木犀会」という会を主催していた。授業の出来がいいので句会に平岡を連れて行くようになった。岩田にともなわれて、京極杷陽邸や百花園、あるいは岩田邸や芦花公園での句会に参加した思い出を三島は随筆などで語っている。もっとも、平岡は中等科高学年になると文芸部内の俳句派と称されるメンバーと対立を深めるようになる。[10]また、岩田は平岡が三年生になった昭和十四年には三年中組、翌十五年には四年中組の主管を務め、この年まで平岡と同様にくりあがっていた。[11]右の一覧に掲げたように、三年生以降、平岡のクラスの主管になることはなかったが、各学年三クラスしかなかったことを考えれば縁は深かったということができるだろう。ともあれ、中等科一年次における主管が岩田であったことの意味は、追求されてよい問題であると思われる。あるいは、なぜ結果として三島評伝に名前を連ねているのが岩田ではなく清水文雄だったのか、という問いの立て方も考えられるだろう。

次に、やはり国語の教授で三島が生涯にわたって師と仰いだとされる清水文雄について。板倉氏の記憶によれば、当時清水は主に中等科二〜三年次の国語を担当していたという。ちなみに板倉氏は、中等科四〜五年次には松尾聰に教わった記憶があるというが、別表に掲げた五年西組（平岡のいたクラス）の時間割には岩田や山岸徳平の名がみえる。ともあれ、清水は昭和十三年に成城中学から赴任した中等科専門の教授で、教室における平岡との関わりは必ずしも深くない。むしろ高等科を兼務していた岩田の方が平岡を教えた時期は長いのである。また、当時の記録によれば、清水は昭和十五年四月に中等科舎監を命じられており、同十九年三月までその任に当たっていた。三島・清水双方の回想に、三島が原稿を携えて中等科の寮を訪れたことが記されているが、それにはこうした事情があった。なお清水は昭和十五年から十八年まで一貫して中等科三年次、十九年には四年次の主管を務めている。板倉氏の記憶はこうした意味から裏付けられるのである。

その他、授業内容などに関して筆者が知り得たことは、板倉氏「学習院の想い出」の記述に譲りたい。ここに記された東條操や新関良三、山本直文といった教授陣によるゼミはおろか、当時の教育内容のほとんどを三島は後年の回想に残していない。「ドイツ語の思ひ出」(昭和三一・五『ドイツ語』)という短い随筆で高等科文乙の雰囲気を記した程度である。「年譜」の通信簿に見るように、この時期の平岡は成績優秀な学生になっており、文芸部でも活躍、「花ざかりの森」(昭和一六・九〜一二『文芸文化』)で文壇にデビューしていた。その点は初等科時代とはあきらかにちがうにもかかわらず、である。筆者としては、このように三島が当時を語らなかったことになんらかの意味を読みとりたいのである。その一方で、「仮面の告白」(昭和二四・七　河出書房)などの小説や徳大寺公英との対談などを通じて、本章で筆者が批判した伝説の温床となるような個人的で検証不可能なエピソードばかりを語り、教育環境としての学習院をほとんど語っていないことに、三島の学習院に対する思いの微妙さを感じるのである。従来の三島研究においては、三島自身が語ったことを根拠として論を進める傾向が強い。しかしそれでは、三島研究は三島自身の紡いだ物語の範疇を一歩も出ないことになってしまう。それを突き崩していくには、三島自身が語ったことをはなれて、当時の平岡が存在していた文化的環境として学習院の存在をとらえ、その前提に立って平岡の存在なり作品なりを考えてみなくてはいけないと思う。その際、『小ざくら』や『学習院輔仁会雑誌』を考察することは有益であると考える。そこには学習院という空間に流通していた言説が豊富に含まれていることによって、学習院の文化的環境を分析することができるからだ。そこに従来の「三島由紀夫」に還元しきれない要素があるならば、私たちはその差異から従来の研究のもっているバイアスを問い返すことができるのである。

本章のしめくくりとして、学習院の卒業式について触れておこう。

昭和十九年九月九日の卒業式には天皇が臨席、首席での卒業となった平岡公威は宮内省から恩賜の銀時計を受け取っている。松本徹編『年表作家読本　三島由紀夫』（平成二・四　河出書房新社）には、学習院の制服を着て大事そうに銀時計を見つめている三島の写真が掲載されている。そのあと、山梨勝之進院長に連れられ、理科総代の井出幸三、前田宰三郎とともに宮中に参内する。

これに先立つ学習院の卒業式がどのようなものであったか、これまでの三島研究・評伝はまったくふれてこなかった。板倉氏は次のように記す。

> 我々の卒業式は19年9月7《ママ》日に行はれ卒業式らしい卒業式としては終戦前では最後であつたらしい。文科系は23名位しかゐなかつたが卒業、入学、入隊が一緒であつた。
>
> 国防の第一線といはれた委任統治領内南洋のサイパン島は敵手にわたり、物資は欠乏してゐた。式後の会食はたしか和菓子2ヶであつた。
>
> 一連の行事の後で理科の学生がお榊壇の門前で円陣をつくて《ママ》「枯スヽキ」の替歌を作つて円陣を作つて《ママ》歌つてくれた。「院門から隊門へ」であつた。
>
> このお榊壇は現存してゐるが、昔は鉄門（現戸塚校舎正門）があり、虎ノ門から移したものであつた。野球の附属戦の後で勝つても負けても中等科全員が集つて泣いた所で送別の歌を受けたのは思出深かつた。

『学習院百年史』第二編（昭和五五・三　学習院）によれば、この時の卒業生は前年出陣した学生を除き二十四名。そのうち五名が陸軍へ、十一名が海軍へ入隊した。ほとんどが九月末日か十月に入隊したが、一名は卒業を待たずに六月に入隊したという。

お榊壇とは、乃木希典が建立した学習院のシンボル的な場所で、明治天皇の植樹した榊の木を中心に、乃木が取り寄せた世界各国の石が周囲を取り囲んでいる。先述「生徒を心服させるだけの腕力を」で、上級生に「「お榊壇へ来い」と言はれたら百年目であつた。ここはもつとも厳格な、重罪裁判所になつてゐたのである。」と三島は記している。右の引用にみる附属戦の思い出といい(12)、後年の三島が「乃木式」と称するところの、当時の学習院を象徴する意味を担う場所であったようだ。そこで執り行われた、いかにも戦時下の質素な卒業風景を三島は小説や回想でふり返ることがない。もっとも、宮中参内の件を考えると、この場に平岡がいたかどうかは怪しいところである。

本書第I部第三章で触れるが、昭和十九年九月の卒業式前後の平岡公威は、作家としてのみならず、ひとりの人間として人生上の岐路に立っていた時期にあたる。こうした時期の三島像は、戦時中ということもあってあまり具体的には捉えられてこなかった。はたしてそれは、これまで縷々論じてきた伝説のなかに容易に見出しうるようなコンプレックスゆえに忌避された事柄なのだろうか。しかし、筆者はそうした安易な態度には与しない。それは三島自身の語る三島の中に語られていなかったため、これまで検証されていないのである。〈三島の語る三島〉にばかり依拠していては、研究は進展しない。三島のように強いイメージが付与された作家に関する研究においては、その言説よりも事実に依拠するという態度で臨むべきであろう。〈三島の語らなかった三島〉の領域を検証し、それを強固な「三島由紀夫」イメージに対置させることから研究は始まると筆者は考える。

注

（1）『決定版三島由紀夫全集』の「年譜」に身体検査の結果や通信簿の欠席日数が掲載されていることはこのような伝説を相対化するひとつの判断材料となるだろう。初等科時代における平岡公威の身体検査の概評はおおむね「丙」で、「学習院学生平均発育表」と比較された昭和十年四月二十三日（初等科四年）の数値を引用すると「身長一二四・九（一三二・八）、体重二四・九（二七・七）」となる。たしかに平均以下であるが、極端に小さいとはいえないように思うのだがどうだろうか。一方、欠席日数に関しては、年間の数値が分かる一年〜四年にかけての通信簿によれば一年次に二百二十三日中の四十日欠席、二年次で二十日、三年次三十三日、四年次三十三日、五年次で十八日であるから、たしかに多い印象を受ける。学年の平均値と比較したいところである。

（2）板倉氏は「平岡もずいぶん他の子をいじめたものですよ」と筆者に語ったが、氏は初等科時代には別クラスであったので、中等科の記憶である可能性も残る。なお学習院における平等主義と序列意識との関係についてはタキエ・スギヤマ・リブラ『近代日本の上流階級　華族のエスノグラフィー』（平成一二・八　世界思想社、竹内洋他訳）第七章に詳細な分析がある。

（3）初・中等教育の場では「教員」「生徒」という呼称が一般的だが、学習院では、初等科から「教授」「学生」という呼称をもちいた。担任は「主管」と呼称される。

（4）「動、植、鉱物採取者」のひとりとして「平岡公威」の名前が見える。

（5）平岡公威の短歌・俳句も一首ずつ掲載されている。

（6）平成十二年十一月、神田古書祭に際して三茶書房店頭にこの教案簿が展示され、NHKによる報道で紹介された。

（7）尚志の通称も岩之丞であった。

（8）鈴木「学習院百年史原稿」によれば昭和九年七月二十日のことであった。病弱な三島は参加しなかったといわれている。なお臨海学校は四年次以上の参加で、昭和十〜十一年の平岡の参加は未確認。

（9）「鼻と一族」に関しては第II部第一〜二章で取り上げる。

（10）この点に関しては第II部第三章を参照。

（11）昭和十六年には一年南組の主管となっている。

（12） 附属戦に関しては第II部第一章参照。

（別表） 学習院院史資料室では、昭和十六年九月以降の『中等科学年時間表』『中等科教官時間表』、昭和十八年九月以降の『高等科学年時間表』、昭和十九年九月以降の『高等科教官時間表』を保管している。以下はそれらをもとに作成した。なお英語と数学に関してａｂｃと教官が分かれるのは成績別にクラスが分かれたためである。教練や勤労動員などがあったため、この通りに行われたとはいえない。なお現在、学習院史資料室は一般に公開されておらず、閲覧には資料個々に許可を必要とする。

○時間割（『昭和十六年九月　中等科各学年時間割表』）五年西組

（月）
1　ａ英…長沢　ｂ英…岩脇　ｃ幾…猿木
2　公民…渡辺
3　国語…岩田
4　ａ三…平田　ｂ三…長友　ｃ英…宮原
5　修身…岩脇
6　作文…福田

（火）
1　ａ幾…猿木　ｂ幾…長友　ｃ三…平田
2　化学…赤井
3　歴史…児玉
4　英語…ジョンズ
5・6　教練…柏崎・伊藤

（水）
1　ａ英…岩脇　ｂ英…長沢　ｃ英…宮原
2　ａ三…平田　ｂ三…長友　ｃ幾…猿木
3　図画…岡・高木
4　体操…上田
5　物理…秋山
6　ａ英…長沢　ｂ英…宮原　ｃ英…岩脇

（木）
1　ａ英…長沢　ｂ英…岩脇　ｃ英…宮原
2　ａ幾…猿木　ｂ幾…長友　ｃ三…平田
3　教練…柏崎・伊藤
4　歴史…児玉
5　漢文…福田
6　地理…村松

（金）
1 a代…長友　b代…平田　c代…猿木
2 a英…長沢　b英…宮原　c英…岩脇
3 化学…赤井
4 国語…山岸
5 馬術…二村・山本
6 剣柔弓

○時間割（『昭和十七年一月　中等科学年時間表』）

（月）
1 abc英語幾何…長沢・岩脇・猿木
2 公民…渡辺鎮
3 国語…岩田
4 abc　三角英語…関口・長友・宮原
5 修身…岩脇

（水）
1 abc語…岩脇・長沢・宮原
2 abc三角幾何…関口・長友・猿木
3 図画…岡・高木
4 体操…上田
5 物理…秋山
6 abc英語…長沢・宮原・岩脇

（土）
1 漢文…福田
2 a英…岩脇　b英…長沢　c英…宮原
3 国語…岩田
4 物理…秋山

（火）
1 abc幾何三角…猿木・長友・関口
2 化学…赤井
3 歴史…児玉
4 作文…福田
5〜6 教練…柏崎・伊藤・藤田

（木）
1 abc英語…長沢・岩脇・宮原
2 abc幾何三角…猿木・長友・平田
3 教練…柏崎・伊藤・藤田
4 歴史…児玉
5 漢文…福田
6 地理…村松

（金） 1 abc代数…長友・関口・猿木
2 abc英語…長沢・宮原・岩脇
3 化学…赤井
4 国語…山岸5 馬術…二村・山本
6 剣柔弓

（土） 1 漢文…福田
2 abc英語…岩脇・長沢・宮原
3 国語…岩田
4 物理…秋山

○同時期の中等科国語・漢文・作文（『十七年一月中等科学年時間表』による）

中5東 国語…岩田 漢文…福田 作文…福田
中5中 国語…岩田・山岸 漢文…福田 作文…福田
中4 国語…清水文 漢文…渡辺・福田 作文…松尾
中3 国語…清水文 漢文…芳野 作文…清水文
中2 国語…松尾 漢文…渡辺未 作文…渡辺 国文法…松尾
中1 国語…渡辺未・岩田 漢文…福田 作文…岩田

○時間割『昭和十八年九月 高等科学年時間表』（平岡…文二乙）

（月） 1 独語…桜井
2 古典…東條
3 古典…佐藤
4 独語…新関

（火） 1〜2 経国…田中
3 道義…豊川
4 体操…上田
5 英②…鍋島

5　道義…山本
6　歴史…清水
7　武道

6　独語…シンチンゲル

（水）
1　歴史…児玉
2　古典…佐藤
3　独語…野村
4　教練
5　哲理…豊川

（木）
1　独語…新関
2　歴史…清水
3　独語…桜井
4　英②…鍋島
5～6　教練

（金）
1　独語…桜井2　古典…東條
3　哲理…豊川
4　古典…松尾
5　独語…野
6　自然…山本村

（土）
1　独語…シンチンゲル
2　独語…新関
3　歴史…児玉
4　歴史…清水

○同時期の高等科古典

文二甲丙　古典…東條（2時間）・佐藤（2時間）・松尾（1時間）
理二甲乙　人文…清水（2時間）
文一甲丙　古典…松尾（2時間）・佐藤（2時間）・東條（2時間）
文一乙　古典…佐藤（2時間）・松尾（2時間）・東條（2時間）

理一甲　人文…東條（2時間）・児玉（1時間）・佐藤（1時間）
理一乙　人文…東條（2時間）・児玉（1時間）・佐藤（1時間）

○時間割『昭和十九年四月　高等科学年時間割表』

（月）1　英…鍋島　独…野村2
　　　　仏…ヴィグルス1
　　2～3経国…森
　　4　歴史…清水
　　5～6　教練

（火）1　古典…松尾
　　2　歴史…児玉
　　3　英…久野／独…桜井2／仏…山本1
　　4　古典…東條
　　5　哲学…豊川
　　（6・7は鉛筆書きで「修練」）

（水）1　道義…豊川
　　2　歴史…児玉
　　3　英…鍋島　独…桜井2　仏…山本1
　　4　英…西崎　独…シンチンガー2
　　　　仏…富永1
　　5　自然…山本
　　6　武道

（木）1　英…久野　独…新関2
　　　　仏…ヴィグルズ1
　　2　歴史…児玉
　　3　歴史…清水
　　4　教練
　　（5・6・7は鉛筆書きで「修練」）

（金）　1　古典…佐藤
2　英…西崎　独…新関2　仏…富永1
3　古典…松尾
4　教練
5　体操…上田
（6・7は鉛筆書きで「修練」）

（土）　1　古典…佐藤
2　哲学…豊川
3　自然…山本
4　英…久野　独…野村2　仏…山本1

○昭和十九年の他学級国語関連担当

理3甲乙　主管…井上
国語関連なし
文2甲丙　主管…山本・鍋島
古典…佐藤（2）山岸（1）松尾（2）東條（1）
文2乙　主管…児玉
古典…佐藤（2）・山岸（1）・東條（1）・松尾（2）
理2甲　主管…溝口
人文…白鳥（2）
理2乙　主管…古賀
人文…白鳥（2）
文1甲丙　主管…久野
古典…岩田（3）・佐藤（2）・東條（1）
文1乙　主管…白鳥
古典…岩田（3）・佐藤（2）・東條（1）

理1甲ノ1　主管…寺田
古典…東條（1）

理1甲ノ2　主管…柳谷
古典…東條（1）

理1乙　主管…戸沢
古典…東條（1）

第二章　「酸模」における引用――『学習院輔仁会雑誌』との関連

1

「酸模《すかんぽう》――秋彦の幼き思ひ出――」（昭和一三・三『学習院輔仁会雑誌』一六一号、以下副題略）は旧『三島由紀夫全集』（昭和四八・四〜五一・六　新潮社）において特別な地位を占めていた小説である。小説・戯曲・評論・韻文その他という配列で編集されたこの『三島由紀夫全集』において、はじめて活字となった小説という条件によって「酸模」は第一巻巻頭を飾る作品であった。第一巻は第二十一回配本であったから、定期購読者が最初に接した三島作品ではないが、たとえば図書館で手に取られる可能性を考えると、きわめて目立つ位置にあったといえる。「花ざかりの森」以前の作品としてはよく読まれた方ではなかっただろうか。

一方、『決定版三島由紀夫全集』（平成一二・一一〜一八・四　新潮社）においては、小説を長編小説と短編小説とに分かち、長編を先に置く序列化を行ったことによって、「酸模」は第十五巻に置かれることとなった。また、三島家に保存されていた未発表原稿の公表によって、第十五巻のなかでも六番目の位置に落ち着いた。旧『三島由紀夫全集』における特権性はかなり薄れたといってよいだろう。

このような配列変更によって作品そのものが変わるわけではないが、読者の受け止めかたは否応なく変化する。

おそらく、初期の一短編として位置づけられ、読まれることも少なくなるのではないだろうか。もちろん、筆者はそのことの是非を問いたいわけではなく、作品の評価は作品群における配置によって相対的に変化することを指摘したいのである。

むしろ筆者が指摘したいのは、全集において作品を理解し、判断し、評価するという行為のはらむ問題性である。具体的にはふたつの問題が生じるだろう。作品が書かれ、雑誌など初出のメディアに掲載された際のコンテクストが見失われた状態で読まれることと、切り離された作品が作家・三島由紀夫の名に還元されて読まれることである。あたりまえのことだが、個人全集という形態においては、作品は作家の固有名にしたがい、おおよそジャンル別に時間軸にそって並ぶ。そのため、作品が周囲の状況と作り上げていた関係、いいかえれば共時性を捨象してしまうことになる。したがって、全集による読書行為は作品に対して作家の固有名に還元される問いを誘起しがちである。もちろん、それはそれで大きな問いではあることはまちがいないが、三島の場合、その問いは過剰にすぎたといえるだろう。

「酸模」は四〇〇字詰原稿用紙に換算して三十五枚ほどで、北原白秋「ほのかなるもの」（大正四・五『ＡＲＳ』）の一部をエピグラムに用いている。刑務所から囚人が脱獄したため、秋彦の母親は自然に満ちた丘で遊ぶことを禁止する。内緒で出かけた秋彦は、夜道に迷ううちに森に迷い込んでしまう。秋彦はそこで囚人と出会い、純粋な瞳の力で囚人を改悛させる。囚人は弱い感情のみの性格の中に幸福を見出したのである。翌夏、出所した囚人は秋彦たちと酸模の花を通してふれあうが、母親たちは花を捨てさせる。長い年月を経て帰郷した秋彦は酸模の咲き乱れる丘に立つ。そこには囚人の墓標が立っている、というものである。

これまで、この作品は三島の生い立ちと重ね合わせて読まれてきた。その嚆矢は、三島の母である平岡倭文重《しずえ》氏の言及である。倭文重氏は、夫であり三島の父である梓氏の著書『伜・三島由紀夫』（昭和四七・五　文藝春秋）に登場して三島の幼年時を語っており、「酸模」にふれている。

倭文重氏は「この「酸模」と公威とは私にとりましてはつねに思い出が思い出を生んで切りはなすことのできないもので、公威が私に遺していった数々の形見の中では貴重なものの一つでございます。」と述べ、作品の成立に関わる記憶を紹介している。これによれば、三島を溺愛する祖母の目を盗んで親子三人で散歩した際、偶然に市ヶ谷刑務所の門前に出、「普通と違う変な不思議な建物と、荒寥としたと形容する他ない薄気味悪い広場に立たされた公威は、何か強いショックを受けたらしく、この建物は何か何か、と実にしつっこいくらい私に聞きただし、」「一向に動こうと」しなかったことがあったという。そして、そこは人影もなく「ただ一面ぼうぼうと雑草が生い繁っている」ばかりで「酸模の花なんてもちろんどこにも咲いて」いなかったと述べ、「公威のこの時の記憶は実に約十年近く後になっても消え去らず、十三歳になってはじめて「酸模」という題名の作品として結実した」のだとしている。その一方で、作品の内容に関しては、作者の「自然に対する憧憬」を「酸模」に認める一方、「筋と申すほどの筋はございません」とするのみである。

その後、村松剛氏も『三島由紀夫の世界』（平成二・九　新潮社）で、やはり倭文重氏から直接聞いたという同趣旨のエピソードを紹介し、そのまま踏襲している。氏は、市ヶ谷刑務所で目にした囚人の姿が「自分の住む世界の人間とは別種の、何か不気味な存在として子どもの眼には映じたのである。」とし、「童話の世界に閉じこもり、外界には無関心に生きて来た幼い三島にとって、灰色の刑務所との遭遇はとりわけ衝撃的だった」はずで、その「衝撃が彼の心に残り、その記憶が八、九年後に『酸模――秋彦の幼き思ひ出――』として結実することにな」った、と推測している。また、村松氏はその主題を「脱獄囚との少年の出会い」にあり、舞台である丘の冬景色が「雪姫の純白な白衣の袖」と表現されていることから、作品の自然が「お伽噺のなかの自然」と考えられ、脱獄囚も「童話の世界の一人物になりおわっている」という。そして「幼い三島が心の内に育てていた［中略］世界」にとって、

「灰色の刑務所は」「外界の極北ともいうべき存在だった。その外界の極が『酸模』では、童話の世界に組込まれる。」と、三島の「現実にたいする復讐の念」の萌芽を読みとっている。また、ここで村松氏が論じている「童話の世界」とは、父母から離され、祖母の元で溺愛されていた幼少期に「子どもに手のとどくかぎりのお伽噺を渉猟」する中で三島が「経験していた世界」を示しており、「外界」とは三島の経験の外におかれた世界＝「社会」を表している、そしてこの「社会」は三島には「お伽噺の『世間』以上に陸離たるものとは思へなかつた。」（『仮面の告白』）ものであったと論を進めている。

村松氏の読みは、文体への着目によって後年の三島の概念の萌芽を「酸模」に認めるという作家論上の位置づけに価値があるが、反面、作品のもつ意味を十分にくみ取ったものとは言いがたい。また氏の論述は、成立事情をはじめとして三島幼少時のエピソードに多く依拠している。序章でも述べたように、こうしたエピソードはそれ自体興味深く、研究におもしろい視点を与える場合も多いが、検証不可能な伝説と呼ぶほかないものも多い。無批判に依拠することには慎重でありたい。とくに祖母である夏子が与えた影響については、その情報の多くが夏子ともっともむずかしい関係にあったはずの倭文重氏を通じて語られたものであることに注意を払うべきであろう。

また、市ヶ谷刑務所云々という成立事情そのものは認められるとしても、それから「酸模」の成立までに十年近い歳月が流れていることをどう考えればよいのだろうか。すなわち、作者がこのエピソードをどのように虚構化しておリ、それはどのような意図からなされたのかという疑問を念頭に作品の分析を進めることが必要と思われる。なにより、ここで村松氏がことさら「酸模」を大きく取り上げるそのことに、旧『三島由紀夫全集』の巻頭に置かれていたことの特権性が露わになっているとはいえないだろうか。いうまでもなく、倭文重氏の証言は母としての回想であり、村松氏の著作は伝記である。回想や伝記というジャンルの様式からみて、初期作品を死に至る個人的資質の問題と絡めてしまう思考は無理からぬこととはいえ、全集巻頭という特権的な地位を失った現在、このような評価には物足りない思いがする。

一方、「酸模」が童話的色彩の強い作品であったからといって、『決定版三島由紀夫全集』第十五巻の配列どおり「大空のお婆さん」以下「緑色の夜」に至る、手製の文集『笹舟』に書かれた「創作童話」(1)と同列に扱うことにも慎重でありたい。『笹舟』に書かれた創作童話群の執筆年月日が確定していないため時系列上に配列されているか疑わしいこともあるが、ノートに手書きされた作品と『学習院輔仁会雑誌』に活字で刻印された作品の差異がそこでは消失してしまうという理由からである。

童話というジャンル意識の点でいえば、「酸模」について『学習院輔仁会雑誌』一六一号の「編集後記」に「平岡公威の童話の様な美しさも少しある作品、之が中学一年と聞いては驚かざるか〔ママ〕得ない。」という無記名の評があることは無視できない。この評者は「酸模」を「童話の様な美しさも少しある」と述べているのであって、「童話」そのものとはみなしていない。「編集後記」を執筆するからには実質的な編集長だったはずの評者の意識において「酸模」は「小説」だったのである。もちろん筆者は「童話」と「小説」とのあいだに序列を付けたいわけではなく、ノートに書かれた作品と『学習院輔仁会雑誌』に掲載された作品との差異を確認しておきたいのである。

『学習院輔仁会雑誌』に発表された小説は全部で八編ある。(2)だが、『学習院輔仁会雑誌』に発表された自作小説に対する三島の態度はきわめて冷淡であった。初の作品集『花ざかりの森』（昭和一九・一〇　七丈書院）の掲載作(3)は『文芸文化』と『赤絵』に発表された作品のみであった。また、生前刊行の短編集に収録された作品は「彩絵硝子《だみえがらす》」（昭和一五・一一、一六六号。のち『夜の仕度』昭和二三・一二　鎌倉文庫）一作であり、自選集にも『学習院輔仁会雑誌』に発表された小説を収録することはなかった。そのため、これらの作品は、没後刊行された『三島由紀夫十代作品集』（昭和四六・一　新潮社）に「彩絵硝子」と「玉刻春《たまきはる》」が収録されたほかは『三島由紀夫全集』第一巻刊行時の昭和五十年一月まで一般読者に知られていなかった。そのなかでは「生れてはじめて小説らしいものを書いた」、「脱獄囚の暗い心に童心がよびさます純潔な魂を酸模の花に象徴させたもの」と「四つの処女作」(昭和二三・一二『文学の世界』)で紹介された「酸模」はまだしも恵まれていたというべきであろう。

そこで本論においては、次の各点に着目して「酸模」を考察することとする。すなわち、「酸模」が「三島由紀夫」ではなく本名の「平岡公威」の名で発表されている点。そして、掲載誌が『学習院輔仁会雑誌』であったという点である。そのうえで、これが平岡公威にとってはじめて活字化された小説であったことに注意したい。それはこの作者がメディア上の存在になったということだろう。ここで必要なことは、『学習院輔仁会雑誌』の誌面上のコンテクストに即して「酸模」を読むということである。そのために『学習院輔仁会雑誌』に掲載された言説を作品解釈の補助線としてもちいる。これによって、「酸模」がいかなる場において成立した小説であったかを明らかにしたい。

2

「酸模」を解釈するにあたって、第一に主人公・秋彦の造型について考察する。そのために、本文に二重カギカッコ付きで『自然への執着』とまとめられた、秋彦の「自然に対する病的な、憧憬や、執着」の意味をまずは考えたい。それが主人公・秋彦と自然との関わりを示す中心であると考えるためである。

母親の制止も聞かずにそっと勝手口から外へ出た秋彦は、丘へ登る道へさしかかる。ひとくちに自然というが、ここには明と暗(昼と夜)に色分けされた丘と森、二つの自然がある。秋彦は「右手の広大な森」に目もくれず、光の満ち溢れる丘の上に出る。彼は「思ひ切り〳〵空気を吸つた。」「否吸つたと云ふより、食べた」。そのとき「喜びが湧いて来」た彼は「大地の躍動」を知り、森羅万象の音楽を聞くうち「喜びの中に身をひたして、時間のう様を、『自然への執着』と表現していると言ってよいだろう。

観念を忘れて」しまったという。なにものにもとらわれない子供の心の純枠さが自然の生命力を求め、直にふれあう様を、『自然への執着』と表現していると言ってよいだろう。

ここで、自然との一体感を呼吸によって確認する際の、表現のありように注目しよう。ボール投げをしながら「青空を我がものにしたやうに」喜び、心臓の鼓動のような「大地の躍動」にあわせて踊る秋彦の姿は、どこか「大地の中から憤き出す、或る力によつて、ゆら〳〵と」伸びる酸模のつぼみに似る。それは、両者が大地に根を張り、青空へ向かって伸びる、共通のモチーフで造型されているためだが、このような連想がはたらくのは、青空や雲を吸い込む秋彦の呼吸が自然の生命力の源をかぎわけているからである。翌年の春の丘は「紫を帯びた紅色の紫雲英に包まれ、遠くから見ると、浮び上らうとする春の地気を広い紅絹が押へやうとし乍ら、知らぬ間に押し上げられ、眠さうに揺らいでゞもゐるやうであつた。」とされており、ここで「地気」という言葉で表された力がその生命力の源泉といえるだろう。村松氏は別の箇所の「冬は、雪姫の純白な白衣の袖をやんはりとかけられた丘が見えた。」という表現から「お伽噺の中の自然」という評価を与えているが、これがいま引用した春の描写の変形であることを考えると、「酸模」に見る自然表現上の特徴は、丘の上の自然がもつ生命力の源泉を表現するための方法であったと考えるべきである。

秋彦は、大きく息を吸うことを通してその力の源に触れる喜びを感じる。この自然とのつながりを通じて、囚人を改悛させるに至る聖性を手に入れているわけだが、当時十三歳の少年にすぎなかった平岡がこのような表現を獲得するためには、示唆を与える何らかの思索が身近にあったと考える方が自然であろう。そうした観点から『学習院輔仁会雑誌』を探ってみたとき、第一五七号（昭和一一・一二）に掲載された島津矩久（当時高等科三年生）の「無題」という評論に興味深い記述を見出すことができる。

「無題」は「「言葉」を無形の意志・思想・概念……等の一表現型式である」として『「言葉」の無い世界』から

世界をとらえる発想の有効性を述べた評論である。もうすこし詳しく説明しよう。ある「色眼鏡」を掛けてみたとき言葉の世界は最も不完全な「有限の世界」であり、我々は「言葉の世界外」にある「無限の世界」に立たねばならない。「言葉を学んで言葉を忘れ、言葉を聞いて無限の世界に入り得る者のみが真に言葉を解することが出来る」。「我々が老を憂へ、病を避け、死を恐れて煩悶することは実際に老来たり、病来たり、死の来たるよりも盛である」が、「言葉のない世界」で考えてみると「老と憂・病と回避心・死と恐怖等とは何れも全然別者」である。「言葉巧に説明して見た所で〔中略〕我々の言葉以外の世界は満足し得ない」。「一度言葉の無い世界での偉大な力を見る時に我々は斯様な言葉の世界の産物である薬と言葉とには迷はされなくなる」。一つしかない事実は「言葉の世界から来る誤差」を生じ、それによって「社会は複雑化し死の闘争なるものが起る」。第n号の色眼鏡を通じてみれば「自己は常に宇宙の中心として宇宙と共に躍動して来る」。「如何なる物も「時」に依つて事実となり、実在となる。行はざる、行はれざる事実はないのだ。」といった内容の評論である。

これは全二四六ページ・三十六名の記名投稿が掲載されている『学習院輔仁会雑誌』一五七号にあって、もっとも抽象的な評論といえる。いや、言葉のもつ限界を論じるという「無題」の内容は、作者自身の環境に材を得た小説や、学生の理想像などを論じた評論が多いこの時期の『学習院輔仁会雑誌』にあって、きわめて特異な評論といえるだろう。

一五七号の編集にあたった学生・久保田正彦は「編集後記」で「本号は高三の卒業号とも云つてよいもの」と述べており、島津についても「高三の新人、島津君も亦面白く書き、理科の身を以て多忙の中に書かれたことは感謝に絶えない。」と紹介している。すでに一五三号〔昭和一〇・七〕以降、一貫して『学習院輔仁会雑誌』の編集にあたっていた久保田は、一五六号〔昭和一一・七〕「編集後記」において「輔誌を編集する度に私が第一に感んじるのは何と言つても投稿者の少いこと換言すれば、投稿者の固定化と言ふ事である。」と現状を報告している。さらに

「文芸部も輔誌がある以上、諸君全部が部員であり、それ故之を発展させるのも諸君全部の心掛によるのである。我々学生の華と言はれる高等学校生活に於いて、学生が広範囲に亙つて、学生が研究を或は作品を発表し、それを批評され、且つ批評し合つてこそ、その知識は一段と高められるのではないか。即ちその機関が文芸部であり、そこに文芸部存在の意義があるのである。此の様な重大な使命を持つ文芸部に対し、諸君が大いに関心を持ち、之を利用してこそ文化水準上昇は実現されるのである、諸君はよく此の点に留意し、学習院文芸の為に努力せられん事を切望して止まない次第である。」と、強い調子で高等科生に対して奮起を促している。理科三年生であった島津の『学習院輔仁会雑誌』登場はこの一作にとどまるが、この呼びかけに答える形で「無題」が書かれたと考えることができるだろう。

さらに「無題」の内容を確認しよう。次に掲げる本文四章から五章にかけては引用によって成り立っているが、これによって島津がいかなる思索に依拠しているかを見出すことができる。

4

〔中略〕

「いゝ、いのちのリズムが繰返されて、その都度々々に自然の空気、無限の生くる力が、我が裡に流れ入り、我が裡なる老廃の気は流れ出し、一呼一吸、息する毎に新らしくなり、生気に満つ。

いゝ、いのちのつゞく限り、一瞬の休みもなく、この自然の恵み、息することは続けられて、我等は無限に新らし、嬉しきかな。」（息する欣びより。）

5

「生命の流れに沿ふて生きる、即ち自然に生きる。例へば、子供の世界である。子供といふものは草木の如く伸びる。あの無邪気で天真爛漫で、凡そ人智からかけ離れてゐる子供等は、全く天然自然のものであるから、スク〳〵と生育するそれを大人の智慧でいろ〳〵の干渉をするから、生命の進行を凝滞させたり停止させたりするのである。子供の病気はそれ以外にないと云ふあ［ママ］ても過言ではない。

もし生命の活動を故意に停止させるとか、過大にさせるとかするやうな原因を造らず、常に自然と調和を保つて行くなら、そのハタラキはいつも健康であるのだ。いや、その状態それ自身を本当の健康と名づくべきだ。それに背馳するのが不自然であり、不調和であり、不健康であるのだ。病む病まぬが必ずしも健と不健の目安にはならない。

況んや、肉体の大小肥痩お［ママ］やである。」（月刊「全生之友」より。）

「4」で引用されている「息する欣び」とは、野口晴哉が昭和十年三月、野口法叢書『全生』第六巻第二号に発表した詩である。また、「5」の引用にある『全生之友』も野口が出版していた雑誌の名であり、『野口晴哉著作全集』第一巻（昭和五八・四　全生社）に同一文章は確認できないが、その内容から見て、ほぼ野口の随筆と見てよいだろう。野口はのちの社団法人・整体協会を創始した指圧師であり、独特の治療法で華族・上流階級に多くの顧客をもっていた。(4)

野口の治療法の中心は西洋医学の対症療法に対する批判と人間「天賦の治癒能力」（「全生論」昭和五・一一『全生』第二号）＝「生くる力」の重視にある。症状は本来の病に対する抵抗にすぎず、それを抑える治療はかえって害になる、また疝気と言う呼び方を廃止して疝気に苦しむ者が減ったという例をあげる点に見るように、暗示のもつ効果や害を強調する点に特徴がある。また、その治療法は指圧と、古来「気食」と呼ばれる独特の呼吸法に基づいていた。(5) 島津家にも出入りして指圧治療を行い、家族内に信奉者が多かったという。

「無題」には、引用した部分以外からも野口の影響と思われる部分が見受けられる。たとえば、「無題」にみえる

「色眼鏡」という比喩は、野口がつかっていた「いくら繰り返し読んでも、青い眼鏡をかけてゐる中は青く見え、赤い眼鏡をかけてゐれば赤く見える。なによりもその眼鏡を外すことが大切なのです。」(「座談会風景二」昭和一〇・三　野口法叢書『全生』第六巻第二号)という比喩を意識したものであろう。また、島津のいう「言葉の無い世界での偉大な力」とは野口のいう「生くる力」、さらに島津の「薬と言葉とに迷はされ」るという箇所も野口の対症療法批判を踏まえていると考えると、この難解な「無題」もだいぶわかりやすくなる。医療における身体の領域を語った野口の思想を言葉に関する思索に移植したものといえるだろう。

「無題」に引用された野口の「息する欣び」は、「息すること」によって「自然の空気、無限の生くる力」を得る喜びを表現している。ここで言う「生気」は『全生之友』の引用に言う「生命の流れ」「自然」、すなわち「子供の世界」を示し、それを「健康」とも名付けている。子供の世界のもつ「生くる力」といった考え方は、大きく息を吸うことを通じて自然の力の源に触れる秋彦の造型を理解するうえで参考になるように思われる。

「酸模」で『自然への執着』を示す秋彦は、自然の中でその生命力の源をかぎわけ、「草木の如く」「すく〳〵」と成長する少年として造型されている。それは美しい瞳の力で囚人を改悛させる、秋彦の聖性を保証しているわけだが、このとき用いられた「空気を吸」う「喜び」といった表現は、『学習院輔仁会雑誌』の読者に島津「無題」に記された野口の「息する欣び」を思い起こさせたのではないだろうか。作者である平岡公威は『学習院輔仁会雑誌』への投稿を意識して「酸模」を執筆したであろうから、『学習院輔仁会雑誌』の状況が作品に反映している可能性は高い。執筆時に中等科一年にすぎない少年にとって、学内誌とはいえ雑誌メディアに掲載を目指すことはノートに童話を書き付けるよりはるかに大きなできごとであっただろう。それは、雑誌の傾向や読者といった外在する他者を意識することと同義である。掲載誌の先行作品に影響されることは不思議ではないし、掲載をめざして意図的に摂取するといったことも考えられる。平岡公威にとっては、そこにアプリオリに存在し、自らをそこに合わせてゆくべき外界として学習院や『学習院輔仁会雑誌』があったのではないだろうか。

3

さらに「酸模」の読解に示唆を与える『学習院輔仁会雑誌』掲載作品として、一五六号に山縣蹄兒が発表した「真赤い花」という小説に注目したい。

温泉宿に滞在中の久美子は、同じ田舎に生まれたお貞という女中から、村で起こった事件の思い出話を聞く。それは、山狩りの末に取り押さえられた殺人犯が護送途中に脱走した、というもので、お貞はその殺人犯の娘だったのである。娘会いたさに父が脱走をはかったこと、母が浮気者だったために罪を犯したこと、お貞は人殺しの子として村を追われたことなどがお貞自身によって語られる。お貞の「涙を一杯ためた美しいぬれ〳〵とした瞳、人なつこい純真そのもの様な瞳」に「限りなく引きつけられ」た久美子は、別れ際「こんなにあの黒い瞳に魅力があつたのか?」と感じつつも「砂を嚙む様なわびしさ」を覚えるという結末の作品である。

「真赤い花」は『学習院輔仁会雑誌』らしい小説といえるだろう。上流階級の子弟が旅先で地方の状況や人間模様に触れるというプロットは、たとえば初期の『白樺』にも散見される(6)。東京育ちの富裕層で世事に疎い青少年が多い学習院を基盤とする『学習院輔仁会雑誌』においてつねに見出されるテーマである。

「酸模」との比較に移る。細かいところでは瞳の描写で登場人物の性格を描き分ける点、あるいは夏という季節や月夜という場面の設定やその描写などを指摘できるだろう。しかし、なによりもこの両作を関連づけているのは、子供を/妻を殺した殺人犯が脱走をはかり、純真な子供に出会おうとする/出会うという物語の発端の対応性にある。さきほどの「無題」同様、「酸模」の執筆に際して十二歳の少年が『学習院輔仁会雑誌』の先行作品を意識していたとすれば、やはり「真赤い花」についても、こうした対応のもつ意味を考えておく必要があるだろう。「真紅い花」と比べて「酸模」が独創性を発揮していると思われる箇所は、夜の森で秋彦に遭遇した囚人の改悛にある。

秋彦の目に映る囚人の姿は「彼は大地が割れて、火柱が立つたやうに思へた。その火柱の中から、恐ろしい、悪魔が出て来て、秋彦の肩を叩いた。」と描写されている。そのときの囚人の目は「波布のそれのやうに、黒い水魔の棲む湖水の水のやうだつた」。囚人は秋彦の瞳の「澄み切つて湖底の砂が数へられるやうな、清さ」「恐ろしさ」「壮厳さ」に打たれ、秋彦と同じように澄み切った瞳を取り戻し、秋彦たちが遊ぶことを禁じられた丘の上に建っている刑務所へと戻ってゆく。

冒頭に近い箇所で、刑務所の「塀の内には夏が訪れないであらう」と子供たちが信じていることが語られているが、このとき、秋彦たち子供の心をとらえてはなさない丘の上の自然をおおう季節もまた夏であったことを考えると、この表現によって刑務所の塀の中と丘の上とが対比的に書かれていることがわかる。そして、子供たちの遊び場である丘の上で、秋彦も「大地の躍動」を知り、「森羅万象」のかなでる「音楽と歌」を「すべて、わかつった」、「今の秋彦は、小鳥と話をすることさへ出来たであらう。」とあることに、さきほどの野口の子供観を重ね合わせてみると、丘の上の自然が子供の世界を示し、それの及ばない灰色の塀の内側が大人の世界を意味していると考えることが可能だろう。秋彦の瞳の力に改悛した囚人はふたたびそこへ戻り、刑務所の所長にむかって次のように語る。

『私は、今まで、理性で何事も処理出来る人間の中に本当の幸福があると思つて居たのです。
私は弱い〲、女のやうな心の持主でした。

ほんの少し許り理性が芽ばえても、感情が見る間に侵し切つて了ひます。私の犯罪の動機さへ、此の、不可ない性格から来て居たのですから。……併し今、私は、本当の幸福を、私の、弱い感情のみの性格の中に見出だしたのです。

私はもう歎きません。

神から与へられたものを悔いやうともしません。

務めを果しませう。

今の私には其の外になすべきことはないではありませんか。』

これは、秋彦の純真なまなざしに触れることによって、自らの弱さを肯定する勇気を得た囚人の告白であるといえるだろう。だが、「ほんの少し許り理性が芽ばえても、感情が見る間に侵し切つて了」う囚人が、秋彦との出会いを通じて「本当の幸福」を自らの「弱い感情のみ」の性格の中にみつけたことを所長は理解できない。囚人が自分の「意志」で帰ってきたと考え、苦々しく葉巻をくわえながら「あの男は理性を詛つてゐるのだ」という所長は理性を象徴する人物だといってよいだろう。刑務所の中は理性と感情が対立し、前者が後者を支配する社会として造型されている。男は感情に侵された心根ゆえに囚人となり、理性にとらわれて脱獄を図った。理性をコントロールする者が支配者となり、出来ない者が敗者となるという熾烈な世界が構築されているといってよいだろう。秋彦に出会ったときの、鼠色ににごりくすんだ囚人の目は、丘の上の自然を通して描かれた子供の世界に対する、大人の世界の敗北者の象徴であったと考えられる。

「長い間、人生の、苦労をなめ、嘗ての日は、前科者であつた」という警部はこの告白を聞いて、囚人が出会ったものが「神」であること、囚人のような弱者にも神の救いがあることを所長に告げる。警部もまた同様に救いを得て、ここまで更生したのだった。だが、なぜ自然との一体感をもった秋彦が大人の世界における弱者に救済をもたらす「神」となりうるのだろうか。

その点に関して、「谺」という詩に触れておきたい。「谺」は、平岡公威が『学習院輔仁会雑誌』一六〇号（昭和一二・一二）に「秋二題」という総題で発表した五編の詩の最後の一編で、「昭和十二年十月」と執筆年月が記されている。

ここでは「永遠の謎と神秘を守る洞穴」が描かれる。それは「（地獄への道）」と呼ばれ、「細く暗く穿たれた悪魔の口の様な中へ／入つて行つた人は一人もない」。「併し私は其のかたくなな洞穴の前に立ち、／優しい愛の言葉を投げ掛けてやつた。／ところが、帰つてきた谺は、／私の今の声ではなく、／幾年か前の初々しい声だ。」「意外にも其の地獄への洞穴とは、／希望と、更正の洞穴であつた。」というものである。

語り手は、自分の行く手に現れた暗黒の未来に対し、過去の自分に「希望と、更正」を見出そうという心のありようを表現している。それは、大人の世界への入り口に立ったとき、幼き日の自分の純粋さによって、その暗い世界を生きはじめた自分に福音をもたらそうとする、自己救済のモチーフといえるだろう。

小説と詩を別の巻に分けてしまう個人全集の分類方法において「谺」と「酸模」の連続性は見落とされがちである。しかし、『学習院輔仁会雑誌』に掲載された順序にしたがって平岡公威の作品として読むと、この二作品にはジャンルのちがいを越えた連続性を読むことができるように思う。

「酸模」で「大地が割れて、火柱が立つた」かのように現れた囚人は、秋彦の目に「その火柱の中から」飛び出した「恐ろしい、悪魔」のように映る。「谺」における「洞窟」が「酸模」の「暗い森」へ、同様に「（地獄への道）」が刑務所の「黒い門」へ、そこに「入つて行つた人は一人もない」という表現が「『夏』にしたつて越せるわけがない」という刑務所の塀へと、それぞれ継承されていったと考えることができる。同様に、「谺」における

「幾年か前の初々しい」自分は「酸模」における幼き日の秋彦へと継承されたことになるだろう。そして、洞窟の前に立つ「屍」の「今の私」は、自分がかつてもっていた純粋さに活路を見いだそうとする姿勢ということができる。それは「酸模」では囚人の造型によって継承されているとはいえないだろうか。

ところで、絵画的な造型モチーフという点から秋彦と囚人を分析すると、比較しやすくしてあるかのようによく似たモチーフがちりばめられていることがわかる。いくつかを列挙してみよう。

まず、さきに「酸模」の蕾の伸びゆく様子に、丘の上でボールを投げあげる秋彦の姿勢を重ね合わせたが、囚人もまた秋彦と遭遇する際には「火柱」にたとえられ、同じように大地から空へ向けて垂直にのびるモチーフをもっている。また、両者の瞳が、丘と森との対応と同様に明暗を分けながら、おなじく湖のたとえで描かれることもこれを印象づける。このように比較すると、囚人が秋彦に救われる存在として造型されているのは、「屍」同様に囚人が秋彦自身の年経た姿として造型されていると考えるとわかりやすいのではないか。明るい丘の上に現れることができず、夜の森に潜んでいた囚人に「神」は光を与えた。改悛し、秋彦に再会した際、はじめて光に満ち溢れた丘の上に立ったのである。つまり、「屍」で洞穴という装置を通して「今の」「私」と「何年か前の初々しい」「私」に分解し、成長へのおそれや慰めを描いたのと同様に、「酸模」における光かがやく丘と暗い森、秋彦と囚人といった対比には、作者自身の子供から大人へという成長への意識が表現されているのである。

後年、三島は「わが魅せられたるもの」(昭和三一・四『新女苑』)のなかで、「自分の中に何かある不安が醸されて」いて、そういう不安と結びついてワイルドのような「悪魔的なもの」を求め、「自分から逃げまはらう、自分の中のさういふ恐ろしいものからのがれやう」という動機から小説を書き始めたと記している。この不安が自分の未来に対して向けられたものであるならば、自然とふれあう生命力をもった少年が大人の世界で生きる人間に福音をもたらすという「酸模」の構図には、自身の成長に伴う不安から「のがれやう」という作者の姿勢を読むことが

できるだろう。(7)

しかし、一六一号に「酸模」と同時に掲載された詩「金鈴」六編の第一、「光は普く漲り」にいたると「谺」のモチーフは転調しているようだ。「光は普く漲り」は、「夢によひ我を忘れ」た「羊飼ひ」の元から羊たちが去って行き、「緑の海に遊べる風と、／夢に生くる少年のみ」は光のあまねくみなぎる場所に残され、羊の群は「遠く山中へと急」ぐ、というものである。この詩で、移動する羊の群を通じて表現した現実と「夢」との対比は、「酸模」のエピグラムとして掲げられた「ほのかなるもの」の「現はゆめよりなほ果敢な」いものであるという平岡自身の認識に通じているのであろうが、「光は普く漲り」を「谺」と比較すると、幼い自分を拠り所にして大人の世界の入り口から未来を展望していた「谺」のモチーフは「光は普く漲り」では後退しており、末尾の羊の群が示すように、周囲が現実へと急ぐなか、一人取り残されつつある自己の姿を描いていると解釈できる。「谺」には見られない苦い感情を「光は普く漲り」から読みとることができるだろう。「谺」において提示した未来への明るい展望は、「光は普く漲り」執筆時にはすでに破綻をきたしているのだろうか。そうした読解が成立するならば、「酸模」にもやはりその破綻の局面が描かれていると考えられる。そうでなければ、「光は普く漲り」と同一号の『学習院輔仁会雑誌』に「酸模」が掲載されていることは一種の後退となってしまうからである。

4

その点では、「酸模」末尾に描かれた「大人になり、或る年の夏、自分の故郷に帰つて来た」秋彦の姿について考える必要があろう。そこには「谺」にはない、作者の新たな自己認識が描かれているように思われるからである。

秋彦は囚人の墓標に気がつかない。酸模の花が咲き乱れ、眼下の青田には「生きる力」が漲り、その彼方では火山が「もく〳〵と黒煙を」噴き上げている丘の上の自然が、やはり垂直性をもつモチーフで以前と変わらぬ生命力を保っている一方、当の秋彦は囚人との交流を「忘れてゐるに違ひない」のである。そこに秋彦が成長とともに大人の世界へと組み込まれてしまった結果、自然やその源の力とのつながりを失ってしまった姿を読むことができるだろう。あれほど『自然への執着』を示し、その生命力の源を確かめたはずの秋彦が、何故そのように成長してしまったのか、考えてみたい。

囚人のかつて犯した犯罪は子殺しであった。それは前節で取り上げた「真赤い花」で、お貞の父が浮気者の「おつ母」を殺したことの変形とも考えられるが、その罪が本人の口を通じて、たとえ話のかたちで語られていることは、秋彦の行く末の秘密にもほのかに暗示を与えているようで興味深い。


『俺にも子供があつたよ。丁度坊やみたいに可愛い子だつた。だが、今は……』

『今は〳〵どうしたの』

『広い〳〵、海原の上を鷗になつて飛んでゐるんだよ、波の間に、ひら〳〵と、魚の鱗の銀色が光るのを見つけて、その鷗はな、水の中に首を突《〔ママ〕》ん込んで云ふんだ。『夕靄の鉛色をした海の上で私は殺された。殺した奴は、暗い〳〵海の底に沈んで行つた。だが、其奴の浮き上るまで、私はこの白い翼で、雲の低い空に浮んで居なけりやならない』

『それは何のこと。』

男は答へないでつゞけた。

『所がその哀れな〳〵鷗を殺した奴は、自分の浮ぶ道を見つけたのだ。

その道を見つけさして呉れたのを誰だと思ふ。――坊や！お前なんだよ。

死んだ子供を鷗に、自分自身を魚に見立てて秋彦に己の罪を語って聞かせる囚人は、鷗に「だが、其奴の浮き上るまで、私はこの白い翼で、雲の低い空に浮んで居なけりやならない」と語らせる。それは父親が理性にとらわれつづけるうちは、殺された子供も救われないことを表している。この関係は秋彦に対してもやはり適応するのではないだろうか。先ほどの野口晴哉の言を借りれば、自然に囲まれ、「健康」に「すく〱と」成長するはずの子供は「大人の知恵」でなされる干渉によって「凝滞」し、「停止」するのである。

その観点から「酸模」を見たとき目を引くのは、秋彦の母をはじめとする女たちの存在である。作品冒頭部で、秋彦の母は「灰色の家」に近寄ることを禁じるために、丘の近くで遊ぶことまで禁じている。また、改悛して刑務所を出所した男を追い払い、男の差し出した酸模の花を捨てさせもする。ここで男が花を渡す行為は、この花が象徴する大地の生命力を仲立ちにして二人の心がふれあったことを表しているだろう。これを捨てさせる行為は、男との接点を断つと同時に、子供と大地の生命力との接点を断ち切ることでもある。秋彦や他の子供の母たちは、自分にとって危険と思われるものから子供を守ろうとするあまり、成長にとって大切な丘の上の自然、すなわち生命力を秋彦から奪い取っていることに気づかないのである。

この母親の姿に、島津＝野口のいう「無邪気で天真爛漫」な子供の「生命の進行を凝滞させたり停止させたりする」「大人の知恵」の「いろ〱の干渉」を読むことに、さほど無理はないのではないだろうか。かつて囚人は子供の生命を「停止」させたが、同様に、末尾の秋彦の姿は、「生命の進行を凝滞」されながら大人への道を歩まざるを得なかった人間の姿である。秋彦は「目を上げ」、「火山の黒煙が、青空にのぼつては消えて行く」景色を眺める。ここではかつて自らも一体化していたはずの自然と対置する形へとその位置を変えている。それは現在の秋彦が喪失してしまったものが何であるかを物語っている。「真紅い花」は父子の情愛ゆえに美しい瞳をもつ少女の物語だったが、「酸模」では母の過保護な愛情によって瞳の輝きを失ってしまった少年の物語が時間の経過のうちに隠されている。

もし秋彦が「いろ〳〵の干渉」を受けることなく成長していたとすれば、彼はどうなっていただろうか。作品の中からそのモデルを見いだすとすれば、それは囚人に他ならない。自然のままに育っていれば、大人の世界において過酷な運命に甘んじたとしても、幼き日の姿と一貫性をもち、「谺」がそうであるように、幼き日の自分に救いを見いだすことができたはずである。しかし秋彦はそのつながりを絶たれている。秋彦は大人の世界で生きるために必要な、幼き日の自然との親和感を母の手によって踏みにじられ、それによって自然な成長を凝滞され、大人の世界を健康に生きることができない。エピグラムとして白秋「ほのかなるもの」の一部が引用され、「ゆめ」よりも「現《うつつ》」が果敢ないものであることが強調されているが、夢のような幼き日々の思い出と、うつつである大人の世界との間で秋彦は立ち尽くさざるを得ないのである。深読みにすぎるかもしれないが、末尾で丘の上に立つ秋彦は刑務所に収監されるためにこの地に戻ってきたと考えることもできるだろう。

ではこの末尾は秋彦にとってまったく救いのない結末なのだろうか。これは、末尾にある「おゝその足下に酸模の花が――」という語りのうちに解決されている。火山の黒煙が、青空に登っては消えていくさまを目にし、足下に酸模の花が咲いていることに気づいたそのとき、副題にある「幼き思ひ出」は秋彦の脳裏をよぎっただろう。そのとき、彼は幼き日の自然との親和感をありありと思い返し、再び自然に対する絶望的な「執着」を呼び起こしたのではないか。

「酸模」の作者は、現在の自分が置かれている状況の困難を、その原因にまで踏み込んで分析している。その状況は同時に発表された「光は普く漲り」にも見ることができるが、その原因の追及は詩の領域ではなく、小説という形式によって母の存在に託して描き出すべきものであった。そして、『学習院輔仁会雑誌』にある他の学生の作品を摂取し、自らのモチーフに巧みに織り込んでいる。こうしたところに、学習院および『学習院輔仁会雑誌』の影響のありようが見え隠れしていることを改めて指摘しておきたい。
『学習院輔仁会雑誌』に発表された学生たちの作品は、しばしば相互に影響しあい、ときに私信のような様相さえ帯びる。そしてそれは平岡公威も例外ではなかった。ひょっとすると、そうしたなれあいの残滓が作品に残っていることが、後年の三島に自作の収録を躊躇させた理由の一端であったのかもしれない。だが、そうした事情のゆえにこそ、これまでほとんど考察のなされていない初期小説を全集の枠組みからいったん解放し、『学習院輔仁会雑誌』というメディア上の枠組みにおいてとらえ直す必要があるのではないだろうか。

注

（1）『笹舟』目次による。田中美代子氏によれば、『笹舟』は「執筆年月日は不明であるが、十代前半までに書かれた数多の手製の詩集に混じる一冊の文集」（『決定版三島由紀夫全集』第十五巻）である。

（2）「酸模」「座禅物語」（ともに一六一号、昭和一三・三）、「鈴鹿鈔」「暁鐘聖歌」（ともに一六二号、昭和一三・七）、「館」（一六四号、昭和一四・一一）、「彩絵硝子」（一六六号、昭和一五・一一）、「玉刻春」（一六八号、昭和一七・一二）、「曼陀羅物語」（原題「Märchen von Mandara」一六九号、昭和一八・一二）の八編を、すべて本名の平岡公威の名で発表している。

（3）「花ざかりの森」（昭和一六・九〜一二『文芸文化』）、「苧菟と瑪耶」（昭和一七・七『赤絵』）、「みのもの月」（昭和一七・一一『文芸文化』）、「世々に残さん」（昭和一八・三〜一〇『文芸文化』）、「祈りの日記」（昭和一八・六『赤絵』）の五編。

（4）ここにあげた『全生之友』にみる思想を直接野口のものと裏付ける言及は『野口晴哉著作全集』第一巻（初期論集一）に見いだせないが、見田宗介が「都会の猫の生きる道」（昭和六〇・七・二九『朝日新聞』）というエッセイの中で「人間の身体というものを知りつくしていた野口晴哉の観察によれば、わたしたちが普通、子どもや赤ん坊のためにするのだと思いこんでいる育児法とか『しつけ』の仕方の多くの部分は、大人の都合にすぎないという。」と紹介していることを考えても、野口らしいといえるだろう。

（5）野口は、島津家に嫁していた近衛昭子と恋愛関係になり、やがて結婚した。このできごとは戦後になって旧華族階級のスキャンダルとして新聞紙上を賑わし、加賀淳子の小説「浮雲城」（第一部　昭和二五・一『改造』）にも描かれている。島津矩久は、旺盛な執筆活動を行っていた野口の著作を目にする機会も多かったことであろう。

（6）たとえば『白樺』創刊号（明治四三・四）に発表された志賀直哉「網走まで」、正親町公和《おおぎまちきんかず》「萬屋《よろずや》」など。

（7）「わが魅せられたるもの」では同時期に好んだ作家として谷崎潤一郎の名前を掲げ、のちに「古典的平静」を好むようになってレイモン・ラディゲを愛するに至ったと書かれているが、これは「これらの作品をおみせするについて」というタイトルが付いた昭和十六年九月十七日の清水文雄宛未発送書簡に、「影響を受けた作家を年代順に並べますと、①北原白秋、芥川龍之介、②オスカア・ワイルド、③谷崎潤一郎、④レエモン・ラディゲ、ジェイムス・ジョイス、⑤マルセル・プルウスト、といふ順」であるとする②から③にかけての時期を指していることがわかる。この書簡では「結局、道徳的なものから非道徳的なものを経て道徳的なものへ、古典的から新らしがりを経て又古典的へ、純真さから大人になりたがる気持を経て、今のやゝ落ついたと思はれる状態へ、といふ経路がとられた」とも述べている。白秋がエピグラムに取られ、悪魔の造型がなされる「酸模」は「少年時代の潜在意識的な性欲的なものとも思はれるところの官能的な悪魔」にとらわれていた時期の産物であるといえるだろう。そして、この書簡は三島由紀夫の命名者である清水に宛てて書かれている。したがって、「わが魅せられたるもの」の示す「悪魔的なもの」の時期から「古典的平静」の時期への転換は「酸模」よりのち、「花ざかりの森」以前ということになるだろう。それは、平岡公威が三島由紀夫になる時期と符合する。

第三章　変容する輔仁会文化大会——「扮装狂」「玉刻春」「やがてみ楯と」

1

本章では「扮装狂」「玉刻春《たまきはる》」「やがてみ楯と」の三作品を素材に、学習院で行われた文化活動と平岡公威作品の関係を論じる。その際とくに輔仁会文化大会に着目することにより、学習院における平岡公威の文化活動の様相を解明すると同時に、後年の三島由紀夫による自己言及との落差を浮き彫りにしたい。

学習院は高等科までの一貫制教育であり、大学進学の条件も緩和されていた。受験から自由であることによって、学生は積極的に文化活動に取り組むゆとりがあった。そのため、当時の学習院には独特の文化的環境が形成されており、平岡公威もさまざまな機会を通じて積極的に活動に参加していた。その姿は『学習院輔仁会雑誌』の誌面などによって明らかにすることができる。また、作家として名声を獲得してゆく過程で、三島は意図的にそうした環境への言及を避けていると考えられる。そうした、三島自身による「三島由紀夫」イメージの形成と、それに伴う隠蔽の例を提示したいのである。

平岡公威が学習院中等科に進学したのは昭和十二年四月のことだったが、それは同時に校友会である輔仁会への入会を意味している。輔仁会では年に複数回発行される『学習院輔仁会雑誌』のほか、春秋二回の輔仁会大会の開催、各部活動における展覧会や演奏会、あるいは競技会といった、さまざまな活動と交流の場を設けており、学習院における文化活動のよりどころであった。

『学習院輔仁会雑誌』は明治二十三年六月創刊、現在に至る雑誌である。平岡在籍時には文芸部の機関誌となっていたが、もともとは学習院の校友会である輔仁会全体の機関誌であった。そのため、輔仁会大会をはじめとする輔仁会の各種活動を報告する欄がほぼ毎号に設けられており、これをみると、おおまかにではあるが、当時の学習院における文化活動の状況をうかがい知ることができる。

『学習院輔仁会雑誌』は文芸部の創作発表の場として多くの誌面を割いている。平岡公威は作文「初等科時代の思ひ出」が一五九号（昭和一二・七）に掲載されて以来、戦局の悪化によって休刊となる一六九号（昭和一八・一二）に至る十一冊すべてに、小説・戯曲・詩歌・評論・随筆・追悼文・編集後記を、すべて本名で発表している。また、昭和十五年と十七年の改選時に文芸部委員に選出され、『学習院輔仁会雑誌』の編集を担当している。特に昭和十七年の改選時には文芸部委員長に任命されるなど、文芸部の中心人物であったといえるだろう。

平岡がいつ文芸部に入部したか、正確な日時は明らかではない。「初等科時代の思ひ出」が「春草抄」という欄に掲載された作文で、この欄が授業の成果を掲載する欄であったことを考えると、この時点をもって『学習院輔仁会雑誌』および文芸部に関わっていたとするのは正確ではない。先述の回想類にも明確にその時期が語られていないことや、昭和十二年五月二十九日に行われた輔仁会春季大会では音楽部の「軽音楽」という出し物のメンバーとしてピアノ奏者に名前がある一方、昭和十二年五月八日の時点では文芸部の最上級生・坊城俊民と面識がなかった(1)ことを考えると、文芸部員として頭角をあらわす前に他の方面に可能性を試していた時期があるのかもしれない。

文芸部員としての平岡公威のキャリアは、詩「秋二題」ほかが掲載された『学習院輔仁会雑誌』一六〇号（昭和一二・一二）前後にはじまるとするのが妥当であろう。そして平岡公威は次の一六一号（昭和一三・三）で小説「酸模」

「座禅物語」と詩八編を発表し、その存在が学内に知れ渡ることになる。『学習院輔仁会雑誌』は創作発表の場であると同時に各種部活動の報告の機能をもっていた。そこにも平岡公威の名を見出すことができる。弁論部主催の弁論大会への登壇に活動の場を求めているのである。

この弁論大会について説明する。弁論部は演説部という名称で明治二十二年の輔仁会設立当初からあり、設立時の輔仁会規則によれば毎月一回以上部会を開き、演説会を行うものとされていた。平岡の在学当時にはさすがに毎月一回とはいかなかった様子だが、たとえば昭和十三年度には弁論大会を三回、講演会を二回開催している。『学習院輔仁会雑誌』の「弁論部報告」欄を調査すると、平岡の弁論大会への登壇も記録されている。

まず、『学習院輔仁会雑誌』一五九号（昭一二・七）「弁論部報告」欄に次のような記述がある。

　　中等科一・二・三年例会

四月二十二日（木）午後三時より図書館に於て、新入生歓迎弁論会の意味を含む中等科一・二・三年例会を開催した。当日の弁士は主に中一諸兄であつたが皆頗る勇敢で将来有望の人が多かつたのは嬉しい。来聴者約五十名。弁士左の如し。

中一　波多野、烏丸、船橋、東、武宮、岡崎、増山、平岡、中島、時光、岩城、山口、芹沢、成瀬、杉本。

中二　内山、百島、森。

外に山岸先生の越後の山賊に関する御話あり四時半終了。

尚当日特に来聴された金田、関口、飯田、一川、田淵、渡辺、磯部、諸先生並に委員の不意の御願ひを快く御容れ下つた山岸先生に深謝致します。

ここに中等科一年生のひとりとして「平岡」の名がある。小規模な会であったためか、演説の内容に関する説明もなく、詳細は不明。十八名もの発表者でほとんどが弁論会初登壇、しかも教官の講演付きとあっては、発表時間は数分程度と思われる。

さらに「弁論部報告」欄をみてゆくと、一六四号（昭一四・一二）にふたたび平岡公威の名を見出すことができる。こちらは定期大会であるためか、弁論部員による次の寸評が付されている。

春季高中合同弁論大会

六月十三日（火）午後三時より図書館に於て春季高中合同弁論大会を開催した。

中等科［中略］

三、文体について、中三平岡［ママ］威（十五分）

文体の史的発展を跡づけて、国文的要素と漢文的要素の相即的相関関係を述べる。君の弁論を聞いて聴衆の受けた感じは方法論的に一貫して居るといふ感じと極みて日本的であるといふこの二つである。即ち前者の意味する所は、君が日本の文体の歴史的変遷と国文調と漢文調の二要素の興亡盛衰に求めたといふ事であり、後者は現代文の理想的型を主として前［ママ］二要素から導き出して、訳文調に対する斟酌と批判的態度とが欠けて居たといふ事である。勿論これは君の取り上げた問題が余りにも大き過ぎたといふ事に基くものであつて、君の該博なる専門的知識の権威を傷けるものではない。今後相続いて登壇されん事を希望する。

『決定版三島由紀夫全集』第四二巻の「年譜」に記載がないことからわかるように、これまでの三島研究においてほとんどとりあげられることのない記事であるが、国文学への関心を見出しうるもっとも早い時期の資料として注目されてよい。従来、三島の国文学に対する関心は学習院の教官・清水文雄の存在とともに語られてきた。この昭和十四年、清水は中等科三年に進級した平岡のクラスの作文と国文法を受け持っていた。この記事にある弁論大会はその直後ということになる。また、清水「「花ざかりの森」をめぐって」（昭和五〇・一『三島由紀夫全集』第一巻付録　新潮社）などによれば、昭和十三年四月に成城高校から赴任した清水が平岡と親密になり、古典文学の手ほどきをするのは、清水が学内の青雲寮舎監となって平岡の訪問を受けた昭和十五年以降とされている。それよりも早いことになる。

コメントをみると「訳文調に対する斟酌と批判的態度が欠けて居た」という指摘がある。「勿論これは君の取り上げた問題が余りにも大き過ぎたといふ事に基く」とフォローもされているが、ここで論の欠点として指摘された「訳文調」の問題を、未発表作を含む当時の平岡作品の文体を考え合わせると興味深い。

三島のラディゲ熱は有名だが、土井逸雄・小牧近江訳『肉体の悪魔』（昭和一三・二重版　改造文庫）や、堀口大学訳『ドルジェル伯の舞踏会』（昭和一三・一　白水社）を読みふけっていたのがちょうど昭和十四年の夏頃で、「私も何とか二十歳前にこんな傑作を書き、二十歳で死んだら、どんなにステキだらうと思つてゐた。」（「一冊の本――ラディゲ「ドルジエル伯の舞踏会」」昭和三八・一二・一『朝日新聞』）という思いそのままに、「心のかゞやき」「公園前」[(2)]といった小説をつづけざまに執筆していたまさにそのころ、平岡は現代の文体の起源を「国文調」と「漢文調」にもとめ、「訳文調」への斟酌を忘れたかのような発表をしていた、ということになる。「ラディゲに憑かれて――私の読書遍歴」（昭和三一・二・二〇『日本読書新聞』）で三島は「ラディゲ時代の次には、古典時代が来る。」と述べているが、この言を信用すれば、ちょうどその境にある時期だったのだろうか。この日の平岡は、十五分という時間的な制約からあえて得意分野である「訳文調」への言及を避け、これから取り組もうと考えていた「国文調」と「漢文調」の文体の問題に的を絞ったのであろう。

第II部以降で論じることになるが、三島由紀夫としてのデビュー作である「花ざかりの森」（昭和一六・九～一二『文芸文化』）は、それまで『学習院輔仁会雑誌』に掲載された作品や、いま名前を掲げたような未発表作と比べて唐突に現れた印象がある。昭和十六年九月十七日に平岡公威は「これらの作品をおみせするについて」という題を付けた清水宛の書簡を書いているが、その末尾に「「花ざかりの森」一篇から、あれと同列な類似の旧作をおそらく御想像なさつてをられる先生は、これらのものにどういふ御心をおもちか、それが心配なやうなこはいやうな、また気恥かしいやうな罪の告白にも似たかなしい思ひがいたします。」とあり、自分でもその展開を唐突な印象を与えるものと意識していたようだ。だが、そのかたわらで平岡公威はすでに「国文調」と「漢文調」の両面から文体を模索していた。その結実として「花ざかりの森」以降の展開があったわけである。その模索の過程の解明は今後の研究における検討課題といえるだろう。

2

以下、とくに輔仁会文化大会に照準をあわせて、三島由紀夫ないし平岡公威が学習院をどのように描いたかを確認したい。

生前未発表の作品に「扮装狂」という短編小説がある。これは、三島由紀夫文学館に所蔵されている未発表原稿のひとつで、本文は『決定版三島由紀夫全集』に先立って刊行された『新潮』臨時増刊号『三島由紀夫没後三十年』（平成一二・一一）に発表されており、田中美代子氏による解説（「黄金郷にて――未発表作品解説」）がある。松旭斎天勝の舞台への憧れから沢村宗十郎の顔立ちへの賞賛にいたるエピソード群は、「仮面の告白」（昭和二四・七　河出書房）第一～二章の挿話と重なり合う部分が多く、「仮面の告白」のデッサンとなったエッセイである。末尾に「一九・八・一（完）」と擱筆年月日が付されている点はその他の未発表原稿の多くと同様だが、この昭和十九年八月一日前後は、すでに三島由紀夫となった初期の作家像を考えるうえで注目される時期である。

このときの平岡公威は高等科の三年生。すでに六月十六日から二十日にかけて行われた卒業試験で首席の座を占めており、九月九日の卒業式から十月の東京帝国大学進学へと進む秋を控えた夏期休暇の最中であった。いわば人生における大きな節目の時を迎えていたといえる。また、ちょうどこのころ初の作品集『花ざかりの森』（昭和一九・一〇　七丈書院）の編集も進んでいた。前年に知遇をえた富士正晴の奔走によって徐々に具体化した、この第一創作集の出版企画は、この年の四月、正式に出版許可を得て一挙に現実味を帯びた。五月には住吉中学校に伊東静雄を訪ね、序文を依頼して断られるといった曲折を経て、ちょうど「扮装狂」擱筆の八月一日前後はその校了まぎわと考えられる。

また、小説「夜の車」（のち「中世に於ける一殺人常習者の遺せる哲学的日記の抜萃」と改題）が掲載された国文学研究誌『文芸文化』終刊号の発行日が、ちょうど八月一日であった。三島は後年、そこに描かれたいくつかのモチーフに「後年の私の幾多の長編小説の主題の萌芽が、ことごとく含まれている」と述べている（「『花ざかりの森・憂国』解説」昭和四三・九　新潮文庫）。先行研究の多くもこの小説を三島の作品史上の転換期を画する小説と位置づけている。雑誌の発行期日が実際に書店に並んだ日とはかぎらないにしても、この前後に三島の創作上の転機が訪れていたということはできるだろう。

さらにこのときは応召の現実味が増した時期でもある。さきに触れた五月の伊東静雄訪問は、本籍地の兵庫県印南郡志方村（現在の加古川市）で徴兵検査を受けて第二乙種合格となった翌日のことであったし、四月に高等科三年に進級したばかりの平岡が六月に卒業試験を受けたのも、昭和十七年三月の文部省令「高等学校規程ノ臨時措置ニ関スル件」にもとづく措置であった。さらには、昭和十八年十月には文科学生の徴兵猶予が停止され、昭和十九年以降、満十九歳が徴兵年齢とされたために、平岡が兵役に赴く可能性は高まっていたのである。実際に平岡公威のもとに入営通知の電報が舞い込んだのは翌年の二月四日のことだったが、それでもまさに「戦争の只中に生き、傾きかけた大日本帝国の崩壊の予感の中にいた一少年」(前掲田中氏解説)にとって、その生死を左右する大きな転機を迎えつつある夏であったといってよいだろう。

「扮装狂」はそんな折に書かれたエッセイではあるが、一見そうした一少年作家の転機とは無縁な、「痴呆めいた閑文字」(前掲田中氏解説)が綴られているようにみえる。その内容からは、松旭斎天勝と主人公自身によるその模倣、お祭りの行列、ジャンヌ・ダルクの絵、映画「フラ・ディアボロ」、花電車の運転手や地下鉄の改札掛などの挿話がのちの「仮面の告白」第一章に描かれている。また「ブラと仇名された四つも五つも年長の少年」は、近江と名を変えて「仮面の告白」第二章に登場する。

さきにも触れたように、このとき平岡は学習院卒業を控えた身であった。のちに「仮面の告白」で詳細に語られることとなる自己分析の萌芽がこのときなされたことは、その精神史を探るうえで興味深い。だが、ここで筆者が試みたいのは「仮面の告白」との比較ではない。むしろ、「扮装狂」には書かれながら「仮面の告白」には取り込まれなかった、輔仁会大会に関する一挿話の解釈である。以下にその箇所を引用する。

学校には年に二度高等科から初等科までを合同した校友会の大会があつたのである。それはやがて僕らにもめぐつてくる扮装の夢の実現に、唯一の期待と約束とを齎らすものであつた。最高級生の演ずる「リリオム」は、羨ましさの限りであつた。紫や赤や白や黄のリボンの役員章をつけた役員たちの、急がしさうに小腰をかゞめて人混みを縫つてゆく様子の優雅だつたこと！（僕は後年ある機会にその優雅をまねた。十分巧者に十分美しく。しかしあとで一友人は面と向つて残酷な評言を敢てした。「ちえッ、役員面しやがつて。なんだいあの屁っぴり腰は」）扮装欲はつひに叶へられずに終つた。

「僕」の扮装欲の「唯一の期待と約束」をもたらす「リリオム」がモルナールの戯曲であることや、大会役員の学生がリボンによって識別されていたことはわかるとしても、これがいつのことであったかは、「扮装狂」からはわからない。

輔仁会大会は春秋二回開催され、片方を文化大会とし、もう一方を遠足とするのが通例であった。文化大会とは、現在一般的にいう文化祭にあたるものである。学習院百年史編纂委員会編『学習院百年史』（全三編、昭和五五・三～六二・三　学習院）などを参照すると、昭和初期には春季大会を遠足会、秋季大会を文化大会として開催していた。当時のプログラムは初等科学生の唱歌、音楽部の管弦楽演奏のあと、プロの芸人による水芸や奇術、漫談などがあった。昭和三年十月二十一日の開校五十周年祝典輔仁会大会には徳川夢声も出演している。そのほか、学生によるピアノ独奏や独唱、対話劇(3)と呼ばれる芝居が上演され、模擬店なども出て華やかであったという。昭和八年にははじめて春（五月二十八日）に文化大会が行われたが、このときには時局を反映して「連盟よさらば」「戦はこれからだ」（桜井忠温原作、真山青果脚色）といった対話劇が上演されている。その後、昭和十年にはふたたび文化大会は秋に移り、昭和十二年には時局を考慮して中止、かわりに時局講演会として桜井忠温、栗島狭衣の講演や海軍省の映画上映などが行われている。その後、昭和十三年にはふたたび春に文化大会が行われ、昭和十六年まで続いた。昭和十七年春の文化大会は中止、かわりに十一月十四日に秋季文化大会が行われたのち、昭和十八年六月六日に春季文化大会が行われたのを最後に、終戦まで行われることはなかった。平岡の在学時は、戦争の影響によって時期や方針も一定せず、存続の危機にさらされながら、どうにかその命脈を保っていた時期ということができるだろう。それでも「扮装狂」を読むと、にぎやかで華やかな印象が伝わってくる。「扮装狂」が描く輔仁会大会はいつのものだったのだろう。

『学習院輔仁会春季大会次第書』と題されたパンフレットがある。B6版、十五ページの冊子と、B5版用紙一枚にプログラムだけを印刷し、二つ折りにしたチラシとの二種。いずれも「昭和十三年五月廿九日」の日付がある。同日に開催された輔仁会文化大会の案内状である[4]。

前述したように、この前年には輔仁会大会が中止されていたのだが、この『学習院輔仁会春大会次第書』をみるかぎり、戦時色は冊子版の「御挨拶」に「相次ぐ戦捷の快報を皆様と共に寿ぎませう。」とある程度で、「扮装狂」にある華やかな様子はこの『学習院輔仁会春季大会次第書』からも伝わってくる。詳細は別表に譲る[5]が、初等科学生の唱歌・童話劇にはじまって、学生オーケストラの演奏、漫才、昼休みの余興、学生による奇術、ジャーリング・バンド[6]、ピアノ、落語、管弦楽に対話劇は昭和寮寮生による『続弥次喜多 現代《モダーン》膝栗毛』九景に文芸部・弁論部演出『星を盗む話』四幕五場の二本と内容は盛りだくさんである。また、音楽部「軽音楽」の、冊子版の方に掲載されているメンバー表のピアノのパートに「平岡公威」の名があることにも驚かされるが[7]、ここではとくに、文芸部・弁論部の合同で上演された対話劇のサブタイトルが「リリオム」であることに注目したい。

冊子版の『次第書』に付された解説によれば、「リリオム」は『星を盗む話』(四幕五場)に附された副題で、モルナールの原作を文芸部員・坊城俊孝と酒井洋のふたりが改作したものである。演出もこのふたりで、舞台は徳大寺公英であった。先に引用した「扮装狂」に「最上級生の演ずる「リリオム」は、羨ましさの限りであつた。」とあるように、ここに平岡やその同級生たちの名はない。「扮装狂」が描いた輔仁会大会はまさにこの昭和十三年五月二十九日の輔仁会春季大会であった。

また、「扮装狂」に「紫や赤や白や黄のリボンの役員章をつけた」とある役員章についてもこの『次第書』に記載されている。これによれば、「紫や赤や白や黄」はそれぞれ展覧会係・売店係・受付係・電気係を示す。どれも上級の学生が担当したものと思われる。また、「御注意」として「電話をお掛けになる時は受付係（白色）迄御申込下さい。」などの案内があり、この役員章や『学習院輔仁会春季大会次第書』が、父兄など来賓・来客向けのものであったことがわかる。

「扮装狂」に輔仁会大会が語られていることは、三島由紀夫の文学的精神形成において学習院が一定の役割を果たしていたことを示唆しているかのようである。「仮面の告白」第一章の、いわゆる「第二の前提」に通じる扮装への期待が輔仁会大会のにぎやかな雰囲気を通じて醸成されたと考えることも可能であり、もっと注目されてよいだろう。同時に、昭和十九年八月の学習院卒業まぎわの一時期において、戦争の影響をはね返すかのように盛大に執り行われた昭和十三年の輔仁会大会が、華やかな印象とともに追憶され、描写されたことを確認しておきたい。

だが、一方で、なぜこのエピソードが「仮面の告白」に採用されなかったのか、という点について考えておく必要があるだろう。「仮面の告白」は河出書房の名編集者・坂本一亀の企画した書き下ろしシリーズの一冊だった。不特定多数の読者を対象に小説を執筆したとき、この輔仁会大会にまつわる追憶は了解不能となるおそれが大きい。そのような判断が「仮面の告白」の三島ないしは坂本に働いたためであろう。もちろん、制約の少ない書き下ろし長編小説において解説の煩を避ける理由はない、という考え方も成り立つわけだが、「扮装狂」が学習院卒業時に書かれた作品であることを考えるならば、「平岡公威」と「三島由紀夫」が想定する読者層のちがいとして考えた方が、より適切であるように思われる。つまり、平岡公威は読者として学習院の教官・学生を意識し、そういう読者に通用する言葉で小説を書いていた。しかしそのような読者共同体は三島由紀夫が作家として名声を獲得してゆく過程で置き去られていったのだ、ということである。また、平岡公威として書かれた作品や学習院に対する生前の冷淡さを考えると、三島由紀夫はこうした基盤の上に立って作品を書いていた一時期があることを隠蔽してしまったのではないかという仮説を立てることができる。学習院に関連する資料の調査からはこのような「平岡公威」と「三島由紀夫」の意識のズレ、あるいは隠蔽の構造が浮かび上がる場合がある。この点については本章末尾でもう少し考えてみたい。

3

もうひとつ、輔仁会大会が描かれている小説に平岡公威の名で発表された「玉刻春《たまきはる》」（昭和一七・一二『学習院輔仁会雑誌』一六八号）がある。「玉刻春」は四〇〇字詰原稿用紙換算で五十枚弱、上下二編に分かれ、初出誌面の末尾に「――一七、八、二三――」とある。ほとんど改行がない不思議な作品だが、戦時下の用紙制限に対応するため最小のページ数に収めようとする配慮であったことが『学習院輔仁会雑誌』の誌面から伝わってくる。

「七、八年ばかりまへの都」での話。「学校の記念日のため」に戯曲を書いていた学生・桂郁哉は、友人・花小路敏岑の邸で稽古を行い、その姉と知り合う。公家で公爵家、母方は武家であった花小路は、父親が亡くなったために若くして爵位を継いでいる。郁哉は花小路の姉に恋文を書くが、姉は拒絶する（ここまで「上」）。月日が経った。花小路は盲腸をこじらせて急死しており、郁哉は少壮の国文学者となっている。師とともに絵巻を拝借しに訪れた花小路家で、郁哉は彼女と再会する。姉は、拒絶の手紙が花小路の懇願によって書かれたものであり、花小路がそのことを苦にして死んでいったことを告げ、「八年間おしたひ申しつゞけてをりました」と告白し、郁哉もそれを受け入れる（ここまで「下」）、というものである。

建礼門院右京大夫の一首「夕日うつる梢のいろのしぐるゝにこころもやがてかきくらすかな」をエピグラムに据

え、古今集・草根集・上田秋成と多くの短歌を織り込みながら「八百年にちかい年月を経てきたこの優雅な絵巻」とふたりの恋を重ね合わせ、ふたたび建礼門院右京大夫の贈答歌で締めくくる手法と文体は優雅で、「降る月光の下、萩の庭に立つ佳人の後姿は、夢幻的な雰囲気に包まれて、妖しい迄に美しく、流れゆく筋のなだらかさと、豊富な形容の調和とは、その中に歌と詩とを盛つて、官能的な短篇として完成してゐる」と文芸部委員から評される（新井高宗「編集後記」、『学習院輔仁会雑誌』一六八号）にふさわしい気品をもった小説といえる。とくに、末尾の建礼門院右京大夫「恋わびてかく玉章の文字の関いつかこゆべきちぎりなるらむ」は本作のプロットを要約するかのような一首で、いわば一編の歌物語として構想された作品とみることができるだろう。

しかし、ここで筆者が試みたいのは歌物語としての作品構造の分析ではない。ここでふたりが出会うきっかけとなった「学校の記念日」の芝居の意味を問題にしたいのだ。それは、爵位を継承していることから明らかに学習院の学生とわかる人物を登場させ、輔仁会大会の対話劇とおぼしき芝居の練習風景から物語がはじまることに、平岡公威と学習院、あるいは平岡公威と三島由紀夫の位相差を考える上で大きな意味があるように思われるからである。また、当時三島はすでに学外に雑誌『文芸文化』という発表媒体をもっていた。にもかかわらず『学習院輔仁会雑誌』を掲載誌に選んだ理由も、そこから推測できるからである。以下その点を論じてゆきたい。

問題となる箇所を確認してゆこう。花小路邸で行われた芝居の稽古で、郁哉は花小路の姉と知り合う。

戯曲は学校の記念日のためのものであつたが、何がしの学生は演出までひとりでつとめた。その席は舞台からやゝはなれてゐる。姉はかたはらの椅子にかけられた。にこやかに古風なほほゑみをうかべて見物してゐる。

「この芝居いかゞでせう。」「結構でございますね。」さういつて柔和にほゝゑむばかりである。

この姉を「きれいな人だと思」った郁哉を、花小路は夕食に誘い、ふたりを引き合わせるのだが、その芝居とは次のような内容のものであった。

その芝居といふのは秋成の「仏法僧」を一幕にまとめて稚ない色附けをしたものであつた。学校の仮舞台ではおもふやうな効果は出なかつたが一夜の幻のありさまは多少うかがはれた。幻たちの起居にはずゐぶん心を砕いたのである。

上田秋成『雨月物語』の一編に題材を得たこの芝居はどうにか成功に終わり、二、三日して花小路の姉から手紙が届く。その文面は、

「『秘密の山』御成功のよしおよろこびまをしあげます。さきに御作を拝読いたし宅にておけいこのことも有之、なかなかに拝見いたしたく存じてをりましたものゝ、宅の取込にて果せませず残念に存じてをります。亡父秋成のものがたりが好きにてこどものころよりよみきかされましたゆゑ今もをりをり雨月などひもといてたのしんでをりますが秋成のうたにも『早苗とるなり』や『行くさ来さはなれぬ鴛のふすまには霜の枯葉もなれゆかにして』の一首など亡父がよく口づさんでゐたものでございました。弟の申しますことに国文のはうへおいでなされますとか、おこがましきやうながら何とぞおはげみ下さいますやう。まづはおんよろこびまで。かしこ。」

というものであった。「てうど杜若の出をまつたときのやうな気持で」この手紙を読んだ郁哉は、その「意味のありかさへあるかなきかの文面」に苦しむことになる。「行くさ来さ」の歌に、花小路の姉の自分に対する恋慕の

情の隠喩を認めていいかどうかに悩むのである。一週間ほどして郁哉は「もの狂ほしいやうな気持にかられて花小路の姉に長い手紙を書」き、やはり手紙で拒絶されてしまう。

これまでのところ、三島・平岡いずれの名前においても「仏法僧」を脚色した脚本は発見されていないが、ここで『雨月物語』の一話が素材に掲げられている意味を、もう少し考えてみる必要があるように思われる。それは、「行くさ来さ」の短歌を導くための措置であったと、一応はいうことができる。だが、三島が語る『雨月物語』への思い入れと、学習院在学時、現に平岡公威が輔仁会文化大会において取り組んでいた戯曲との落差という二点を考慮に入れるとき、その暗示するところは意味深いように思われる。

まず、三島の『雨月物語』および上田秋成観を検討しておこう。三島は、「雨月物語について」（昭和二四・九『文芸往来』）というエッセイで「戦争中どこへ行くにも持ちあるいてゐた本は、冨山房百科文庫の「上田秋成全集」であつた。」とする。秋成には「日本のヴィリエ・ド・リラダン」と言うべき「苛烈な諷刺精神、ほとんど狂熱的な反抗精神、暗黒の理想主義、傲岸な美的秩序。加ふるに絶望的な人間蔑視」があり、「白峯」と「夢応の鯉魚」を最上位とし、その次に「菊花の約」「仏法僧」を置いている。そこで強調されるのは、秋成が「人間の本来的悲惨の諷刺」によって西鶴に迫り、「この批評と諷刺を、次いで象徴の領域にまで高めた」こと、そしてその社会諷刺の次元を高めて「作品の存在そのものの抗議の形をとつて、人間性へ対置」するに至ったことである。それは、「モラリストと美学者との結婚」であったとする。このエッセイでは「仏法僧」についての具体的な記述はないが、「仏法僧」において三島が見出した「批評と諷刺」の象徴化とは何だったのであろうか。

「仏法僧」は、隠居の印に名を夢然と改め、旅寝を老いのたのしみとする僧侶と、息子の作之治が高野山で一夜を明かし、豊臣秀次一行の亡霊と遭遇する、という筋立てである。諸家によって指摘されている事柄であるが、「仏法僧」は太平の世の謳歌から語りだすことで、秀次一行と遭遇する高野山の夜の世界を対比的に浮き彫りにしている。秀次一行は、修羅の時に至り「忽ち面に血を濯ぎし如く、「いざ石田・増田が徒に今夜も泡吹せん」」と立ち去る。秀次は死後もなおいくさのただなかにおり、太平の世に「彼此の旅寝を老いのたのしみとする」夢然と対比されているのである。

末尾に引用された『建礼門院右京大夫集』が、平家滅亡の折に死に別れた恋人への追慕の念に満ちたものであったことを思うとき、ここに「仏法僧」が引用されることによって、閑雅な物語にひそむ戦争の影を「玉刻春」にもまた読みとることができるように思う。つまり、太平洋戦争のただ中にあって「玉刻春」のような優雅な物語を紡ぐ行為そのものを、現実社会に対する「批評と諷刺」たらしめようとしたモチーフを「仏法僧」の引用に見出すことができるのである。

4

ついで、平岡公威が取り組んでいた戯曲について触れておこう。実は「玉刻春」の郁哉同様、平岡公威も「学校の記念日のため」に戯曲を書き、演出をつとめている。それが対話劇「やがてみ楯と」である。B４藁半紙、ガリ版刷り十一枚の台本で、作は平岡公威。演出・音楽の箇所は空欄になっており、舞台効果の担当者として新井高宗、大岡忠輔、三谷信、本野盛幸の名がみえる。台本に記述はないが、『決定版三島由紀夫全集』第二一巻（平成一四・八 新潮社）の田中美代子氏「解題」によれば昭和十八年六月六日の輔仁会春季文化大会で上演されたらしい。

作品は二幕四場。初夏のある日、春川友信は学校の防空演習に熱をおして参加したために卒倒し、意識不明となってしまう。彼は学校を三年も休学していたのだが、「我々一人一人の忠義。——一度だつて防空演習を」「怨せにしては」という気持ちから病をおして参加したのだった。彼は遠のく意識の中で「演習をつゞけてくれ」とうわごとのように言い続ける。その言葉に、他の学生も胸を熱くする。それ以来、学内は「目立って緊張してきた」。その礼を言いに同級生たちが見舞いに来る。友信は友人に、自分がそうして学内に影響を与えたことにとまどいを示す。来年徴兵検査を控えた友信は「お国につくす」ため、体を鍛える決意を訴える（ここまで第一幕）。浅春の一日、弓道の対抗試合が開催された。春川は奇跡的にわずか一年で体を鍛え、すでに検査で甲種合格になっている。弓道部「期待の綱」に成長した春川の活躍で対抗試合は勝利を収める。秋、入営のために故郷へ帰る船に乗り込む春川をみおくる学生たちは、日本の大きさと美しさを実感する（ここまで第二幕）、というものだ。

設定は学習院とみてさしつかえないだろう。病気で三年も休学していた学生が一年で弓道部のエースになるまで回復するというストーリーには少なからず無理があるが、みずから鍛錬し「やがてみ楯と」なるという意図はわかりやすい。三年間の休学には現役の高等科学生が出征する設定にするための時間稼ぎの意味もあるのだろう。

本文を引用してみよう。病に倒れながらも「忠義」を体現した春川に、友人たちは礼を述べる。

E　（前方に身をのり出して）そればかりか上級生も一昨日ひらいたクラス会の際に、君のあの意気を模範にして、我々も負けぬ様に大いにやらうとクラス中で決議をしたのださうだ。

C　（Aに、熱をこめて）嘘のやうな話といふかも知れないが、一週十近い遅刻や欠席のあつた一年のある組があのあくる日からこの方、長い病気の人を除いて一人も遅刻なく、欠席なしと云ふ成績で、先生もおどろいてゐられるのだ。

B　（すぐ受けて）表にあらはれた事実よりも僕は皆の中にみなぎり出したなにかあるふしぎな力におどろいてゐるのだよ。（この間A、何か物思ひをする如く、むしろ辛さうにうつむいてゐる）――（B、一寸息を入れてAの姿をジッと見つめる。そして気を入れかへて力をこめて）春川、僕たちは冗談でなしに君にお礼を、――君の真心の行ひに対して、憚りながらいさゝかの真心のお礼を云ひたい為に、代表になつて上つたわけなんだ。

こうした台詞から、観客である学習院生に対する愛校心と国威の発揚に本作の創作意図があることは容易に読みとれる。そのために「防空演習」「弓道部」「甲種合格」「入営」といったできごとが場面に選ばれているのはいうまでもないだろう。作者自身が文芸部員で、のちに第二乙種合格となり、実際の入隊検査に際して肺浸潤を疑われて不合格、即日帰郷となったことを思うと皮肉な筋立てといえようか。

だが、この芝居が上演された輔仁会大会と「玉刻春」の執筆時期を考えたとき、なぜ平岡は輔仁会大会に「仏法僧」のような幻想的な芝居を上演せず、このような陳腐な作品を上演したのだろう、という疑問が浮かぶ。その点を検証してみたい。

昭和十七年、輔仁会大会は大きな計画変更を余儀なくされている。春季輔仁会大会の中止である。『学習院輔仁会雑誌』一六八号（昭和一七・一二）「会務報告」欄には次のようにある。

大東亜戦争下、従来の如く華かなる大会は勿論出来ないが、内容も時局に即応した質実乍らも楽しい大会を行ふべく種々準備中の処、四月十八日の帝都初空襲に鑑み、大会を行つて学生に慰安を与へる事よりも、国家的見地からみた場合、この戦争下早急になさねばならない多くの仕事に今更乍ら気付き、我々は急遽それに没頭せざるを得なかつた為に、止むなくも春季大会を中止するに至つた。故に大会中止の理由を後ればせ乍らこゝに述べて以て諸君に謝す。

だが、その代替措置として秋季文化大会が十一月十四日に行われた。この日の模様は『学習院輔仁会雑誌』一六八号および戦時下最後の『学習院輔仁会雑誌』である一六九号（昭和一八・一二）に、まったく記載されていない。編集時期の関係から脱落してしまったか、あるいは春季大会の経緯から考えて、時局に鑑みて遠慮するところがあったのだろうか。『学習院百年史』も内容不明としている箇所である。

この翌日、十一月十五日付の東徤《たかし》（筆名・文彦）宛平岡書簡には「きのふの十四日は輔仁会大会のかはりの文化大会といふものをやりました。芝居を禁制されたうめあはせです。文芸部の名目で高二の松井さんが「舟弁慶」の能をやりました。」とあり、対話劇についてはまったく触れていない。別章で詳しく取り上げるが、相手の東は学習院文芸部の先輩で、結核のため昭和十六年頃より療養生活に入っていてながらく休学中であった。平岡は完成した作品をまず東の元に送り、東の批評を受けて改稿をすることもあった。また、当時すでに同人誌『赤絵』をともに発行していた、いわば文学的な盟友であり、通り一遍の接し方をした友人ではない。にもかかわらずこれまでに公表されている東宛書簡を見るかぎりでは、この日のことについてまったく触れていない。

実は、平岡はこの輔仁会大会で演劇を演出・上演しようとしていた形跡がある。平岡は昭和二十一年二月十日付の神崎陽宛書簡のなかで、「漢籍に長ずるときく山梨院長が、戦時中の輔仁会で翻訳劇を上演しようとした僕の意図を抹殺し」た、と記している。この文面からはいつの輔仁会大会であったか不明だが、前述の東宛書簡に「芝居を禁制された」とあることを考えると、この昭和十七年十一月十四日の輔仁会秋季文化大会のことではなかっただろうか。先述『学習院輔仁会春季大会次第書』や『学習院輔仁会雑誌』の記述を見ると、輔仁会大会では必ず対話劇が上演されていた。十一月十四日の秋季文化大会ではたしてどんな「翻訳劇」を平岡が企画したのかは不明だが、そちらは許可されず、半年後の昭和十八年六月六日に行われた輔仁会春季文化大会では「やがてみ楯と」の上演は許可された、ということになる。

開明派で知られ、戦後の学習院存続に尽力した院長・山梨勝之進にあってなお、戦時下の輔仁会大会において翻訳劇を上演することは、その題材や原作者の国籍次第ではばかられる情勢であったことはここで改めて論証するまでもないだろう。先述の『学習院輔仁会春季大会次第書』に明らかなように、輔仁会大会は多くの父兄や卒業生、そして近隣住民の来場を前提としている。とすれば、ことは学習院内部の問題では済まない。翻訳劇の上演に院長が待ったをかけることは、当然の措置であったと考えるべきだろう。

こうした状況を考えると、「扮装狂」や「玉刻春」に描かれた輔仁会大会の華やかな雰囲気が、戦局の悪化によってかなり失われていたことはまちがいない。昭和十七年十一月十四日の秋季文化大会そのものが空襲によって中止を余儀なくされた春季大会のかわりに行われたものであったことはすでに述べたとおりだが、実際に防空演習や教練などさまざまな戦争の影響から、学習院における教育カリキュラム自体が大幅に変更されていった時期に当たる。

昭和十八年六月十三日付の東宛書簡から一部を引用する。

学校の近況をおしらせしませう。二時間目のあとで体操があり、放課後は、月、水、金が修練でつぶされます。水は研修といふ文化部の修練で、五時頃をはるのですが、あくる日の木えうの語学が4時間と来てゐます。語学は補習が二時間あり相当すゝみます。ふだんの放課後、といつても補習のあとですが、なにやかや相談事でつぶされます。文ちやんまで態度を豹変して一時間も休まずにブン〳〵ふつとばしてすゝめます。時々解釈を学生にあてます。文ちやんにしては未曾有のことでせう。教練は査閲の予行ばつかりやつてゐて舞台稽古に大童です。学生たちの間には学習院改革熱にうかされるもの多く、この水えうにも学習院問題弁論大会（振気大会）のやうなものが催されます。学生課はしじゆう習練々々といつてヒステリツクになつてゐます。大学の入試はかくて一日一日と近づいてきます。学校のありさまは先づかくの如くです。一寸局外者ならぬ局内者の私でもかうかきならべてみると、おぞ気をふるひます。

引用中、「文ちゃん」とは高等科で古典を担当していた佐藤文四郎のことであろう。修練に時間を奪われ、予定の内容を終わらせるために大慌てで講義を進めるさまがみてとれる。「学生たちの間には学習院改革熱にうかされるもの多く、この水えうにも学習院問題弁論大会（振気大会）のやうなものが催されます。」とあるが、この内容は『学習院輔仁会雑誌』その他の資料からは判然としないものの、この書簡や前後の書簡の内容からみて、どうやら戦時体制に順応すべく学生の中から非常時における学内体制と学生意識の刷新を訴える声があがり、文字通り気力を振るうための弁論大会が催されたらしい。半年前に翻訳劇の上演を禁じられた平岡公威は、そうした時局や学内の風潮に対応してこの昭和十八年六月六日の秋季文化大会で「やがてみ楯と」を上演したのである。

「やがてみ楯と」は駄作といって差し支えないだろう。右の書簡引用部にあるように、こうした学内の雰囲気に平岡公威は「おぞ気をふる」っていた。学習院の現状が右のようであることを告げることは休学中の東には慰めとして機能するだろうから、その配慮は割り引いて考えなくてはならないが、こうした風潮に共感していたとは考えにくい。

現在公開されている東宛書簡に「やがてみ楯と」について一言も触れられていないこともそのことを裏打ちする。もちろん、長らく病気療養中であった学生が一念発起して一年で甲種合格を勝ち取るといった筋立ては、結核で苦しみ長期休学中であった東に対して語るべきことではない。そういった配慮もここにはあったはずだが、文学についてなんでも語り合えたはずの東に対する書簡に一言も言及がない、その理由のひとつに、その出来映えと同時に、上演にいたる過程が不本意であったことがあるのではないだろうか。

ところでこの「やがてみ楯と」について、松本徹編『年表作家読本　三島由紀夫』（平成二・四　河出書房新社）、安藤武『三島由紀夫「日録」』（平成八・四　未知谷）に三島作・演出の芝居が上演された旨の記述とともに、三島が当日を欠席、後日「芝居を見て泣いていた奴がいた」ことを聞いて感激したというエピソードが記されている。(8) これは川田雄基との対談の中で三島が語ったことであるが、昭和十八年二月から昭和十九年に至る輔仁会の幹事としての日誌である「総務幹事日誌」（平成一七・一二『決定版三島由紀夫全集』補巻　新潮社）に寸評を残していることから、実際にはこの日の輔仁会文化大会に出席していたらしい。にもかかわらず、当日に欠席したと三島が語っていることも、やはりその内容が不本意だったからと考えたい。前述「総務幹事日誌」には「筋はお定まりの時局劇」ともある。本当に「芝居を見て泣いた奴がいた」ことに平岡公威は感激したのだろうか。

ここでもう一度「玉刻春」について考えてみよう。「玉刻春」における「仏法僧」の引用には、変わりゆく輔仁会大会に対する失望の念がこめられていると考えることはできないだろうか。前述したように「玉刻春」の擱筆は昭和十七年八月二十三日である。昭和十七年春の輔仁会大会が戦局の悪化によって中止された直後に執筆された「玉刻春」に「七、八年ばかりまへの都」であれば上演可能であった「秘密の山」のエピソードが描かれていることで、輔仁会大会についての憧憬と現実の落差は浮き彫りになる。そして、その落差を理解できる場はほかならぬ学習院である。『文芸文化』ではなく『学習院輔仁会雑誌』に投稿されたのは必然であった。昭和十八年一月十一日付の東宛書簡で「「玉刻春」は「現代に対する無稽のイロニイ」としての美を索めてみた」とあるが、この「現代」の具体例を身近な学習院に取ってみれば、この輔仁会大会の変容はその最たるものであるだろう。

しかも、現実はさらにこの落差を拡大する方向へと進む。同年十一月十四日の文化大会で「翻訳劇」が上演禁止になる。まさしく演劇に抑圧の矛先が向かったのだ。「七、八年ばかりまへの都」との落差は極まる。その直後に「玉刻春」を掲載した『学習院輔仁会雑誌』一六八号が発行になることで、『秘密の山』のエピソードは結果的に輔仁会文化大会の現実に対する痛烈な批判として機能するだろう。平岡はそれによってひそかに溜飲を下げたのではないか。編集長として自由を守り得る立場にあった『学習院輔仁会雑誌』であったからこそできた、ひそやかな抗議といえるだろう。

ともあれ、「扮装の夢」に胸をふくらませた平岡が「羨ましさの限り」でみつめた「リリオム」のような芝居は、昭和十七年の輔仁会文化大会においてはもはや過去のものとなっていた。さらに戦局の悪化した翌十八年六月六日の輔仁会文化大会では、もはや陳腐な「やがてみ楯と」の脚本によってしか上演は許されなかったのである。この文化大会の実現に向けての悪戦苦闘が前述「総務幹事日誌」には記されている。対話劇付きの文化大会を成功させることで文化を守ろうとする強い意思が平岡公威にはあったわけだが、俗悪な風潮に迎合する形でしかその良心を示し得ないところに、戦時中の困難がある。卒業後のことになるが、昭和二十年四月十三日の夜半には、輔仁会大会の開催された学習院正堂も空襲で焼失する。「扮装欲はつひに叶へられずに終つた」のである。平岡公威による学習院における活動には、このような時代と文化との相克があった。

論証する資料に乏しいためここでは深く論じないが、三島は戦後しばらくの時点まで先輩として戦後の学習院における演劇活動に対して思い入れがあったようだ。それはたとえば戦後初の輔仁会大会（昭和二一・二・一〇）に来場し、先述した神崎陽宛書簡に長大な感想を記していることや、学内に発足した演劇研究会第一回発表会（昭和二一・八・三一〜同九・一）に際して助言を与えていることからわかる。(9) しかし神崎宛書簡にみるその内容は、戦時中の学習院に対する怨念と、戦後の民主化された学習院に対する違和感に満ちている。しかし卒業生が現役の一学生に苦言を呈したところで学習院の戦後の流れが変わるはずもない。やがて三島は学習院に対する関心を失っていったのだろう。

「扮装狂」について論じた際、筆者は「リリオム」に関する挿話が「仮面の告白」に採用されなかった点について、三島由紀夫は自らの作品の依って立つ文化的基盤、いいかえれば解釈上のコンテクストとしての学習院を置き去り、隠蔽したのではないか、という仮説を提示した。それは、「玉刻春」を『三島由紀夫十代作品集』（昭和四六・一　新潮社）や『三島由紀夫全集』（昭和四八・四〜五一・六　新潮社）、さらには『決定版三島由紀夫全集』を用いて読む場合にもつきまとう。こうした書籍の刊行は、多くの読者に初期作品を提供するうえで大きな役割を果たしたが、一方では学習院という文化的基盤のうえでは了解された言葉を無自覚のうちに隠蔽し、了解不能なものとしてしまうという結果を招いている。いいかえれば、名声を獲得した「三島由紀夫」の名のもとにこれらの作品を還元する結果を生んでいるのである。ならば、後年の三島自身の発言に安易に依拠するのではなく、作品の成立時に立ち返り、その依って立つ環境、いいかえればコンテクストを再構成してゆく作業が、「平岡公威」の初期作品を論じる際には必要とされるのではないだろうか。

注

（1）本書第II部第一章で詳述する。
（2）本書第I部第四章で詳述する。
（3）『学習院百年史』第二編（昭和五五・三）によれば、対話劇とは、「衣装を付けない劇のこと」である。
（4）この『学習院輔仁会春季大会次第書』は平成十二年十一月、神田古書祭に際して三茶書房店頭に展示されたものである。
（5）『学習院輔仁会春季大会次第書』より、番組のみ列挙しておく。中略した音楽部のメンバー欄のピアノの項目に平岡公威の名前がある。

午前之部

1、開会之辞　……（9.00）………　会務委員
2、童話劇及唱歌　……（9.05）………　初等科

3、挨拶　……(10.00)………会長
4、会歌斉唱　……(10.10)………会員
5、軽音楽　……(10.20)………音楽部
休憩十分
少年寮々歌斉唱　……(10.50)………少年寮々生
昭和寮々歌斉唱　……(11.00)………昭和寮々生
二人漫談　……(11.10)………学生有志
休憩
十一時三十分ヨリ
○職員泥鰌攫み　……(12.10)………於正堂前
○伝書鳩競鳩　於正堂前（鳩部及会務部）
○科学の驚異　於理科教室（理学会）
○桜虹会展覧会　於高等科教室（美術部）
○伝書鳩展覧会　於高等科教室（鳩部）
○野試合　……(12.30)………於グラウンド（剣道部）
午後之部
一時ヨリ
9、奇術　……(1.10)………学生有志
10、ジャズピアノ独奏　……(1.30)………先輩
休憩十分
11、ジャーリングバンド……(2.00)………学生有志
12、落語　……(2.25)………先輩
休憩廿分
此の間、競鳩優勝者の商品を授与す

13、管弦楽 ……（3.10）……… 音楽部
14、講談 ……（3.35）……… 神田伯龍
休憩五分
15、〃続弥次喜多〃 ……（4.10）……… 昭和寮々生
休憩十分
16、〃リリオム〃 ……（5.00）……… 学生有志
17、閉会之辞 ……（5.40）……… 会務委員
18、万歳三唱 ……（5.45）………
終了予定　五時四十五分

（6）先述『学習院百年史』第二編によれば、ジャーリング・バンドJarring Bandとは「バカ囃子」を山田巌教授が英訳したもので、昭和七年に高等科一年の有志によってはじめて演奏されて以来、文化大会の名物となっていた。
（7）ただし平岡の同級生にはのちに音楽家となった平岡通博氏がいるため、誤記入の可能性もわずかに残される。
（8）ただし松本、安藤両氏ともこれを昭和十七年十一月十四日のこととしている。
（9）坊城俊周《としかね》「戦後演劇ルネッサンス　喝采のうちに幕は上がる」（平成八・二『立春大吉』私家版）

第四章　未発表小説における〈貴族階級〉——「心のかゞやき」「公園前」「鳥瞰図」の一側面

1

『決定版三島由紀夫全集』第十五巻（平成一四・二　新潮社）の刊行により、平岡公威が十代に執筆した生前未発表小説十六編の本文が明らかになった。噂として伝えられてきた原稿の公開とあって注目を集めたものの、現時点ではほとんど研究対象となっていない。「三島の秘密」を語ることが好きな三島研究においては意外である。

　この未発表小説のいくつかの表紙には「発表すべからず」といった自筆の書き込みがある。「花ざかりの森」によって「縁」[1]のできた学習院教官・清水文雄にこれらの一部を読ませようとした際に書かれた昭和十六年九月十七日付書簡[2]に「これらの恥かしい作品は、ずつと筐底にしまつておきたい気持のはうがつようございます。」とあり、はやくもこの時点で作者自身の評価は低かった。そして三島は終生「発表すべからず」の評価を覆さなかった。作品の存在自体、公に語ることはなかったのである。それが今日、研究対象にならないままである一因だろう。しかし、この研究状況が〈三島の語る三島〉のみを重視し、〈三島の語らなかった三島〉に関する三島研究の想像力の欠如を露呈しているように思うのは筆者だけであろうか。

　とくに初期は同時代資料に乏しいため、日本浪曼派との結びつきを強調する後年の三島自身の言及を基礎に論じられ、まさに〈(後年の) 三島の語る (初期の) 三島〉像が構築されている。しかし、なにかを語ることは他の何かを語らないことでもあろう。後年の三島が自らの一部を語ることで残る要素を隠蔽したと考えることは可能だ。そして隠蔽とはセルフ・プロデュースの一種である。このセルフ・プロデュースの頂点には三島事件というパフォーマンスとしての死が君臨しており、初期に関する自己言及は死に向けた首尾一貫性を創造するためであった可能性がある。

偶像崇拝の気配がある従来の三島研究においては、自己言及そのものの妥当性を問う作業はあまりなされていない。しかし、三島の隠蔽した作品が日の目を見た今日〈三島の語る三島〉に依拠し続けることは危険であり、〈三島の語らなかった三島〉の考察が必要である。この考察には「三島が語らなかったものとはなにか」あるいは「なぜ三島はそれを語らなかったのか」という問いが含まれる。それを明らかにすることは三島の自己言及を相対的に捉え直す契機となるだろう。筆者は作品が生成される場において作品がいかなる意図から生み出され、そこで作品がどのような意味をもつかを明らかにすることで〈三島の語る三島〉を乗り越えたい。本章の場合、なぜ三島が一部の作品に「発表すべからず」と記したか考察することが具体的な問題設定となる。

あらかじめ筆者の仮説を語ろう。それは、「花ざかりの森」(昭和一六・九～一二) の『文芸文化』掲載以降うまれた「われわれ自身の年少者」「悠久な日本の歴史の請し子」「我々より歳は遙に少いがすでに成熟した」[3]作家像を壊さぬよう、自ら (そして周囲が) 隠蔽したのがこれらの未発表小説ではなかったか、というものである。その検証に際し、作品が生成される場として学習院を措定する。本論で取り上げる「心のかゞやき」「公園前」「鳥瞰図」の三作品に物語上のつながりはなく、まったく別個の作品だが、〈貴族階級〉を描く点で共通している。平岡公威は初等科以来学習院に在籍し、こうした階級に属する人々の姿をつぶさに見ていた。また、「花ざかりの森」を発表して「三島由紀夫」になる以前の平岡に考えられる作品発表のメディアは『学習院輔仁会雑誌』しかない。想定される読者も学習院の学生や教官である。このメディアと読者層は作品のモチーフに色濃く反映していると思われる。ところで、学習院時代の「三島由紀夫」と〈貴族階級〉に関しては常に厄介な問題がつきまとう。

華族以外の家の子弟が学習院にはいるということは戦前では少く、金持でもない平民となると例外例に属した。（敗戦までの学習院は、宮内省の管轄下にあった。）そのために息子に肩身のせまい思いをさせたと、倭文重さんがいくどもこぼしていたことは母からきいていたし、「足軽扱い」という表現も梓氏の著書『伜・三島由紀夫』に彼女のことばとして出ている。

（村松剛『三島由紀夫の世界』平成二・九　新潮社）

こうした言説は、ジョン・ネイスン『三島由紀夫 ある評伝』（昭和五一・六　新潮社）が取り上げて以来、幼少期の三島を語る際の固定観念となっているエピソードである。しかし本書第Ⅰ部第一章第1節で指摘したとおり、ネイスン氏はその根拠を作中で示していない。検証不能のエピソードは風説の類である。この風説は『三島由紀夫 ある評伝』が絶版となることで神秘性を獲得し、伝説と化した。

また、平岡梓『伜・三島由紀夫』（昭和四七・五　文藝春秋）や「暴流《ぼる》のごとく」（昭和五一・一二『新潮』）における三島の母・倭文重《しずえ》氏の学習院に関する発言には、生後すぐに三島を親元から引き離し、学習院に進学させた姑・夏子への憎悪がみえかくれする。学習院における三島の階級意識の言説は、家庭内の不和をめぐって一方の当事者によってもたらされている。その点ではこれも検証の困難な伝説といえるだろう。

一方、三島自身は学習院におけるコンプレックスについて特に発言していない。これを受けてか、村松氏も「差別なんて、そんなに感じませんでしたよ。」と述べる「非華族の出の三島の同級生」の発言をたよりに「倭文重さんが思いこんでおられたほどにつよい違和感を、三島自身は学校生活のなかで感じていなかったのではないか。」と述べている。また、平岡の同級生であった板倉勝宏氏によれば、当時の学習院においては互いの家柄について口にすること自体はばかる雰囲気があり、また学校で家柄の話題を口にしないようどの家庭でもしつけていたため、差別的な扱いはあり得なかったという。なお、氏によれば、同学年の華族子弟の比率は1／2以下であったとのことで、これも従来の伝説とは異なる。(4) 本章において作品上のモチーフとして〈貴族階級〉を捉えることは、こうした伝説（とその再生産）に対する異議申し立ての意図もある。三島研究は伝説の再生産に荷担すべきではないからだ。

なお、清水や学習院の先輩・東健《たかし》（筆名・文彦）に宛てた書簡で平岡は右の小説群を「心理小説」と呼んでいる。後年の文体に通じる習作的側面も読みとることができるはずだが、右に述べた問題設定のため、本論ではこの点の考察は主眼としない。「一側面」と題するゆえんである。

2

この章では「心のかゞやき」を取り上げる。成立時期について、三島由紀夫文学館所蔵の原稿によれば、後補されたとおぼしき表紙に「15歳⇩16歳」「1939→1940」と表記がある。そのほか、本文三十五枚目に「十四・十二・一六」、五十五枚目のなかごろに「昭和十四年十二月三十一日」「二千六百年一月一日」と書き入れがあり、原稿末尾にも「(完) 2600年3月16歳春」とあるので、執筆の経過がわかる。表紙には「発表すべからず。」「未完の小説」といった書き入れもある。

二十三歳・未亡人の玲子は、夫の法事に参列した晃敏が気にかかる。晃敏の婚約者・澄子は玲子の描く少女の絵のポーズが晃敏の癖に似ていることに気づき、玲子に敵意を覚える。澄子は、玲子の夫の友人であった秋原子爵の別荘を訪ねた。秋原のアルバムには玲子を背負った秋原の写真があり、撮影者が玲子の夫であることを知らない澄子は秋原と玲子の関係を誤解する。写真のことを晃敏に話すと晃敏は不愉快になった。一方の秋原は玲子に好意をもち、晃敏には敵意をもっていたが、澄子を愛しているかもしれない、と思ったりもする…、といった作品である。ストーリーにドラマの要素がなく、登場人物が〝心のかゞやき〟を得るような大団円に至らず挫折した作品という印象がある。前述の清水宛書簡で平岡は「文章表現すべて未熟の一語につきますが、四人の人物を展開しようとした繁瑣な心理解剖の熱情は、とにかく、ギリ〱のところまではやつたのだと自分にもおもはれます。」と愛着を語っている。この「心理解剖」がそれなりの構想に基づく描写であったことは、「第壱章」末尾、原稿の三十五ページから三十七ページに差し挟まれた「作者のノオト」の一部にある「澄子の晃敏に対する気持」の分析に明らかである。

一、許婚者としての義務的な愛情
二、自分では㈠のごとく解釈してゐながらもその殆ど大部分である真実の愛情
三、晃敏が愛してゐないといふ事実へのみえから、晃敏へ対しても自分の気持ちを卒直にあらはさない気持
四、自分の敵に当らうとする強さがなく、たゞ晃敏を護るだけの愛……敵に向つての悪意は形式的なものである。

等等

「心のかゞやき」では同様に他の登場人物に対しても徹底した心理描写がなされる。しかし、心理描写に拘泥すると登場人物ごとにばらばらな印象を与え、作品としての一貫性が保持できない。はっきりしたねらいがなければ何のための心理描写かを問われることになるだろう。そのねらいについてもこの「ノオト」に言及がある。

再々いふやうに彼女は社会に屈従してゐるのだ。社会といふものはいはゞ一つの定りである。それに盲目的に服従し信頼するならそこに盲目的な強さもあらはれよう。だが彼女はうはべは親しくしてゐても心の中ではしじゅう競争してゐる女友達同志のやうに、常に社会と自分を同化することが出来ないのである。だが、「社会」がなかつたら女は存在し得ないのではないだらうか。澄子が社会と外部的に戦つてゐるならば、僕は玲子をして内部的に戦はせようと思ふ。

女性たちの思考様式を克明に描くことで、自由な生を束縛する「社会」のシステムをあぶり出すという意図から「心のかゞやき」の心理主義的文体が選択されていることがわかる。玲子と澄子との心理描写に分担して自己対社会の内外を描き分ける構想はかなり手が込んでいる。そして作品内では登場人物たちの〈階級意識〉を批判的に分析することでこの自己対社会の関係を具体的に描写している。

まず、玲子の対社会関係をみる。玲子は、幼少期に内面化された上流階級社会の生活様式が今も自分を束縛していることを自覚しつつ、その殻を破ることができない。一方、玲子の夫は「自分の玲子への愛情を社会に示して、それによつて妻の貞淑さをなほ引立て、何一つ風説をたてられずに、自分の社会的地位をどん〳〵引き上げて行く。婦人雑誌の記者が訪問に来るような理想的家庭を演ずることで社会的信用を勝ち取り、それを地位向上につなげていく如才ない男だったのである。こうして上流社会のしきたりに身を委ねてゆくうちに、玲子は「蜂蜜のやうな束縛」を感じる。

この色眼鏡の色に自分をあてはめようと夫はこゝろみ、それが又いつでも功を奏するので、周囲の人々はへんにとほまはしな言ひ方をしてみたり、粋ぶつたやり方をしたりする。さういふ夫の冷静で利巧で上手なやり方にひつぱられてゐるうちに、玲子はふと、新派の演劇や大衆小説のなかの主人公になつてゐる自分を発見する。そんな蜂蜜のやうな束縛がつくづくいやだつた。そんな卑屈な尺度で自分をはからうとしてゐるのがたへがたかつた……。彼女はさういふとき、いつも「失礼いたします」と上手にすりぬけた。

女であることは、玲子がこの「束縛」を甘受しなければならない最大の理由として位置づけられている。玲子は、

女は愛するだけが最大の幸福だ――何といふ腹だゝしい定理であらう。男は先づ幸福の第一段階に、女を愛する、次にその愛を利用する、女をおつぽりだしたまゝ自分だけ高いところへのぼつてゆく……かれらの幸福の探求はかぎりない。幸福の探求が人生の悲劇を生んだのである。この悲劇の母が男でなくてなんだらう。しかも女がこの悲劇に溺れる責めを負はされてゐる……。

と思う。こうした生き方を玲子は「死に近いものだ」と考え、自分は「生」に「侵入する資格がない」と考えるのである。作品冒頭において玲子の夫は死に、玲子を束縛する最大の要因は取り払われている。にもかかわらず、「僕は玲子をして内部的に戦はせようと思ふ」という「作者のノオト」の戦いは語られずに終わる。表紙にある「未完の小説」の書き入れはこの点に由来するのだろう。

一方、晃敏と婚約者の澄子も同様に「貴族社会の束縛」を甘受しながら、それによって婚約者でありつづけるという微妙な関係にある。

この青年は束縛を束縛と思はぬほど、それに麻痺してゐた。彼の親は澄子を彼に許嫁としてしばらくおしつけておくのを、理解のあるやり方だと信じてゐた。……晃敏は幼ないころから貴族社会の束縛にいぢめつけられすぎたのでそれを呑気に緩和する方法までも会得してゐるのだつた。

しかし晃敏は「なんら澄子を問題にしてゐない」。「貴族社会の厳格な教育」によって、嫌いな婚約者でも「前と変わらない気持で終始し得る」よう鍛えられているからだ。玲子が夫の「幸福の探求」の一パーツにすぎないように、晃敏は自身の「束縛」を「呑気に緩和する方法」として澄子を利用する。澄子もこの煮え切らない状況を脱する積極的な力をもたない。「古めかしい女の型」にはめこまれるように教育されたからである。

澄子はあまり少女的な夢に溺れすぎた結果、膳立が調はねば箸をつけぬやうに、自分と相手との恋愛の場合の周囲が小説か何かのやうに完全無欠になつてゐないと、積極的な行動に出られない型の女だつた。そこの欠陥へ入りこんで、親の教育は功を奏した。子供のころの修身教育よりももつと素直に、古めかしい女の型に誘導されて了つたのだつた。〔中略〕彼女は母から教へられたやうに、晃敏に対しての言葉から、行動から何から、教科書か辞書から引つぱつてくるやうにして実行に移すのである。

こうして、二組の男女はそれぞれ〈貴族階級〉のしきたりや教育によって行動や思考を束縛されている。とくに二人の女性は階級性に加えてジェンダー的な制約をも受け、「生」から隔離されている。ドラマ性に欠ける「心のかゞやき」ではあるが、その語りは〈貴族階級〉のもっとも負の側面として「束縛」を正面から捉えている。

すでに「酸模」（昭和一三・三『学習院輔仁会雑誌』一六一号）、「鈴鹿鈔」（昭和一三・七『学習院輔仁会雑誌』一六二号）に

おいて家庭環境による束縛を表現していることを考えると、この「束縛」も平岡公威本人が家庭内で感じていた「束縛」の転化であった可能性は否定できない。[5] しかし、構想に際して学習院における華族階級の子弟の行動や思考とその限界の観察は必須であっただろう。自らの感じている束縛感を周囲の環境に沿って描くことによって、学習院という場における問題と結びつけようとする社会的な意識があったと考えるべきである。実際に『学習院輔仁会雑誌』を読むと、家庭や階級の束縛を問題視する言説はくりかえし登場する。「心のかゞやき」はそれを女性の問題として描く点にフィクションとしての価値がある。

3

次に「公園前」を取り上げる。

「公園前」にも後補らしき表紙があり、「(16才) 小説「公園前」／平岡公威」と記されている。ただし内題には「公園の前にて（仮題）」とある。作品は（上）（下）「附」の三章に分かれ、（上）末尾に「15.2.23」、（下）と「附」の末尾に「15.3.24」と記されている。「心のかゞやき」の直後に書かれた作品である。

（上）の語り手は「あたし」。結婚当初、夫は「あたし」に「男のお友達をたゞひとりもよせつけなかつた」が、やがて「採用試験」そのままに自分の友人を連れてくるようになる。「木かげのベンチで、あまりにも先走つた、思慮のないこと」を言った玲二郎を夫は「一番安全なひと」と思いこむ。玲二郎と逢い引きの約束をし、会いに行く電車内で「あたし」は夫の会社のタイピストをみかける。待ち合わせの神宮外苑前に人影はなく、見知らぬ若い男が「あたし」に声をかけた。（下）の語り手は「僕」。競馬場でアルバイトをする専門学校生の「僕」は売り上げを万引きする切符切りの素子をとがめた。「僕」は素子とつきあうが、素子に翻弄され堕落してしまう。「僕」とのことが父親に知られた素子は、父の友人の会社にタイピストとして勤める。別れることになった「僕」が外苑前で素子を待っていると、和装の女性がやってくる。(上)の「あたし」である。「附」の語り手は素子。二人の出会いは素子の策略だった。素子は「あたし」の夫が経営する会社のタイピストであり、玲二郎と交際していること、「あたし」の夫にも気があることが語られ、「不道徳」な自分を肯定して終わる。「心のかゞやき」同様の執拗な心理描写だが、ドラマのない前作を反省してか、章によって語り手を分けて超越的視点を隠蔽し、推理小説風プロットを仕込んだ作品である。

「海」と表現される感情が「附」で「あたし」と「僕」を結びつける。「新らしくなつてくるためにはいちど海の前で行き止つて販つてこなければならない」と考える「あたし」は、公園前で「僕」を誘惑しようとする。その瞬間「夫」に突き当たった「あたし」の脳裏に「限りない海」が広がる。「今まであたしはすべてに海を見てゐた」が、「広いと思つてゐた海は来てみればこんな窄いもの」だった、と考える。「あたし」は「僕」の目のうちに「不思議な海」を見出す。そのとき「僕」は「あたし」を「抱いてもかまふまい」と思いながら、白々しい思いを押さえることができない。それは、「僕」の横に素子がいて、あらゆる感情・行動を「僕」自身に意識させるからである。そして夫の存在に突き当たった「あたし」の表情を見て、「僕」は「ああ、あの驚いた顔付は、きつと僕が海のやうにとりとめのない目差をしてゐるのを気味わるがつて居るんだらう。」と考えている。

この「海」とは「絶対的愛情」であると「あたし」は語る。前述清水宛書簡で平岡公威も「この作品のライト・モティーフは海といふ絶対的愛情の象徴でございます。これが全く無関係な「上」と「下」の主人公を、タイピストといふ楔によつて連絡させ、終局へ達するのが目的でした」と述べている。しかしなぜ「あたし」は「絶対的愛情」を求めるのだろうか。

「あたし」はブルジョアの貞淑な妻である。ピアノ・リサイタル、暖炉を囲んでの談笑、応接間に飾られた「青いアフオロジツト」の陶像や「浴槽のヴヰーナス」の置物、運転手付きの自家用自働車…と、優雅な生活を示す記号は「あたし」と玲二郎の関係を進展させる小道具として機能する。そんな環境に身を浸す「あたし」だが、夫の「階級観」には違和感をいだく。逢い引きの露呈を恐れて架空の友人をでっち上げ「むかしは贅沢はし放題といふひとだつたけど、今ぢやドレス・メエカアか何かだつて申しますのよ、そこへ車で行つちやあ……どうかしら、あたし反感をおこされてもいやですし、むかうにもわるいし……」と「あたし」は公共交通の利用を夫に訴える。苦々しい顔をする夫をみて「あたし」はつぎのように述懐する。

親しいひとの間で階級の問題を口にするのがあたしは大そうきらひだと自分で思つてゐました。それには一寸意識したやうなところがありました。ところがうちのひとの階級観はもつと無意識的にみえてゐてその実、より自意識的なものなのでした。うちのひとに云はせれば「階級意識をなくす」といふことは強ひて相手と同等のなりふりをすることではなくて、貧民窟へでも平気で高級車にのつてゆくその無邪気さだつたのです。けれども他人の目からみれば、ほんたうの自意識と、その無邪気さとの区別がはたしてはつきりわかるでせうか……

とっさの言い訳ゆえにかえって夫婦間の微妙な問題を浮き彫りにする嘘が口をついたのだろう。「道徳的に無定見」であったはずの「あたし」は、お仕着せの友人をあてがわれるほどの貞淑を強いられていた。そのため「絶対的愛情」に出会いたいという「海」のような欲望は肥大し、「あたし」は玲二郎の元に走った。その一因は夫の「階級意識」にある。だが、「あたし」は「海」の目前に達しながら、夫の束縛に敗北する。

バスの中では「あたし」自身の「階級意識」も描かれる。バスの乗客は「水でふくれた溺死人」を思わせる。自意識過剰になった「あたし」は、「心のなかのふしぎな差別意識」が動くのを感じる半面、「郷愁的な気持ち」も感じる。「あたし」も富裕層出身だが、そこにはこの夫婦の出身階級の微妙な格差も透ける。

素子は〈貴族階級〉のこうした弱点に食い入り、翻弄する存在である。「僕」が「暑中労働」する競馬場は「僕たちの社会とはまるで違つた、貴婦人たち」の集う社交場であり、同時に一攫千金をねらうさまざまな人たちもいる。るつぼのような職場で気軽なアルバイトの「僕」は「シイソオの真央に立つように」「一定不変」であると思っている。ところが万引きをする素子は「お金のうなるやうな成金の人もゐるでせう、さうして無闇に寛大にお金を払ひたがるやうな人もゐるでせう。」「だつてちつともお金がないんですもの」と開き直る。この素子に惹かれてゆくことで「僕」の「不変」の立場は崩れていく。素子の家庭を「僕」は次のように語る。

話しの様子から察するとかなりひどい家庭が想像された。没落した父親と、いまだに旗本だの将軍様だの何だのと繰り言ばかりならべてゐる祖母などがゐるらしかつた。祖父は明治初年にかなりな高官にのぼつた人といふことだつた。

この父は金属鉱山の事業がようやく実を結び、「僕」の下宿する叔父の家の隣に工場を建てることになった。それを知った「僕」は「没落——鉱山成金——山師、さういふ侘びしい家族の風景が浮び上」り、彼女へと一途に心を寄せ、やがて手玉に取られていく。下宿住まいを始め、素子と関係を持った「僕」は下宿の主婦にどう嘘をつくか悩むが、素子は金をやればいいと主張する。「僕」にはそれが「成金根性まる出し」にみえる。それはおそらく、日中戦争における軍需成金と、それをみる一般市民のまなざしでもあっただろう。一方、素子が他のすべての登場人物を手玉に取るさまは、生まれながら豊かな暮らしを保証されているかわり社会の悪意に対して脆弱な上流階級に対する批判として機能する。

素子は自分の「道徳」について、「附」で次のように説明する。


これからあたしはお約束だから、あの人を待ち呆けさせて、玲二郎さんのとこへ行くの。……あたし不道徳かしら。どうもあたしには道徳なんて考へがないらしい。神さまが道徳を超越してらつしやるのと考へあはせて、あたしはよつぽど変つた人間にちがひない。

誰がどうしようが、これから小説がはじまるのよ。


この「道徳」は、（上）の「あたし」が語る「道徳」とはまったく性質を異にする。「あたし」は「絶対的愛情」を求めながら、それが結局「みつめるたびにすべてがその衣装をきてあらはれ、ふりむくや否や醜いはだかになつて了ふ」ことによって自己の「道徳」を保ちえず、「自分のやることを何かにつけふしだらなまでに許容する」。この、「絶対」を得ようとして手が届かず、相対的な生にとどまっている精神状態を「あたし」は「道徳的に無定見」であったと告白する。一方、素子の「道徳」観は本能的な立場に立った自己肯定であり、その行動には男を手玉にとってでも自己の欲求に忠実であろうとする野生味がある。没落した士族階級で山師の娘という設定といい、「あたし」夫婦の〈階級意識〉とは対極的に設定されている。「附」の末尾にある、これからはじまる「小説」とは、「上」で示された上流階級の脆弱さを突き、崩壊に導く〈悪女〉の物語であると想像できる。しかし、その〈悪女〉の物語は描かれずに終わる。

『チャタレイ夫人の恋人』を引き合いに出すまでもなく、脆弱な貴族階級と粗野な庶民との対比はさまざまに描かれてきた。「公園前」はこうした構図を元にして、上流階級の夫婦が新興成金の娘の才知におびやかされるさまを描き、その脆弱さを浮き彫りにしている。それは、軍需景気に湧く世相の反映であると同時に、本能的な存在に対して脆弱な〈貴族階級〉が抱く潜在的な恐怖感の形象化でもある。また、ここでの「あたし」と素子の違いは、「海」を目の前にして引き返してしまう女性と、易々と荒海に足を踏み出す女性の違いである。貴族である夫と異なり、「あたし」の実家は富裕ではあるが階級的な裏付けは語られていない。とすれば、「公園前」は貴族――既存の富裕家庭――新興成金という三段階を描き分けようとした可能性もある。その点は「心のかゞやき」よりも複雑になっているが、あまり明瞭ではないように思う。

4

「鳥瞰図」は「公園前」の次に執筆された作品で、末尾に「(了) 昭和十五年三月↓七月」とある。『学習院輔仁会雑誌』一六六号（昭和一五・一二）に掲載された「彩絵硝子《だみえがらす》」と一部の登場人物の名前やシチュエーションなどが一致しており、前述清水宛書簡でも「「彩絵硝子」の母胎です。」とある。

公家である扇山家では、兄弟の争いが代々繰り返されてきた。弟は時流に乗り、兄はかたくなに自分の位置を守り通すことを常としたからである。現当主の守雅は家産の近い公家の子女と結婚するしきたりを破って富豪の娘と恋愛結婚したが、妻の実家は破産した。守愛は兄と異なり、なにごとにも器用に身を処す人物である。妻の父の会社の地位を譲られているが、「宿命挑戦主義」を標榜する守愛は満州へ行くことにした。華族の看板を利用して向こうの社交界に食い入るつもりである。守愛は息子の陵太郎を守雅に預ける。預けられた陵太郎に変化が兆す。ステッキをもって高台を散歩する陵太郎を目撃した守雅はそこにかつての自分を発見する。守雅は陵太郎を快活にしようと園遊会を開き、陵太郎は人々に「陽気な気持ちのいゝひと」と思われる。だがそれは「陽気な孤独」「偽りの機械」であった。伯父の家の生活に破壊されつつある自分に気づいた陵太郎は海の写真に心を揺さぶられ、品川の海を見に行く。陵太郎は里見則子と親しくなる。陵太郎はその交際に打算のない感情を呼び起こした。しかし守雅の妻は里見家の淫蕩な家柄を問題視する。則子の姉は駆け落ち、その上の兄は心中しており、則子だけがしとやかな少女であった。守雅は、これからすべての帰着があやうい断崖に至らぬことを祈りつつも、このまま投げやることが唯一の解答ではないかと思う、という作品である。

前述清水宛書簡で平岡は「未完でをはりました。」と述べているが、ここに描かれたさまざまなモチーフをのちの作品の萌芽と考えたとき「鳥瞰図」はきわめて興味深い。「偽りの機械」と呼ばれる自己欺瞞が「仮面の告白」（昭和二四・七　河出書房）の第三章に、里見と陵太郎の対面が「彩絵硝子」に生かされている点はすでに指摘があるが[6]、「公園前」に出てきた「海」や「花ざかりの森」の「序の巻」で語られる「追憶」といったモチーフも描かれている。また、実業家に生まれ公家に預けられる陵太郎の境遇を『豊饒の海』第一巻「春の雪」（昭和四〇・九～四二・一『新潮』）の松枝清顕の遠い原型とみることも可能だろう。

筆者がとくに注目したいのは、陵太郎がステッキをもって高台に立つ場面である。この姿は「花ざかりの森」序章の「わたし」にきわめて近い。気の抜けたような心のまま伯父の家に移ってきた陵太郎は、「この家の、大黒柱や建具にしみ入つてゐる、古蒔絵のやうな匂ひなぞから、なにかしら沈澱した雰囲気が、たゞよつてゐる」のを感じる。そのうち「ある一つの変化」がきざし、「あらゆる理知が本能のかたち」をとる。陵太郎は自分を疑い、その懐疑がさらに変化を呼ぶ。公家華族の古い環境にギャップを感じ、受容できずに鬱屈しているのだ。そんな自分をなだめすかすための散歩は羽化を控えたさなぎの姿勢といえる。その姿勢は「武家と公家の祖先」をもつ家系に生を受け、祖母と母によってその環境から遠ざけられた「花ざかりの森」の「わたし」の散歩姿に似る。

この姿を見て守雅が「なんとまあよく似てゐることか」「血統《ちすぢ》はあらそへないものだ」と慨嘆する点は同じ〈貴

族階級〉の環境を問題にしながらも「心のかゞやき」「公園前」とは批判の方向が異なる。前二作において明瞭だった脆弱な社会性を暴露する表象は守愛が大陸に渡ることでフェイドアウトする。かわりに「血統」が語られることで、陵太郎の葛藤は公家の保持する伝統との対立となる。「公家」の「血統」という伝統の裏付けがあるために扇山家そのものは直接の批判を免れているのだ。そもそも、「鳥瞰図」には〈貴族階級〉以外の登場人物は存在しない。したがって「公園前」のように階級制度を揺さぶる存在が登場しないのは当然である。「鳥瞰図」の批判は祖先に与えられた爵位と地位とに安住し、当たらず触らずその日を過ごすブルジョア性に向けられる。

一例として、守雅による陵太郎の教育に対する語り手の批判をみたい。「お歌所に奉仕し、歌や書を能くした」父に厳しく育てられた守雅は、心の隅が冷えきった「退屈で陰惨で憂鬱で倦怠の」青春時代をすごした。その反動で今の守雅は陽気にふるまう。こうして隠した弱みを甥が受け継ぎ、人目に晒していることを守雅は許せない。守雅は「自分のなかの弱みを隠すことを、甥を矯めることによつて為さう」と決心し、園遊会を企画する。つまりは守雅も、長男の角を矯める扇山家の家風を引き継いでいるのである。このゆがんだ配慮が陵太郎を「生」から疎外する。

陵太郎の外部にある「生」を象徴するのは「海」である。角を矯められ「偽りの機械」と化した陵太郎は本能的に「海」を求める。陵太郎はハウンドマンの詩集に掲載された海の写真に「あらゆる海の形象、海の感情、海の追憶が、一どきにおしよせて」くるのを感じる。

——〈ほゝづきのかすかな海の味はひ。岬の洞の天井に、ゆら〳〵まはりつゞける、白い波の反映。村のはづれに、ふいにせり上つてくる夏の海。埠頭のコンクリィトと白い船腹との眩しい直角。麦畑をかきわけて、きふに海が光つてひろがる崖に、とびでたときの明るい驚き、縁側に爪立つてみる海の色合。土が黒くなり小さな稲荷の赤鳥居がある小径に、ふと匂つてくる浜のにほひ。窓からながめた河口の澱み。ひろいアトリエの、彫像のすきまにみえる、とぎすまされた曇つた海。港の混雑。金モオルとあかるい茶色。巨船に灯のつく夕方、マストは重さにたへぬ雲の襞。遠雷。港の雨とものうい畳。鉄と鉄とのかなしい叫喚。……クレエンにつりあげられるやつれた馬。斜めの船――斜めのひと――斜めにはひつてくる臨港列車。灰色の汚れ。煙りと海。不潔と清潔、憎悪と愛。浮動したまゝで、傷つきやすく、ひろがつてくる海辺での感情、崖つぷちの海の轟きに、息絶えようとする小さい心。）――

この「海」はさまざまな記憶の原型を含んだ多義的な存在として陵太郎に想起され、矯められた心の奥底にひそむ「本能」の求める故郷として位置づけられる。こうした感情は「追憶」と呼ばれる。陵太郎は「追憶とは単に、人間が自分を慰め鎮めるためにつくつた、「生」の仮象にすぎない」と考え、「海」を想起する喜びを合理化しようとする。しかし語り手はその考えを「小難しくそんな考へを追つかけまはすことで、陵太郎は身辺的な悲劇の尺度を、いつしか自分を傷つけない程度のものに、造り更へ」る、「偽りの機械」の論理として批判する。この点も、「ほんの一、二年まへまで」「追憶などはつまらぬものだ」「追憶はありし日の生活のぬけがらにすぎぬではないか」と考えていた「わたし」が「追憶は「現在」のもつとも清純な証なのだ。」と考えるに至る「花ざかりの森」の「序」まであと一歩である。しかし、「鳥瞰図」の語りの軸はあくまで守雅に対する批判であり、「花ざかりの森」の「わたし」のように先祖を言祝ぐまでには陵太郎を成長させせない。

園遊会で陵太郎は里見則子と知り合う。ふたりの間には打算のない愛情が築かれるが、守雅の妻は里見家の「淫奔な」家柄に不安を覚える。守雅の妻もまた園遊会に現れた松木子爵という老人の姿を見て「お大名の末路……」とつぶやき、「公家一族扇山家のひとになつてゐる自分」を見出すまでに扇山家の家風に染まっている。守雅もこのつぶやきを聞いて次のように考える。

没落した妻の里に引き比べ、どうやら一筋道を守り通して、大丈夫といふところまで漕ぎつきかけてゐる今の自分が、ひどく幸福な気がした。然も彼自身、これがブルジョアヂイの心理だとは、気附かぬのであつた。

守雅は妻が若い男と不倫関係にあることを知っている。だが守雅は見て見ぬふりをし、傷口に手を触れない。それがこの家を幸福に見せているにすぎないのである。妻は扇山家を脅かすかもしれない里見家の家風に不安を覚え、守雅に訴える。守雅はいずれ陵太郎が自分の思うとおりにならなくなるのではないか、と焦りを感じつつもやはり次のように考えるのである。

彼はこれからすべての帰着があやふい断崖にいたらぬことを祈つた。陵太郎・妻・則子・秋田、さういふ人々の姿がたふれさうになつて固まつてあぶなげな恰好のまゝ永久に安定してゐる星座の姿態のやうに思はれた。このまゝでながやることがやはり唯一の解答ではなからうかと思つた。

この扇山家の造型は前記二作品同様〈貴族階級〉の脆弱性を示している。しかし、「公園前」のように他の階級に属する人から悪意を向けられる可能性は低い。かつて守雅がそうであったように陵太郎は角を矯められつつあり、よほどのことがないかぎりは「このまゝでながや」っておけば世代を越えて同じことが繰り返されていくだろう。その地位は安泰である。

このように、「鳥瞰図」に示された孤独な少年とその角を矯める装置としての〈貴族階級〉家庭という図式は

「心のかゞやき」「公園前」における女登場人物たちとその家庭との関係によく似ている。しかし「鳥瞰図」が一歩前進した印象を与えるのは、「心のかゞやき」に描かれず「公園前」では「絶対的愛情」の象徴として比喩的に語られてながらも一歩手前で引き返してしまった「海」に、陵太郎はついに到達しているからである。本来的な生が自覚されている点で陵太郎には守雅とは違う未来が期待できる。陵太郎が男であることは、前記二作の女主人公たちが負わされているジェンダー的な制約がないぶん身軽とも考えられる。守雅は子供がいないので、この公家華族の家督を継承するのは陵太郎である。陵太郎はこの閉塞状況を突破する可能性を秘めている。作品がそこまで描いていない以上、憶測は慎まなければならないが、「鳥瞰図」における〈貴族階級〉意識は陵太郎の存在によって「花ざかりの森」に向かう深化と転調の兆しを見せているといえるだろう。そして陵太郎と同様に家庭環境のために角を矯められ、生から隔てられている「花ざかりの森」の「わたし」は、回帰すべき場所を「武家と公家の祖先」をもつ自らの家系そのものに求める。扇山家の「ブルジョアヂイ」を批判しつつも公家華族の存在そのものの批判に及ばない語りの行方には、伝統回帰という解決手段が仄見えている。

5

本章で取り上げた、昭和十四年十二月から翌年七月にかけての未発表小説三作品に共通するモチーフとして、「生」から隔てられた主人公の存在と、その状況を強いる存在とが対置される。「心のかゞやき」では「蜂蜜のやうな束縛」を与える玲子の夫や、婚約者を煮え切らない状況に置く「貴族社会の束縛」として描かれ、ついで「公園前」で（上）の「あたし」の「絶対的愛情」への接近をはばむ夫の存在、「鳥瞰図」では陵太郎の「角を矯める」扇山家の家風とそれを代行する守雅によって描かれる。このモチーフの原型はすでに「酸模」にあるが、〈貴族階級〉の問題性とともに表れているところに三作品の特徴がある。そしてそうした状況の彼岸は、「心のかゞやき」では具体的に描かれることはない。「公園前」では「絶対的愛情」が「海」の姿をとって描かれるもののたどり着く直前に妨げられる。そして「鳥瞰図」では実在の海として陵太郎の前に表れるといったように、作を重ねるごとに深化している。このように考えると、自らの環境を学習院における場の問題と重ね合わせ、その解決に向けて作品ごとに進化してゆく作者の姿を垣間見ることができるだろう。ごく早い時期から「公開すべからず」と烙印を押されながらも捨てられずに筐底に秘されたのは、それゆえの愛着だろうか。

しかしながら、これら未発表作品と「花ざかりの森」との間には明瞭な差異がみられる。右記のモチーフは、ほぼ一年後に書き上げられた「花ざかりの森」に多く継承されている。「鳥瞰図」の平岡公威には陵太郎の成長を描くアイデアがなかった。そのため作品の語りは最後まで守雅に寄り添い、作品ごと「このまゝでながやる」ことになったのだろう。「花ざかりの森」においては、やはり華族の環境によって角を矯められ「海」から隔てられた「わたし」がその華族の過去に「海」への回帰を促す伝統を発見するというモチーフを生み出した。そこには、批判対象の中に批判を乗り越える契機を発見するというアクロバティックな価値の転倒がある。それゆえ、「花ざかりの森」が公になればこれら未発表三作品のモチーフは未熟に見える。

ところで、前述の清水宛書簡における平岡公威の「気恥ずかし」さは、清水が「「花ざかりの森」一篇から、あれと同列な類似の旧作をおそらくご想像なさつてをられる」ことへの不安である。清水が「花ざかりの森」を賞賛し、自らが同人である『文芸文化』に発表させたのは、保田與重郎に方法を学び、日本浪曼派の系列に類する作品として「花ざかりの森」を評価してのことであっただろう。しかし実際のところ「花ざかりの森」は本章で検証したような個人的・内面的なモチベーションと、学習院という場における議論との結節点として書かれた可能性が高い(7)。いわば舞台裏を見られるにも似た羞恥心があったのではないか。

また、この書簡で平岡は「発表にたへるやうなものは「公園前」の「上」ぐらゐ」と記しているが、「花ざかりの森」に続く『文芸文化』掲載作品を旧作から探しだそうとする意図が清水にあったならば、「われわれ自身の年少者」[8]というせっかくの「花ざかりの森」評価を揺るがしかねないこれらの作品を推薦することはないだろう。

これらの作品は『文芸文化』が求める日本の伝統に手が届かず、むしろ〈貴族階級〉の現状批判が目立つ。平岡は清水宛書簡で「鳥瞰図」が「「彩絵硝子」の母胎」であると述べている。『学習院輔仁会雑誌』に掲載された「彩絵硝子」は「鳥瞰図」同様に生から隔てられた伯父と甥の葛藤を、直喩を多用した洒脱な文体で描いている。しかし、その〈貴族階級〉批判は揶揄の域を出ないものである。つまりその批判がもっとも有効に機能したはずの学習院という場においても、発表に際してこの三作品に見るような露わな批判は忌避されるのである。高踏的な国文学研究誌である『文芸文化』にそぐわないことはたしかである。こうしてこれらの作品には「発表すべからず」「未完」といった刻印が押されるに至ったのであろう。そして三島は死に至るまでこれらの作品の存在を明らかにしなかった。三島は晩年に『三島由紀夫十代作品集』(昭和四六・一　新潮社)を編集したが、こうした自選集においてもその存在を明らかにしなかったのである。一度見捨てた作品を省みるいとまがなかっただけかもしれないが、それは「花ざかりの森」成立に至る試行錯誤と場を隠蔽し、結果として「花ざかりの森」に始まる〈初期三島由紀夫＝日本浪曼派的作家の誕生〉という伝説作りにつながったことを指摘しうると思う。

三島研究には、おびただしい〈三島の語る三島〉言説の成立基盤を問うような視点が必要である。没後三十数年を経て三島の存在と作品とが古典化しつつある今日に公となった未発表作品の詳細な検討は、〈三島の語る三島〉像に修正を迫る可能性を秘めている。

注

（1）蓮田善明「後記」（昭和一六・九『文芸文化』）の表現。
（2）「これらの作品をおみせするについて」というタイトルが付く、未発送の書簡。
（3）注1に同じ。
（4）平成十三年八月二十五日、ホテルラフォーレ東京内ラウンジにおけるインタビュー時の発言。
（5）この点については本書第Ⅰ部第二章で詳述した。
（6）佐藤秀明「三島由紀夫の未発表作品——新出資料の意味するもの」（平成一二・九『国文学』）。ただし、ここで佐藤氏は作品名を「雨季」としている。その事情は佐藤氏「自己を語る思想——『仮面の告白』」（平成一八・一一『国語と国文学』）の注4に詳しい。
（7）「花ざかりの森」のモチーフが学習院における議論と接するものであった点は本書第Ⅱ部第三章で詳述する。
（8）注1に同じ。

II

「花ざかりの森」と学習院

第一章　坊城俊民と雑誌『雪線』——学習院文芸部の二・二六事件

1

学習院時代の三島由紀夫が文芸部の一員として『学習院輔仁会雑誌』に本名の平岡公威で多くの作品を発表していたことは三島文学に関心のある読者にはつとに知られてきたところである。『学習院輔仁会雑誌』を舞台とした文芸部における平岡公威の活動は中等科五年時の作品である「花ざかりの森」（昭和一六・九〜一二『文芸文化』）の成立に先立つ四年ほど前、一六〇号（昭和一一・一二）における詩「秋二題」にはじまる。[(1)] その後、「花ざかりの森」で文壇デビューを飾り、三島由紀夫の筆名を使いはじめたのちも毎号『学習院輔仁会雑誌』に本名で作品を発表し、文芸部委員として一六七号（昭和一六・一二）、一六八号（昭和一七・一二）の編集もつとめるなど、卒業まで継続していた。

「花ざかりの森」の掲載誌『文芸文化』が日本浪曼派の流れを汲む国文学研究誌であったことから、「花ざかりの森」と日本浪曼派との結びつきが三島事件との関係で没後に論議の的となったのに対し、学習院文芸部ないしは『学習院輔仁会雑誌』における活動はほとんど注目されていない。三島自身も生前ほとんど学習院における活動と作品を紹介しなかった。そのため、生前はあまり知られることのなかった学習院における活動を包括した全体像が把握されないままに「花ざかりの森」と日本浪曼派の関係だけが突出するといった研究状況が続いている。

筆者は、橋川文三氏に代表される、日本浪曼派の流れの中に初期三島を位置づけようとした研究がもたらした達成そのものを否定するものではない。だが、三島という作家の成立を考えるうえにおいて、かかる状況はその源流を見あやまるものと言わざるをえない。そこで第II部では『学習院輔仁会雑誌』その他の調査を通して、はじめて文学に関心をいだいた平岡公威が身を寄せた環境である学習院文芸部の性格と、そこで上級生の影響のもとに創作活動を開始した平岡との関係を考察し、「花ざかりの森」を学習院の文化の中でとらえ直すことを目標とする。

まず本章では、三島の七年先輩にあたる坊城俊民の活動に焦点を当てることで、平岡が参加する以前の学習院文芸部の性格を考察し、創作に関心を抱いた平岡に用意された文学的環境を明らかにしたい。

坊城俊民は大正六年、旧堂上家の嫡男として生まれ、学習院時代には文芸部に所属して『学習院輔仁会雑誌』や後述する雑誌『雪線』に創作を発表し、昭和十三年に高等科を卒業して東京大学文学部に進学、そののちは都立高校で教鞭を執った教育者である。[2] また、三島「詩を書く少年」（昭和二九・八『文学界』）の登場人物Rのモデルでもある。坊城は三島との交友の模様を『焰の幻影　回想三島由紀夫』（昭和四六・一一　角川書店、以下副題略）に記しており、そこに紹介された二人の出会いの光景はよく知られている。それは、『学習院輔仁会雑誌』に投稿された三島の詩を高く評価した坊城が、「付［ママ］属戦」と称する野球の応援にかり出された中等科一年生の中から三島を捜しだし、三島の詩の批評を記した手紙と自らの小説「鼻と一族」の掲載された雑誌『雪線』を手渡し、以来二人の交友が始まったというものである。

本章でとくに坊城を取り上げる理由は二点ある。まず、この年長の友人の存在がその後の平岡の文学活動に大きな影響を与えた痕跡を両者の作品に認めうること。そして、坊城は学習院文芸部内の一つの傾向を代表する人物であるので、坊城の文学活動を考察することは文芸部における平岡の文学活動の出発点の考察とも重なると判断したことによる。

ところで、右に掲げたふたりの出会いのエピソードは猪瀬直樹『ペルソナ　三島由紀夫伝』（平成七・一一　文藝春秋）、安藤武『三島由紀夫「日録」』（平成八・四　未知谷）、同『三島由紀夫の生涯』（平成一〇・九　夏目書房）などの代表的三島評伝に引用されている。『決定版三島由紀夫全集』第四十二巻（平成一七・八　新潮社）の「年譜」もこれを踏襲している。

だが、このエピソードに関する『焔の幻影』の記憶には不確かな点がある。それは、坊城がこれを昭和十二年秋の出来事としている点である。この出会いが実際に「附属戦」であったと仮定して『学習院輔仁会雑誌』一五九号（昭和一二・七）「野球部報告」欄を参照すると、「附属戦」（東京高等師範学校附属中学校との定期戦）の行われたのは同年五月八日、学習院構内においてのことなのである。同欄の手記によれば、附属戦は年に一度の恒例行事であったという。(3)

おそらく、『焔の幻影』の坊城は「秋二題」各詩編に付された日付から「秋」と判断したと思われる。だが、当時文芸部委員であった酒井洋氏の「三島由紀夫以前――非文学的回想」（昭和四六・三『行友』）を引用した松本徹編『年表作家読本　三島由紀夫』（平成二・四　河出書房新社）によれば、平岡には『学習院輔仁会雑誌』一五九号に投稿して却下された詩編があるらしい。附属戦の開催日時から考えて、坊城が評価したのはそちらの詩であった可能性がある。一方で、『焔の幻影』には「たとえば付属〔ママ〕戦［中略］の時だったかもしれない。」とあり、たしかに附属戦なのか、記憶は曖昧であるようだ。

そこで本章においては『焔の幻影』への無批判な依拠は控え、『学習院輔仁会雑誌』のさまざまな記事・作品から当時の文芸部、ならびに『学習院輔仁会雑誌』の状況を再現し、その状況の中で『焔の幻影』そのものを読み直すといった手順を踏むこととする。

2

坊城の『学習院輔仁会雑誌』登場は一四三号(昭和六・一二)のことで、そこに作文「秋の訪れ」「火事」が掲載されている。ただし、これが収められた「中等科の頁」は授業成果の発表欄であり、彼の本格的な創作は同誌一四六号(昭和七・一二)発表の散文詩「月」、『雪線』一号(昭和八・五)発表の散文詩「こゝろ」以降のことである。

ここで『学習院輔仁会雑誌』、ならびに『学習院輔仁会雑誌』と文芸部の関係について述べておこう。学習院百年史編纂委員会編『学習院百年史』第二編(昭和五五・三 学習院)によると、『学習院輔仁会雑誌』は明治二十三年六月に学習院の校友会である輔仁会の機関誌として創刊された雑誌であった。文芸部はもともと編纂部という名称で、『学習院輔仁会雑誌』の編集作業を活動の中心として発足した。これが文芸部に改称されたのは大正十二年のことであるが、その後も年三回発行の同誌編集作業は主要な活動のひとつとして残されていた。

事実、同誌一五三号(昭和一〇・七)まで、奥付記載の発行所名は「学習院輔仁会」となっており、とくに文芸誌としては位置づけられていないにもかかわらず、その編集は文芸部委員が行っていた。学生・教官・卒業生の投稿による小説・詩・戯曲・論説・随筆・紀行や、中等科における作文授業の成果、輔仁会に所属する各部の活動報告、学生の描いた絵画などによって誌面は構成されているが、そのうちもっとも紙幅を取っているのは文芸部員による創作で、総じて文芸雑誌の色彩が強い。文芸部委員による編集のためであろう。

だが、『雪線』が発行されていた期間にあたる一四七号(昭和八・四)より一五二号(昭和一〇・二)までの間、『学習院輔仁会雑誌』は文芸部委員ではなく、輔仁会会務委員によって編集されている。その事情を『学習院百年史』は「昭和七年十一月の総会では」「『輔仁会雑誌』および『会員名簿』の編纂を文芸部から会務委員の手に移し、文芸部は純粋の文芸を取り扱うことが可決された。当時、一般に学生の思想運動は文化活動と結合する傾向が強く、文芸部もその例外ではなかったので、なるべく思想性から独立した純文学を追究しようとする要求と、報道機関の仕事を文芸部から分離したいという希望とが容れられたものである。」と説明している。だが誌面から伝わる事情はさらに複雑である。

『学習院輔仁会雑誌』一四三号（昭和六・一二）「編集者の手帖」は、中野渡功・石山基春・小坂善次郎・伊藤満の連名で、ある「事件」へのいらだちを記している。「事件」とは「過日行はれた輔仁会各部委員の改選に於て、従来の慣例による部推薦の候補者に対して、川原義一君以下九名の学生諸君の推薦による新候補者が立ち、選挙の結果、同君達の推薦候補者が当選した」ことである。たしかに文芸部以外の学生の推薦によって文芸部の委員が決定するというのは尋常ではない。だが七ページにもわたる長大な「編集者の手帖」にその原因は記されていない。

つづく同誌一四四号（昭和七・三）は早くも新編集委員の手に委ねられている。「編集者の手記」には清岡元雄・武田照彦・馬場利晴の署名があり、前号「編集者の手帖」への反論が記されている。それは、従来の同誌誌面が一部の常連投稿者の原稿に満たされ、校友会誌としての機能が低下していたことに対する不満であった。新委員たちは、従来の文芸部が陥っていたマンネリズムと「或一つの範疇の中に凡てを形式化してしまふ事」の非を指摘する。一見、これはマンネリズム批判にすぎないようである。だが、「或一つの範疇」という言葉は、それ以上の意味をもっていた。

一四三号以前の『学習院輔仁会雑誌』を読むと、文芸部委員たちの作品を中心に左翼的傾向があることに気づく。その一例を紹介したい。伊藤満は同誌一四二号（昭和六・八）に映画批評「前衛映画」「全線」を寄せている。それは「我々はかゝる末梢神経的技巧に狂奔するドンキホーテ式映画を曝露して真に新しき時代の最も芸術的な組織者として強力な力を把持し且つ大衆に真に健全なる娯楽として役立ち理解され愛される映画を大衆自身の手に依つて創り出さねばならない。企業会社の偽瞞を蹴飛ばしつゝ。」と前衛映画を批判し、エイゼンシュタイン独自の「引力のモンタージュ」の上に建設された「現代ソウエート」の「農村大衆の集団的労働」の模様を賞賛し、「ソヴイエートの芸術戦線」の今後に期待するものである。その他詳細は措くが、新委員の問題視する「或一つの範疇」とは、こうした傾向を指すものであろう。

この年、学生の左傾思想問題は頂点に達し、検挙者が相次いでいる。文芸部委員の罷免問題の真意は、旧文芸部委員の左傾化を危険視し、彼らの「範疇」から『学習院輔仁会雑誌』を切り離すことにあったのではないだろうか。事実、昭和八年に至り、彼らの多くは検挙される。共産党資金事件に関して日本労働組合全国協議会（全協）の一斉検挙を報した『東京日日新聞』号外（昭和八・一一・二〇）の二面は、「フランス革命に倣ふ／華族子弟の赤色陣営／廿名を検挙、二名起訴」という見出しをつけ、昭和五年に卒業生および在学生によって学習院に結成された組織を通じて資金調達が図られたため、昭和八年一月以降、治安維持法違反による検挙者が相次いだことを伝えている。先の伊藤もこの年の四月に検挙されているほか、学習院関係者十数名の実名が公表されており、そのうち『学習院輔仁会雑誌』執筆者は七名を数える。

だが、前後の『学習院輔仁会雑誌』の目次に名前を確認できないことに明らかなように、あらたに文芸部委員となった学生たちに創作意欲は希薄だった。彼らはマンネリズムを口にするが、現に学生の創作発表の場であった『学習院輔仁会雑誌』編集の任にふさわしい人物であったかは疑わしい。彼らは前掲「編集者の手記」に「大言壮語はしたものゝ、我々は」「雑誌編集の二三の経験はあるとはいへ、文学的才能は勿論、文学の知識もない。」と白状しており、創作意欲に満ちた学生たちが彼らによる審査を疑問視して投稿を躊躇したとしても不思議はないだろう。事実、一四四号こそ創作や批評、翻訳などによって内容を確保したものの、一四五号（昭和七・一〇）は部報号としての刊行を余儀なくされ、「我々は今大いに考へねばならぬ立場に至つて居る。」「もう暫く我々に考へる時間を与へて頂き度い。」(「編集者のノート」)とぼやいている。

そこで、同誌一四六号(昭和七・一二)発行までの間、輔仁会各部委員会において同誌の編集方針をめぐる議論が交わされた。一四六号「会務報告」によれば、九月三十日、文芸部の提案によって「輔仁会雑誌改造ノ件」を議題として「輔仁会雑誌を部報及輔仁会関係のものに限り、文芸部の名称を変へ、他に純文芸を取扱ふ部会を創設しよう」という議論が起きたが「結局採否纏らず」、十月二十七日の同委員会で「熟慮の結果、一般の意見をも斟酌し、折衷案として、原稿を集める可く更に努力し、時に部報号を出す事もありとしては如何」との提案が可決された。この提案は九月三十日の討議内容より後退しており、前記の文芸部委員たちの主張が容れられたものと思われる。しかし十一月四日の同委員会における留保を経て、同月十日、「現在の文芸部より、輔仁会雑誌及び会員名簿の編纂を会務の仕事とし、文芸部は純粋の文芸を取扱ふものとして輔仁会内に存置」するという案が認められ、同月十六日の輔仁会総会において可決された。

この結果の意味を『学習院輔仁会雑誌』一四七号(昭和八・四)「文芸部報告」は「即ち輔誌は其の本質——全体的な——に基いて会務委員の編纂係の手に移され、文芸部は従来の中間的立場——雑誌編纂部と純粋文芸部との——を清算し、其処に生じた会員一般の誤解杞憂を一掃して、文学的活動にその全能力を傾注し得る事となつたのである。」と記している。これは事実上それまでの文芸部を解散し、あらたに文芸部を設立することを意味する。このとき編集委員たちは一四六号を「満洲特集号」として編集し、言論機関としての『学習院輔仁会雑誌』という方針を明らかにしつつあったが、それがかたちをなす前に解任されてしまったわけである。彼らは「努力は空泡に等しかつたらしい。」(一四六号「編集者の手帖」)と呟いて姿を消すことになる。

新しい文芸部は教官・入江相政を部長に迎え、昭和八年五月、『雪線』を創刊する。文芸部委員たちが創刊号「編集雑記」で強調したのは「純文芸」という言葉であった。委員の一人である林友春によれば「文芸」とは「要するに、今日所謂狭義の文学を指すもの」であり、「純文芸」とは「狭義の「純文学」を言ふ」という。それは近来「極度に紛糾して来た」思想問題が「我々青年に及ぼす危害」を避け、「左右何れにも偏せず、厳然と中道を歩む」姿勢を「純文芸」と表現することで、昭和六年以降つづいた思想問題からの決別を宣言したものである。事実、同じ「編集雑記」に委員の平田友彦は「文芸部雑誌としての性質上、割愛の余儀なきに到つたものも二、三あつた。」と記しており、「純文芸」路線は原稿の採否に際しても貫徹されたのである。

このとき中等科三年であった坊城は散文詩「こゝろ」を発表している。「一、みたされぬ心」では、「わたしはみたされぬ心をいだき乍ら、あてもなく枯草の上を彷徨」う。「人々の眼は、声は、動作は、総て恐怖として」受け取られ、都会の喧噪は「わたしを窒息させる為に襲つて来る」。しかし、その恐怖感は「二、みたされた心」で海浜の自然に解消する。「わたし」は海辺の「一点のよどみもない」空に、「憂鬱」で「生活に倦み疲れたやうな」都会の空とは違う「元気」を感じる。砂丘から見渡す自然には「人間にいじくられぬ自由」があり、「わたし」は「大自然の美をわたしだけが解したと云ふ」優越感に浸る。そして「心から愉快」になり、「大自然に感謝」する。

ここには複雑な社会に背を向け、自然を通して内面を注視する繊細な感受性がある。すでに見たように、「純文芸」を標榜する委員たちは、社会的、思想的混乱に対する精神の砦を『雪線』を母体とした文学活動に求めた。坊城の感受性は『雪線』編集委員たちの共感するところでもあったのではないだろうか。こうして彼は『雪線』の中心人物になってゆく。

その後、『雪線』は五号（昭和一〇・三）まで年間三回ペースで発行される。[4] 坊城は四号（昭和九・一二）「編集雑記」に「「雪線」をよりよくする為には、もつとどし〴〵批評しなければならぬ。」「「雪線」はこれからであり、文芸部はこれからである。今「雪線」の作品を見ても、出鱈目に咲いた花園の花としか思へない。「雪線」がいかに延びたとしても勿論ある限度は越えられないであらう。しかしともかくその限度内でもつと立派な花園が作れると信ずる。」と記し、本拠地を得た文芸部員たちの熱意を代弁している。

一方、会務委員の手によって編集されるようになった『学習院輔仁会雑誌』には投稿がほとんど集まらず、誌面は低迷をきわめた。早くも一四七号（昭和八・四）は部活動報告の特集号となっており、一五二号までの間、わずかに七本の論説文が発表された以外はすべて部活動の報告に費やされるという状態であった。

これでは雑誌刊行の意義が疑われるのも当然であろう。『学習院輔仁会雑誌』一五三号（昭和一〇・七）「会務報告」によると、同誌編集に関する問題は昭和十年一月二十五日の輔仁会委員会において議題に上り、「従来、輔仁会雑誌を会務に於て編纂せしを、文芸部に於て編纂をなすことにつき承認を求め、総会に附する件を可決。」され、二月一日の予算総会で決定されている。この報告はあまりに突然で、討議内容は判然としない。そこで誌面をみると、前年末の各部の予算要求が二九〇〇円もの超過となっており、一月二十五日も予算採決のための委員会であったことがわかる。『学習院輔仁会雑誌』『雪線』二誌の併存は経費の圧迫を招いていたらしい。その過程で生じた議論だったのではないか。

ともあれ、この事態について坊城、酒井洋とともに文芸部委員として『学習院輔仁会雑誌』一五三号を編集した久保田正彦は、「編集後記」に「合併」という言葉を用いている。次の一五四号（昭和一〇・一二）以降、発行所名も「学習院輔仁会文芸部」に改められ、晴れて『学習院輔仁会雑誌』は文芸部の機関誌となるのである。

当時の委員三名のうち、坊城、酒井の一五三号「編集後記」でのコメントは『雪線』時代の文芸部の調子を維持している。酒井は俳句会、講演会、『雪線』合評会や入江相政の送別晩餐会での「入江イズム」の発揮された「文芸部的駄弁り」の様子など、文芸部の活動を報告し、坊城は一五三号に寄せられた作品の寸評に「当部の自慢」「君の文芸部に残す大きな足跡」などとコメントし、『学習院輔仁会雑誌』が『雪線』と等価であることをほのめかしている。どちらも『雪線』の精神を『学習院輔仁会雑誌』に持ちこもうとする意志が感じられる。

だが、『学習院輔仁会雑誌』として発行される以上、その内容も、『雪線』時代とは一新されねばならないと考える委員もいた。同じ「編集後記」で、久保田は「申す迄もなく我々は輔誌をして、学習院文化水準のラインを絶対上昇程度に迄上昇させる可く努力しなければならぬ。」「我々は此の輔誌をして、更にもつと〳〵会員一同の融和を計る仲介者としての大なる努力を借しまぬものである。／青春の意気燃ゆる学習院健児よ！かく輔誌は、我々に最も親しい我々の雑誌である。此の雑誌の一大飛躍をするのも、しないのも、皆会員諸兄の双肩にかゝつてゐるのである。」「起て！諸兄よ！我が輔誌の為に！」と強い調子で学生を鼓舞している。これは『雪線』時代の「純文芸」から「学習院文化水準」の向上へと編集方針を変更し、言論機関としての性格を与えようと考えての発言である。この文芸部内の不統一は、のちの坊城の文学活動に影響を与えることになる。

3

坊城と平岡公威の出会いの光景は先に記したが、このとき手渡した『雪線』について坊城は「三島にわたした文芸部の雑誌『雪線』第三号には、私の小説『鼻と一族』が掲載されており、それは二・二六事件に関した作品であった。」と記している。だが、「鼻と一族」という題名を手がかりにすれば、このとき平岡公威が手にした『雪線』は六号（昭和一一・一〇）である。前述のとおり文芸部は『学習院輔仁会雑誌』編集を任され、同誌を機関誌としている。『焔の幻影』は『雪線』六号についてなにも記していないが、一年半以上休刊状態にあった雑誌が復刊され、ここに登場することについても、考察が必要であろう。

『雪線』六号のなりたちは従来の同誌と比べて異例の点が多い。奥付を見ると、印刷者名は「交蘭社」の「飯尾謙蔵」と記されており、「〇無費用で雪線第六号の発行を承諾してくれた交蘭社の厚意に対し、附記して感謝の意を表す。」という謝辞が添えられている。目次には四名の作者が記されており、「鼻と一族」の坊城以外に河原町俊彦なる人物の詩編と、二名の小説が掲載されている。四名という人数も『雪線』五号の十二名から極度に減少しているが、じつは河原町という人物は「鼻と一族」の主人公の名前であり、実際には三名にすぎない。しかも全六十五ページの誌面のうち五十四ページを坊城ひとりが独占している。坊城執筆の「編集雑記」によれば、ほかにもいくつかの作品が寄せられたが却下した旨を記しており、本誌の編集方針はそれを是としているのである。

「編集雑記」には、坊城の自嘲ぎみの言葉がつづられている。彼は文芸部委員として「責任ある仕事がしたいと思つてゐた」が、「責任を持てるのは自由な立場があたへられた時のみ」であり、彼は強いてその立場を得ようとは思わなかった。そのかわりとして「文芸部に対して残つてゐる私の最後の愛と熱とで」この雑誌を編集したという。この「責任」が文芸部委員としてなすべき仕事、すなわち『学習院輔仁会雑誌』の編集に対する責任を指すならば、『学習院輔仁会雑誌』に違和感をおぼえ、その編集に責任が持てないので、かわりに『雪線』六号を作ったという意味になる。そして坊城は「『雪線第六号』の編集を終へたこの私を嗤ひ給へ。しかし諸君、嗤ひの代償をはらひ給へ。即ち立派な文芸部をつくり給へ。呵々。」と自嘲する。

以上の点から、『雪線』六号は、奥付に発行所として「学習院輔仁会文芸部」とは記しているが、事実上、当時高等科二年であった坊城の個人誌であったことがわかる。「編集雑記」からは『学習院輔仁会雑誌』の編集をめぐる坊城の孤立が想像できる。そこにこの雑誌を発行した動機があると考えられるが、この孤立の原因は何だったのであろうか。

『雪線』六号は『学習院輔仁会雑誌』一五六号（昭和一一・七）と一五七号（昭和一一・一二）に挟まれているが、「編集雑記」に「〇方土城からの投稿は既に輔仁会雑誌に載せました」とあり、『学習院輔仁会雑誌』一五六号に方土城戯耶支（坊城の弟・俊孝）の小説「木の芽」が掲載されているので、投稿を募っていたのは一五六号発行以前だったことがわかる。坊城自身も一五六号に「五月」という随筆を発表しているが、冒頭部に「これは『鼻と一族』の作者の手帖。」と記されているとおり、「鼻と一族」の執筆過程で生まれたアフォリズムや詩、書簡をならべたもので、誌面こそ十八ページも費やしているが、その成り立ちからして「鼻と一族」をしのぐ内容とはなりえない。常識的に考えて、すでに書き上げた作品があるのならば、その余録よりはまず本編の作品を掲載するべきだろう。

『学習院輔仁会雑誌』一五六号では泉康夫の小説「夕餉の備へ（前篇）」が約九十枚、三十八ページを占めている。「鼻と一族」も七十枚弱の長さがあり、長大な作品が重なるための割愛と考えることも可能だが、「五月」も十九ページ・五十枚近く、可能性は低いようである。あたかも『学習院輔仁会雑誌』を回避するかのようにして、「鼻と一族」は『雪線』六号に発表されているのである。そして、その「編集雑記」には「○更に諸君の軽蔑と冷笑が加はらうとも『鼻と一族』の作者は嘆きますまい。」とあり、「鼻と一族」の内容にかかわる特殊な事情が想像できる。

「鼻と一族」は、二・二六事件のさなか、主人公・俊彦の母の生家である牛込の御子左家に集う一族の描写から記されている。交通遮断の場所を避けて御子左家に行った俊彦は事件そのものよりも、歌人である自分の大叔母が「雪は血を吸ふ」と語ったことに感心するような青年である。俊彦の叔父で貴族院議員の藤崎子爵は、自分の娘たちに片瀬の別荘へ向かうよう指示する。俊彦は「自分も女子供の一人だ」と思い、早春の片瀬の砂丘を歩く自分の姿を思い浮かべる。二・二六事件の「国家的な、或は概念的な大きな力に外からうちのめされた」と感じていた俊彦は、「忘れられた或る空虚なものが、内なる力が、かう考えたことによつて満されるのを感じた」。事件の直前に死んだ彼の曾祖母は、大名家から嫁ぎ、公家である御子左家を支えてきた。こころよく思わぬ父といさかいを起こしながらも学友たちと文学に熱中してきた俊彦は、曾祖母の病床につどう親類たちの芸術的香気を好んだ。俊彦は曾祖母の死を通じて、この一族と自分との血脈を意識するのである。

主人公が社会的な動揺に耐えられず、海浜の自然を思い浮かべることではじめて内面の安定を得るという構図は先述の「こゝろ」と同様である。だが、「こゝろ」と決定的に異なる点は、自分は芸術に奉仕した家系の末裔であるという自覚が主人公に芽生えていることにあり、それを語り手は「内なる力」と呼ぶ。

『焰の幻影』で、坊城は「彼ら（筆者注　臨終・葬儀に集う曾祖母の子孫たち）がたがいにどんなに憎み合うていようとも、「鼻」は、同じ血統を証明している。この「鼻」に象徴される共通の「過去」を」自覚し、これによって社会を「怖れずにすむ術を知った」と述べていることから、「内なる力」の意味をこのようにとらえて差し支えないだろう。(5)

本作は『雪線』六号に発表されたのち、何度か改稿され、「詩と笑話拾遺」（昭和一二・一二『学習院輔仁会雑誌』一六〇号）、『縉紳物語』（昭和一九・三　私家版）、『末裔』（昭和二四・二　草美社）とくりかえし収録された。後年に至る坊城の小説の基底には、公家で和歌の家柄の末裔であることへの自覚と、内面を守ることによって社会に左右されまいとする姿勢とがある。それは、太平洋戦争の敗北、華族制度の消滅といった事態によっても変わることがなく、むしろ最後の貴族としてのダンディズムを獲得していったようにみえる。彼が二・二六事件に接して堂上家の末裔としての自覚を得るまでを描いたこの小説は、まさに彼の「原点における物語」（「後記」昭和五〇・一二『知己』）であった。

4

さて、一方の『学習院輔仁会雑誌』にも、学習院における二・二六事件の動揺は色濃く反映している。だが、その反映は『雪線』六号とは正反対の性格を持つものであった。

『学習院輔仁会雑誌』一五六号の巻頭には院長・荒木寅三郎の「少年寮入寮式辞」が掲げられている。これは同年五月四日、中等科二年生用の寮が開設された際の式辞で、「諸子は」「先以て団体の精神を体認し、」「我国少年の儀表と成らねばならぬ。惟ふに、国家の前途は多事多難であり、本院の使命は至大至重である。随て諸子が将来双肩に担ふべき責任も、亦甚だ重大ならざるを得ないのである。」と社会的な緊張感を強調し、自己の完成と「同心協力する覚悟」を促したものである。

つづく「説苑」欄には、教官・山岸徳平「紫式部の貴族教育意見」(6)とともに、学生の論説が並んでいる。そのうち最初の三本、関口五郎「岩手県立六原道場に働いて」、久保田正彦「青年論」、田坂文穂「国際情勢と学生の立場」が、「式辞」同様、非常時における学生の使命を語る論である。

岩手県立六原青年道場は神道学者・筧克彦の高弟である岩手県知事・石黒英彦が創設し、筧の古神道思想に基づく教育が実践された農民教育機関である。関口は、六原道場に学ぶ青年たちの「真剣味」と現代都会文化の「色食の享楽に溺れ耽」る姿を比較し、「本院諸兄よ。いつまでもただ無為無策の夢を追ふて居る時では断じてない。」「二、二六事件に於ても如何に上流、有閑階級が、怨嗟の的となつて居るか伺ひ知る事が出来る。時代の流れ時代の波は実に恐しい。その流れに左右されずに、我々は敢然と闘はねばならないそは本院学生の任務で有る。」「本院の魂の復活は先づ我等が農村問題に関心を持つことより始まると思ふ。而してそれはやがて日本の再建ともなるのだ自覚せよ諸兄。」と締めくくる。

つづく久保田の主張も、これとよく似ている。久保田は、二・二六事件の青年将校たちをはじめ、現代青年の行動は一時の感情に支配されており、「尊き大日本の史上に、一大汚点を印するやうなことは、断然行つてはならない。」と読者を戒める。現代青年の責務とは「ナチス青年」や「フアッシスト」のごとき団結心で「此の非常時を打開」することにあり、「青年は如何なる非常時が来ようとも、其の来るべき第二の国家を背負はなければならぬ」と青年の「意気」を鼓舞し、「余りにも現実的で打算的」な「現代の青年」に対し、「此の前にある関口君の文を見て」農村の青年の頼もしさ、犠牲的精神に思いを馳せ、「中庸の道」を進もうと呼びかける。田坂の論説も、「日本は結局孤立あるのみ」と日本の軍縮会議脱退を是認し、「学生が常に闊達なる見識、温健なる思想を養ひ、確たる心証を以て自己の本分をつくす覚悟を示すことも、これを大にしては挙国一致の実を挙ぐる重大なる基礎」であると、やはり学生の使命を訴えたものである。

これら諸論は、微妙な違いはあるものの、二・二六事件以来流行の青年論の影響を受け、国家主義的な学生像を鼓舞する点で大差なく、巻頭の「式辞」の精神にも重なるものである。巻頭に「式辞」を掲げ、「紫式部の貴族教育意見」を橋渡しにして国家主義的色彩の強い論説を並べて統一感を強調する誌面構成は、偶然の産物ではないだろう。文芸部委員の久保田が関口の論を引用して結びつきを強調していることからわかるように、これは編集意図なのである。

一五六号の編集は久保田が単独で行った。久保田は「編集後記」に、「文芸部も輔誌がある以上、諸君全部が部員であり、」「我々学生の華と言はれる高等学校生活に於いて、学生が広範囲に亙つて、学生が研究を或は作品を発表し、それを批評され、且つ批評し合つてこそ、その知識は一段と高められる」「即ちその機関が文芸部であり、そこに文芸部存在の意義がある」「此の様な重大な使命を持つ文芸部に対し、諸君が大いに関心を持ち、之を利用してこそ文化水準上昇は実現されるのである、諸君はよく此の点に留意し、学習院文芸の為に努力せられん事を切望して止まない次第である。／そして互に学習院文化水準上昇へと突進しようではないか！」と『学習院輔仁会雑誌』に対する学生全般の自覚をうながし、「学習院文化水準」の向上を訴えている。『学習院輔仁会雑誌』一五三号「編集後記」で主張した「学習院文化水準」を国家主義的に創造しようとした結果が一五六号の誌面なのである。

しかも、学生たちにはこういった論説を執筆する機会が与えられていた。学習院において哲学を担当していた教官に紀平正美がいる。『焔の幻影』によれば、紀平は二・二六事件直後から「『哲学概論』の講義をすることなく、時局について、激越な調子で語り出した」という。

もともと紀平は日本におけるヘーゲル研究の先駆者であり、また我が国における初の認識論書の著者として、啓蒙的役割を果たした哲学者であった。だが彼の哲学は『哲学概論』（大正五・五　岩波書店）から『行の哲学』（大正一二・一　岩波書店）へと独自の展開を遂げる。それはおおまかに言って、ヘーゲルの弁証法を手段として東洋思想をとらえなおし、国家主義的に再編するものであった。紀平は『行の哲学』において、「個人の生命も財産も」国家の内に「止揚せらるゝ所に存立」するものであり、国家こそが「一切の要素を止揚したる具体的のもの」、「論理的、方法論的には、我が我たるが為の唯一の媒介者」であると主張し、「我は日本人なり。」と巻末に大書する。

この宣言によって国家主義一般から日本主義へと思想を進めたものが『日本精神』（昭和五・九　岩波書店）である。その「序言」で紀平は、唯物論者の説く弁証法は止揚の概念の「保存」の意味を捨て去った欠陥品であると否定し、他方アメリカ文明の模倣者たちをも糾弾して「中庸の道」を説く。それは止揚の概念に含まれる「保存」の内容を日本「三千年の歴史」に見る態度であるとして、「我の内」に「保存」された「日本精神」を解明しようとしたものである。マルキシズムとアメリカニズムを左右両極の対立としてとらえ、そこに不在の「我のもの」＝「日本精神」を説くことにより、両極対立の力そのものを国家主義の方向へ転回しようとする意図を含んだ書であった。したがって、紀平は学生の「思想善導」を重視する。彼は昭和七年より国民精神文化研究所の所員を兼務し、日本精神の理論体系の構築とともに、青年に「中庸の道」＝「日本精神」を説く伝導師の役割をも果たした。

二・二六事件以後の紀平の講義内容とは、以上の点から、二・二六事件を対立・葛藤の循環を続ける歴史の一コマととらえ、青年将校たちの行動に歴史を貫通する気塊＝日本精神は存するか否かという問いかけであったと推察できる。そして紀平は学生たちに二・二六事件に関するレポートを求めた。彼は、学生たちに対し、自らの哲学の実践への期待があったことであろう。久保田が「青年論」で説く「中庸の道」が『日本精神』の同語とよく似た概念であることにわかるとおり、『学習院輔仁会雑誌』一五六号の諸論はそのレポートそのものか、大差ないものだったにちがいない。それら諸論を掲げ、「学習院文化水準」を力説する『学習院輔仁会雑誌』一五六号は、まさに紀平の求めた実践であったとは言えないだろうか。

このとき坊城は「鼻と一族」と同趣旨の感想を書いて提出し、最低点だったという。それほど、「鼻と一族」に表現された彼の自覚は学内で孤立していたのである。坊城は学内の高揚感と一体化した『学習院輔仁会雑誌』には責任を持てないと感じ、「軽蔑と冷笑」を受けながらもひとりで『雪線』を発行し、「鼻と一族」を発表して自らの姿勢を学内に問うたのである。

さらに『焰の幻影』は、この年十月に裾野で行われた行軍演習の際に発生した暴力事件を記している。これは運動部の高等科三年生を中心とする「武断派」が、文芸部を中心とする「文治派」二年生を鉄拳制裁したというものである。坊城自身は健康上の理由から行軍演習に参加しなかったため難を逃れたが、彼の親友たちが被害に遭い、新聞紙面（『東京日日新聞』昭和一一・一〇・二〇夕刊、翌二一朝刊）を賑わせた。久保田と坊城は一学年違いで、久保田は高等科三年、坊城は二年である。『学習院輔仁会雑誌』と『雪線』の対立は、ふたりの個性だけでなく、学年間の緊張関係の現れでもあった。

だが、久保田が意図した「学習院文化水準」はまもなく誌面から姿を消す。それは、坊城よりも一級年長だった久保田の卒業のためもあるが、結局、学習院の高揚感そのものが一過性のものに過ぎなかったためというべきであろう。『学習院輔仁会雑誌』一五九号（昭和一二・七）で教官・織田正信が「諸君は余りにも万事に展望を楽しみすぎる。」（「いたづら書」）と学生の傍観者ぶりに苦言を呈しているように、誌面からは時局を論ずる学生の声はなりをひそめ、かわりに「鼻と一族」以来の自覚を描いた坊城の作品が誌面を席巻するのである。(7)

この『雪線』六号を初対面の平岡に手渡した坊城の胸中には、こうした自らの姿勢を年少の平岡公威に伝え、理解を得たいという希望があったはずである。以来、二人が昭和十六～七年頃に不仲となるまでの間、おびただしい数の手紙をやりとりし、文学論を闘わせたことを考えあわせると、学習院文芸部での平岡の文学活動における坊城の存在は軽視できない。

こうした視点から喚起されるのは、短編集『花ざかりの森』（昭和一九・一〇　七丈書院）出版の際に書かれた「跋に代へて」の記述である。ここで三島は十八人もの文学者の名を掲げており、奥野健男氏は『三島由紀夫伝説』（平成五・二　新潮社）でその点を指して「当時の文壇の流行的革新的風潮への迎合」と断じているが、そこに坊城についての記述があることにはなお別の意味を読みとるべきだろう。なぜなら坊城はこうした「文壇への政治学、処世術」（奥野氏前掲書）上の必要とは無縁の人物だからである。三島は「過去の作品をよみかへしてゐると、鮮やかに面影に立つのはそのころの交友であらう。私の少年時代は同じく学習院の先輩である坊城俊民氏の影響の下にすごされた。氏の「詩と笑話」時代の創作は日本の貴族文芸の正統な命脈をつたへるものであり、近刊の「揺《［ママ］》紳物語」はこれまた失はれた高貴な幻影の記録であつた。私は氏について後世ものをいふ人があらうと信ずる。」と記している。

坊城は、この年三月に発行した『縉紳物語』（私家版）の巻頭に「三島由紀夫氏に献ず」と献辞を掲げており、ここにはそれに対する返礼の意図があったことは間違いない。だが、ここにいう「過去の作品」が集中もっとも古い「花ざかりの森」を指すならば、それを読み返した時に坊城の面影が浮かぶという表現は、「花ざかりの森」に坊城の影響の痕跡が存在することを示唆しているようでもある。筆者は、「花ざかりの森」には「鼻と一族」を意識して書かれた側面があると考えている。この点については次章でさらに詳しく論じたい。

注

（1）『学習院輔仁会雑誌』にはじめて平岡公威の名がみえるのは一五九号（昭和一二・七）に掲載された作文「初等科時代の思ひ出」だが、これが収められた「春草抄」の欄は中等科学生の作文授業の成果報告集である。そのため〈文芸部における平岡公威の活動〉の範疇をはずれるものと判断した。このような作文は学習院における教育内容と併せて考えるべき課題だろう。

（2）坊城俊民の創作活動については本書資料の部「坊城俊民著作目録」参照。

（3）この手記によれば、正確な日時は「十二年五月八日午後二時」「本院球場」において行われ、学習院中等科は8対15で東京高等師範学校附属中に敗れている。詳細な試合経過が報告されているほか、部員による敗戦の弁があり、末尾にも評が寄せられている。その雰囲気をよく伝えていると思われるので次に掲げておく。

愈々待望の附中戦を迎へ、我軍の猛練習の結果を見せる時が来た、併し、試合中に小雨あり、又附中戦に初試合の者もあるといふ不運な條件も伴つて、残念にも敗け、四連勝を失したのである、だが併し、我チームは全力を尽し、戦つたのであるから、致し方ない、当日監督された先輩方と熱烈に応援して下さつた諸兄に部員一同心から御礼申し上げる次第です。来年こそは必ず打破する事を残るナイン一同誓約致す。（立花記）

［中略］

後評　今年の附中は確に強かつた。我軍は十一安打を飛ばしてさへも、敗けたのは不運であつた。又赤松の調子非常に悪く、平常の鋭いきめ球がなかつた事は残念だ。不相変失策が多かつたが、之は初試合の為にあがつた為だ。併し、塩原兄、立花、鈴木の好打は敗れたと雖も殊勲であつた。何しろ我軍は全力を尽して天運を待ち破れたのだから別に悔いる所はない。唯来年の附中戦に出場出来る選手は、一層の努力と熱を以つて、必勝せられん事を希望して筆を置く。

このような記述から、学習院における附属戦（対戦相手から見ると院戦）の位置づけと当日の雰囲気とが理解できるだろう。

（4）『雪線』二号（昭和九・三）、三号（昭和九・九）は学習院大学図書館に所蔵がないために未見。それぞれ『学習院輔仁会雑誌』一五〇（昭和九・五）号、一五二号（昭和一〇・二）の「文芸部報告」に作品名と批評が記されている。

（5）坊城の弟である入江俊久氏、坊城俊周氏によれば、ここに描かれた人間関係や当時の状況は、ほぼ事実のままのことであった。たとえば歌人である大叔母とは柳原白蓮のことである。

（6）山岸徳平「紫式部の貴族教育意見」は源氏物語に見る「教育制度と学習状態」、「紫式部の教育観」、「紫式部の寄宿制度観」を「時節柄、多少の参考になるかと考へて」平明に解説したものである。二・二六事件による学生の動揺と寮開設にあわせて書かれたものであろう。

（7）坊城は本文中に記した暴行事件のあと、責任を感じて文芸部委員を辞めたため編集には携わっておらず、編集方針に関与したわけではない。

第二章　『焔の幻影』にみる「三島由紀夫」――「花ざかりの森」成立の場

「花ざかりの森」（昭和一六・九～一二『文芸文化』）を起点とする「三島由紀夫」の初期について、ながらく日本浪曼派の影響が論じられてきた。それは、この時期の作品の多くが『文芸文化』をはじめ、かつての『日本浪曼派』同人の思想に近いとされる媒体に発表されていること、三島作品がそうした雑誌のなかで違和感を与えないことなどが影を落としている。だが、こうした理解をより加速させたのは、晩年における三島の自己定義と、三島事件の衝撃ではなかっただろうか。

「私の遍歴時代」（昭和三八・一・一〇～五・二三『東京新聞』夕刊）で、「私は日本浪曼派の周辺にゐた」と述べたのをはじめ、後年の三島は自らの初期を日本浪曼派と定義づけていた。最晩年には、古林尚との対談「三島由紀夫対談いまにわかります」（昭和四五・一二・一二『図書新聞』）で自らの政治的行動の源泉を「十代に受けた精神的な影響、いちばん感じやすい時期の感情教育がしだいに芽を吹いてきて、いまじゃあ、もう、とにかく押さへやうがなくなっちゃったんです。」と語る一方、『三島由紀夫十代作品集』（昭和四六・一　新潮社）や学習院時代の文学的盟友で夭折した東文彦の『東文彦作品集』（昭和四六・三　講談社）の「序」執筆などを通して、十代の自己を再定義し、そこへ回帰する心情をあらわにした。三島事件の衝撃はこうした三島の自己定義を強固なものとして多くの読者に定着させ、三島と日本浪曼派の関係をめぐってさまざまな議論がまき起こったのである。

だが、そうした初期三島の理解に筆者は疑問を抱いている。なぜなら、こうした理解はすでに死を決意していた三島自身による自己定義を起点としているため、自己の行動に首尾一貫を求めた晩年の三島の思惑と、三島事件の衝撃によって形成された「三島由紀夫」イメージとに寄り添いすぎているように思われるからである。たしかに「花ざかりの森」以降のいくつかの作品に日本浪曼派的な要素は認めうるにしても、たとえば「私の遍歴時代」で「学校内の文学活動はしばらくおく」としか語られていないことが示すように、『学習院輔仁会雑誌』や『赤絵』などの雑誌に代表される学習院での活発な活動や、「花ざかりの森」に前後する膨大な生前未発表作品群の存在を三島はほとんど語っておらず、自作を紹介することもなかった。そして、これらのなかには日本浪曼派的な範疇で把握されるにはふさわしくないものも多いのである。死後三十数年を経過し、初期の未発表作品が公になりつつある今日、こうした初期三島理解の枠組みを相対化しておかなければ、新たに発見された伝記的事実や未発表作品を晩年の三島の思惑へと回収してしまうことになりかねない。それはまさに「三島由紀夫」イメージの一元化であり、学習院における文学活動が本来もっているはずのゆたかな可能性を矮小化することにつながりはしないか。

筆者は、平岡公威が存在した時代・社会・教育環境や人間関係といった初期三島の立脚する場を、さまざまな資料や証言の検討を通して再構築し、三島の作品や活動がその場においていかなる意味をもっていたかを解明するというアプローチによって、旧来の初期三島イメージを相対化し、新しい初期像を立ち上げたいと考えている。こうしたもくろみのうえでは、たとえば本章で取り上げる坊城俊民『焰の幻影 回想三島由紀夫』(昭和四六・一一 角川書店、以下副題略)のように、同時代に同じ場に生きた人間の証言をどのように取り扱うかが問題となるだろう。本書は三島評伝に引用されることの多い回想録だが、三島の死の衝撃を契機として書かれた回想録である以上、やはりなんらかのバイアスの存在は拭いがたい。筆者としては、こうした証言はなにか別の資料や証言などによって検証を行い、証言そのもののバイアスを浮き彫りにする作業が必要と考える。そうでなければ、結局やはり自己定義された「三島由紀夫」イメージの範疇を越えられないと考えるからだが、これまでそうした試みはなされないまま、無批判な引用が続いている現状にある。そこで本章では、『焔の幻影』に描かれた「三島由紀夫」像の検討作業を通して、新しい初期三島＝平岡公威の領域を構築する可能性を示したい。

学習院において平岡公威の同級生であった板倉勝宏氏が筆者に語ったところによれば、当時の平岡公威は、教室では普通に友達づきあいをしていたが、お互いに家を行き来するような交際をあまり好まず、文芸部の、ことに上級生たちと親密な関係を築いているようにみえたという。また、文芸部のメンバーはいわゆる文学青年肌の学生ぞろいで、伝統的に公家華族の子弟が多かったこともあって近寄りがたい独特の雰囲気があった。そのため、文芸部における平岡の交友関係は級友たちからはっきりとわかるものではなかったとのことである。(1)

では、学習院、ことに中等科時代の平岡公威は文芸部のだれとどのような交友関係を築き、どのような文学的な場を形成していたのだろうか。その点に関して、まさに文学青年肌の公家華族の子弟であった坊城の書いた『焔の幻影』には示唆に富む記述がある。

三島と坊城がはじめて出会ったおり、(2)三島に自作「鼻と一族」の掲載された雑誌『雪線』六号（昭和一一・一〇）と手紙をわたして立ち去る坊城の背後で、三島が同級生たちに「あの人の稚児ではないか、といったからかい半分、やっかみ半分」の質問責めにあっている情景が描き出されている。坊城はここで「そのころの学習院では、稚児遊びが盛んだった」と記している。やはり坊城と親しかった東文彦も小説「爬虫」（昭和一六・一二『学習院輔仁会雑誌』一六七号）に語り手「私」を見初めてしきりに交友を求める一級上の先輩を描いているなど、下級生に対する幼い恋の芽生えを暗示した小説は『学習院輔仁会雑誌』にしばしば見出すことができる。三島も、戦後の出世作といわれる小説「煙草」（昭和二一・六『人間』）で「おつ、お稚児さんか」と囃されながらラグビー部員の上級生に煙草をねだる文芸部員の「私」を描いている。こうした点から、非常に濃密な関係が平岡公威と坊城との間にも想像できる。

平岡と親しく接する前にも坊城は亀田弘之介・東文彦・徳川義恭といった、文学や芸術に関心のある後輩たちと親しくつきあっていたが、やがて関係をこじらせることとなった。平岡も坊城とおびただしい数の手紙をやりとりし、麻布笄町にあった坊城邸へもしばしば訪れていたが、それも数年のことであった。『焰の幻影』には「昭和十六年から十七年にかけて」書いた坊城の小説「舞」(昭和二四・二『末裔』草美社)をめぐって激しい口論があったことが記されており、昭和十六年十二月二十七日付の東宛平岡書簡にも、

こんなことを申すと、まだ理解し合ふ道があると思つてゐるのかとお叱りを受けさうですが、私としても、あんな我儘な方とはどのみち長く理解することはできないと思ふものゝ、時々なんとなくまだ整理しきれないものが胸にのこつてゐるやうないやな気持がいたします。

という文面がみえるので、このころ不仲となったことがわかる。それでも、ここで「整理しきれないものが胸にのこつてゐる」とあるように、戦時中も交流が続いていたようだが、戦後にはほとんど途絶えたようだ。坊城と三島が旧交を温めるに至るのは坊城が『豊饒の海』第一巻「春の雪」(昭和四〇・九~四二・一『新潮』)を単行本で読み、昭和四十四年二月二十日前後にその感想をしたためた書簡を出し、三月に三島が返事を書いて以降、三島死去までの一年九ケ月間のことである。

坊城は『焰の幻影』のなかで三島と交わした文学的な会話をいくつか語っている。ひとつは、中等科低学年だった三島に『源氏物語』を示しながら右大臣家の藤の宴における光源氏を語り、その解釈について三島の賛同を得たことを記し、「三島は、相手の考えを吸収する、というよりは、相手の考えを整理し、整頓し、それを相手の中に定着させてしまうのだった。」とまとめていることである。また、坊城の小説「遠花火」(『末裔』所収)の執筆に際

して三島の提案を受け入れたこと、昭和十五年夏に作った詩の一節について、やはり三島の意見を容れて書き改めたことなどが述べられている。そして坊城は「そのころの作品を読みかえしてみると、このように、至るところに、少年三島が投影していることに気づく」とまとめている。

だが、こうして年長の坊城が三島から蒙った影響ばかりを語る背景に、三島の死に対する坊城の謙譲があることをみのがしてはならないだろう。『焰の幻影』の末尾で坊城は次のように語る。

三島由紀夫の最期は、私にとって、みずからが生きるみちの困難さを、思い知らされるものがあった。この国の、いわば優雅のながれを汲み、それを現代という土壌にそそぐことが、文学を知りそめた十代このかた、五十代なかばに近い今日までの、私の唯ひとつの生き甲斐であった。

現代とは、アメリカの一作家によれば、「社会が、熟練した、faceless な人間を求めている時代」である。即ち、人間は、その故郷の灯を見失おうとしている。忘れるということならば、思い出すこともあろう。けれども、忘却ではなくて、喪失の時が来てしまったような気がする。

その意味で、みずからに課した使命の不毛を、五十を越えて、ひとしおしみじみと感じているところへ、三島の自決は、霹靂のように、この全心身を襲うたのである。

坊城は「春の雪」について、それが「三島のすべてではないことを知っている」と断りながら、「しかしそこには、作者三島のふるさとがある。三島ばかりでなく、日本文学が、否定しようとしても否定できないもの、脱皮しようとしても脱皮しきれないもの、ひとたびは回帰すべき、この国の「深い根」が描かれている。「優雅」が描かれている。」とする。「春の雪」にこうした共感を覚えていた坊城が三島の死に直面したときの厳粛さを『焰の幻影』から読みとらないわけにはいかないだろう。そして坊城は、交際の絶えていた二十数年の間でさえ、「もしも私が死んだら、三島はなにを措いても、柩のまえにかけつけてくれるだろうことを確信していた」という。つまり、先だった後輩の遺志を継いで「この国の「深い根」」「優雅」を描こうという使命感があるために、坊城はこの書で自らの蒙った影響ばかりを語っているのである。このバイアスを考慮せずに、『焔の幻影』にみる坊城と平岡公威との影響関係を論じることはできない。

2

「春の雪」に接した際の回想として、『焔の幻影』には次のような記述もある。

三島が十四、五歳のころ、私は『夜宴』という散文詩を書いた。
「今度はぼくに書かせてください」三島は言った。「坊城伯の夜宴を」
三十年まえのこの約束が、今、目の前に果たされたのを、私は見た。三島と私との、二十年に及ぶ空白は、一瞬にして消滅している。三島は少年の日のように、ふたたび私のかたわらにある。奇蹟は、まさに起こったのである。

坊城の散文詩「夜宴」は東文彦との共著『幼い詩人・夜宴』（昭和一五・一　小山書店）に所収されている。その内容を説明しよう。前代未聞のその夜宴は、多島海に臨む玻璃造りの新しい王宮で催された。ギリシャ王位継承権を獲得したヴィリエ・ド・リラダン伯がこの城の主である。集まった賓客は三人。バイロン卿とシェリー、そして「私」である。古代ギリシャの神々もここに集うた。神々は文明がその極限に達するやギリシャを見捨て、近東からローマ、ビザンツ、そして欧州を経巡り、今「其の眼は太平洋を中心とする日本、亜米利加、支那に注がれる事となつた」のである。ここで「私」は自らの文学的な使命への自負を語っている。かつてギリシャに存在し、いま太平洋に向かった神々は、リラダン、バイロン、シェリーを経て「私」へと舞い降りることが暗示されている。

だが実際には、これよりもはるかに早く、三島はこの約束を守っていた。いや、守ろうとしたというべきだろうか。それが小説「坊城伯の夜宴」である。三島由紀夫文学館所蔵の原稿は「日本蚕糸統制株式会社」の名前入りB5版二〇〇字詰原稿用紙で六枚、別に表に「坊城伯の夜宴　三島由紀夫」、裏に「わが友　坊城俊民氏へ」と書かれた表紙一枚が付く。未完のまま中絶された作品である。執筆時期について、原稿には日付がまったく付されていないが、同じく三島由紀夫文学館に所蔵されている小説「エスガイの狩」（昭和二〇・六『文芸』）と同じ原稿用紙が使用されており、「エスガイの狩」末尾には「――二〇、四、八――」と擱筆期日が記されているから、その前後と考えられる。また、「輪廻」をめぐる対話という内容からは、やはり「輪廻」を論じた「夜告げ鳥」（昭和二〇・七『輔仁会報』二号、末尾に「（――二〇・五・二五）」とある）、「別れ」（昭和二〇・七『輔仁会報』二号、末尾に「（――二〇・六・二二深夜――）」とある）が想起される。[3] よって、執筆時期は昭和二十年三月から七月の間としておくのが妥当であろう。

まず、その内容を紹介しよう。「本朝のリラダン伯爵坊城俊民」と「私」はまばゆい夕映えの中の散歩から坊城邸へ帰ってくる。夕映えは彼の書斎も蝕んでおり、坊城伯は逡巡するが、「私」は「この希臘《ギリシャ》悲劇の大詰の場のやうな部屋で」語り合うことを提案する。坊城伯は「私」に安楽椅子を勧め、自分の「困つてゐる事」を語る。伯は、朝がくると「僕はこの一日を永遠のなかの一日にしてやらう。」と決意するのだが、午後になれば「僕は昨日とつゆたがはず、こそこそと僕の羊の群を、旧の欄のなかへ追ひ入れようとしか努めない」のである。「正直、僕は、Einmaligkeit に憑かれてゐる、君がしきりに輪廻といふのが、僕には癪にさはるばかりだ。では僕の病気しまう。

「一回性《アインマーリヒカイト》」とは何だろう。僕はそれをこんな風に判断してゐる。」と伯が語ったところで突然作品は中絶してしまう。

その内容について、まず「夕映え」の情景から考えたい。三島は、戯曲「弱法師《よろぼし》」（昭和三五・七『声』）でやはり夕映えの情景を設定し、俊徳に「あれはね、この世のをはりの景色なんです。いいですか、あれは夕日ぢやありません！」「僕はたしかにこの世のをはりを見た。五つのとき、戦争の最後の年、僕の目を炎で灼いたその最後の炎までも見た。それ以来、いつも僕の目の前には、この世のをはりの焔が燃えさかつてゐるんです。」と語らせている。執筆時期を考えても、「坊城伯の夜宴」における夕映えの情景もやはり空襲の炎の比喩ではないだろうか。そう考えると、『焔の幻影』にある次の記述がその執筆背景としてクローズ・アップされる。

昭和二十年三月十日の東京大空襲に際して麻布笄町の自宅を飛び出した坊城は「青山高樹町から香住町に通ずる電車道に出る手前」で見ず知らずの家の消火活動を手伝うなどしながら、炎に包まれる東京を目にした。その直後に急性肋膜炎をわずらった坊城の病床へ、三島が突然見舞いに訪れたという。

その時、人生にはもう未知のものはなくなった、だからいつ死んでも悔いはない、という意味のことを言った。

「それはいけません」三島は断固としてさえぎった。「坊城さんは、白髪の老になるまで、生きなければなりません」

この対話は「坊城伯の夜宴」にみる「私」と坊城伯の対話の背景を物語るものではなかろうか。「仮面の告白」（昭和二四・七　河出書房）にも描かれているように、平岡はこの東京大空襲の際には前橋陸軍士官学校に赴き、学習院の同級生・三谷信と面会していた。そのために、この日の平岡は坊城がみた東京焼亡のさまをみることはなかった。だが、五月二十五日の山の手大空襲では平岡もまたそのありさまを目にしている。(4) この炎の情景との直面が「夜告げ鳥」「別れ」にみる輪廻観を醸成したとすれば、三月十日の情景を見て「もう未知のものはなくなった」と死を口にする坊城と五月二十五日以降の平岡の間には「一回性」と「輪廻」との死生観の相違が横たわっていたと考えることができる。また、右に引用した「坊城伯の夜宴」で坊城伯が口にした台詞「正直、僕はEinmaligkeitに憑かれてゐる」の「Einmaligkeit」の含意は、この見舞いの場で坊城が口にした「死」ではないだろうか。このように考えると、未完の小説「坊城伯の夜宴」において三島が、「輪廻」を信奉する「私」と「死」に魅せられた坊城伯とがその相違について語り合う小説をもくろんでいたことは明らかになるだろう。

また、「彩絵硝子《だみえがらす》」(昭和一五・一一『学習院輔仁会雑誌』一六六号)で象徴的に取り扱われている小道具である靴下留について、越次倶子「学習院時代の作品」(昭和四六・二『現代のエスプリ』)は坊城が『学習院輔仁会雑誌』一六一号(昭和一三・三)に発表した詩「靴下留」の影響を指摘している。坊城も「由良京子への手紙」(昭和五四・九『浪曼派』)のなかで、断言はしていないものの一応その影響を認めているなど、坊城が平岡に与えた影響に関する具体的な痕跡はほかにも指摘できる。

3

こうした作品上の応答は、実は坊城と平岡に限ったことではない。学習院時代の坊城の作品を『学習院輔仁会雑誌』や『雪線』に掲載されたほかの学生たちの作品と読み比べてみると、このようなやりとりをほかにも見出しうるのである。

学習院で坊城の同学年だった学生に牧野康三がいる。牧野は理科の学生だったが、坊城と同時期に『学習院輔仁会雑誌』や『雪線』の誌面を飾った学生である。その牧野に牧夫生の名で発表した随筆「渦巻」(昭和一〇・七『学習院輔仁会雑誌』一五三号)がある。題名の比喩は次の引用に明らかであろう。

かうやつてゐる間にも、私は焦燥とか、自嘲のやうな、凡そ弱き人間が味ふ所の、大きな渦巻の中心に巻き込まれさうになる。いくらもがいても、すればする程、身の自由はきかなくなる。あせる。駄目だ。俺はいくら、立ち直らうとしても、弱い俺は、誘惑に負けて、自分自身を苦みの渦に巻込んでしまふのだ。そして、後になつて弱い心を嘲笑して、これからは更生すると神様に誓ふ。指切りをする。あゝ、けれども。俺はやつぱり弱い人間だつたのだ。激しい競争の社会を逃げようとする、弱い、一面から云へば、現世の逃避者だつたのだ。

タイトルにある「渦巻」とは、社会に旅立とうとする若者の精神的な弱さへの自覚を表現したものであるということができる。牧野はこうした現状を顧みて、その渦の中から立ち直れない自分を見出す。そして彼は「結局、人は大自然の中に、小さくなつて吸込まれて行つてしまふのであらう」とまとめている。

この「渦巻」は、坊城との関係の中から生まれた作品であったと考えられる。それは、坊城にも「うづまき」(昭和九・一二『雪線』四号)という詩があることによる。その冒頭部を引用しよう。

あるうづまきに乗つたまゝ
同じあたりを廻つてゐる

昨日の僕は今日の僕だ
今日の僕は明日の僕だ
明日は、明日こそは
僕はもう明日を期待しない
けれども希望を失ひはしない
いつかは、いつかは
僕はいつかはうづまきの外へ
出られることを信じてゐる

☆

いつかは、
それはかならずしも明日より、遠いものとは思はれない
自分はすでにうづまきから、脱してゐるのかもしれないから………

ここに描かれた「うづまき」も牧野の「渦巻」同様にやはり現在の自己を否定的にとらえ、未来に向かってもがき苦しむ精神の比喩といってよいだろう。こうしたふたりの精神的苦闘は、競い合うようにして同時期の『学習院輔仁会雑誌』『雪線』に次々と掲載されていた。

牧野は『雪線』一号（昭和八・五）に寄せた随筆「「雪線」に」で、『雪線』の創刊に「具体化した問題等々を考究して貰ひお互の頭を補つて貰へる所が本誌の一部に存在してありたいと思ふのである。」と期待を寄せている。この「お互の頭を補つて貰へる所」について牧野は昭和八年一月の『朝日新聞』紙上に起こった小さな論争を例に掲

げている。

これは、同年一月十五日から十七日にかけて、板垣直子が「三木氏に与ふ」という評論を発表したことに端を発する。そのなかで板垣は三木清「文芸時評　文学の真について」（昭和七・七『改造』）がレネ・ケーニヒ「フランスにおける自然主義文学とその解体」に基づいていることを指摘、これを「剽窃」と非難したものである。やり玉に挙げられた三木は、「三木氏に与ふ」の連載が終わった翌日の十八日に「唯一言」を同紙に寄せ、「なるほど私は私の目論見の遂行のためにケーニヒの本を少しばかり使つた。然しそのことは剽窃とは決して同じではない。なぜなら私は彼の本における記述をケーニヒとは全く異つた目的のために利用し、それから全く新しい結論を導いて来てゐるからである。これは剽窃的手段では出来ないことであり、その間に私の意見が多く付け加えられてゐる。」と反論した。

これを受けて同月二十二日から二十五日にかけて、林達夫が「いわゆる剽窃」を発表する。林は、アナトール・フランスの「だが、他人から自分に適したもの、得になるものだけを取る作家、選択することを心得てゐる作家についていふならば、それは立派な人間である。」という言葉を引用して三木を弁護した。さらに林は、資本主義体制内では「学問的共有と私有との深い矛盾」をとりのぞくことはできず、「「剽窃」の問題も資本主義社会の存続する限り唾棄すべき財産的問題として提起せられる一面を常に保持しつづけるであらう。」と述べて論争を締めくくった。

「「雪線」に」で牧野はこの論争を「一読の価値あらん」と評価し、「ともかく巧みに盗文し得るのも相当努力して実力も幾らか豊かでなくてはならない。」と述べている。「渦巻」における牧野は、「全く異つた目的のために利用し、それから全く新しい結論を導いて来てゐる」ほどではないにしても、坊城の詩の表現を「巧みに盗文し」て、「相当努力して」豊かな「実力」を示しているとはいえるだろう。それは確かに「剽窃」などと呼ばれるものではなく、学生らしい切磋琢磨の姿勢というべき関係である。一方の坊城も『雪線』や『学習院輔仁会雑誌』の編集後記欄などで、つねに牧野を評価しつづけた。

このような影響関係が坊城や平岡の時代における『学習院輔仁会雑誌』『雪線』のひとつの傾向となっている。ある作品に概念や手法などを示唆され、創作意欲を高められた読者は、今度は作者として誌面を飾るのである。学習院の学生によって投稿された作品によって満たされ、やはり学習院の学生に配布される両誌であったからこそ、こうした濃密な関係の反映を見出しうるのである。(5)平岡公威がこうした場所からその創作活動をスタートさせたことは、『学習院輔仁会雑誌』や『赤絵』に掲載された作品群、あるいは未発表作品群を考察する上において重要な視点と思われる。

4

このように学習院における文学的な場を濃密な人間関係に基づく研鑽と批評の場と規定したところで、とりたててそれを初期三島文学生成の場として特別視するには当たらないと思われるかもしれない。だが、「花ざかりの森」にも坊城との関係から生まれた側面があるとしたらどうだろうか。それは従来、日本浪曼派的な範疇で理解されてきた三島の文壇デビュー作について、その成立の背景を新たな角度から探ることになり、「日本浪曼派の周辺にゐたことはたしか」「学校内の文学活動はしばらくおく」と規定した後年の三島の思惑と、それを起点に生成された「三島由紀夫」イメージを相対化する視点を提供することになりはしないだろうか。

周知のように「花ざかりの森」は学習院中等科の教官・清水文雄の推薦によって『文芸文化』(6)に掲載された。だが執筆当時、平岡は学習院文芸部の機関誌である『学習院輔仁会雑誌』への投稿を想定していた。とすれば、学習院におけるこうした場のありようが「花ざかりの森」に投影していたとしても不思議ではないだろう。また、「みやび」（昭和五六・六『浪曼派』）によれば、「花ざかりの森」の発表当時、坊城は「この小説をしまいまで読むことはできなかった。私が丹精して育てていた実生が、八歳も年下の三島の温室で花を咲かせた驚きといまいましさから。」という思いにとらわれたという。この「驚きといまいましさ」の由来を考えるためにも、この仮説を検証してみたいのである。

『学習院輔仁会雑誌』には、学習院の性格を反映して華族階級を描いた小説をいくつか目にすることができる。だが、その多くは生活実感を描く必要から題材を身辺にとったために階級に筆が及んだ、といったもので、その環境を作品構造にまで深化させた作品はほとんどない。こうした場において生成された作品であると考えたとき、「花ざかりの森」における「わたし」の設定はきわだっており、そこに、坊城が小説「鼻と一族」（昭和一一・一〇『雪線』六号）において追求したモチーフの影響が読みとれるのである。[7]

まず、先行作である「鼻と一族」から論じていこう。「鼻と一族」は、二・二六事件の雪模様から語り起こされる「千九百三十六年」の章と主人公・俊彦の母方の一族の「略系」図、曾祖母である本庄伊代子の臨終の床と葬儀の様子を「二月一日　土曜」から「二月十九日　水曜」までの九節に描いた「鼻と一族」の章、さらには俊彦の母がありし日の曾祖母の優雅を語り、曾祖母の「あらゆる古典芸術に見出される年代と云ふものが附けた新しい美」「人間に於ては老人のみの持ち得るあの気高いもの」を回顧する「鼻と一旅〔ママ〕断片」の章よりなる、四〇〇字詰原稿用紙換算で六十五枚ほどの小説である。

「千九百三十六年」の章は二・二六事件に接して俊彦が感じた無力感から語り起こされる。俊彦の叔父が娘たちに片瀬の別荘に避難するよう指示するのを聞いて、俊彦は「自分も女子供の一人だ」と思い、片瀬の海岸で散歩することを夢想する。そのとき、「国家的な、或は概念的な大きな力に外からうちのめされた河原町俊彦は、忘れられた或る空虚なものが、内なる力が、かう考へたことによつて満されるのを感じ」る。これは「或る空虚なもの」「内なる力」がもともと俊彦の奥底に蔵されており、俊彦自身はそれまでこれに気づかなかったと解すべき一文であるが、これはなにを意味するのだろうか。

「鼻と一族」の章では、俊彦が大名家から嫁ぎ、公家である御子左家を支えてきた曾祖母の臨終の床に立ち会いながら、文学的香気に満ちた一族と親しく接することで自分にもその血が流れていることに気づくまでを描いている。その直後に発生した二・二六事件に際して感じた「内なる力」とは、藤原俊成・定家以来の御子左に受け継がれてきた文学的伝統が、俊彦においてよみがえることへの暗示、あるいは期待感を表現しているといってよいだろう。そういう俊彦自身の「文学観」については、彼が「国文学にかへれ」という主張に賛同している箇所からみて、「国文学」の伝統に基づいた方面へ向かう可能性が示唆されている。また、その方法として自分自身とその一族の周辺の事柄を虚構を交えずに描くという態度がとられるであろうことは「志賀直哉に対する尊敬」が指し示している。俊彦にとって幸いなことに、その態度がそのまま「国文学」と結びつくことは、ここに描かれた一族の血脈が保証してくれるのである。二・二六事件という国家的暴力を前にして、「自分も女子供の一人だ」と思い、「国文学」の徒としての控えめな決意を口にする俊彦には、「紅旗征戎、我が事にあらず」と記した彼の祖先が重ね合わされているのかもしれない。

つぎに、「花ざかりの森」の語り手「わたし」について考えたい。「わたし」の「現在」を語る「序の巻」は一行アキによって三つのブロックに分かれており、「わたし」の正体も具体的な地名もまったく不詳のまま、語りは進行する。そのうえ、ここでは空間にまつわる叙述と時間にまつわる叙述が同一の論理構造を介してアナロジカルに転位し、ひとつのモチーフをかたちづくっている。そのため、いささか難解な表現になっているが、そのモチーフとは「わたし」が生きる「現在」において「祖先」との共生は可能か、という読者への問いかけであり、それはわたしたちに蔵されている「追憶」の力によって可能である、という主張であると考えられる。この点を説明してみたい。

まず、第一ブロックでは「わたし」が立っている空間＝「この土地」が語られる。「もともとこの土地はわたし自身とも、またわたしの血すぢのうへにも、なんのゆかりもない土地にすぎない」のに、「いつかはわたし自身、さうしてわたし以後の血すぢに、なにか深い連関をもたぬものでもあるまい。」と「わたし」は考え、「来し方へのもえるやうな郷愁」の存在をその根拠とする。「郷愁」という、本来ならば時間に関わる感情は、「この土地」という空間に対する感情に転位し、「わたし」を「現在」という時空において安定させるのである。

第二ブロックで「わたし」は「追憶」について語る。「わたし」は「追憶は「現在」のもつとも清純な証なのだ」と考える。過去と現在をつなぎ、「現実におくためにはあまりに清純すぎるやうな感情」を成り立たせる「追憶」という概念は、第一ブロックの「郷愁」と同じ構造をもっている。この「郷愁」＝「追憶」の力によって時間と空間は等価となり、第一ブロックにおける「現在」の時空と「わたし」との確信はさらに強調される。

第三のブロックでは「祖先」が語られる。「わたし」は語る、「祖先がほんたうにわたしたちのなかに住んだのは、一体どれだけの昔であつたらう」と。「わたし」は「現代」を「厳しいものと美しいものとが離ればなれになつてしまつた時代」と認識しているが、それはかつて「わたしたちのなかに住ん」でいた「祖先」が「わたしども」の周囲を取り巻く「さまざまのもの」によって「住ひを索めることができない」ためと語られている。そして、このような時代にあって「わたし」は「秀麗な奔馬」である「美」の幻を見ることを読者に勧める。それによって「祖先はその人のなかに住まふやうに」なり、「いみじくも高貴な、共同生活」がはじまるとする。この、「祖先」との共生を実現しようとする力もまた、第二ブロックの「追憶」と同じ力を指している。「わたし」は「序の巻」でこの「厳しいものと美しいものとが離ればなれになつてしまつた時代」である「現在」という時代を、「祖先」との共生によって改変しよう、そしてそのためには「祖先」を「追憶」の力によって引き寄せることが求められていると訴えているのである。

この「追憶」の力が「わたし」に備わっていることを証明するために、「わたし」は「その二」冒頭で「武家と公家の祖先」がいることを述べ、「祖先」たちの物語を語っていく。程度の差はあれ、「わたし」の語る「祖先」たちはみな「憧れ」の情をもっており、その力に突き動かされて生きた女性たちである。この「憧れ」の情が、川に象徴される「わたしの血すぢ」を通して「わたし」にも流れていることを「わたし」は確信している。この「川」と自らの結びつきの強調によって、「わたし」における「追憶」と「祖先」たちにおける「憧れ」とは同じこころの動きを指していることになる。「祖先」たちの時代において「海」に求められていた「憧れ」の対象が、「私」の生きるこの「現代」においては「憧れ」とともに生きることのできた過去の時代そのものに対して向けられているために、「私」における「憧れ」は「追憶」という言葉で語られるのである。

そして、「隠遁ともなづけたいやうな、そんな、ふしぎに老いづいた」心境に至ってはじめて己の内にひそむ「憧れ」の情＝「追憶」が芽ばえていることから、その情は「わたし」にとって内発的なものであったことがわかる。「序」の「わたし」は、「憧れ」の持ち主である「武家と公家の祖先」たちにつらなる血統であることの自覚によって、「祖先」たちを通じて自分のこころの奥にも同じ「憧れ」の念があることを確信し、困難な現代を変革するすべを言挙げする。こうして「先祖」たちの心に地下水脈のように流れた「憧れ」の念は、いま「わたし」の内面にわき上がり、滔々たる大川となっているのである。

この両作を比較したときまず目を引く共通点は、俊彦や「わたし」といった中心人物がともに「武家と公家の祖先」をもっていること、さらにはこの「祖先」から受け継いだ「力」が自分にも備わっていることを発見し、それを支えに「現代」を生きる決意を示している点である。「花ざかりの森」の「わたし」が「武家と公家の祖先をもつてゐる」ことを「その二」冒頭部で強調していると同様、「鼻と一族」の場合も曾祖母につらなる俊彦の母方に武家と公家の祖先が控えていることを略系図つきで強調している。タイトルにある「鼻」は、曾祖母の葬儀の折に親類のひとりが自分のことを棚へ上げて「曾祖母さんの一族は、無駄に鼻が大きいのね、」といったことに由来するが、もちろん俊彦自身も大きな鼻の持ち主であり、遺伝的特徴によっても強調されている。

また、両作ともに「内なる力」「憧れ」の発露を阻む存在が登場する点も共通する。それは「花ざかりの森」の「その一」における祖母と母であり、「鼻と一族」における父の存在である。この父は柳原白蓮・柳原徳子・入江相政といった人物をモデルにした御子左の面々の集う邸宅や、長与善郎の『源氏物語』講義に出掛けようとする俊彦を厳しく叱責する。このように、この両作では中心人物に関する見取り図が、その一族の存在を通して合致している。

そればかりではない。「武家と公家の祖先」という「血統」から継承された「内なる力」「憧れ」の発見によってかれらは「現代」に生きる力を得ており、俊彦の場合は創作への没頭を宣言し、「わたし」の場合には「その二」以降において「憧れ」を抱いた祖先たちを具体的に語りはじめるなど、ともに物語の語り部たることに自己の存在意義を見出している点が最大の一致である。この点こそが、単に外面上の類似にとどまらない、モチーフ上の一致とみなしうるのではないだろうか。

さらには、「先祖」に対してかれらが懐古的な美を見出し、そこに惹かれる自分に「先祖」たちとのつながりを感じている点も共通する。「花ざかりの森」の「その三（下）」の冒頭において、「ぺるしや絨毯」「光琳風の六双屏風」「竹林七賢図のふすま」といった「古さびた調度」のなかで舞踏会の衣装を身にまとった「祖母の叔母なるひと」の写真が語られている。一方、「鼻と一族断片」の章では曾祖母の着物や道具類の虫干しの様子が語られている。そこには「封建時代の古めかしい色彩」「遠い時代のにほひ」があり、蒔絵の箱の中には「帝政時代のロシア」

で写された黄色く変色した写真が入っている。女性の写真という道具立てさえ共通するのである。

このように、学習院の学生ならではともいえる「武家と公家の祖先」の設定だが、それをここまでモチーフ化した作品は当時の『学習院輔仁会雑誌』や『雪線』といった雑誌に例をみない。こうした一致点をかんがみると、『焰の幻影』が「鼻と一族」を三島に手渡すシーンから書き起こされているのは、ふたりの初対面を回想しているだけではなく、坊城が「鼻と一族」において提出したモチーフを、平岡が「花ざかりの森」において継承したことの暗示であるように思われてならない。

だが、このように共通する部分を含みながらも、両作のモチーフの上には大きな相違も見出しうる。それは、中心人物における「現代」に対する意識の差である。

「鼻と一族」における「現代」とは、二・二六事件が露呈した国家的暴力の時代、と具体的に提示できる。俊彦は戒厳令下の麻布から牛込までを歩いてきたにもかかわらず、柳原白蓮をモデルとする大叔母の「雪は血を吸ふ」という美的な認識に感心し、「自分も女子供の一人だ」と規定することで「現代」に背を向けてしまう。「内なる力」は俊彦に自己確立をもたらしたが、それは「現代」に対して能動的な働きをもっておらず、ひたすら自己の内面と文学とに向かい合うことを是とするものである。作中で俊彦がどのような作品を描いているのかわからないだけに、それは「現代」に対して消極的な姿勢と受け取られかねないものである。(8)

一方、「花ざかりの森」の「わたし」は、「追憶」の力による「祖先」との共生こそが「現代」において必要と訴えながら、その「現代」は「厳しいものと美しいものとが離ればなれになつてしまつた時代」、「真実」さえもが「ただ弁証の手段でしかな」い「めまぐるしい世界」と語っており、具体性に乏しい。また、先ほど論じたように、その「憧れ」ないしは「追憶」という概念は、「祖先」の「憧れ」が「わたし」の「追憶」を保証し、「わたし」の「追憶」が「祖先」のもっていた「憧れ」の今日的意義を明らかにする、という循環論法になっており、「わたし」

――「祖先」――「現代」の関係が曖昧なために容易に伝わってこない。ただし、「わたし」は、「わたしにおいて、――ああそれが滔々とした大川にならないでなにとならう」と「憧れ」の血脈を言祝ぎ、作中で具体的に「祖先」たちの「憧れ」の物語を語りはじめる。俊彦のように「現代」に背を向ける姿勢は「わたし」にはない。むしろその語りは「現代」の変革をめざしているようにすら思える。(9)

坊城は『焰の幻影』で「三島は、相手の考えを吸収する、というよりは、相手の考えを整理し、整頓し、それを相手の中に定着させてしまうのだった。」と述べている。坊城は年少の三島から影響を与えられたエピソードばかりを紹介しているが、それは「花ざかりの森」の構想にあたって自らの作品が平岡に影響を与えたことをも控えめに表現しているのではないか。すなわち、「花ざかりの森」の作者は「鼻と一族」における坊城のモチーフを発見し、それを取り入れながらさらに「現代」に踏み込んでみせた。それゆえに、当時の坊城には出し抜かれた悔しさがわき上がるのを抑えようがなかったのである。だが、坊城はこれによってかえって示唆をえて、三島が継承発展させた「この国の底を流れるか黒い地下水」の形象化というテーマを三島没後における自らの宿命と思い定めるに至ったのである。

以上、従来は安易に引用される傾向にあった『焰の幻影』の解釈を通して、「花ざかりの森」に至る学習院や坊城の存在の意味を浮き彫りにすることを試みた。冒頭で主張したように、学習院を中心とする場は従来ほとんど考察の対象となっていない。だが、このように検証してみると、それは初期三島の成立を論ずるうえで大きな意味をもっているように思われる。少なくとも、「花ざかりの森」やその前後の平岡公威の創作活動を、後年の三島の自己定義によって形成された「三島由紀夫」イメージに沿って理解することの危うさは指摘し得るのではないだろうか。

注

（1）平成十三年八月二十五日、ホテルラフォーレ東京におけるインタビューでの発言。
（2）本書第II部第一章、ことに第1節に詳述した。
（3）「夜告げ鳥」および「別れ」については本書第III部第三章、ことに第4節に詳述する。
（4）この点についても本書第III部第三章第4節参照。
（5）そのほか、坊城は微々亭主人（亀田弘之介）の小説「彼」（昭和一〇・七『学習院輔仁会雑誌』一五三号）や東文彦の小説「初霜」（昭和一九・七『遺稿集　浅間』私家版）のモデルになっている。ただし両作とも批判対象として描かれている。
（6）昭和十六年七月二十四日付東文彦宛書簡による。
（7）「鼻と一族」については本書第II部第一章参照。
（8）坊城は初出の『雪線』六号で「鼻と一族」の次に「河原町俊彦」名義で四編の詩を掲載し、『学習院輔仁会雑誌』一六〇号（昭和一二・一二）に「鼻と一族」を再掲した際には語り手を「私」にかえて『詩と笑話』『詩と笑話拾遺』という作品集の一編として発表しているので、作者のレベルに立ち返れば必ずしもこの評価は当てはまらない。
（9）平岡は、昭和十六年七月二十四日付東文彦宛書簡で、「花ざかりの森」について「「貴族的なるもの」への復古と、「それのあり方」」を示したものであると記している。小説の解釈をこうした作者自身のイデオロギー的要素に還元することには注意が必要であるが、太平洋戦争開戦前の混迷した状況のなかで、学習院の学生として「貴族的なるもの」について考察をめぐらす必要性を感じたとしても不自然ではないだろう。この点については本書第II部第三章に詳述する。こうした両作の相違に関しても、学習院における場の反映の可能性が考えられることを強調しておきたい。

第三章 「花ざかりの森」の成立——学習院における「貴族的なるもの」

1

三島由紀夫の文壇デビュー作「花ざかりの森」（昭和一六・九～一二）は日本浪曼派の影響下にある作品と目されて久しい。それは、後年の三島による自己言及と、掲載誌『文芸文化』に違和感なく収まっていることとを根拠としている。果たしてそれは根拠といえるほど客観性の高いものだろうか。まずはこの点について考えたい。

第一に、三島の自己言及を根拠とする危うさについて。周知のように、従来の三島研究はその死に至る三島の軌跡の意義づけに腐心してきた。その際は三島事件という謎の解釈が最終目標とされるため、はるか以前の事象にも死の原因を探ろうとする遡及的な問いの立て方がなされがちである。こうした研究状況において、三島の自作解説や自己言及はその死の謎を解き明かす鍵としてのバイアスをもって読まれる。このバイアスに基づく解釈は死という一事象によって生という多様性を規定する行為であり、本来ならば色彩豊かなはずの作品世界を単一色に塗りつぶす危険をはらむ。また、その際に三島の自己言及が金科玉条のごとく根拠とされることは、三島自身が死に際して用意した解釈を踏襲することにほかならない。三島の死は政治的な抗議に基づく意志的な行動であったが、それは自らの死後における人心の変革を望んでのものであったともいわれる。ならば、遡及的な問いに耽溺することは、三島の思惑に沿ってその行動を補完・補強する行為であり、翻っては三島の死をその時々に都合よく利用することでもある。

次に、「花ざかりの森」の『文芸文化』における親和性と、その両者が日本浪曼派に結びつけられる点について。『文芸文化』は昭和十三年七月、国文学者の池田勉・栗山理一・清水文雄・蓮田善明によって創刊された。創刊意図について、池田「創刊の辞」は「古典の権威」の「復活」と「黎明」を目標とし、その態度は「伝統をして自ら権威を以て語らしめ、我等はそれへの信頼を告白し、以て古典精神の指導に聴く」と語る。実証主義的な国文学への批判を含むこの意図は、日本浪曼派、とくに保田與重郎の主張に近いとされる。保田の場合、文学の内部的退廃を指弾しつつも、自らの立場を「旧時代の没落を飾る最後のものとして十分なデカダンス」（「文明開化の論理」）と位置づけ、イロニーとして没落への情熱を語るという「政治への屈折した態度」を示しているのに対し、国文学研究誌であった『文芸文化』にそうした政治性はうかがわれず、「審美的で、感性の強さとゆたかさを伝統解釈にむけようとする一種高踏的な雰囲気」が濃厚であるという差異が指摘されているにもせよ、[(1)]前提において重なり合う。保田をはじめ『コギト』『日本浪曼派』執筆者が多く寄稿していることもあって、古くから『文芸文化』は広義の日本浪曼派と定義づけられてきた。[(2)]この点に異議はない。

一方、『文芸文化』と「花ざかりの森」との関係については従来の定説に再考を促したい点がある。「花ざかりの森」は学習院中等科教官・清水文雄の推薦によって『文芸文化』に掲載された。校内寮の舎監となり、中等科五年生であった平岡公威の訪問を受けた清水が「花ざかりの森」の原稿に感銘を受け、『文芸文化』の編集会議に持ち込んだエピソードは三島没後に清水によって紹介され、非常に有名である。奥野健男氏が「『花ざかりの森』は、恩師清水文雄の国文学的美意識、評価を目標として書かれた小説」であり、「見事に合格して」『文芸文化』に掲載されたと論じたように、[(3)]「花ざかりの森」が『文芸文化』を介して日本浪曼派と結びつく背景には三島没後における証言の受容が関わっている。しかし、没後における近親者の証言は非常に主観的であり、証言そのもののバイアスを検証しなければ妥当性を持たない[4]。

はたして「花ざかりの森」は『文芸文化』を意識して構想・執筆されたのだろうか。「花ざかりの森」以前の作品[5]を見せる際に清水に宛てて書かれた昭和十六年九月十七日付の未発送書簡「これらの作品をおみせするについて[6]」で平岡公威は、清水が「花ざかりの森」と同列の作品を期待していることへの「心配」や恐れ、「気恥かし」さを記している。それは「花ざかりの森」以前の創作について三島が清水の指導を受けていないことを意味する。現にこのとき清水に示した小説は『文芸文化』や日本浪曼派とはまったく無縁な内容であり、『文芸文化』にも掲載されなかった。そもそもこの書簡には作家としての自己紹介に近い叙述もある。それまで学習院文芸部の『学習院輔仁会雑誌』以外に発表媒体をもたなかった平岡が、突然『文芸文化』や清水文雄を念頭に「花ざかりの森」を執筆したとは考えにくい[7]。平岡が清水の評価を当てにしていた可能性を否定できないにしても、彼にはもっと身近な『学習院輔仁会雑誌』というメディアがあり、少なくとも擱筆時にはそちらを念頭に置いたと考える方が自然である。ならば『学習院輔仁会雑誌』と「花ざかりの森」の関係を考える必要があるだろう。

「花ざかりの森」の末尾には「昭和十六年初夏」と擱筆時期が記されている。学習院文芸部の先輩・東健《たかし》（筆名・文彦）に宛てた同年七月二十日付書簡に「小説出来上りました故早速お送り申上ます。」とあり、完成はその直前である。八月五日付東宛書簡には、

　——扨てこの間の「花ざかりの森」は、清水文雄先生〔中略〕だの、松尾先生だのがやつてゐられる雑誌にのせていたゞくことになつたので、輔仁会雑誌には詩でも出さうかとおもつてをります。輔仁会雑誌にあの小説をのせるとすると、「その三」をどうしても不満のまゝ出さなければならないので実際どうしようかと迷つ

てゐたところでした。

とある。「花ざかりの森」を清水に見せたおりに添えたらしい昭和十六年七月二十八日付の清水宛書簡でも「これは秋の輔仁会雑誌に出す心積でをります」とある。

八月九日付の東宛書簡では、不満の残る「その三」を「前二十一枚だつたのが、三十四枚になり十三枚ふえました。すこしはゆつたりしたやうです。」と東に報告しており、『文芸文化』掲載が決まって「その三」に加筆し、現行の上下に分かれた形に改稿したことがわかる。東に送った原「花ざかりの森」は六十枚程度であるが[8]、同年七月十日付の東宛書簡には「輔仁会雑誌の締切と枚数のこと」として「締切は九月十日で枚数は二十五枚。これは表むきでホントは締切はそのまゝながら、創作は枚数、五、六十枚ぐらゐまで結構です。」とあり、『学習院輔仁会雑誌』を念頭に「花ざかりの森」を執筆したという仮説には紙幅の面からも妥当性がある。「花ざかりの森」が当初『学習院輔仁会雑誌』一六七号（昭和一六・一二）への発表を意図していたことと、『文芸文化』への掲載が突然の決定であったことはまちがいない。

一方、連載が始まった『文芸文化』昭和十六年九月号「後記」で蓮田善明が「われわれ自身の年少者」「悠久な日本の歴史の請し子」「我々より歳は遙に少いがすでに成熟したもの」と「花ざかりの森」の作者を絶賛したことは、両者の結びつきの強さを示すものとして重視されてきた。だが、ここで重視されるべきは蓮田が「縁」[9]という単語で読者に強調する共時性ではないだろうか。蓮田は「此作者を知つてこの一篇を載せることになつたのはほんの偶然であつた。併し全く我々の中から生れたものであることを直ぐ覚つた。」とも記している。そこに年少の作者に対する蓮田の配慮があったことは否定できないにしても、「偶然」という語の表す共時性の内実についても考えておかねばならない。その点を、筆者は学習院との関連から考えてみたいのである。

先走っていえば「花ざかりの森」のモチーフには当時の学習院の状況が影を落としており、それが『文芸文化』や日本浪曼派の理念に通じるものであったため『文芸文化』と「縁」を結ぶに至ったと筆者は考える。この同時代的共振を検証することは、三島の自己言及や没後証言の桎梏から「花ざかりの森」を解放し、同時代的な場に定位することとなるだろう。

2

ここでは「花ざかりの森」が日本浪曼派や『文芸文化』の中で違和感を与えない点を考える。昭和十六年七月二十四日付東宛書簡で、平岡は「花ざかりの森」の意図を次のように説明している。

扨て、拙作御覧の事と存じますが〔中略〕表題の「花ざかりの森」といふのは、ギイ・シャルル・クロスの詩からとつたもので、内部的な超自然な「憧れ」といふものゝ象徴のつもりです。一の巻、即ち「その一」は現代、「その二」は準古代（中世）、「その三」は古代と近代の三部に分たれ、主人公の系図（憧れの系図）に基づいてゐます。〔中略〕この一篇が「貴族的なるもの」への復古と、それの「あり方」を示すものであることは「その一」の後段の主張でおわかりだらうと存じます。

引用中の「(憧れの系図)」なり「「貴族的なるもの」への復古」の主張なりは、発表、未発表を問わず「花ざかりの森」以前の作品には見られない。文学上の親友であった東にさえ唐突な印象を与えるために解説が必要だったのだろう。その点は前述の清水宛未発送書簡と逆の配慮である。「「その一」の後段」の内容や「系図」という呼称からみて、その「主題」「主張」は、語り手である「わたし」の語りや「武家と公家の祖先」の設定に表現されていると考えられる。

そこで「その一」後段にみる語り手「わたし」の時代認識を検討する。ここで「わたし」は、「固い人となり」の母がその性格ゆえに「貴族の瞳」を失い、「憧れ」の系図から疎外されたと述べる。母は自らの血統に誇りをもたないばかりか、血統を誇ること自体を「虚栄心」として自らに戒めた女性であり、この姿勢を「わたし」は「アメリカナイズされた典型」「ブウルジョア」と批判する。そして母は、教育方針として「わたし」を「わたしの家のおほどかな紋章」と重なる父から遠ざけたのである。

「わたし」は「その二」冒頭で、その血統を川にたとえる。ここで「わたし」は母に「矜持」が欠けていたことを「祖母と母において、川は地下をながれた」と表現する。その川が「滔々とした大川にならないでなににならう」と「憧れ」の対象として「わたし」に意識される。これは「わたし」がこれ以後の記述の中で自らの祖先に「憧れ」の情を見出すことによって、母の戒めを破り「武家と公家の祖先」との一体感を求める感情を肯定する根拠となるという、循環論法ぎみの二重構造となっている。

この二重構造を考える際には、同時期の保田與重郎の言説、たとえば「我が最近の文学的立場」（昭和一五・三『コギト』）を念頭に置くとわかりやすい。

> 血統とは、我々に於て国家であり民族である、少くとも文学的には芭蕉が貫道するものは一なり、といふ表現で云つたそれである。〔中略〕私らの考へたことは、ある血統的な系譜の樹立といふことにあつた。それは将来のいつかの日になれば、ある高級な批評の準備行動だつたと云はれるかもしれないと思ふ。〔中略〕文化と文明をもつた生活は一体どこにあるかを考へる必要があらう。恐らく代々の日本の貴族とその世襲は新アメリカを

多分にもつやうな文化生活を恥かしい限りと思ふだらうと思ふ。

両者を読み比べたとき、「花ざかりの森」に「国家」なり「民族」なりといった概念は保田ほど声高ではないが、母を「アメリカナイズ」と呼んで批判する「わたし」に日本という「国家」「民族」が意識されていることは確かである。それが「武家と公家の祖先」をもち、祖先との一体感を求める「わたし」の設定に反映しているならば、母への容赦ない批判は、「日本の貴族とその世襲」がアメリカナイズされた「文化生活」を「恥ずかしい限りと思ふだらう」と論じ「血統的な系譜の樹立」を目指す保田と符合する。いわば保田の文学史叙述の擬人化として「花ざかりの森」の「系譜的主題」はある。

保田は『戴冠詩人の御一人者』(昭和一三・九　東京堂)「緒言」でも「現代の文芸批評家の当面の任務は、今世界史的時期を経験せねばならない日本の、その「日本」の体系を文芸によつて闡明し、より高き「日本」のために、その「日本」の血統を文芸史によつて系譜づけることである」と述べ、日本武尊を源流とする戴冠詩人の「血統的な系譜」として文学史を論じている。「我が最近の文学的立場」が収められた『文学の立場』(昭和一五・一二　古今書院)を平岡が参照したか不明だが、清水の回想には『戴冠詩人の御一人者』を三島に貸した旨が記されているので、(10)「花ざかりの森」の「その二」から「その三(下)」に至る「系譜的主題」の構想に際して、意識の片隅に保田が存在したとしても不思議ではない。

こう考えると、「花ざかりの森」を『文芸文化』においたとき違和感なく収まってみえる理由のひとつに、保田の主張が作品に影を落としていることを指摘しうる。東宛書簡をみると、「花ざかりの森」発表直後から保田に対する言及が増えることを確認できる。昭和十六年九月二十五日付書簡に「近ごろ文壇には浪曼派が大分進出してきたのではありますまいか。保田與重郎なぞはその大将でせう。浪曼派といふものゝ解説や主張をよみますと、まだなにか首肯できぬものもあるもの〻、なか〳〵立派な主張だと思ひます。いはゆる万葉精神といふものでせうか。」とあり、十一月十日付書簡でも「花ざかりの森」について「抽象的観念的な言葉を詩語のやうに取扱ひたく思ひましたので、そんな言葉に詩味を感じたのは、リルケや保田與重郎の影響だつたらしいことは、蔽ふべくもありません。」とあるのがその例である。「花ざかりの森」と保田の言説との関係が深いことはここからも裏付けられる。

つまり、「花ざかりの森」はそのモチーフに保田をはじめとする日本浪曼派の言説の影響があるため、同じ影響を受ける『文芸文化』と共振を起こしたのである。必ずしも奥野氏が言うように清水や『文芸文化』の評価を当てにしたわけではない。しかし、なぜ平岡公威は従来の方法を捨てて「花ざかりの森」を書いたのだろうか。

3

先述の七月二十四日付東宛書簡で、平岡公威はこの「武家と公家の祖先」の系譜を「(憧れの系譜)」と呼ぶ。この「憧れ」について、同書簡は「内部的な超自然的な」ものとしている。祖母や母によって祖先との共生を阻まれた結果として、その系譜に対して「花ざかりの森」の「わたし」は「憧れ」の姿勢をとらざるをえないわけだが、なぜこの「憧れ」は「わたし」にとって「内部的な超自然な」ものとして設定されなければならなかったのか。その内発性こそが、「恐らく代々の日本の貴族とその世襲は新アメリカを多分にもつやうな文化生活を恥かしい限りと思ふだらう」と間接的な話法で語る「我が最近の文学的立場」と、「わたしにおいて、——ああそれが滔々とした大川にならないでなにになららう」と語る「わたし」との差異である。

実は、「花ざかりの森」における保田からのモチーフの借用と一人称の語りによる内発性の強調には、学習院という環境が影響している。以下、『学習院輔仁会雑誌』の誌面からこの状況を検証し、「貴族的なるもの」の主張が学習院においてどのような意味をもっていたのか考察したい。それは、なぜ平岡公威が従来の方法を変えて、「貴族的なるもの」を主張したのかという疑問に対する回答となるだろう。

学習院は皇族・華族の子弟を教育する機関として設立された。そのため、皇室の藩屛・国民の儀表の役割を担う華族の教育機関としての機能は、時代とともに濃淡こそ異なれ、常に意識されていた。平岡、東ともに華族ではないが、初等科以来学習院に在学したふたりが書簡で「貴族的なるもの」についてやりとりすることは不自然ではない。一方、日中戦争の拡大から太平洋戦争開戦に向かう時代にあって、『学習院輔仁会雑誌』は「貴族」意識に関する議論の高まりを見せる。

平岡公威が「花ざかりの森」発表をもくろんだ『学習院輔仁会雑誌』は文芸部の機関誌ではあったが、創作だけを掲載する文芸誌ではなく、中等科・高等科の校友会である輔仁会の機関誌としての性格を有していた。そのため、輔仁会の会務委員や所属各部の活動報告にも多くのページを割いている。「会務報告」欄や各部の報告欄には、輔仁会大会、各部主催の展覧会や演奏会、弁論大会あるいは作家・軍人・官僚などによる講演会など、さまざまな文化活動の模様が記されている。ここでは弁論部の活動に注目してみたい。

弁論部は明治二十二年の輔仁会設立当初から演説部として存在し、平岡の在学時には年間に複数回の弁論大会を開いていた。その内容は「弁論部報告」欄に詳しい要旨付きで紹介される。講演会もしばしば主催しており、とくに意義深い講演の速記は『学習院輔仁会雑誌』に掲載される。そうした活動の中に、平岡のいう「貴族的なるもの」と発想を近くする内容を見出しうるのである。

昭和十三年五月七日、文芸部弁論部創立五十周年記念講演会が開催され、犬養健・三宅正太郎・児島喜久雄・武者小路実篤の四人が講演を行った。午後七時開演、十時四十分閉会となったのち場所をあらためて茶話会があり、散会は十一時過ぎになった。各家庭に招待状が配布され、来聴者は約百二十名を数えたという。

このとき、児島喜久雄は「僕の夢」と題する講演を行った。速記が『学習院輔仁会雑誌』一六二号（昭和一三・七）に掲載されている。児島は明治三十一年に初等科五年に編入、当時六年制だった中等科を明治三十九年に卒業したのち一高へ進学している。彼は「僕の夢」で現役の学生に向かって次のように期待を寄せる。

日本の貴族は、［中略］古い御公卿様とか或は大名といふやうな古来の長いトラデイシヨンを持つた貴族の家が大部分であります。［中略］さういふ方々は長い間詰り日本の国を背負つて立つて居つた祖先の偉い人達の末裔であります。長い間日本の文明の中心を形づくつて居た名家の跡を承けて居られる訳です。だから万一現在諸君にさういふ資格が十分になかつたとしても、必ず非常な優れたトラデイシヨンだけは持ち伝へて居られて、自分では知らなくつても、長い間に培はれた品格も高尚な趣味も持つて居られるに違ひないしそれから非常に良い各種の素質も持つて居られると思ひます。［中略］古来の長いトラジシヨンを持つた大名の家とか公爵の家柄には中々一朝一夕には出来ない貴いものが沢山遺伝的に伝はつて居るのであります。それが無くなるのは非常に惜しい。［中略］生きた人間が貴い伝統を背負つて居る［中略］だからそれは非常に値打のあるものであります。それはます〳〵発展させて行かなければならないものであります。

ここには、貴族の子弟として学習院学生に課せられた使命と期待とをうかがうことができる。これが『学習院輔仁会雑誌』に掲載されることによって、学生の自覚を促す意味を担ったにちがいない。

一方、各号の「弁論部報告」欄に掲載された学生の演説要旨からは、こうした期待に呼応するように「学習院精神」といった言葉が頻出する。学生にもこうした使命と期待に応えようとする意識は認められるのだが、こうした主張は、使命感が欠如した一般学生への批判の形を取るため、即座に学習院全体の雰囲気と見なすことはむずかしい。それでも、時局の推移にともなってその主張が深化するさまを確認できる。
『学習院輔仁会雑誌』一六六号（昭和一五・一二）「弁論部報告」欄には、昭和十五年六月二十五日に行われた中等科春季弁論大会の模様が掲載されている。

八、反省　五年　徳大寺純明　七分(11)
彼の振起大会の成果は如何。学習院の伝統であるか、腕力のある者が中等科を統治する習慣が今迄続いて来てゐる。而もそれが独裁的な傾向を帯びてゐる。我々は此の伝統に対して批判の眼を向ける必要があるであらう。苟も中等科をより良きものに為すために唯腕力のある者のみが中等科全部を掌握して行つては決してうまくゆくのではない。腕力より徳の力がどれだけ善なるものに向はしめるに益あるものか量り知れない。和かな気分に充つる学園たらしむるには徳の力を以てして始めて効あるものである。我々は是非とも無気力を打破しなくてはならぬ。上級下級が一致した時に始めて中等科は始められるものだ。和合一致して行かなければならない。学校から指定されてゐる自治員がもつと〳〵活躍すべきだ。自治員は飽くまで、難局を押し切つて中等科改善に努むべきであると強調、熱弁を振はれ、手に汗を握る心地がする。君の始めての投壇、その熱弁、そして気魄がある。弁論部の期待する論題であつた。今後之を機会に弁論部の為大いに活躍されんことを切に望みます。

「振起大会」がどういうものか判然としないが、その大会を通じて、徳大寺は学生の間に蔓延した「無気力」の源に思い当たり、「中等科改善」に立ち上がるべきと主張している。この欄を執筆した弁論部委員もその「気魄」に賛辞を惜しまず、「弁論部の期待する論題」と述べる。この「期待する論題」は、昭和十六年六月十七日に開催された春季高中合同弁論大会の模様を掲載した『学習院輔仁会雑誌』一六七号（昭和一六・一二）の同欄においてさらに具体化する。

七、所感　文一　森欣一（十分）

振気大会を契機として学習院の再建が叫ばれて来た。学習院は現在の儘では、其の特殊性を持たない。学生は「お坊ちゃん」でよいといふ諦めを持つてはならない。「お坊ちゃん」の夢に陶酔することは院の一般的水準を下げることになる。院の再建は、運動文化の両方面に於て強調せらるべきである。運動部の不振は明かであるが文化部の沈滞は著しく、弁論部に於て特に然りである。こゝでいふ沈滞とは関心の問題である。現在は文化部に対する関心が全く見られない。運動部の人が文化部に無関心なのは、運動部、文化部の融合を計るべき雰囲気の欠助に依る。学業を軽んじて運動する人は、運動を冒瀆する者である。簡単な実践主義から、運動する事を実践的であると考へ、学問に懐疑的になるのは、学問に対する逃避である。然し運動は、書物の中から汲取られない教訓を与へるから倶に疎にすべきではない。文化部、運動部を媒介として、学習院を偉大にする為に、お互に、不便を忍ばねばならぬ、先づ我々は世界的新秩序を認識し、学習院の中に自己を捧げ、正しいと信ずる事に対して情熱を以て進むべきである。運動部員としての君が、文化部に対しての理解を示した。一般運動部員の反省を促したい。熱のある事は賞すべきであるが、原稿に幾分頼り過ぎた。今後、話術の練習に努力されゝば、君の弁論術は、一段と飛躍するであらう。院の再建を論ずるに当つて貴族の精神に就いても一言して欲しい。

ここでもまた「振気大会」が取り上げられる。これが徳大寺のいう「振起大会」と同じものか判然としないが、振気大会を契機に文化部の衰退に思い当たり、その発展こそが学習院の再建に通じると説く点は徳大寺に近く、

「弁論部の期待する論題」といえる。ただし、学習院の「特殊性」について言及した点は同学年の徳大寺より一歩踏み込んでいる。その「特殊性」が貴族子弟の多く通う学習院の性質に由来することは先述の「僕の夢」に見るとおりだが、弁論部委員はその点をとらえて「貴族の精神に就いても一言して欲しい」と述べる。学習院の特徴を「特殊性」ととらえるだけではなく、それを「貴族」の子弟の使命感に結びつけることで、登壇者の主張を深めようとする執筆者の意図が感じられる。

実は、この「貴族の精神」の主張は同じ大会の上級生登壇者の演説に見ることができる。少し長くなるが、二人分の要旨を掲げよう。

十、学窓雑感　○文三　矢吹彰男（五分）

学習院の存在性を認識し、実行するのが、我々の真の学生々活である。学習院は血統を使命とする貴族の学校である。我々は学習院の存在を主張しても、其れに足るだけの事をして居るだろうか。動もすれば上から型にはまり過ぎた教育を学生に当嵌めるのは残念である。君の主張は尤もであるが、では如何なる教育を我々が欲して居るかを究明して頂きたい。熱と声量も豊富であり、君の学生々活から割出した信念が溢れて居る。

十一、所感　○文三　坊城俊久（七分）

学習院の伝統は貴族の精神であり、此の精神は上流社会に隠れて居る。此の精神を体得しないから院に対する批判が起る。貴族の精神には、純情と、正義と、動気が必要である。我々は社会に行はれて居る邪悪を排除し、正義を貫徹せねばならず、其れには勇気が必要である。我々は飽く迄も社会の悪風潮に誘惑されてはならぬ。貴族は、皇室に忠誠、万民の儀表でならなければならない。我々の学問は自分のみに留らず、他人に幸福を与へるものでなければならない。此の奉仕的精神が必要である。学習院の沈滞は、貴族的精神の自覚の欠助に依る。貴族的精神を自覚し、其の中に学ぶべきである。学習院の再建が叫ばれて居る時、其の核心となるべき貴族的精神に対する君の信念に敬服する。更に一層の熱と声量を以て望まれたならば、聴衆により多き感銘を与へたであらう。

両者とも、学習院の特質を「貴族の学校」である点に求め、血統の中に隠された「貴族の精神」を学習院学生のアイデンティティとして確立しようとする提言である点、執筆者の手際かもしれないが共通する趣旨の演説である。状況面をみると、矢吹と坊城がともに最上級生で、しかも初登壇であったことに、「学習院の再建」に関する学内の高揚感をうかがうことができる。最上級生であることは、大学進学を控えた多忙な時期を押しての発言を意味し、初登壇である点に、学内全般の状況をふまえてのやむにやまれぬ発言であったことを読みとれる。そして、彼らに対する委員の賛辞をみると、徳大寺や森の演説に対する委員のコメントには、振気（振起）大会をきっかけとして芽生えた「学習院の再建」に関する機運を、上級生の演説と接続させることによって「貴族の精神」への考究に導こうとする意図が感じられる。「貴族の精神」は、沈滞した学内の状況に対する危機感から、とくにこの時期の学習院内で論じられたテーマだったのではないだろうか。(12)

こうしてみると、「花ざかりの森」に関して平岡が東に語った「「貴族的なるもの」の復古とそのあり方」という主張も、こうした学習院内の議論を色濃く反映したものと考えることができる。「貴族の精神」が「血統を使命とする貴族の学校」に籍を置く学生の裡に「隠れて居る」と同様な性質をもたせるため「花ざかりの森」における「わたし」の「憧れ」も「内発的な超自然的な」ものとして設定されたのである。もし平岡の当初の目論見どおり「花ざかりの森」が『学習院輔仁会雑誌』一六七号に掲載されていたとしても、やはり違和感なく誌面に収まっていたことだろう。

4

ところで、この弁論大会でもっとも鮮明に「貴族の精神」を論じた坊城俊久は文芸部に所属し、かつて文芸部委員を務めていた。これを考えると、この議論に平岡公威が「花ざかりの森」で参加することには、前記の先輩文芸部委員同様の思いと、文芸部委員としての立場上の必然性とがあった可能性がある。そこで、文芸部の状況を検証したい。

ふたたび東宛書簡から確認する。「花ざかりの森」連載中の昭和十六年十一月十六日付書簡で、平岡は「輔仁会雑誌はまだ出来ません。じれつたくて投げ出したくなります。文芸部はもう沢山です。〔中略〕覇気のやうなものはどこにあるのでせう。」と愚痴をこぼし、「僕が浪曼派を好きになりかゝつたのは、そんな反動でせう。」と述べている。文芸部の雰囲気が低調であることへのいらだちがにじむ。このいらだちの原因は何だろう。

東宛書簡をみると、昭和十六年前半の平岡が文芸部内の路線対立に直面していた様子がうかがわれる。東は喉頭結核のためにながらく休学しており、文芸部に関する愚痴を語る相手として好都合だったのだろう。東宛書簡の文面には平岡のいらだちが頻出する。昭和十六年一月十四日付書簡を引用する。

来週の木曜には合評会があります。おほかた貴方はいらつしやれますまいが、本当に来て頂けたら……と思ひます。どんな方が見えるか知りませんが、おそらくつまらぬ会になるのではないかと心配してをります。

「合評会」とは、平岡が小説「彩絵硝子《だみえがらす》」を発表した『学習院輔仁会雑誌』第一六六号（昭和一五・一一）のもので、平岡は一月二十六日付書簡でその様子を次のように語っている。

扨て、合評会は驚くべき痴呆的な会合でした。会議室大テエブルの左右には、高一の俳句派と、高二との二派が相対し、下座に、私と「郁郎」さんと鍋島といふ人が並び、上座に豊川さんと、終始この会を牛耳つた某氏がすわられました。［中略］輔仁会雑誌は今年から年一回になり、「十月」ごろ発行する予定らしいです。この十月が問題で、俳句側勝つか、反対派勝つかハッケ、ヨイヤです。前者が勝てば、俳句の驚くべき進出はおそらく免かれますまいし、俳句派に雑誌を占領されることにもなるわけです。

ここには文芸部の路線対立に対する平岡のいらだちが読みとれる。文芸部内に「俳句派」と平岡が呼ぶ一派があり、かれらがイニシアチブをとれば『学習院輔仁会雑誌』における俳句の比率が向上し、小説が削減される可能性を平岡は危惧している。中等科唯一の文芸部委員として『学習院輔仁会雑誌』の編集に携わっていた平岡にとって、対立の帰趨は自分自身の立場に影を落とし、小説の発表も危ぶまれかねない。先述の枚数規定を考えあわせたとき、それは「花ざかりの森」の構想に影響を与える可能性があった。

だが、実際の『学習院輔仁会雑誌』一六七号の誌面は、二十八ページから三十一ページにかけて八名、四十首の俳句が掲載されるのみで、「驚くべき進出」という状況にはほど遠い。それに平岡自身の力も預かっていたことは、昭和十六年六月十五日付東宛書簡に、

——明日（十六日）には新委員を決めます。結局、新らしくはひつてきた高一の四、五人の部員のなかから

とるのですが、僕としてはなるたけ僕の思ふとほりになる人がいゝと思ひます。ろくに知らないくせに専権をふるはれると困りますから。又、さ来年は年の功でその人が委員長になるのですから。その人が思ふとほりやられては、いつになつても僕の浮ぶ瀬がありませんから。この利己主義をお笑ひ下さい。

とあることにうかがわれる。

この状況をどのように考えればよいだろうか。まず、『学習院輔仁会雑誌』という発表機関の死守が平岡にとって重大事であったことは想像に難くない。太平洋戦争を目前に控え、小説発表の機会が減少することは明らかである。発表機関の確保のために、先述した弁論大会の報告に見るような学内の議論に応じる必要があったではないか。その際、俳句というジャンルは「貴族的なるもの」を表現するには不適当であろう。俳句派が誌面を牛耳れば、学習院学生の間で論じられた「貴族的なるもの」の議論に創作を通じて参入する機会は創作欄から失われる。

次に、この派閥が学年別の構造として平岡にとらえられている点も「花ざかりの森」と学習院内の議論との接続を想像させる。高一の「俳句派」に対して、同じ高一で自分の「思ふとほりになる人」たちもいることに平岡は期待を寄せる。その彼らは前述弁論大会の徳大寺や森と同学年である。平岡公威は文芸部の一方面の代表として、学習院内に広がった「貴族的なるもの」の議論に加わるべく「花ざかりの森」を構想した可能性は高まる。

こうした学習院内の動揺の痕跡を留める『学習院輔仁会雑誌』一六七号に、平岡公威は「編集後記」を記している。

近ごろの風潮に便乗するわけではないが輔仁会雑誌と文芸部との衰退は取りも直さず古典の枯渇だと考へてゐる。学習院のルネツサンスといふものが叫ばれるならよろしく古典から出発すべきであるし又古典の復活といふ点で学習院ほど恰好な温床も少なからうと思ふ。藤原鎌足以来の血に生きてをられる諸君の内からこそ古典復活の旗が掲げらるべきであらう。徒らなアメリカニズムに酔ふことは最近の本院の隠し難い病患でなかつたかどうか。爾来古典の礼讃は極端な楽天主義に陥つたりやたらなヒロイズムに奔つたりするきらひがないではなかつたが、今にち時勢の流れと現実の切迫とをよく嚙みしめた上でこそ古典に対する批判もかやうな弊から遁れ得るのだし又かへつて古典の吟味が今にちの身のあり方に至高の道標を与へるのではないかと思ふ。彼此関連して古典復活にもつとも適切な機会がつくり出されつゝあるやうに思はれる。

「藤原鎌足以来の血に生きてをられる諸君」の限定から、右にいう「学習院のルネッサンス」が弁論大会にみる「貴族の精神」と同じ「風潮」を指すことは明らかである。「輔仁会雑誌と文芸部との衰退」の問題視も「弁論部報告」欄にみる学習院の状況や再建の声と重なる。さらには、平岡が「アメリカニズム」に学習院の「病患」の原因を見、その処方として「古典復活」を訴える点は、前述の坊城の演説内容を一歩進め、「武家と公家の祖先」の設定とそれへの「憧れ」といいう「花ざかりの森」のモチーフを評論の形式で語ったものとみることができる。「花ざかりの森」における「貴族的なるもの」のモチーフは、学習院再建に関する学生の声に対する平岡の見解の小説化であった。

しかし、前述のようにこれは『文芸文化』にとっても非常に好ましいモチーフであった。そのため『文芸文化』との「縁」を生じ、「三島由紀夫」の作品として「花ざかりの森」は掲載にいたったのである。さきに「花ざかりの森」と『文芸文化』との「縁」とは保田與重郎を仲立ちとした同時代的共振であると述べたが、「花ざかりの森」執筆の「貴族的なるもの」の主張もまた、『学習院輔仁会雑誌』と『文芸文化』の両者に通じる同時代的共振であったということができる。「花ざかりの森」をめぐる場は、『文芸文化』や保田與重郎の代表する文学状況であると同時に、一学生を取り巻く学習院の環境でもあった。しかし後年の三島は、こうした背景を語らず、日本浪曼派との接点を強調したのである。

本章で筆者は遡及的な三島の自己言及によるバイアスを指摘しつつ、同時代的な場の検証から「花ざかりの森」の成立背景を論じた。テクスト解釈においては最終的にさまざまな読み方が許容されるにせよ、ひとまずは作品がうまれた場における作品の意味と創作動機とを解明する態度が必要となるだろう。その際、これを隠蔽する状況があるならば、調査と考察とによって注意深く取り除き、隠されたものを明らかにしなければならない。たとえその隠蔽工作が作者自身によって為されたものであったとしても。〈三島が語った三島〉ばかりに依拠するのではなく、〈三島が語らなかった三島〉、すなわち平岡公威の領域を論じることが、今日の研究に求められている方向性ではないだろうか。

注

（1）饗庭孝男「三島由紀夫と日本浪曼派」（昭和五一・二『国文学　解釈と鑑賞』）
（2）小高根二郎「伊東静雄と日本浪曼派」（昭和三三・八『バルカノン』）、塚本康彦「雑誌『文芸文化』」（昭和四一・一一『日本浪曼派研究』）など。
（3）『三島由紀夫伝説』（平成五・二　新潮社）
（4）この点については本書第II部第二章で詳述した。
（5）「心のかゞやき」「公園前」「鳥瞰図」「屋敷」「ミラノ或ひはルツェルンの物語」「花の性および石のさが」の六編、すべて生前未発表の小説。一部を本書第I部第四章で詳述した。
（6）『決定版三島由紀夫全集』三八巻（平成一六・三　新潮社）。本書における書簡の引用はこれによる。
（7）筆者は、平岡が清水から古典文学に関する手ほどきをうけ、精神的な結びつきを深めたのは「花ざかりの森」擱筆以後のことだったと考えている。

(8) 三島由紀夫文学館所蔵の原稿「[花ざかりの森]その三」による。これは現行「花ざかりの森」の「その三(上)」「その三(下)」とストーリーはほぼ同じで、本論に引用した昭和十六年八月九日付東宛書簡による平岡の説明どおりである。

(9) 蓮田は「エンと訓んでも、ゆかり・えにし・ちなみと訓んでもいい」とする。

(10) 清水『河の音』(昭和四二・三　私家版)

(11) 漢数字の番号は登壇の順序、学年に〇が付されているものは初登壇を表す。

(12) 同じく昭和十八年六月十三日付東宛書簡にも「学生たちの間には学習院改革熱にうかされるもの多く、この水えうにも学習院問題弁論大会(振気大会)のやうなものが催されます。」とある。『学習院輔仁会雑誌』一六九号(昭和一八・一二)の「弁論部報告」に、昭和十八年六月十六日に「現下の学習院学生々活を論ず」の論題で開催された春季弁論大会の詳細がわかる。

第四章　「花ざかりの森」論——テクストを語り直す「わたし」

1

「花ざかりの森」は「序の巻」と「その一」から「その三（下）」に至る、五つの巻からなる小説である。学習院教官・清水文雄の目にとまり、雑誌『文芸文化』（昭和一六・九〜一二）に連載された際にはじめてペンネームが用いられたことから、「三島由紀夫」の誕生を告げる作品としてはやくより研究史上で重視され、論じられてきた。それは、「花ざかりの森」の主題と構想に掲載誌『文芸文化』や日本浪曼派、ことに保田與重郎の言説との類似と差異を見出し、そのロマン主義的特質を指摘する方向と、「憧れ」「海」といった概念が指し示す意味について論じようとする方向とである(1)。

筆者は本書第II部において『学習院輔仁会雑誌』との関係の検討から「花ざかりの森」の成立過程を考察した。これによって筆者は、学習院を中心とする社会との緊密な相関によって「花ざかりの森」が成立したことを解き明かしてきた。それは、右の研究史整理の前半部分について、従来の見解にある程度の揺さぶりをかけたことになると考えている。

しかしながら、筆者にはこのような考察のみで第II部を終えることに対する躊躇がある。それは、本書第I部第四章で考察した未発表小説群が、「花ざかりの森」に通ずる内発的なモチーフの高まりを示していると考えられるため、その内発性――それは右の研究史整理の後半部分と重なる――と、第II部でここまで論じた社会性の問題とがどのように交差しているのか、検討しておく必要があると判断されるためである。そこで本章では「花ざかりの森」の読解を試みたい。

この方向に関する筆者の関心は、たとえば次のような点にある。なぜ末尾の「祖母の叔母なる人」のエピソードは「その四」ではなく「その三（下）」なのか。また、作中に頻出するカギカッコは何を意味しているのか。あるいは「憧れ」や「追憶」といった概念を相互にどう関連づけるか。そして、従来の三島研究が重視してきた「海」という概念について、「その一」「その二」にはほとんど「海」が登場せず、「その三」の上下段に至ってはじめて重要なモチーフとして取り上げられるのはなぜか、といった問題である。筆者はそのような、ひとつひとつを取れば些細な問題を積み上げて「花ざかりの森」を貫通する大きな問題にひとつの解釈を与えたい。

右のような諸問題を貫通する大きな存在として横たわっているのは「花ざかりの森」の語り手にして主人公である「わたし」の語りの問題であると筆者は考える。「花ざかりの森」の「その二」以降に登場する主人公たちのエピソードを、日記や物語、あるいは写真といったテクスト群の提示によって読者は理解するが、そこには語り手「わたし」が存在しており、その語りには強いバイアスの介入が予想される。したがって、「わたし」とは何者かという問いを抜きに「花ざかりの森」を論ずることはできないだろう。ところが、この語り手「わたし」については従来の三島研究の達成を踏まえてもなお検討の余地があるようだ。それはおそらく、「わたし」はいくつかの物語や写真を根拠に自らの先祖を語るが、作者のレベルにおいてそれらは虚構のテクストであり、比較検討が難しいことによる。このような点においては、「「花ざかりの森」は〈物語る私〉の〈いま／ここ〉が「この土地」に立つ「わたし」に設定され、そののち幼年期を回想、さらに遺された祖先の日記や物語、写真から彼らの事績が紹介されるという円環構造をとっていた。」とする小埜裕二氏(2)や「作中の物語群はそれ自体として提示されるのではなく、「わたし」の読むという行為を経て再現されているのだ。『花ざかりの森』を一編の物語として編むのは、読むことを通じて各々の物語の世界を受容し、その世界をみずからの思いに叶うものとして補綴するこの「わたし」にほかならない。」とする梶尾文武氏(3)の論考などがあるが、筆者としてはこれらの達成を踏まえつつ、さらに「わたし」に留意して「花ざかりの森」の読解を試みたい。その際、「三島由紀夫」という存在、とくに『豊饒の海』の末尾との照応をことさらに強調する遡及的思考を排除することはいうまでもない。

2

さて、この「わたし」は、全体の語り手であると同時に「序の巻」と「その一」の主人公でもあるという二重の役割を担っている。「わたし」が自らの「血すぢ」に存在する過去の人物のエピソードを語る「その二」以降のストーリーは「わたし」の家に保存されてきたテクスト群（日記・物語・写真等）によって構成されているが、「わたし」はそれらを原文のままでは読者に提示しない。必ず自らの言葉で語り直し、自らの思念によって「解釈」を施す。「その三（上）」の前半部のようにカギカッコを用いて原典からの引用であることを明示している箇所でさえ直訳調にはほど遠く、「わたし」の思考が混在した語りになっている。さらに、「その三（下）」以外の章では物語が閉じられたあと「わたし」は自らの「解釈」を添える。「その三（上）」ではその「解釈」の部分にもカギカッコが付いているが、それは「女人」の記した「物語」と「わたし」の「解釈」とが作中において同じ重みを持つことを暗示しているだろう。「その二」以降、章が進むごとにこの介入の度合いは増す。最終章である「その三（下）」では提示される家蔵品が文字テクストではなく写真となる。これによって「祖母の叔母なる人」の生涯は完全に「わたし」自身の語りの中に埋没する。「花ざかりの森」の「わたし」は、自らの立場に基づいてテクストを統御し、場合によってはその改変をもいとわない語り手といえる。

このように「わたし」の語りには強烈なバイアスが存在するが、それがひとつの人格の判断に基づいている以上、そこには一定の方向性と法則性が存在するはずである。そうでなければこの小説が一人称で語られる必然性は失われてしまうだろう。そして「わたし」の語りの方向性が開示される場があるとすれば、「わたし」が自らの「現在」を語る章である「序の巻」をおいてほかにない。昭和十六年七月二十四日付東健《たかし》（筆名・文彦）宛平岡書簡にある「「序之巻」は『置浄瑠璃』の様なものでギコチなく荘重で全篇の意味の解明といふやうな効果を窺つた」という一節を引き合いに出すまでもなく、冒頭部における論理の提示は、そのあとの語り手のバイアスを読者に了解させ、肯定的に読み進めさせるために重要な意味をもっているはずである。「わたし」が家蔵の古い書物をひきだし、それを自らの言葉で語り直す必要を感じたのは、「序の巻」に語られた自らの「現在」がそれを要請しているからである。

「わたし」自身に関する「序の巻」の描写は具体性を欠く。思念のみが進行していく語りはたしかに「ギコチなく荘重」である。「序の巻」は一行アキによって三つの節に分かれているが、その第一節で「わたし」は海の見える高台に立ち、「来し方へのもえるやうな郷愁」を感じる。もともと「なんのゆかりもない土地」が「わたし自身、さうしてわたし以後の血すぢに、なにか深い連関をもたぬものでもあるまい」という「わたし」は、この空間に時間軸を導入し、その「連関」を強調する。この「郷愁」の肯定は、次節において「追憶」に対する肯定に転化し、さらに第三節においては「祖先」の肯定へと結びついてゆく。

この冒頭部の一節をのぞくと、「花ざかりの森」で「郷愁」が語られることは少ない。「その一」に登場する祖母の声を「郷愁的なまでの響き」としている程度だろうか。それはこの概念が、第二節に登場する「追憶」という概念に読者を導くためのイントロダクションだからだろう。そこでこの「追憶」という概念が重要となるわけだが、

第二節では「追憶」を「「現在」のもっとも清純な証」とも言い換えている。ここから、「追憶」は「愛」「献身」といった「現実におくためにはあまりに清純すぎるやうな感情」を呼び寄せる引力を携えていることがわかる。一方、「現在」は清純にほど遠く、汚れているという認識もここには示されている。

カギカッコで強調された「現在」認識は第三節において具体化される。ここで「わたし」は「厳しいものと美しいものとが離ればなれになつてしまつた時代」として「今日」を否定する。「わたし」自身がそのような「時代」に染まっていた時期があったことは、第二節の「ほんの一、二年まへまでの」自分自身として語っている。現代において「きたなく染め上げ」られてしまった「現実におくためにはあまりに清純すぎるやうな感情」を「追憶」の力によって見出すことができれば「真実」は身に付く。「わたし」は「序の巻」でそのことを読者に訴えている。「追憶」の力によってなんとかして「真実」を手にせよ、と。

しかし、なぜ「現代」の人間は「真実」を手にしなければならないと「わたし」は考えるのか。それは、読者の「祖先」との共生を「わたし」が目論んでいるからである。「祖先は、世にもやさしい糧で、やしなはれることを希ってゐる」が、「その姿ははたらきかけるものゝ姿ではない」と「わたし」は述べる。したがって「祖先」との共生を果たすために必要となるのは「祖先」の住みやすい環境を自ら整えて待つことである。つまり、人の心の中にある「真実」こそが「やさしい糧」の内容である。これを携えれば自ずと「祖先」が憑依するはずであると「序の巻」の「わたし」は主張しているのである。

しかしながら、なぜ読者が「祖先」と共生しなければならないのかは「序の巻」には明示されていない。ここでの「わたし」の語りから否定的に浮かび上がるのは、歴史的な背景を欠いた「現代」に対する批判意識であろう。その背景として想定されるのが、本書でこれまで筆者が述べてきた学習院における状況である。「花ざかりの森」では「その二」の冒頭部で「わたし」が「武家と公家の祖先」をもつことが明かされており、呼び寄せられる「祖先」はいずれも高貴な身分に属する。「花ざかりの森」が書かれ、発表を予定されていた場である学習院において、それは決して非現実的な設定ではなく、むしろ当たり前の環境であったといえる。そのコンテクストに寄り添って書かれているために、ここで「祖先」の憑依を求めることは日本浪曼派が主張する古典回帰とも根底において重なるのである。学習院において「祖先」との共生という主張は貴族文化の伝統と同一視される。だから、「序の巻」で「祖先と共生せよ」と改めて主張する必要はない。環境を整えてさえやれば貴族文化と共存できるのは自明であるという特権的な場が想定されているために、「序の巻」は「現代」の迷妄から目覚め「真実」を求めよ、という前段階の主張が主眼となっているのである。それは「わたし」の語りの範疇からはみ出した作者の問題であるが、「武家と公家の祖先」をもつ「わたし」は学習院の学生か卒業生であるとも考えられるだろう。

ところで、なぜ「今日」、「真実」は汚されてしまったのか。「序の巻」では、その点に対する具体性を欠くことによって、かえって読者が各々自らに問いかけねばならない大きな課題として提示されているといってよい。だがそれを納得させるには具体例の提示が必要となるだろう。そのため、「わたし」は「その一」で自らの生い立ちを語る。

「その一」は生い立ちについて語りながら「わたし」が「真実」から疎外された原因を分析している章である。その第一節において、「わたし」は幼年期にみた夢の光景を語る。この夢は「わたし」が「序の巻」で語った、汚されてしまった「美」である。それは機関車を見せに連れて行く存在が「父」であることから理解できるだろう。第二〜三節では、「わたし」の家庭環境が示されているが、そのときの父はすでに祖母と母に敗れて母屋を追い出され、温室の脇のいおりに別居している。敗者である父が第一節で夢の原型を与えていることは、「わたし」における「電車のゆめ」の意味をより美しいものとする。「年旧りた、飛鳥時代の仏像かなにかのやうに望まれ」る父の姿に「わたし」は「わたしの家のおほどかな紋章」を見出すが、第一節の夢がその父によって与えられた光景に基づいて育まれた映像であったことは、「わたし」の夢が「武家と公家の祖先」から継承された「高貴なもの」の一端を示した描写であることの証左だろう。

幼き日に父から与えられ、「わたし」に伝承されるはずであった「高貴なもの」は、祖母の代表する「病気」と母の代表するアメリカナイズされた「虚栄心」によって「きたなく染め上げ」られてしまったのだ。「わたし」の成長過程のある時点において父が祖母と母に敗れたことによって、父から与えられた種子は祖母と母とによって成長を阻まれてしまった。しかし「わたし」は母や祖母の側に立つこともできない。種子はすでに蒔かれてしまったからだ。とすれば、「わたし」は自分の力で「祖先」を呼び寄せなければならない。「序の巻」に語られる場所に来た「わたし」がそれに成功したかどうかについては後述するが、ここでは「わたし」は自らの「血すぢ」とは縁もゆかりもない土地に住んでおり、そこに家族の姿が見えない意味について考えておきたい。ここに作中に語られていない時間における「わたし」の家庭崩壊を読む見解があるが(4)、それ以上に大切なことは、勝敗の決定した「うまれた家」から「わたし」が独立し、「母」の影響を脱したこの場所で、「祖母」と「母」の限界と自らに与えた影響とを冷静に分析することができるようになったということであろう。「祖先」が「受動の姿勢をくづすことがない」以上、「真実」を求めて努力しなければならないのは「わたし」や読者なのである。「序の巻」の冒頭部で「わたし」は杖を引き、「老いづいた心」がほのみえているとされるが、それはまだ「わたし」の胸中に存在する「アメリカナイズされた」「現在」の影響との暗闘のもたらした疲労に基づく姿なのである(5)。

3

次に、「わたし」が呼び寄せようとする「祖先」について考えておく。

この「祖先」について、「序の巻」の末尾に不思議な説明がなされている。

まことに祖先は、世にもやさしい糧で、やしなはれることを希つてゐる。その姿ははたらきかけるものゝ姿ではない。かれらは恒に受動の姿勢をくづすことがない。もののきはまりの、――たとへば夕映えが、夜の侵入を予感するかのやうに、おそれと緊張のさなかに、ひときはきはやかに耀く刹那――、あるがまゝのかたちに自分を留め、一秒でもながく「完全」をたもち、いささかの瑕瑾もうけまいとする、――消極がきはまつた水に似た緊張のうつくしい一瞬であり久遠の時間である。

右の引用の冒頭より第三文までの意味は、前節の検討で説明ができるだろう。現代人が「祖先」と共生する困難は、自ら働きかけることのない「祖先」にも原因がある。「花ざかりの森」の述べる「祖先」が「貴族文化」や「伝統」、「歴史」といったものを擬人化した表現であるならば、率先して学ばなければ継承ができない。したがってここで「祖先」が「受動の姿勢」をとることに不思議はないと言える。しかしそれだけが「祖先」に付された属性であるならば、「その二」以降はいらなくなってしまうだろう。(6) むしろ読解上の困難は第四文にある。「序の巻」で「わたし」は「祖先」について語ってきたが、そこでは「祖先」が受動的であるという以上を語っていない。しかし受動的な「祖先」を「真実」の力で手に入れることは「わたし」にとってどうしても必要なことなのである。では「祖先」の何を「わたし」は必要としているのか。どうやらそれは、引用部末尾に記される、「一瞬」と「久遠」が結びつく超越的な「時間」が関係するようである。「花ざかりの森」の「その二」以降は、「わたし」がその「時間」をどのように求めうるかの問いが主題なのである。本節では、「その二」から「その三（下）」にその点を考察したい。

「その二」から「その三（下）」の登場人物である「熙明《ひろあき》夫人」「女人」「祖母の叔母なる人」の三者に共通する特徴として、前述した超越的な「時間」に関する経験を持っていることについては異論がないだろう。これについて、小埜氏前掲論は〈純粋体験〉と名付けている。本章でも、この語を用いて論述を進めたい。各章ごとに差異があり「わたし」の用いる用語も異なっている一方、時間と空間と認識とが一致する、言語を超えた「体験」であるという意味で、〈純粋体験〉という語はふさわしいと考えるためである。一方、このような微妙な「体験」については、名付けることによって差異が消失してしまうことへの配慮が必要となるだろう。筆者としてはその差異を問題としたい。それは〈純粋体験〉に対する主人公たちの対応にあると筆者は考える。

まず、「その二」から考える。熙明夫人の遺した日記は、祖母の死後に発見される。同時に発見された古い聖書の扉には某上人の筆になる聖句が書き付けてあり、「その発音が、あの古風なびいどろをこすり合はせたやうな、そんな透きとほつたひゞきを持つものゝやうにおもはれてならぬ。」とイメージを付与されている。右の引用の冒頭に「あの」とあるが、「あの」が指し示す対象を「花ざかりの森」から探すならば、それは「その一」第二節にある祖母の声であろう。祖母は「老いたのどからだけ出る、柔和な、たとへばかすれ勝ちの墨の筆跡のやうな、郷愁的なまでの発音」で「わたし」に薬を頼む。結局その声は「病気」によって忌まわしい「うめき」に取って代わってしまうのだが、祖母の死が同時に「わたし」の「病気」からの解放を意味するならば、その死後にこの日記が発見されることは、祖母が本来「わたし」の血すじの正統な継承者であったことを暗示する。それゆえ、祖母は「その三（下）」の話者となりうるのである。小林和子氏は田中美代子氏や光栄堯夫氏の指摘を踏まえて、「花ざかりの森」が「作者における祖母への鎮魂という側面を有している」ことを論証しているが、(7) それは「わたし」の語りの問題としてもこのような箇所によく現れている。

「病気」からの解放は、熙明夫人の体験にも共通する。熙明夫人の夫もやはりカギカッコ付きの「病気」に「見戍」られていた。しかしこの「病気」が「まどろんだ」ある夏の午前、「おもくるしい哀しみふかい介抱」から煕明夫人は解き放たれる。「わたし」が「祖先」と共生する論理を語り出すために祖母の死＝「病気」からの解放が必要だったように、煕明夫人が「おほん母」の姿を見るためにはやはり「病気」からの解放を必要としている。

さて、この日記の記述に「わたし」は「冀《ねが》ひ」を読みとる。その「冀ひ」は煕明夫人に「丈なすつややかな髪をもつた女人」を発見させる。しかし次の瞬間、女人の姿は消える。煕明夫人はその女人の胸に光っていたのが十字架であったことを事後に悟り、深い「感動」に包まれる。この感動について、「感動自身には歓喜もなげきもない。それは生命力のたぐひである。」と「わたし」は述べ、その生命力を煕明夫人は「ありがたくも美しい」と考える。これによって、「序の巻」の末尾に語られた、直線的な時間から超越した〈純粋体験〉が物語の中から見出されることになる。

しかし、この体験を保持することは困難である。日常の時間軸から超越した場所に身を置く以上、必然的にそれは時間の経過によって風化する。すでに「冀ひ」から「感動」へのプロセスが十字架に対する理解の時間を必要としている以上、その再現は不可能に近い。煕明夫人はそのことを悟る。「すべてをみてしまつてもその意味はひとつもその瞬間《たまゆら》にはうけとれぬ。やがて心に醸されたものが、きはめておもむろに「見たもの」のおもてに意味をにじませてくるだらう。だが夫人はおそれる、もしやその意味は真の意味とはもはやかけはなれた縁《えにし》ない意味ではないのか。」と。

その困難を認識したとき、夫人は「祈り」を捧げる。「かの女の生命力はいまかの女自身である」とあり、その「祈り」によって煕明夫人がふたたび「生命力」を手にしたことが分かる。「わたし」が語る三人の登場人物たちはみなこのような〈純粋体験〉を体験しているが、ふたたび能動的にそれを体験するにいたったと明示されている主人公は煕明夫人しかいないのである。

これを「わたし」は次のようにまとめている。夫人がみたものは、夫人の中に存在する「憧れ」の開花であった。「花咲くことはいのちの誕生」と述べるときの「いのち」とは、さきほどの「生命力」と同義であろう。憧れが開花し、生命力に直に触れるという体験の神秘をもたらしたのは祖先がまいた「憧れのたね」である、という言葉によって、「わたし」は「その二」の原テクストに登場しないはずの「祖先」を強引に導入し、「序の巻」で語った論理に結びつける。しかしこのロジックにはいささかの癖が感じられる。なぜなら、他の主人公たちと比較した際の熙明夫人の特徴は、右に記した、受動的に得た「生命力」をふたたび今度は能動的に得るという二重のプロセスにあると考えられるからである。しかし「わたし」はこの体験の半年後に訪れた熙明夫人の死に「その危機はかへつて熙明夫人のそれであつたかもしれない。」「生命力がまれに冒すこの危険のために、それから半年ほどしてかの女は神の安息《やすらぎ》に帰つて行つた」と付け加えている。「わたし」にとって、「生命力」を得ることは死をもたらすものであってはいけないという判断がここにはある。そのために、「わたし」は熙明夫人の体験の後半のプロセスを重視しないのではないか。「生命力」の確認に対して「わたし」の選択肢に「死」がないということがわかる。

もうひとつ「わたし」に原テクストに対する拡大解釈があるとすれば、熙明夫人自身に「祖先」を意識していた形跡が明瞭でない点である。たとえば「その三（下）」ならば、祖先の仏間を写真の撮影場所に選んでいる点に「祖先」に対する「祖母の叔母なる人」の意識を読みとることができるが、ここでの「祖先」は熙明夫人の行動ではなく「わたし」の意識によって結びつけられている。自らが祖先と結びつくことを求めるあまり、「わたし」は当の祖先の一人に対しても「祖先」の影響を強調してしまっているように感じられる。

そのような点をふまえつつ、「その二」において「わたし」が確認し、読者に語る内容をまとめると次のようになるだろう。熙明夫人には受動的になにかを受け入れる〈純粋体験〉が存在した。それによって熙明夫人は「生命力」を得た。しかし、それを能動的にもう一度呼び起こすことは極めて稀なことであり、肉体にとって「危険」な行為なのである。

4

「その三（上）」「その三（下）」の考察に移る。「その三」の主人公ふたりのストーリーにも「その二」の熙明夫人の「祈り」に相当する後半のプロセスは存在するが、それがふたたび〈純粋体験〉を手にすることはない。その分、一瞬にして失われた〈純粋体験〉を求める「憧れ」の感情が徐々に明瞭になり、それはほとんど〈純粋体験〉を見まがうばかりに成長している。熙明夫人との差異はそのような反比例の構図として考えられるだろう。このふたつのストーリーを「その三」「その四」とはせずに（上）（下）という下位分類で区別する理由は、前述したプロセスの後半部分における「生命力」再獲得の失敗と、引き替えの余生における「憧れ」の情の存在というプロットの類似による。また、（上）（下）の関係も時系列ではなく、「生命力」と「憧れ」との反比例の程度と考えられる。

「その三（上）」を検討しよう。海のすがたを胸にうつすことによって女人もやはり「いままでは能動であり、これからも能動であらうとするものゝ、陥没的な受動」という〈純粋体験〉をしている。その瞬間の「清純な放心」について、「いはゞ『母』の胸ににたすがたであらうか。」と「わたし」は語る。この『母』は熙明夫人のみた「おほん母」と重なる語である。「わたし」は物語に介入し、二重カギカッコによって女人の体験を熙明夫人の体験に結びつけてみせる。「その二」において「おほん母のお胸」に光っていたのは十字架であった。「その三（上）」で女人のみた「海」は熙明夫人のみた聖母に結びつけれ、同一視されている。女人の体験の意味もやはり「その二」にいう「生命力」、そして「序の巻」末尾の「消極がきはまつた水に似た緊張のうつくしい一瞬であり久遠の時間」と重ね合わされている。

一方、女人には煕明夫人のような「祈り」によって〈純粋体験〉を再現するプロセスは描かれていない。そのかわり、女人は剃髪し、別の場所で祈りを捧げる存在となる。女人自身の認識は『［中略］男に感じた畏怖《おそれ》と信頼《たより》は、いまにしてみれば前もつて男そのものにわたつみを念うてゐたのかもしれぬ。男のけしき男のしぐさの一つびとつに、海のすがたを睹てゐたのかもしれぬ』というに留まっている。これが尼僧によって書かれた「物語」であることを思えば、そこに宗教的な帰依の感情があることは明瞭であろう。「わたし」はそれを「女はおそれの対象である海になべての信頼《たより》をささげ、その袖にいつしんに縋つてゐた」と解釈する。しかし、「物語」は右の引用で終わっているのだから、女人がこの祈りによって悟りを開いたとは考えにくい。煕明夫人とまったく同じ体験を女人はしていない。むしろ尼僧となり看経に没頭する身となったことは、〈純粋体験〉の再現を求めて、それが果たせずにいる状態の中でこの「物語」を記したと考えられる。それは、「花ざかりの森」執筆に際して平岡が影響を受けたとされる清水文雄の『更級日記』理解とも通底する。(8)

ここにおいて、煕明夫人と女人の差異は明瞭になるだろう。女人の場合、煕明夫人の後半のプロセスを果たし得なかった代わりに、それを再現しようとする帰依の念を強くする。その分、女人の生命自体は維持され、「祈り」という行為を通じて宗教的な境地にまでは達することとなる。

そのことは、「わたし」にとっては重要事だったのではないだろうか。煕明夫人の場合と異なり、「女人」の物語に対する「わたし」の語りはその体験に至るまでの予感に比重が移っている。その予感とは「海」に対する「畏怖《おそれ》と信頼《たより》」である。この「畏怖と信頼」は、女人の描いた物語の一節を口語訳したものであることを、和語のルビと二重カギの引用符とによって強調しており、煕明夫人の場合のように「わたし」の解釈ではない。しかしこの引用で示されているのはあくまで女人の「海」に対する「畏怖《おそれ》と信頼《たより》」であり、「憧れ」云々という定義は、「海への怖れは憧れの変形ではあるまいか」という「わたし」の「ささやかな解釈」の部分なのである。カギカッコや二重カギカッコを駆使して「怖れ」＝「憧れ」という定義を付与する存在が「わたし」であることを、「わたし」の語りは隠さない。

「わたし」の解釈部分に語られる「憧れ」は「生命力がまれに冒す」死の「危険」から逃れつつ、次善の策として宗教的な境地にたどり着くために「わたし」が考案した装置ではないだろうか。「その一」に語られる幼い日の「わたし」は祖母を看病した経験から、「「死」に近しい「病気」」と「「死」と近しくない「病気」」とを見分ける能力をもっていた。そして「わたし」が「病気」に脅えていたことも語られている。そのような経験を語る「わたし」はこのふたつのテクストの差異にも自覚的であっただろう。「わたし」は〈純粋体験〉を得たいと願っているが、煕明夫人のような死は望んでいないのではないか。困難かつ死の危険さえある〈純粋体験〉の再創造ではなく、〈純粋体験〉に「憧れ」をいだき、帰依する姿勢自体に「わたし」は価値を求めようとしているのである。万人が悟りを開くことを宗教が必ずしも目標としないように、祈りの姿勢に意義を見出そうとするのは次善の策として価値がある。そこに、神ではなく海をみるという「その二」との差異の理由も求められる。「海」は「その二」で語られた「おほん母」の、もうすこし現世的かつ安全な代償物なのである。作者のレベルで言えば、それは「苧菟《おっとお》と瑪耶《まや》」末尾の苧菟の姿勢に近いといえるだろう。(9)

「その三（下）」に移る。前述したように、「祖母の叔母なる人」である夫人のエピソード群が示す〈純粋体験〉への姿勢は煕明夫人のような危険とは無縁であり、「その三（上）」の女人に近い。女人との差異は、女人が「物語」を閉じたその先を描いている点である。この逸脱ゆえに、基本的に書き手の時間における未来を記しえない「日記」や「物語」ではなく、一瞬の時間を切り取る写真を道具立てに祖母が語った記憶を「わたし」が直接語る形式を「その三（下）」は取っているのであろう。

まず、この夫人の「没我」と「あこがれ」との関係について確認しよう。一行アキで確認できる第二節の冒頭において、「わたし」は「いはけない日」に夫人が海を垣間見、それによって「あこがれ」が発酵したと述べる。この「海」への「あこがれ」は少女から女性へと変貌を遂げる「くちなはの更衣」とたとえられるプロセスを経て、南方に対する「もつとあらはな、躍動したあこがれ」に変貌した。[10] この成長プロセスが「その三（上）」の女人と異なるのは、「かうして徐々に、かの女はおのがあこがれをつよめることによつて、かの女みづからをつよめていつた。」とあるように、実際に海を目にすることなく明瞭に「あこがれ」を強め、それを「くちなはの更衣」以後の行動原理として身に付けている点である。

そして、その「あこがれ」の力によって、夫人は「没我」のときを自在にすごすようになる。「かの女はあこがれに没入した。まことにそれは没我の毅さであつたかもしれぬ。そして没我はどのやうなばあひでも、恒に他をしりぞけ、いひかへればあらゆる「他」のなかに存在する「我」を抹消して、おしすすまずにはゐないものだ。我を没し去るとき、そこには又、あの妖しくもたけだけしいいのちが、却つてはげしくわきでてくるのである。」と「わたし」は述べる。

この「没我」は、「その二」における煕明夫人の〈純粋体験〉とよく似ているが、まったく同じではない。なぜなら、それは煕明夫人の示すプロセスの後半部分に対応するものの、実際には一度も手にしていないものに対する「あこがれ」を梃子にしているためである。それはまた「その三（上）」における女人の宗教的帰依の求めたものを、天真爛漫ゆえにあっけなく獲得している姿と考えるべきであろう。

しかも、その天真爛漫さは自らの命をではなく他者の命を奪う。それも煕明夫人と異なる点であろう。夫人の最初の夫は妻との戦いに敗れる点において「わたし」の父に似た印象を受けるが、逆の要素もある。それは、かつて自らの「場所」であった仏間から出てしまった点である。仏間は端的に祖先との「血すぢ」を象徴する。それは、「その一」における「わたし」の父よりはむしろ母に近い。しかし、母と違ってこの夫が敗者であることは、「その三（下）」の明治時代と「その一」の「今日」との時代差として考えられるだろう。そのつながりを自ら断ち切ってしまったことによって、夫は「次第に衰えた」。そのうえ、心変わりした夫を部屋は「こばみ」、彼は孤立している。しかしそれは同時に部屋の――ということは彼の血すじの――孤立でもあり、その反目によって両者はかろうじて結びつき、生きながらえていると「わたし」は語っている。ならば、ここで夫人がその「瑰美な絶対のいのち」によってその部屋を打ち負かしてしまえば、夫は完全にその寄る辺を失う。そして夫はみまかった。ここにおいて、夫人の天真爛漫な〈純粋体験〉は他者の命を奪う力と化してしまったことがわかる。だから、その獲得は「くちなは」＝蛇にたとえられるのだろう。彼女の「あこがれ」は、ついに夫の命を飲み込んでしまったのだ。

「その三（下）」第三節の冒頭で、夫の弔いに際しての夫人の姿が描かれているが、ここで声を上げて哭く夫人の内面描写を「わたし」は省いている。ここにどのような変化が生じたのかは読者の推理に委ねられるわけだが、次の結婚が「喪あけてまもなく」の時期であったこと、そこであらたな夫に「あこがれの種子」があり、「あこがれの熾をかきたてること」が夫人にとって重要事であったことから、最初の夫の死によって夫人が一度「あこがれ」とそれによってもたらされる「没我」を手放したことがわかる。言うまでもなくそれは「あこがれ」による擬似的な〈純粋体験〉の濫用が人の命を奪うものであることを知ったためである。しかし夫人はこれまで「あこがれ」にしたがって生きてきた。「あこがれ」は「かの女みづから」であり、それを失ったとき、夫人の生は無意味となりかねない。そこで、新しい夫とともに南方に赴き、若き日の「あこがれ」を自ら焚きつけようとするのである。新しい夫の生まれが卑しいことも、前夫のような孤立と無縁であるという意味において危険から遠いといえる。ここにおいて、夫人における〈純粋体験〉への希求は、その入口である「あこがれ」自体を呼び寄せることに転化してしまっているのである。

その試みが徒労に終わったことは、次の第四節で「わたし」が語ったとおりだ。夫人は、おおがかりな方法をとったにもかかわらず、熙明夫人とは異なり、再創造に失敗したのだ。夫人における〈純粋体験〉が「あこがれ」を梃子にした、熙明夫人における再創造に近いものであった以上、それは必然であろう。

では、夫人のその後の半生はまったくの無為のうちに終わったのかといえば、そうではない。「その三（下）」第七節に「山荘を訪ふひとに、おもい出ともぐちともつかず、わかいころの海への熾んなあこがれを、ものがたることもないではなかつた。」とあるように、夫人は自ら物語の語り部としての役割を担っている。だから姪である「わたし」の祖母を介して「わたし」にまで夫人の生涯は伝わっているのである。実際、第八節には「どうか例の海のおはなしをなさつていただけませんか。」という客人が登場している。夫人の「あこがれ」の体験はひそかに伝えられ、一部の人々の畏敬の対象になっていたと判断できるだろう。しばしば『豊饒の海』の末尾と比較される末尾の箇所であるが、ここはむしろ、ここに描かれる夫人の姿と、客人が感じる「なぜともしれぬいらだたしい不安」について考えておくべきであろう。高台にたち、海を見つめる老婦人の毅然とした姿は、どこかシャーマンめいている。それは、右に述べたように、「あこがれ」が夫人に〈純粋体験〉をもたらすと同時に使い方を誤れば他者を死に導きかねない両義的な存在として「その三（下）」に形象化されているためである。客人が「なぜともしれぬいらだたしい不安」を覚え、「「死」にとなりあはせのやうに」感じるのは故ないことではない。〈純粋体験〉は、ときに自らや他者に生命の危険をもたらしかねない。身をもってそのことを経験した夫人であるからこそ、そのせめぎ合いの中で「独楽の澄むような静謐」の境地にたどり着くのである。生と死いずれに転んでも不思議のない、緊張の時がここには出現している。

5

さて、ここでもう一度「わたし」について、そして「花ざかりの森」の内発性と社会性との接点について考えたい。

先程も述べたように、他の二人と異なって、この「祖母の叔母なる」夫人は自らの物語を遺さない。その部分を受け持っているのは祖母から聞いたという話を元にした、「わたし」自身の語りである。「その三（下）」に「わたし」の解釈箇所は明示されない。それは、夫人についての語りの中に、「わたし」の解釈は溶け込んで一体化しているからである。ここに、「わたし」の「現在」を考察することができるように思われる。つまり、「わたし」は物語を再構成し、また自ら語る過程の中に、自らが置かれた「その一」に書かれたような状況を脱する機縁を摑んだのではないか、ということである。

「その一」に記したような環境を飛び出し、「序の巻」で杖を引きつつ高台に立つまでに「わたし」の身にどのようなことが起こったのか。(11)

まず、「わたし」に「その二」以降の主人公たちのような〈純粋体験〉が起こったのかどうか、明瞭ではない。「序の巻」の末尾で「真実」の力によって「祖先」と同居することによって、「祖先」たちが「受動の姿勢」によってしめしている「刹那」を得ようと訴えていることを考えると、その瞬間はまだ「わたし」自身にも訪れていないと考えるべきであろう。だからこそ、「わたし」は自らの「血すぢ」のなかにその証しを求めて、古い家蔵の書物に手を伸ばすのである。

一方、熙明夫人が自らの行為によって呼び寄せた二度目の〈純粋体験〉は「その三」に至ると後退し、「海」という憧れの対象物を得ることによってより安全な〈純粋体験〉に後退する。「憧れ」に関する語りで〈純粋体験〉を統御することによって、今度はその「憧れ」によって彼女たちを自身の内部に引き入れ、それによって「生命力」を得ようと言う、幾重にも手間のかかるプロセスを「わたし」はここで編み出しているのだといえる。それは、死の危険から遠ざかりつつ生命力を獲得しようとする「わたし」の安全弁であったといえるかもしれない。

「わたし」は自らの祖先について語ってきた。それは、祖先と自身とのつながりを確認する行為であることはいうまでもないが、それ以上に、このように自らの解釈を挟むことによって〈純粋体験〉を自らの物語とし、手中に収めようとする行為であったと考えられる。そして、このような「祖先」たちの様態を「解釈」によって自家薬籠中のものとしえたと感じたとき、「わたし」は間接的に〈純粋体験〉を身に付けたということができるだろう。「序の巻」に語られる「祖先」とはまさしく「その二」以降の主人公たちであり、「受動の姿勢」を示すテクスト内部の彼女たちに「解釈」によって働きかけたとき、「わたし」は「真実」をつかみ取り、「祖先」との共生を果たしうるのである。このような迂路を経て、「わたし」は〈純粋体験〉を内包する話者となった——あるいはなろうとしている——と考えられるだろう。

「花ざかりの森」一編を通して「わたし」が自らの解釈にしたがってテクストを語り直すことは、「あこがれ」すら持ち得ない「現在」の地平から幾重にも折り重なった障碍を取り除き、「祖先」との共生によって〈純粋体験〉の高みを身に付け、生命力の獲得に至ろうとする、困難な生の営みそのものなのである。

この生命力の希求というモチーフは、本書第I部第二章に論述した「酸模」を執筆して以来の平岡公威のモチーフに重なる。それは第I部第四章に論述した未発表小説群とも符合し、また第III部第一章で考察する「苧菟と瑪耶」にも通じている。「生きる力」から疎外された少年を描いた「酸模」からはじまり、角を矯める存在としての〈貴族階級〉の問題を追求した未発表小説群を経て、その〈貴族階級〉の母胎である「祖先」との共生によって生命力を手中にしようとするよう、モチーフは継続し、深化している。

そしてもう一点の大切なことは、この小説が「貴族の精神」が求められた学習院において成立した点であろう。「鼻と一族」の坊城が祖先の導く自負を「内なる力」と呼んだことや、第三章で紹介した児島喜久雄や学習院学生たちの追求した「貴族の精神」が、いま述べた平岡のモチーフであった生命力の希求と結びつき、「花ざかりの森」の試みにつながったことをここで指摘したい。私見によれば、「花ざかりの森」における学習院関連メディアからの具体的影響の痕跡は「その三（下）」に集中する。たとえば、その主人公である「祖母の叔母なる」夫人の、ことに再婚以降の展開は柳原白蓮のエピソードを彷彿とさせるが、白蓮は坊城俊民の大叔母で、本書第II部で取り上げた「鼻と一族」に登場する。「その三（下）」に登場する「勤王派の兄」はやはり坊城の『詩と笑話』（昭和一二・一二『学習院輔仁会雑誌』一六〇号）に所収された短編「尾花沢」にみる彼の祖先・入江為積のエピソードと重なる。(12)また、再婚後の夫人の形容として「陶器の国の女王」とというカギカッコ付きの語が見える。これがベックリンの絵画を示すことはいうまでもないが、坊城の弟である坊城俊孝「炎」（昭和一四・一二『学習院輔仁会雑誌』一六四号）の間接的受容とも考えられる。なにより、本書第II部第二章で論じたように、女性の写真という、語り手を祖先へと導くテクストが「鼻と一族」に共通する。それは、かろうじて残る理想的近代のひな形を、平岡が坊城から摂取したことの証とはいえないだろうか。「跋に代へて」（『花ざかりの森』昭和一九・一〇　七丈書院）の記述「過去の作品をよみかへしてゐると、鮮やかに面影に立つ」友人の筆頭に坊城の名が掲げられているのは故なきことではない。

平岡公威の内発的なモチーフは、学習院において育まれた思想の受容によって徐々に社会性を獲得し、「花ざかりの森」として結実した。「花ざかりの森」は『学習院輔仁会雑誌』に掲載こそされなかったものの、やはり学習院において『文芸文化』と接点を持つに至り、より広範な読者層へと誘われていったのである。

注

（1）久保田裕子氏は「「花ざかりの森」論――虚構としての〈日本〉」（『三島由紀夫論集2　三島由紀夫の表現』平成一三・三　勉誠出版）で「「花ざかりの森」について、これまでの研究史では、主に「文芸文化」との関係や、「憧れ」や「海」といった言葉が表す意味について論じられてきた。近年では、古典との影響関係や作品の構造などについての考察がある。」とする。
（2）「「花ざかりの森」の構造――方法としてのアナロジー」（平成七・五『日本近代文学』）
（3）「三島由紀夫『花ざかりの森』論――物語の読者」（平成一九・七『国語と国文学』）
（4）注2に同じ。
（5）この「わたし」に近い姿が「鳥瞰図」に見える。この点については第Ⅰ部第四章で論じた。
（6）それを利用したのが『赤絵』第一号（昭和一七・七）における「花ざかりの森の序とその一」である。この点については、本書第Ⅲ部第二章で考察する。
（7）小林和子「三島由紀夫「花ざかりの森」」（昭和五九・七『稿本近代文学』）、田中美代子『鑑賞日本現代文学23　三島由紀夫』（昭和五五・一一　角川書店）、光栄堯夫『三島由紀夫論』（昭和五〇・一　五月書房）。
（8）この点は有元伸子「『花ざかりの森』論――女性の「み祖」の物語」（平成四・九『国文学　解釈と鑑賞』）に詳しい。
（9）この点については本書第Ⅲ部第一章で詳述する。
（10）この点に関しては久保田氏前掲論に詳しい。
（11）梶尾氏前掲論は「序の巻」の「高台」と「その三（下）」の「高台」が同一箇所であると指摘する。筆者も同様に考えている。
（12）入江為積は実在する幕末の公卿で、「尾花沢」には次のようにある。

天保十二年八月二十日妻を失つた御子左為積は同じ年の十二月十五日京都を出てから全く消息を絶つてしまつた。勤王家として知られてゐた父為善はその日を息子の命日と定め翌年正月二十五日位記返上に及んでゐる。為積は年二十二才正四位下出羽権介であつた。人々は失恋のために家出して九州へ落ちたと噂したが父からひそかな命令をうけた為積はいくさを起すため秋田へ下ることになり暫く越後の高田にある実母のさとへ身をかくしてゐた。一方為善は弘化元年十一月十九日死去した。これを聞いた為積は都へのぼると父へたむけの歌二首をのこし再び北国へ下つた。途中道を誤つて尾花沢にひきとめられ念通寺住職花邑法慧のあたへた家に冬を越した。尾花沢は日本屈指の雪の深いところである。しかしふとした風邪がもとで雪も溶けたのに為積はふたゝび立つことができなかつた。臨終の枕もとに信頼してゐる花邑法慧を一人呼び寄せ誰にも語らず誰にも知られなかつた志を述べた。秋田に成願寺といふ寺がある、その住職菊池某のところへ行きたいのだがと言ひのこして息が絶えた。時に年二十七弘化三年五月二十四日のことであつた。——が俊彦の為積に心をひかれるのは単にこの物語のためばかりではない。御子左為積は笛の名手、一たび吹けば天井から露が落ちた。

右にある通り、尾花沢市の念通寺に為積の墓所がある。

III

戦時下学習院のメディアと作品

III

[illegible]のメディア[illegible]

第一章　「苧菟《おっとお》と瑪耶《まや》」論——その達成と『赤絵』第一号

1

昭和十七年七月、三島由紀夫は小説「苧菟と瑪耶」を発表した。平岡公威が三島由紀夫の名前で発表した小説の第二作である。掲載誌の『赤絵』第一号（昭和一七・七）は学習院の先輩である東文彦・徳川義恭とはじめた同人誌で、編集人兼発行人は最年長の東。志賀直哉や『白樺』を意識しての誌名だったことが、後年の回想にうかがわれる。[1]昭和十八年十月八日、結核の悪化により二十四歳で急逝した東への追悼文「東健兄を哭す」（健《たかし》は東の本名。昭和一八・一二『学習院輔仁会雑誌』一六九号）で、平岡公威は二人の交友を「昭和十五年の冬」にはじまったとする。東が「彩絵硝子《だみえがらす》」（昭和一五・一一『学習院輔仁会雑誌』一六六号）の読後感などを記した書簡を平岡に出したことがきっかけであった。

かつてこの二人の書簡は、平岡公威宛東書簡四通を東の『遺稿集　浅間』（昭和一九・七　私家版）に、東宛平岡書簡十三通を宇川宏「「花ざかりの森」時代の三島由紀夫——十代書簡による」（昭和六三・七『新潮』）にみるのみであり、宇川氏の紹介も部分的な引用であった。だが、『三島由紀夫十代書簡集』（平成一一・一一　新潮社）が刊行されるにおよんで、一挙にその内容が公開された。『決定版三島由紀夫全集』第三十八巻（平成一六・三　新潮社）に収録された東宛書簡は、宇川氏が紹介した十三通を含む七十八通、東の母親である菊枝氏宛が二通である。また、平成十九年になって「新発掘　三島由紀夫十代書簡集」(平成一九・一『新潮』)として十二通が公開された。これによって、東宛平岡公威書簡は百通近く紹介されたことになる。(2)

このように東宛書簡が数多く、また文面が長く丁寧な叙述であるのは、東の病気の性質が大きな要因である。喉頭結核のため、東は学習院を長期に渡って休学し、伝染性と安静の必要から人との面会を避けていた。平岡と直接面会したことも数回程度と伝えられている。電話の可能性を除けば、そのコミュニケーションのほとんどを書簡というメディアに負うことになる。そのため、書簡の記述は詳細なものとなっているのである。

また、東には前述の『遺稿集　浅間』のほか『東文彦作品集』(昭和四六・三　講談社、平成一九・四　講談社文芸文庫)が刊行されている。『東文彦全集』全三巻(平成一八・一二〜一九・一　太陽書房)も先ごろ刊行された。これらには平岡宛東書簡八通が紹介されている。

しかし、右のように資料に恵まれつつある今日においても、三島研究における『赤絵』や東文彦との関係の解明は進展していない。その原因は次の三点にあると筆者は考える。まず、『赤絵』掲載の三島作品に対する読解が進んでいないこと。ことに、第一号(昭和一七・七)に発表された小説「苧菟と瑪耶」が難解な作風であることは大きな障壁となっている。第二に、『赤絵』(第一号　昭和一七・七、第二号　昭和一八・六)の雑誌としてのコンセプトやメッセージ性の解明がなされていないこと。それは、少部数発行の同人誌である『赤絵』を実際に手にとる機会に恵まれた研究者がほとんどいないことによる。そしてなにより、後年の三島が「苧菟と瑪耶」や『赤絵』に対して冷淡であったことが研究の進展を阻んでいる。初期三島研究は「花ざかりの森」を中心とした『文芸文化』掲載作品を重視する傾向にあるが、それは『文芸文化』に復刻版があって比較的容易に手にすることができるからというよりは、後年の三島が作りだした初期「三島由紀夫」イメージが日本浪曼派寄りであったためであろう。また、三島は『東文彦作品集』に「序」を寄せているが、三島事件直後の喧噪の中で、無名時代に交友のあった無名作家の作品集ではダイイング・メッセージとして機能するには訴求力に乏しい。そのため、あまり顧みられることがなかったのではないか。

このような状況を踏まえ、本章ではまず「苧菟と瑪耶」を読み解くことを目標とする。読解の試みが放棄されてきた小説を読み解くことは、「花ざかりの森」を中心とした初期「三島由紀夫」イメージの相対化に通じるはずである。その読解を基に、次章では『赤絵』というメディアのもつメッセージ性を考察したい。

ひとまず、『赤絵』創刊までの経緯を前述の書簡群を基に述べておく。『赤絵』の構想は、昭和十六年二月十九日に東と平岡が面会した際に交わされた話題であったらしく、昭和十六年二月二十一日付平岡宛東書簡に「発表機関がないことは（〃今から発表しなくたつて〃と云はれればそれまでだけれど）やつぱり張りあひがないことには違ひない。［中略］僕たちだけの同人雑誌のやうなものが出来れば尚いいのだけれど、それを世間が許してくれるまでには大変だらう。」とある。東にはすでに坊城俊民との共著『幼い詩人・夜宴』（昭和一五・一　小山書店）があったが、この時点の二人には、昭和十六年より年間一回に発行回数の減少することになった『学習院輔仁会雑誌』よりほかに「発表機関」はなかった。創作意欲の旺盛な二人の間にかわされた話題としては自然といえる。その後、東は『三田文学』（昭和一七・三）に小説「章子」を、平岡は『文芸文化』（昭和一六・九〜一二）に「花ざかりの森」を発表する幸運に恵まれ、『学習院輔仁会雑誌』一六七号（昭和一六・一二）でも平岡が「抒情詩抄」を、東が小説「爬虫」をそれぞれ発表した。『赤絵』の創刊が翌年の七月まで持ち越されたのはそのためであろう。満を持しての創刊といえる。

次に、「苧菟と瑪耶」の執筆過程を考察したい。『赤絵』の「苧菟と瑪耶」には末尾に追い込みで「（十七・一・一三）」と日付が付されている。(3) これによって「苧菟と瑪耶」の完成年月日がわかる。先述の宇川氏が紹介する昭和十七年一月十日の東宛書簡には「もう半分といふ処」と書かれているが、エピグラムは現行の「雅歌」（『旧約聖書』）ではなく、アナクレオンの「故我恋而不知恋、迷而猶不識迷矣」という断片であったという。このあと三日ほどで残り半分を書き上げたことになる。一月二十一日東宛書簡では、結末の場面が「十枚ぐらゐにもなりさうなところを半枚で切り上げて了」ったとあり、昭和十六年「八月二十五日にとりかゝり、その間四度の試験にさへぎられ、七転八倒」（昭和一七・二・一六　東宛書簡）の末、翌年二月になって東に読ませたという「祈りの日記」（昭和一八・六『赤絵』二号）と比べ、充実ぶりがうかがわれる。

その出来映えについても、昭和十七年二月十六日付書簡で「祈りの日記」が「筆が疲れてゐる」のに対して、「苧菟と瑪耶」では「疲労回復いたした心積」であると平岡は自信をみせている。昭和十七年一月三十一日付書簡では「短篇「苧菟と瑪耶」は清水文雄先生に見てもらつてゐます」、二月十六日付東宛書簡には「三月号にのるかのらぬかわかりませんので、今のところお見せできぬ」とあり、その自信は『文芸文化』への投稿を決意させたらしい。

しかし同年三月五日付清水文雄宛書簡では「此度東さん達と百部程印刷いたし非売の同人雑誌をはじめようといふ計画がおきましたので、それに載せます為、先日もお話申上ました「苧菟と瑪耶」及び、最近の詩のノオト、もし御読了でございましたら、御高評おうかゞひ旁〻、春休にはひりましてから、頂戴にあがりたう存じます」とある。平岡としては『文芸文化』投稿の意欲があったものの、受け取った清水にその意欲が伝わっていなかったのか、あるいは何らかの判断によって却下されたのか。その点は不明だが、結局『文芸文化』に「苧菟と瑪耶」は掲載されなかった。

そこで平岡は東に「苧菟と瑪耶」を読ませ、批評を受けたうえで、三月十五日付書簡で「こんど雑誌にのせますにつけて」部分的に改稿する旨を伝えている。そのうえで「花ざかりの森の序とその一」とともに東に郵送すると述べているので、この「雑誌」は準備段階にあった『赤絵』とみてよい。誌面の「(十七・一・一三)」の日付は、初出形ではなく、清水に見せた原稿を書き上げた日付であろう。「苧菟と瑪耶」は、東との交友のなかから『赤絵』とともに生まれた自信作だったということができる。初の作品集『花ざかりの森』(昭和一九・一〇　七丈書院)にも所収しており、当時の作者にとって「苧菟と瑪耶」の達成が担う意義は少なくなかったと思われる。

2

だが、これまで「苧菟と瑪耶」は無理解にさらされてきた。先程述べたように、「苧菟と瑪耶」の原稿は清水文雄に渡されているが、『文芸文化』に掲載されていないという事実は、清水に理解されなかったか、あるいは他の『文芸文化』同人や読者に理解されないと清水が判断したことを物語っている。また、現在に至る三島研究においても、作品を専一に扱った論は、河先真氏「三島由紀夫論――「苧菟と瑪耶」覚書」(昭和四八・一一～一二『探求』)小埜裕二氏「「苧菟と瑪耶」論――〈美的迷宮〉〈死の錬金術〉について」(平成三・一一『稿本近代文学』)二編を数えるにとどまっている。

河先氏は「小説全体を支配しているのは静謐感と不在感のイメージ」で、「ここに三島由紀夫の創作意図が明白に表われている」とする。同様に、坊城俊民氏も『三島由紀夫事典』(長谷川泉・武田勝彦編　昭和五一・一　明治書院)「苧菟と瑪耶」の項で「この梗概を語ることは、至難かつ無意味」と述べている。これらはいわば読解放棄の姿勢であり、「ドルジェル伯の舞踏会」「死の勝利」(河先氏)や、リラダン「ヴエラ」(坊城氏)といった影響の指摘も、当時の三島の趣味・嗜好の確認以上のものではない。作品を細部にわたって検討し、その構成・主題にまで考察を進めた論は、小埜氏の一編にすぎない。氏は、エピグラムに掲げられた「雅歌」の構成・主題が「苧菟と瑪耶」に生かされている点を指摘、「麗々しいばかりの美の内側に」「卑俗なモチーフと堅固な構造がひそんでいる」ことを論じているが、そのモチーフや構造のとらえ方は、筆者とはやや隔たりがある。また、いずれの論も『赤絵』との関係はほとんど考察していない。作家論や評論において「苧菟と瑪耶」が取り上げられたこともあるが、作品に描かれた「死」のイメージを追う程度の読解しか示されていない場合がほとんどである。それらは、作品における固有の意味として「死」を論じておらず、三島由紀夫の死と安易に結びつけている点において、「三島由紀夫」伝説の再生産と同義であるように思われる。

とはいえ、「苧菟と瑪耶」が読みづらい作品であることはたしかである。それは、指示語の対象がはっきりしないなど、わかりづらい表現が多いこと、ひとりよがりな定義に基づく観念が点在していることなどによる。だが、そうした部分を解いてみれば、作品の構造そのものは比較的単純である。

『赤絵』における「苧菟と瑪耶」のテクストは他のテクストとはやや異なっている。本文はほとんど同じだが、短編集『花ざかりの森』以降のテクストでは「**」マークで全体を七章に区切られ、さらに一〜三行アキで節に区切られている。だが、『赤絵』では「★」で区切られ、行アキも一箇所をのぞき一行アキのみである。本論文では便宜上、これを（章・節）で明示する。この区切りに関して、三行アキを章の区切りとする説（小埜論）もあるが、読解の結果および『赤絵』誌面の行アキの検討により右のように判断した。この行アキについても『赤絵』のテクストとの間には異同があるが、説明上の煩をさけるため、ここでは『決定版三島由紀夫全集』第一五巻（平成一四・二 新潮社）に従って論じる。なお本文は『赤絵』にしたがうこととする。

小埜氏による梗概を掲げ、これを右の（章・節）の区切りと対応させておく。

苧菟は瑪耶に恋をした（1・1）。だが苧菟は瑪耶が目の前にいてもその存在が信じられず、かえって瑪耶の

〈不在〉に彼女の存在を感じる（1・3）。彼女の〈不在〉は彼に〈よろこび〉を与えたが、海へ行った二人が船火事を見たとき、自分達が〈不吉な絵〉のなかに置かれているのを感じた（2・3〜2・4）。ひとり都へ還った苧菟は、瑪耶の死を知る（3・1〜3・2）。だが瑪耶の死という〈不在〉は彼をよろこばせなかった。苧菟は町をさまよい、祭壇の前で祈る瑪耶の姿を見る（3・3〜3・4）。ひとたび出会った魂が、もう一度遥かな場所で出会うための新しい日々が始まった（4・1）。苧菟は瑪耶の部屋を訪れ、瑪耶に手紙を書く（4・2）。狩りに出た苧菟は夕日の中に瑪耶を見、彼女は今なお生きていると思う（5・1〜5・2）。苧菟はやがて〈なんのたすけもかりずに自分のなかに瑪耶を完成させるすべを会得〉する（7）。

（『三島由紀夫事典』平成一二・一一　勉誠出版による。（　）内は筆者）

（1・1）〜（1・2）では、二つの次元から見た、苧菟と瑪耶ふたりの恋の発端のありようが描きわけられている。「苧菟は瑪耶を見た。その日から、彼は瑪耶に恋した。」という冒頭の一節が示すように、（1・1）で苧菟は瑪耶を見、恋をする。それは現実世界での恋の発端である。

一方、（1・2）では、「だれもとほらないひそやかな往還」が「中世の聖人たちの絵」のイメージで描かれる。そこは現実世界から「魂の波うちよせるおほうみ」を隔てた彼方にあり、「だれもとほらない」と形容されるように、生身の人間は存在しない。ここは二つの「運命」の出会う、運命の世界である。その出会いも、（1・1）と対照的に「お互ひに相手をみいだすよりもいちはやくそれを聴いた」というものである。苧菟・瑪耶ふたりの運命がここでめぐりあっていたことは、ふたりの恋がおたがいの運命に根ざした強い結びつきであることを意味する。すでに運命の世界では「その日、軒々はあざやかな旗をかゝげ、それらは活潑にはためき、ひもすがら町は祝日であらう。」とあるとおり、ふたりの出会いへの祝祭が執り行われている。

エピグラムとしてその末尾の節が掲げられていることもあって、「苧菟と瑪耶」の表現への「雅歌」の影響は指摘されており、河先氏はこの箇所について「雅歌」第二章四節「彼《かれ》われをたづさへて酒宴《さかもり》の室《いへ》にいれたまへり その我上《わがかみ》にひるがへしたる旗《はた》は愛《あい》なりき」(刊記なし『旧新約聖書』聖書協会連盟より引用)の「背景にある祝いのムード」の影響を指摘している。氏の指摘は雰囲気以上を説明するものではないが、筆者としては、この「雅歌」の一節で「旗」が「愛」の象徴である点を重視したい。運命の世界でふたりの運命が出逢うことと、そこに愛が存在することに関連があることを、この一節は暗示している。

運命の世界は「魂の波うちよせるおほうみ」に隔てられ、現実世界からうかがい知ることはできない。一方、ふたりの運命が聴いたお互いの「響き」は、魂の世界である海をこえて、現実世界へ届いている。海に隔てられた両世界は一方通行になっているわけである。そのため、ふたりは、この恋がおたがいの運命に根差す強い結びつきであるかどうか、確かめるすべをもたない。ふたりがそれを実感するためには、「愛をもたないこころが、けつして聞きえないその響」とあるように、ふたりの心が愛を手にしていなくてはならない。そのため、この言葉は苧菟と瑪耶ふたりを試す言葉でもある。瑪耶の生存中、ふたりはこころに愛をもち、運命を信じえただろうか。

苧菟は瑪耶から貌をそむけ、のみならずそれを双手でおほひながら、樫の根方のうつくしい苔のうへに掛けてゐた。けれども瑪耶はそのかたはらにこしを下ろしてしづかに空をながめやつてゐた。並み立つた老樹の梢から空は青螺のやうにのぞいてゐた……。(1・3)

(1・2) 同様、この場面も絵画的イメージが色濃い。[(4)] とくに瑪耶は、「うれひの色すらない」「中世の王女たちのおもかげ」を宿した「絵すがた」に描かれている。しかし、苧菟は顔を手で覆っており、その表情は描かれない。苧菟はそのポーズを保ったまま瑪耶に「君はほんとにそこにゐるのかなあ。なぜだか僕には、君がそこにゐないやうな気もちがするのだ」と告げている。この場面は苧菟が瑪耶の沈黙に堪えきれず「はげしくかの女のはうへ貌をふりむけた」ときに崩れ、彼は「苦痛」におそわれる。こうした造型上の意味を考察し、先の疑問を確認したい。

苧菟は、「いつはりならぬ実在」に日もすがら思いまどい、おびえつづけていた。語り手は、この「実在」を「「不在」の別なすがたにすぎない」とし、「不在は天使」であり「実在は天から堕ちて翼を失った天使であらう」と定義している。それは、苧菟の生きる現実世界に本質は不在であるという作品構造上の定義である。「君はほんとにそこにゐるのかなあ」というなにげない一言は、こうした認識のもとに現実世界を生きる苧菟の心の奥底の不安が口をついて出たものとみてよい。

では、その本質とはなにか。「実在」は「うたうこと」ができず、「こと葉」ももたない「あはれな塑像」である。それは「実在」が翼をもたず、羽搏きがないからである。逆に、「不在」の天使には翼があり、うたい、言葉をもつ存在と考えられる。前述のように、ふたりの運命がかなでる「響き」は「おほうみ」をこえ、この現実世界に届いている。ここでは、その「響き」が「不在」の天使の「羽搏き」として描かれているのであろう。「天使」の比喩が用いられるのは、それが運命の世界との間を行き来し、愛の存在を伝える役割を果たしているからだろう。こう考えると、現実世界に「不在」の本質とは「運命」を指すものと考えられる。苧菟の不安とは、自分たちの運命を知り得ない不安にほかならない。語り手は（1・3）で「羽搏くものをしらない心に、愛はけつしてうまれることがない」と断定しており、（3・5）でも「ふと苧菟は、息ぐるしいほど身近くおほきな羽搏きのやうなものを感じる。［中略］苧菟よ、おまへはかつていかなる歌の念ひのうちに生きたのか。おまへを囲んでゐたものにいかなる今の祈りがあつたのか」と苧菟を糾弾している。苧菟は、運命の世界から届く羽搏きの音を聞き分ける能力に欠けていたために、「実在」の不確かさに不安を感じざるを得なかったのである。

では、その不安感が瑪耶の存在を疑う言動を通して説明されるのはなぜだろう。「羽搏くものをしらない心に、愛はけつしてうまれることがない」（1・3）と「愛をもたないこころが、けつして聞きえないその響」（1・2）との二つの定義に重ねると、苧菟は現実世界において「羽搏くものをしらない」ゆえに「愛」を実感することができず、ふたりの「運命」が海の向こうでめぐりあっている確証を得られない状態におかれていることがわかる。引用にみる苧菟のポーズは、こうした不安から現にそこにいる恋人の存在さえ疑わしく思えるという、苧菟の孤独を暗示する身ぶりとみることができる。また、それは「たつた一つの方法」しか知らない「画家」に、孤独の表情を描くことができなかったからでもあろう。

では、苧菟はなぜ「羽搏くものをしらない」のだろう。これを考えるために、ここでの瑪耶を見たい。

瑪耶のポーズの特徴は、「青螺のやうにのぞ」く空を「しづかに」「ながめや」る眼差によって生じる上方への流れと、「うれひの色」すらなく、「画家」の描く「絵すがた」の「古拙な、また典雅な、けつして哀しまないかの女たちの寧らかな貌」をもつ「中世の王女たちのおもかげ」の表情にある。（2・3）でも語り手は「日のかゞやく青空の高み」に向けられたその姿を「古い聖者のすがた画」と形容しており、聖画の主人公と呼ぶにふさわしい。視線の先に「青螺のやうにのぞ」く青空は、（1・2）の「光沢紙のやうな青空」の描かれた「中世の聖人たちの絵」にも近い印象を与えており、語り手を通じて読者に与えられる瑪耶像には、（1・2）同様、運命たちの出会いへの祝福の基調が流れている。それは苧菟とはあまりに対照的な「絵すがた」といえる。

瑪耶の造形上の特徴に「高貴な、鹿のやうに聡い眼ざし」があり、それが「雅歌」の章句の表現に呼応することは、河先・小埜両氏に指摘がある。こうした前提にたてば、「雅歌」の次の章句もここでの瑪耶の態度と重なってくる。

ヱルサレムの女子《をうなご》等《ら》よ我《われ》なんぢらに獐《しか》と野《の》の鹿《しか》をさし誓《ちか》ひて請《こ》ふ愛《あい》のおのづから起《おこ》るときまでは殊更《ことさら》に喚起《よびおこ》し且《か》つ醒《さま》すなかれ　わが愛《あい》する者《もの》の声《こゑ》きこゆ　視《み》よ　山《やま》をとび　岡《をか》を躍《をど》りこえて来《きた》る

（「雅歌」第二章七～八節）

このうち、第七節（三文字あきまでの部分）は第三章五節、第八章四節でも繰り返され、歌中、もっとも強調される章句といえる。この繰り返しが「雅歌」末尾の呼びかけ（「苧菟と瑪耶」のエピグラム）を導いていることから、「苧菟と瑪耶」との関連も深い章句である。私見によれば、「雅歌」の影響は運命の世界と瑪耶の造型に集中する。それは、両者がその眼差を媒介につながりをもつことのあらわれと思われる。同様にこの章句が瑪耶の造形に関連をもつとすれば、ここで沈黙を守る瑪耶の態度は、苧菟が「愛」の存在をおのずから信ずることを確信し、そのときまで待つ、受動的態度であるということができる。

だが、同時にここでの瑪耶はただひたすらに待つばかりの女性ではない。語り手がくりかえし強調するように、この沈黙は「確信」に基づく態度でもあり、瑪耶は沈黙を守りながらも、その「高貴な、鹿のやうに聡い眼ざし」の力で苧菟に「信じること」を知らなければいけないと訴えている。前述のように、瑪耶の「しづかに空をながめ」やる視線は、青螺のようにのぞく青空へ向かう。それは宗教主題の絵画において典型的な視線ではあるが、そのポーズが（3・5）に見る瑪耶の「祈り」のポーズへと結びつくとき、瑪耶の「確信」とは信仰にもとづく強さであることがわかる。瑪耶はふたりの「運命」が海の向こうでめぐり合っていることを信じているのではないか。だからこそ、瑪耶はおのれの死を悟り、その運命に動揺することなく、ふたりの結びつきを信じられるのであろう。引用に掲げた、青空を仰ぐ瑪耶のポーズは、瑪耶の運命を信じる力の強さの形象化である。また、瑪耶が（1・

2）とおなじ中世の聖人画のイメージで描かれるのも、こうした両者の結びつきを暗示するためであろう。

こうした瑪耶の「絵すがた」と対置したとき、苧菟にもっとも欠けているものは運命を信じる力である。彼は目の前の「実在」に不安を抱き、一方、たしかにここに届いているはずの羽搏きも聞きえない。彼が「愛」を実感できたとは考えにくい。「あはれな塑像」は苧菟自身であろう。それは「愛の目のなかに置かれたときにいかほど孤独がぶざまに見えるか」という「仮面の告白」（昭和二四・七　河出書房）の言葉を先取りするかのような姿である。ただし、これが明朗な画面の絵画の中におかれているのは、苧菟自身は気づいていないとはいえ、ふたりの運命が現に運命の世界で出逢っているからである。

この絵画は閉ざされた苧菟の視覚そのままに暗転する。

苧菟は瑪耶をよび求めて「まつ昼間のよる」をさまよい歩く。涼亭にむかって瑪耶の名を呼ぶ苧菟の貌には「だんだんと安堵とよろこびの翳がまして」いるが、その底には「虚しさ」も流れている。ここで苧菟が光の中にも夜を感じ、足をすくわれるように歩きながら「眩暈」を覚えざるを得ないのは、先述のように、苧菟の「実在」に対する懐疑が彼を孤独に追いやっているためであろう。苧菟は瑪耶が涼亭にいないことをもって、「そのやさしく高貴な不在は、あらゆる実在にもまして瑪耶の在り方を証拠だてるいちばんにうつくしい手段だ」と考える。だが、それは苧菟の実在に対する不安の対照として考えられた理屈にすぎない。瑪耶は涼亭には不在であるにもせよ、実際にはどこか近くにおり、客観的にみて、その不在はさほど深刻なものではない。それは苧菟の、孤独におびえる自分をいつわる方便であろう。だから、瑪耶が「まつ白な薔薇の花」にたとえて、みずから死期の近いことを告げたとき、その不在が大きな隔たりになることを思い、苧菟は苦痛に圧倒されてしまう。

しかし、その苦痛に耐えかねて「その花は酸えはしない」と瑪耶に叫んだとき、語り手は「（このとき彼のなかで、日のまはりの雲がうつくしい扇さながらにひらかれた。）」と描写する。これは、青空の下で貌を覆ったままうずくまり、暗闇を歩く苧菟の孤独に一筋の光明が差し込みつつあることを意味するト書きのようなものであろう。それは、瑪耶の言葉が「瑪耶のなかに住んでゐる死が、苧菟のなかの死に話しかけてゐるやうな気もちがしてならなかつた」ことをきっかけに生まれた苧菟の新しい感覚を意味している。このとき苧菟はふたりの「死」が心の中で堅く結びついていたことを発見したのである。

ここでは、ふたりの運命の結びつきは「死」で説明されている。それは、運命が手の届かない海の彼方にある以上、それを此岸で実感することができないからである。すでに述べたように、現実世界にあって、運命は見たり知ったりするものではなく、その存在を信じる以外にないものとして書かれている。さきほど、海を魂の世界となづけたが、この海の介在がフィルターの役割を果たしているのかもしれない。そのため「死」が運命の現実的局面として翻訳され、苧菟の前に現れていると考えたい。語り手が（2・4）で「(ほんたうの生とは、もしやふたつの死のもつとも窄い結び合ひだけからうまれ出るものかもしれない。)」と解説するように、ふたりの運命の結びつきは、現実世界では死の「結び合ひ」としてこれまで実現されており、ふたりは「ほんたうの生」を生きていた。ここで瑪耶は運命を信じるがために、死の予感にも動揺せず、自己の運命を甘受する。一方、運命を信じる意志の欠けた苧菟は、それでもここで「ほんたうの生」が「ふたつの死のもつとも窄い結び合ひ」から生まれることを知る手がかりを得たのであろう。それは苧菟が徐々に成長してゆくきっかけだったといえる。だからこそ、船火事の「不吉な絵」は「やがていまゝでなかつた別の扉をあけるまへじらせになる」のである。

こうして苧菟に成長のきっかけが与えられたとき、瑪耶は死んでゆく。

3

瑪耶を失った苧菟は、瑪耶の「思ひ出」にとらわれる。それは（4・1）で「不実在の生」「思ひ出の生」と呼ばれ、苧菟のなかの死に「かゞやかしい暴力」をふるう。これは、かつてのふたりの生が思い出され、苧菟をさいなむことを意味する。語り手はこれを「死がかなたの死のなかへ誘ひよせつゝいつかそれと結合してうみ出す至高の生」と比べたとき、「おろかしい偽りの姿にすぎぬ」と断定する。「死とは、この世に於てよりもよく勁くあの世にあつて結び合ふことがたやすい」という定義から見て、苧菟が「至高の生」に到達する方法のひとつは、瑪耶のあとを追って死を選ぶことであろう。語り手は、思い出を心に生きる、ぬけがらのような生よりも、瑪耶のあとを追い「あの世」に生きる方がより賢明な選択であるといっているに等しい。

だが、人間が死んでかえってゆく魂の世界である海から、瑪耶をみとった苧菟がひとり帰ってきた時点で、彼が死を選択する機会は失われたと思われる。語り手は死を「あの世にあつて結び合ふことがたやすい」というが、それは決して苧菟が生きながら「至高の生」を手にすることができないといっているわけではなく、困難であることを告げているにすぎない。苧菟が「思い出の生」に陥らず、生きながら「至高の生」を手にするには、「思ひ出」と争い、これを克服してふたたび瑪耶の死を心に取り戻さなくてはならないだろう。以降、苧菟は葛藤の日々を過ごし、瑪耶の導きの力を得て徐々に変化してゆく。その過程を確認したい。

瑪耶の死によって、それまで瑪耶の「ものはかない沈黙」に融解されていた孤独は、容赦なく苧菟に襲いかかった。苧菟の場合、ほんとうの苦痛や哀しみは、その瞬間には意識されず、間をおいて襲ってくるものらしい。瑪耶の死に接した苧菟は「プシケエにかほを知られぬクピイド」のような「悩みのかげすらない寐貌」（3・1）で眠っていたが、枕もとの小筥の蓋を開いた途端、現実に直面し、「たいへん濃厚な、なみたいていの音では稀められないやうな謐けさ」（3・3）に襲われる。苧菟はこの苦しみを逃れるため、鳥籠の鳥を放った。その羽搏きの音で、直面している「静謐」を融かそうとしたのである。苧菟の思惑をよそに、鳥籠の鳥が羽搏く音を響かせないのは、それまで苧菟が運命を信じる力を持たなかったことに対する復讐であろう。舞台である彼の自室は難破船のイメージで、彼がおちいった窮地の深さが描かれる。こうして苧菟は「安息の部屋」を失い、街へ遁れる。

苧菟は遁れた街の「厚い樫の扉」の内で、祈りを捧げる瑪耶の姿を目にし、「息ぐるしいほど身近くおほきな羽搏きのやうなものを感じる」。それは自分の飼っていた鳥にさえ裏切られる苧菟とあまりに対照的である。苧菟は「おもひ出」に取り巻かれるが、それはこれまでの苧菟が批判にされているのであろう。生前の瑪耶は青空を仰ぎ、祈りにも似たポーズで描かれていたが、ここで瑪耶は、かつての自分が祈りを捧げ、運命を信じていたことを苧菟に伝えているのである。この日以降、苧菟に「あたらしい日々」（4・1）が始まるのは、最初の瑪耶の導きであった。

苧菟は手紙に夢を記す。夢に見た野原は「歌と羽搏き」に満ちあふれており、苧菟はそこで見た鹿の瞳の「眼差」の意味を悟り、「それをおまへが信じてくれる」ことを確信する。それは夢を借りて瑪耶がふたたび苧菟に与えたメッセージであろう。先述のように、「青空の高み」へと向けられた瑪耶の眼差はここまで何度か描写されており、それが瑪耶の運命に対する信仰を意味することはすでに指摘した。その意味をいま彼が知ったのは、瑪耶が祈りの姿を「厚い樫の扉」の内側で苧菟にかいま見させたためである。かつて現実に確信の持てなかった苧菟は、瑪耶の導きによって瑪耶の運命への確信を知ったのである。

つぎに苧菟に求められるのは、自ら祈りを手にすることである。

苧菟は友人たちにさそわれ、猟にでかける。そのときの苧菟の瞳は「憑かれたやうにゆく手に向けられ」、「いくたびかのはげしい陽の直射にもその瞳はかゞやかない」。しかし、ここで苧菟は「悒鬱な入日」のなかに瑪耶の「しづかに頬笑んだ貌」が浮かぶ「奇蹟」を体験する。[5] このとき「まして双の夕日をのこした苧菟の瞳は、いかばかりだつたらう。」と瞳の変化が描写される。その瞳は彼の魂の変化を示している。「苧菟の魂はそのやうにいましがたのありえないやうな幻を、すらすらと受け入れてしまつた。それはすぐさま彼の魂の一部分になつてしまつた」とあり、ここで苧菟は奇蹟を受容する姿勢を示している。語り手は、「おそろしいまでに美しいひとつの奇蹟に立ち向ふとき、ふつうの心であつてもそれを容れることの外になにもできはしない。」と定義しており、この受容の姿勢は、瑪耶が運命を受け入れる姿勢に通じている。まだ瑪耶ほどには強い確信をもちえない苧菟がこれを受け入れるようになるためには、外から強い「奇蹟」が与えられる必要があった。そのために、瑪耶は入日に姿をあらわして見せたのである。ここでの苧菟の瞳は、「容れる」姿勢である点で、苧菟が愛に気づく時を待ち、運命に祈りを捧げていた、かつての瑪耶の瞳に通じている。

　苧菟のなかにのこった「ひと筋の死」（4・3）は、瑪耶が遺した部屋に急速にはびこりつつある瑪耶の思い出にはげしい違和感を抱いていた。それは「不実在の」「あららかな影の思ひ出の生」であり、「おろかしい偽りの姿」（4・1）にすぎないからである。だが、こうして瑪耶が現れることで身につけた受動の姿勢は徐々に徹底化され、苧菟は自分自身の内部の葛藤さえも「柔和なやさしげなこゝろよげな眼差」（6・1）で迎えるに至る。それが、苧菟の貌に「光りをまばゆく散らかしてゐる風にゆれる常磐樹のやうないきいきとしたもの」（6・2）を与えたのであろう。それがありし日の瑪耶の「絵すがた」に近いものであることは、もはや強調するまでもないことと思う。こうした受動的態度がもたらした最大の効果は「思ひ出」の受容である。

　ふたたび瑪耶の部屋を訪れた苧菟はこの部屋にまったく違った印象をいだく。美しい黴のような「思ひ出」は、いつのまにか彼の内部をみたしており、苧菟はもはや「この部屋を写さう」とは思わず、そこに「祈念にすら似た呼び声」を感じる（6・3）。彼は受動の姿勢を覚えることによって、自らの心を犯す黴に対する抵抗を放棄し、心に「思ひ出」をはりめぐらしたのである。黴のたとえは、以前苧菟が瑪耶の部屋に立ち寄った際（4・4）に移植され、苧菟の心に培養されたことをほのめかす。この黴にみたされた苧菟が部屋中に呼びかけ、その呼び声が「自分の内部に向つて祈り」だしたことからみて、この黴が彼にもたらした「思ひ出」とは、瑪耶の祈る姿勢だったに違いない。こうして苧菟は祈りを手にし、「自分のなかに瑪耶を完成させるすべ」（7）を会得する。

だが、ここで苧菟が達した境地ははたして「至高の生」だったのか。「思ひ出」を受容する苧菟の姿は、一見、さきに「不実在の」「あらかな影の思ひ出の生」として語り手に批判された「おろかしい偽りの姿」にも見えるからである。だが、ここで語り手は「苧菟のなかにふたゝび甦つた力強い死が、瑪耶の死をこの部屋によびもどしたのであるかもしれぬ。」としており、苧菟はここで「おろかしい偽りの姿」に陥らぬ形でふたりの「死」の結びつきを回復している。それは（4・1）での語り手の説明とは逆な形で「至高の生」に到達したことを意味する。「思い出」の受容が「祈り」へと通じるのは、思い出す対象が祈りを捧げる瑪耶の「絵すがた」だからこそであろう。苧菟は瑪耶の助けを借りて、より困難な経路で「至高の生」に到達したかに見える。

平岡は宇川氏の紹介する昭和十七年三月十五日付東宛書簡で、瑪耶の造型上の意図について詳しく説明している。平岡は「苧菟と瑪耶」を東に読ませた際、東に「瑪耶の印象稀薄」との指摘を受けたらしい。平岡は、それは「故意にもつてまはつた構成」であり、瑪耶を「観世音菩薩的な永遠女性にするためには、源氏物語の女性描写のやうな茫漠とした霧のやうなものがなければならず、瑪耶の心理の裏へまはることは極力避けて、止むをえぬときには瑪耶に会話として語らせる方法を執りました。その会話も非現実的な味をもたせ、地の文章と同じ程度か、又は全く詩の一篇のやうに配置塩梅して、腹話術的効果をあげようと苦心いたしました」と述べている。

瑪耶の「故意にもつてまはつた構成」とは、これまで論じたようにその絵画的表現にあったと考えられるが、ここでいわれる「観世音菩薩」が迷える人々の救済のために姿を変えてあらわれるといった辞書的な意味を踏襲しているとすれば、運命への確信をもち、迷える苧菟を助け、死んで海に帰ったのちも折にふれ苧菟に信仰を伝えて彼を救う、いわば救世主として瑪耶が設定されていることがわかる。瑪耶が絵画的表現や白秋の引用に彩られるのは、瑪耶の「観世音菩薩的な永遠女性」らしさを読者へ印象づけ、苧菟の成長に託された、「思ひ出」との葛藤から昇華へのモチーフを強調する効果を考えてのことだったかもしれない。

また、ここで平岡は苧菟の結末について、次の改稿案を示している。

　結局、こんど雑誌にのせますにつけて改竄する部分ははじめをなほすと累を後に及ぼして大変ですから、終りの、夜中に鏡をのぞく部分と苧菟の死の部分は、少々低級ですからこれをのぞき、苧菟の心理が宗教的な高まりをみせて救ひと悟りとの微妙な均衡に立つところで筆を止めようかと存じてをります。

瑪耶の造型に自信を持っていたことがここからも読みとれると同時に、この時点までは苧菟が死ぬ結末を用意しており、むしろ彼の逡巡は苧菟の結末にあったことがわかる。

苧菟の結末に関する二つの選択肢を先の考察にしたがって比較すると、死の結末は「至高の生」の成就としてはより「たやすい」(4・1) 方法であり、本書簡の示す結末の方がより観念的、抽象的な境地を描く困難さが生じると思われる。ぎりぎりまで悩みながらも、結局、苧菟が「祈り」を手にし、「なんのたすけもかりずに自分のなかに瑪耶を完成させるすべを会得」し、より困難な「至高の生」にいたる結末を選択したために、彼岸の運命に殉じるという苧菟の境地はより強調される結果となった。そこに「苧菟と瑪耶」における達成があったと考えられる。もっとも、こうした逡巡が作品の諸観念に曖昧さを残したともいえるわけだが。

ところが、語り手は（6・3）で「よびもどしたのであるかもしれぬ。」と判断を曖昧にしている。平岡も右の引用部での「救ひと悟り」を「微妙な均衡」にあると述べており、（7）で描いた苧菟の境地がはたして真に「至高の生」であったかどうか、断定していない。瑪耶の形象に自信があるとはいえ、苧菟が通ってきた経路によって、ほんとうに「至高の生」を得ることはできるのか、ここにも作者の逡巡があったと考えられる。

4

ところで、『赤絵』第一号には「後記」が付されており、三島は「苧菟と瑪耶」を解説している。(6)「苧菟と瑪耶」の自作解説としては唯一の文章である。これは『赤絵』以後、島崎博・三島瑤子編『定本三島由紀夫書誌』（昭和四七・一　薔薇十字社）の「作品目録」欄にその名が見え、『赤絵』を所持していたであろう坊城氏が先述の解説ですこし触れたのみで、『三島由紀夫全集』『三島由紀夫評論全集』（平成一・七　新潮社）をはじめとするテクスト類に収められていなかった。『決定版三島由紀夫全集』には収録されているが、本章の初出時に紹介した資料である。以下に全文を掲げる。

わたくし共の作品をとり集めて「赤絵」と名付ける一本を編みますにつけて、このやうなそれぞれ毛色のちがつた三つをのせることゝいたしました。花ざかりの森については前書にごたごた書きました故こゝではなにもまをしますまい。馬の詩もひとつのフアンタジイと御考へ下さい。あとは苧菟と瑪耶でございますが、なぜかしらあの作品には当の作者のわたくしにもまだ解せぬものがございましたその謎のまはりをどうどうめぐりして、謎そのものをまさぐるやうな手つきでかすかに包み切つたときに、けれどもその謎はもうわたくしに不要なものになつてをりました。その手つきや眼差は謎の実体はつかまずともそれなりの形におぼろげに宇宙を彩つてをりました。その空虚のうつくしさがわたくしを、あんな作品を創り出すことに駆つた…と申せるかもわかりません。しかし空虚とは、仮りにそんなものが在るとしますなら人を麻酔さすことはしてもその美くしさが人を搏つことはありますまい。ともすればわたくしが描かうとした宇宙は、いつか実現の母胎となるやうな、失なはれたところからのみ出発するやうな、さうした生の形であつたのであります。わたくしは及ぶかぎり作品のなかにその主題をよみがへらせようと力めました。大いなるみ戦の開花に、そのやうなわたくしの営為は、背くやうな性質のものでないことむしろそれによつて育くまれてゆくべきものであることを、わたくしはかたくしんじてゐました。……

東文彦兄はさきごろこの作に「東洋的な静けさ」といふ批評を下さいました。わたくしはそれが大さう嬉しうございました。肯綮に当つた御ことばであるのと同時に、それは又、作者のひとつの心組を示してゐたからであります。

(由紀夫)

「苧菟と瑪耶」同様に曖昧な表現も多いが、作品に関係して注目されるのは「当の作者にも解せぬ」という「謎」の内容であろう。三島はそれを「つかみ取る」のではなく「包み切」る方法をとったという。それは「謎」の追求に対する三島自身の限界をほのめかしている。「謎の実体」をつかみえなかった「手つきや眼差」が「宇宙」を彩るさまに「美」を認め、その「宇宙」の「美」の方を作品の「主題」としたとする。「謎」そのものは「不要」になったと考えるのはそのためであろう。こうした「営為」の継続によって何が「実現」されるのかわかりづらいが、創作という手段を通じて、いつか「謎」そのものをつかみ取りたいとする作家としての求道的な姿勢を述べていると考えられる。

「及ぶかぎり作品のなかにその主題をよみがへらせようと力め」たとする「後記」の叙述にしたがい、この「謎」を「苧菟と瑪耶」に即して考えてみる。苧菟は祈りを手に入れ、自らの運命に従う姿勢を示しているが、それを知る境地は描かれない。この「謎」を苧菟に当てはめれば、それは「運命」ということになろう。三島は苧菟を通じて「運命」を知るところまで描きたかったのだろうが、この世にあって「運命」を「つか」む決着に矛盾と違和感を覚え、それを受け入れるまでの葛藤と受け入れたのちの境地を描くまでにとどめたのであろう。そのため、「謎の実体」を「つか」むのでなく、それを「包み切」るとの表現で示したものと考えたい。こうした作者自身の思索的限界が、先に記した語り手や書簡の歯切れの悪さに通じており、さらに「後記」において、創作を通じていずれその限界を乗り越え、何かを「実現」しようとする「営為」を語る理由であろう。だが、作者自身の実現目標が「至高の生」への到達によって「運命」をつかむことにあったというのでは、あまりに作者と作品とを直結させすぎである。

この「謎」の内容を理解するには、「大いなるみ戦の開花に、そのやうなわたくしの営為は、背くやうな性質のものでないことむしろそれによつて育くまれてゆくべきものである」との認識の意味を考える必要があるだろう。（1・3）に「あの古拙な、また典雅な、けつして哀しまないかの女たちの寧らかな貌を、わたくしたちは今日ふたゝび見ることはできないのだ。」とあり、エピローグにも「かつて人々が神のやうに美しくやさしかつた日が、そんな風にしてふたゝび還つてくるかもしれない。」とあるように、「苧菟と瑪耶」には現代批評の意図がある。だがそれは「苧菟と瑪耶」一作にとどまる問題ではなく、東が「苧菟と瑪耶」に「東洋的な静けさ」との評価を与えたことや、[7]「大みことのり以前の作物を、それ以後の時代の陽光にうつしてみて、真偽のほどを試さうといふ気持」（無題『赤絵』一号）から「花ざかりの森の序とその一」を『赤絵』第一号に転載したこと、さらには東洋の磁器に固有の色彩を誌名に選んだ意識にまで通じているように思われる。そこで次章では『赤絵』第一号のメディアとしてのメッセージ性との相関からこうした点を考えてみたい。

注

（1）「跋に代へて」（昭和一九・一〇『花ざかりの森』七丈書院）、「『赤絵』巻頭言」（昭和三二・四『赤絵』）など。

（2）もっとも、ジョン・ネイスン『三島由紀夫　ある評伝』は「東の父親は公威からの長文の書簡を二百通近く保存していた」と記している。その真偽は不明。

（3）『花ざかりの森』（昭和一九・一〇　七丈書院）掲載のテクストでも同位置に「（一七、一、一三）」と付されている。旧『三島由紀夫全集』第一巻（昭和五〇・一　新潮社）をはじめ、従来の「苧菟と瑪耶」テクストは『赤絵』ではなく『三島由紀夫十代作品集』（昭和四六・一　新潮社）を底本としていたため、この記述がなかった。『決定版三島由紀夫全集』第十五巻は初刊の『花ざかりの森』を底本としたため、はじめてこの記述が掲載されることとなった。

（4）『仮面の告白』（グイド・レーニ「聖セバスチャンの殉教」）をもちだすまでもなく、三島作品における絵画の引用は多い。「苧菟と瑪耶」に執筆時期の近い例では「花ざかりの森」その三（下）（ホイッスラー「陶器の国の姫君」）を指摘できる。これは坊城俊孝「炎」（昭和一四・一二『学習院輔仁会雑誌』一六四号）の間接的影響とも考えられる。

（5）ここでの瑪耶は「骨牌の女王たちのおもかげ」と記されている。この描写に北原白秋『思ひ出』の引用を指摘できるだろう。『思ひ出』（明四四・六　東雲堂）は白秋自身の装幀で、表紙に色刷りでトランプのダイヤのクイーンが描かれ、各ページに赤い枠取りがほどこされている。裏表紙にもダイヤのマークがあり、コンパクトな版型とあいまって、一組のトランプの印象を与える一巻に仕立てられている。その巻頭に置かれた「骨牌の女王」十一編のうち、冒頭の「金の入日に繻子の黒」「骨牌の女王の手に持てる花」は、トランプのクイーンの絵柄から得た空想を歌ったものであるとされている。装幀に選ばれたクイーンは、白秋の幼少年期にわたる追憶の情景の象徴といえる。本章で指摘したように、苧菟が「自分のなかに瑪耶を完成させるすべ」を会得するのは「思ひ出」であることを考えるとこの関係は根深いといえるだろう。平岡公威が『思ひ出』を所持したか定かではないが、こうした装幀や「金の入日に繻子の黒」末尾の「かかるゆふべに立つは誰ぞ。」から得た情景をこの場面に描いたと見る

 こともできる。

小川和佑氏は『三島由紀夫少年詩』（昭和四八・九　潮出版社）で、「小曲集」（昭和一五・三『学習院輔仁会雑誌』一六五号）への『思ひ出』の影響を考察し、「昭和十四年末から十五年の初めにかけて」三島は「白秋体験のようなものを得た」とする。さらに処女小説「酸模」が、そのエピグラムに「ほのかなるもの」（大四・五『ARS』）の一節を引用し、題名も「すかんぽの咲くころ」（大正一四・七『赤い鳥』）をほうふつとさせる作品であったことを考えると、平岡公威に白秋の与えた影響は無視しえない。

（6）「後記」は雑誌の一二六～七ページにわたって、十八字×二十二行の三段組で、三島、徳川、東の順に掲載されている。

（7）先述東宛書簡（昭和一七・三・一五）では、冒頭の一行について「ずゐぶんまへからかきたいと思つてゐた一行」で、「こんなさゝやかな東洋風な「さりげなさ」をもった冒頭を、ぜひそれに似合ふやうな小説につけたいと思つてをりました。」とある。東の評価はこの書簡に対する返事だったと思われる。東の意図は不明だが、東としては文体への評価にすぎなかったものが、受け取った平岡によって「作者のひとつの心組」へと拡大解釈された可能性がある。

第二章　『赤絵』第一号の「さゝやかな意図」——同人誌メディアのメッセージ性

1

東文彦（本名・健《たかし》）・徳川義恭・三島由紀夫の三名が刊行した同人誌『赤絵』第一号（昭和一七・七）には、七編の小説と一編の詩のほかに三名による「後記」がついており、その末尾に次の一文がある。

私たち三人が、少しでも多くの方々に作品を読んでいたゞきたいため、このやうな冊子を編むことを思ひついた、さゝやかな意図をお汲みいたゞければ幸ひである。（文彦）

ここにある「さゝやかな意図」とは何であるのか、その検討が本章の趣旨である。その際、この「意図」を単に同人の意識の上の問題としてだけではなく、言説に加えて流通・形態をふくむ雑誌そのもののメッセージとしてとらえてみたい。このメッセージにおける三島由紀夫の役割を考察することで、従来の三島論が陥っている〈個人全集的思考〉の円環を相対化することを目標とする。

一般に、活字を目で追うことによって読者の内部に立ち現れる意味は、共作でないかぎり作家の個人的営為とみなされる。私たち読者はその前提によって、初出誌が表現する共時的な空間軸から作品を切り離し、作家の固有名ごとに成立順ないしは発表順という時間軸にしたがって作品を並べ直して作品を理解する。それをここでは〈個人全集的思考〉と呼ぶこととする。個人全集こそは、作家の固有名の元に時間軸にしたがって作品を並べ直し、展示する場所だからである。

この〈個人全集的思考〉の問題点は、作家の固有名に還元されることによって、作品が成立・発表時のコンテクストから切り離され、現代の読者が存在するコンテクストによって解釈されることにある。多くの場合、個人全集は作家の没後に編集され、読者に提供される。その際、時間軸にしたがって配列されることによって、首尾一貫した営為として作品は作家の固有名の元に定位することになる。これによって、読者は作家の生涯を一望することが可能であるかのような意識をもつ。耳目を引くような最期を遂げた作家の場合、そこに謎解きの要素が加わることは容易に理解できると思う。三島の読者は、三島事件の与えた衝撃から自由になっていないのが今日の現状と思われるが、その衝撃は個別の作品との間で対話的な構造を形成する。つまり、作品が成立したときの状況を離れ、結果論的に作家の生涯との関係へと評価軸が変化してしまうのである。

しかし、「花ざかりの森」でようやく学習院外のメディアに登場したばかりの少年作家のはじめた同人雑誌とその掲載作品に、三十年近くのちに形成されたイメージを背負わせるのはいささか荷が重い。つまり、〈個人全集的思考〉は、作品なり作者なりといった考察対象をひとつのイメージに還元してしまう磁力をもっており、それが強力な磁力を放っている場合に、等身大の姿とかけ離れたイメージに固定化するという弊害をもっているのである。

作品が掲載された雑誌を、形態・言説・流通の三要素よりなるひとつの場と捉え、それとの相関から作品と作者のありようを考察することは、この〈個人全集的思考〉の円環を相対化するひとつの有効な試みであると筆者は考える。

初出誌によって読書をすると作品が必ずしも個人の孤独な営みでないことに気づかされる場合がある。雑誌は全体から読者に対するメッセージを発しており、掲載作品はそのメッセージを生成する有力な要素である。同じ雑誌に併存することによって、複数の作者による複数の作品は相補的におおきなメッセージを形成する。『赤絵』のような同人誌においては、濃密な人間関係を背景に、配列から作品プロットに至るさまざまな関連を他の作者の作品との間に見出すこともできる。それは、作品の共時的な意味を明らかにすると同時に、その時点における作者のもくろみを等身大で浮かび上がらせることになる。これは、文学作品を歴史的産物として捉えようとする立場にとってはとくに重要な視点である。

こうした考察によって、私たちは『赤絵』が内包する同時代的な地平をとらえることができるだろう。それは、時間軸に偏った〈個人全集的思考〉を、メディアが内包する空間軸の導入によって相対化する行為であるといえる。後年の言説に束縛された「三島由紀夫」像を、作品成立当時の位相において解釈するためにはこのような座標軸の導入が必要と筆者は考える。

ここで『赤絵』の概要を説明しておく。『赤絵』は東文彦、徳川義恭、三島由紀夫の三名によって昭和十七年七月に創刊され、東の死去により昭和十八年六月の第二号で終刊した同人誌である。第一号刊行時、三島は「学習院高等科一年在学中」、東は「学習院高等科三年に在学中、一昨年より病気のため、つゞけて学校欠席中」、徳川は「学習院高等科を今年卒業、帝国大学文学部美学美術史科に入学」[(1)]した学生であった。ともに学習院文芸部に籍を置き、『学習院輔仁会雑誌』の寄稿者である。

まず、その形態について考察する。読者が雑誌を入手した際、まずは視覚的にその雑誌の特徴を把握するだろう。大きさや紙質、表紙や挿絵といった外見上の情報が目に飛びこんでくることによって、言説内容に先立ってまずは視覚的にメッセージを受け取ることになるのである。次には目次欄に目を通す場合が多いだろう。どのような作者

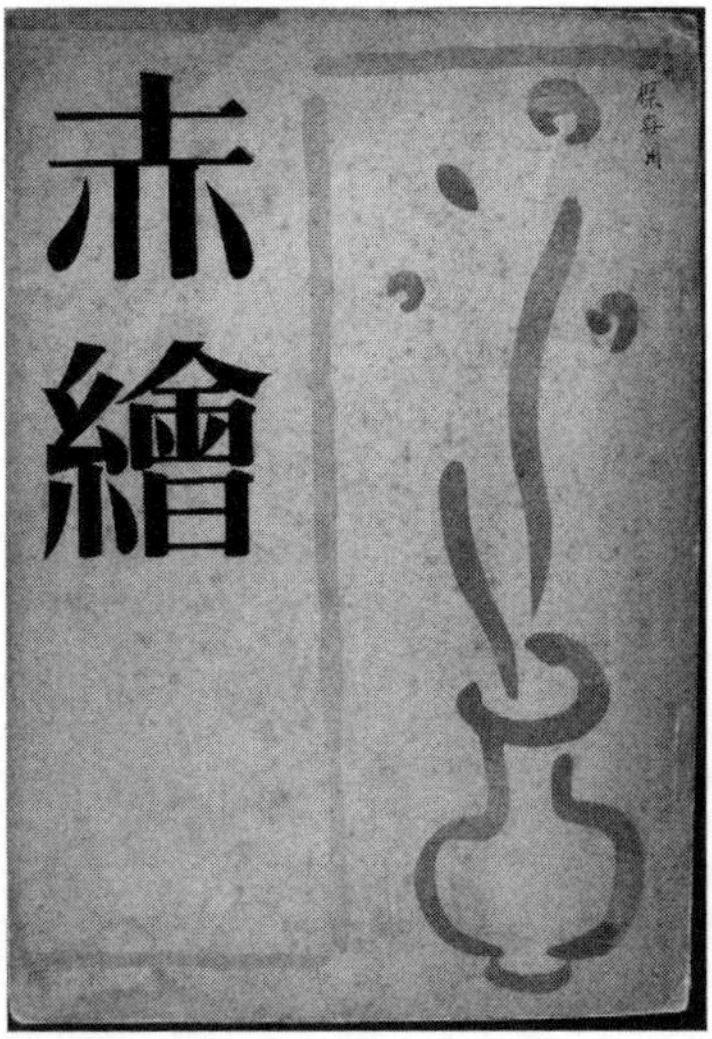

図版2

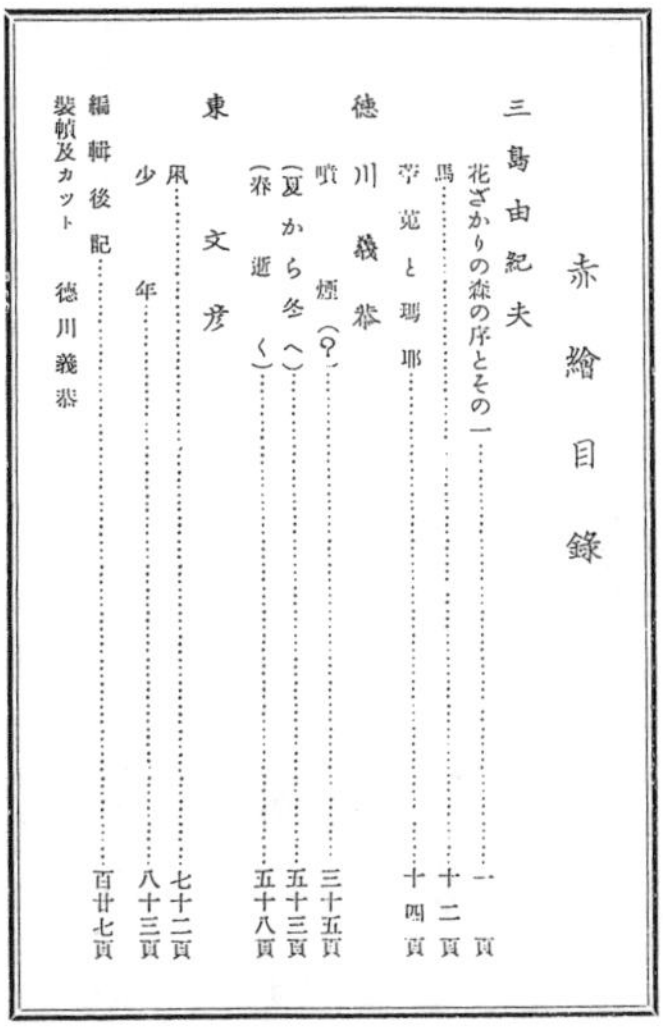

赤繪目錄

三島由紀夫
花ざかりの森の序とその一……一頁
馬……十二頁
苧菟と瑪耶……十四頁
徳川義恭
噴煙（?）……三十五頁
（夏から冬へ）……五十三頁
（春逝く）……五十八頁
東文彦
凧……七十二頁
少年……八十三頁
編輯後記……百廿七頁
裝幀及カット　徳川義恭

図版3

と作品がどのような順序で配列されているかは、複数の作者が同居する雑誌メディアにおいて重要なメッセージとなる。

A5版、百二十六ページある本文は9ポイント・五十一文字×十八行一段組で、「後記」のみ8ポイント・十八文字×二十二行×三段組。表紙（図版2）は徳川によって描かれた、花と花瓶の絵である。その構図は「赤絵」の文字と重なって志賀直哉「万暦赤絵」（昭和八・九『中央公論』）を連想させる。同人が三名とも学習院出身であることもこの連想を容易にする。また、徳川による挿絵が各小説の冒頭ページに一点ずつ添えられている。版組のためもあって、戦時下の学生同人誌としては比較的ゆったりした印象を与える。

「赤絵目録」（図版3）は、三島・徳川・東の順に、作者名を上位に置き作品名を段落ちで並べる配置を取る。『文芸文化』『三田文学』といった『赤絵』同人が寄稿した文芸誌や当時の商業誌の目次では、作品名を上位に作家名を下位にする場合がほとんどである。作家名の配列はいちおう年齢順であり、慣例を知らなかっただけとも考えられるが、第二号でも徳川・東・三島の順に、やはり作者名を上位に配置している。「目録」という表記も含めてなんらかの意図があったと考えられる。また、徳川の作品名に

「(?)」や「( )」といった記号が付されている。本文の内題にこのような記号は存在しないので、作者の責任において付けられたタイトルの一部ではないだろう。編集段階で原稿かゲラに書き込まれ、そのまま消されずに活字に組まれ印刷されてしまったものと思われる。単なるミスとみなすことは容易だが、そこにも意味を読むことはできないだろうか。

また、この雑誌には「発刊の辞」がない。著名人の寄稿や巻頭言もない。(2) 創刊までの経緯もまったく語られていない。前述の「後記」でも、同人紹介の短文に『学習院輔仁会雑誌』『文芸文化』『三田文学』の各誌名と、東の師である室生犀星の名前があるほかに固有名はない。のちに初の作品集『花ざかりの森』(昭和一九・一〇 七丈書院)の「跋に代へて」で三島が十八名の作家の名前を挙げて「当時の文壇の流行的革新的風潮への迎合」(奥野健男『三島由紀夫伝説』平五・二 新潮社)を示したのと比べ、非常に控えめであることがわかるだろう。しかし、それは同人たちの熱意を雑誌という形態にまとめあげるに至った理念や目標の表明が誌面に見あたらないということでもある。

では、『赤絵』は文学好きの学生たちが、経済的な余裕を背景に特筆すべき理念のないまま創刊した閑雅な同人誌だったのだろうか。しかし、本章冒頭に掲げた「後記」の一文を末尾に置くことによって、『赤絵』はその「さゝやかな意図」を誌面から読みとることを読者に要求しているのである。

さらに「後記」には「東文彦兄はさきごろこの作に「東洋的な静けさ」といふ批評を下さいました。わたくしはそれが大さう嬉しうございました。」(三島)、「東、平岡両君から勧められて、久しぶりでこの習慣(3)が破られることは嬉しい。」(徳川)などと、同人の親密さを示す表現がある。学生同人誌の特徴といえばそれまでだが、同時代読者はその親密さのうちになにか疎外めいたものを感じなかったか。つまり、同人の間で意見の交換があり、練り上げられた「意図」を共有しながら、それを言説として明示することをはばかる気配が感じられるのである。相当な決意をもって『赤絵』を創刊したことは伝わるものの、なにを目指しているのかは語られていない。それが『赤絵』第一号の形態における特徴といえるだろう。

さて、私たちがこの「意図」を論じる際には誌面以外に大きな手がかりが残されている。それは東と平岡公威の間に交わされた書簡群(4)である。結核で療養中の東が平岡と面会して話し合う機会は少なかった。そのため書簡は二人の交友の大半を占めるものといえる。肉筆の生々しさやプライバシーの記述から、書簡は特権的な価値を持っている。ことに、そのコミュニケーションのほとんどを書簡に依存していた東に対する平岡書簡の内容は詳細である。しかし、この書簡群を論ずるにはいくつか注意すべき問題がある。

まず、平岡が東に宛てた書簡は公表されているが、東による平岡宛書簡は『遺稿集　浅間』（昭和一九・七　私家版）や展覧会カタログに掲載された八通しか公表されていない。そのため、二人の間のコミュニケーションがどういう性質をもっており、書簡のなかのある発言がどういう流れで語られているか、判断がむずかしい。そして、人は書簡において安易に本音を語らないということもある。相手の元に文字が残ることや感情の齟齬を避ける配慮などから、書簡において真実はより隠蔽される可能性がある。また、書簡が公表されておらず書簡以外のコミュニケーション手段をもっていた徳川との差異を図ることも困難である。書簡コミュニケーションにおいては、相手との関係上ある種のバイアスが形成されるが、この場合、そのバイアスを測定する手段は整っていないのである。

このような点から、次節以降においては『赤絵』、とくにその掲載作品と書簡との比較によって生じる落差に注意したい。『赤絵』について東宛平岡書簡はさまざまな内容を語るが、書簡という閉鎖的なメディアにおいては語られた事柄が、なぜ雑誌という開かれたメディアにおいては隠されるに至ったのか。この態度から『赤絵』の「さゝやかな意図」を読むことによって、個人全集的思考から自由な立場を得たい。そのために必要とされるのは、掲載された各作品の読解とその配列に関する考察であろう。

2

「目録」につづく本文第一ページ（表記も「一頁」）は三島由紀夫「花ざかりの森の序とその一」（以下「序とその一」と略す）の内題と挿絵、序文（無題で、（由紀夫）と末尾にある）である。この配列について筆者は前節で「いちおう年齢順」と述べたが、はたしてそれだけの理由で「序とその一」は『赤絵』巻頭に選ばれたのだろうか。巻頭言や創刊の辞のない『赤絵』にとって、巻頭作品が担う役割は必然的に大きなものとなる。その位置に旧作である「花ざかりの森」の、それも全体の１／３程度にすぎない「序とその一」が配置されることによって浮上する意味を考えたい。

この問いに関して作品読解上、次の検討課題が生じる。すなわち、なぜ「花ざかりの森」は部分的な再録なのか、という点である。言いかえれば、既発表の「花ざかりの森」から後半章を削除することによって、「序とその一」にどのような意味が浮上するかということである。もしその意味が『赤絵』巻頭に置かれるに足る意義を含んでいたとすれば、その問いは『赤絵』の「意図」の解明に通じるはずである。

「花ざかりの森」が「序の巻」「その一」と「その二」以降で著しく印象が異なることは従来の研究に指摘がある。昭和十六年八月五日付の東宛書簡には、

拙作の御解釈よくわかりました。筋道のとほらぬといふ点ではあの作は私の今までのもの丶うちでも一番甚だしいもので、その筋道の透らぬ処へもつていつて、筋道のとほりすぎねばならぬやうな系譜的主題を企てたのですから、その点、全く木に竹をついだやうな具合になつてしまひました。

とあり、七月中旬と見られる完成直後にはすでにその点を東に批判されていたことが分かる。「序の巻」と「その一」は語り手である「わたし」の現在が語られ、「その二」以降は「わたし」と深い縁をもつ三人の祖先を主人公とした物語である。そこに大きな断層があることは明白だが、右に引用した平岡書簡をみると東の批判は表面的な問題に止まらず、作品の「主題」に踏み込んだものと思われる。その「主題」とは何だろうか。

「序の巻」は、時間も空間も定かではない、ある「土地」に暮らす語り手「わたし」の心境が綴られている。全体は一行アキで三節に区切られており、その二節目に「追憶」という感情が語られる。「追憶」とは「現実におくためにはあまりに清純すぎるような感情」を「現在」に映し出すための装置であるという。あまりに「清純」な「感情」は容易に表現できないので、「追憶」という心のはたらきによって比喩的に指し示し、表現するという意味になる。

第三節で「わたし」は、この「追憶」の手段を持つことが「祖先」との共生を可能にする、という。「今日、わたしどもの心臓があまりにさまざまのもので囲まれてゐる」ため、「祖先」と共生することができない状態にある。「わたし」は「美」を秀麗な奔馬に、「今日」の状況を手綱を放して馬を汚す「厳しさ」に、それぞれなぞらえて表現する。そして「祖先」とは「あるがまゝのかたちに自分を留め一秒でもながく「完全」をたもち、いさゝかの瑕瑾もうけまいとする、――消極がきはまつた水に似た緊張のうつくしい一瞬であり久遠の時間である」ような「刹那」の経験の、やはり比喩であると語る。章が進むにつれ、この「刹那」の経験の呼称は変化するが、ここでは〈純粋体験〉と呼ぶこととする。(5)

つまりここで語られている「祖先」とは系譜上の祖先ではなく、擬人化された〈純粋体験〉である。右に引用した「序の巻」末尾の語りはきわめて分かりづらい。それは、言語化の困難な経験をいかに言語化するか、という命題に語り手自身が取り組んでいるからである。しかも、語り手は擬人化された対象をさらに比喩で解説しようとする。そのため「序の巻」は理解が困難なのである。

ところでこの〈純粋体験〉を「わたし」が「祖先」にたとえるのは、「わたし」が〈純粋体験〉から隔てられた存在である一方、〈純粋体験〉の体験者が系譜上の「祖先」のなかに存在しているからである。「わたし」が彼らから隔てられていた理由は「その一」に描かれる。「だれしもはげしい反撥をかんじずにはゐ」ない、「丈たかい鉄門」の中の生活。「威丈高」なその門の中で「わたし」は「病気」に侵された祖母と「アメリカナイズされた典型」である母と同居して幼年時代をすごした。「わたしの家のおほどかな紋章」にたとえられる父は離れに追いやられ、それに不満も持たずに暮らしている。すなわち、「病気」と「当世」とに取り囲まれた環境によって「わたし」は〈純粋体験〉から隔てられている。

しかし「その二」にいたり、「病気」によって「わたし」を〈純粋体験〉から隔てていた祖母が死ぬと、「ふるびた唐びつ」から祖先のひとりである「熙明《ひろあき》夫人の日記」が発見される。「わたし」同様、熙明夫人も夫の「病気」によって「おもくるしい哀しみふかい介抱」にいそしんでいる。ところが夫の午睡のさなかに城の櫓から山の中腹を凝視し、そこに小さな「おほん母」を発見する。この母の胸には十字架が光っている。夫人は「感動」に包まれる。

このときの夫人の「感動」にはいくつかのプロセスがある。まず、夫人は聖母を発見し、「感動」に包まれる。「感動自身には歓喜もなげきもない。それは生命力のたぐひである。」。ここで〈純粋体験〉は「生命力」と呼ばれる。しかしこの「感動」は言葉の作用によって即座に「意味」が付与されることになるだろう。そこで「もしやその意味は真の意味とはもはやかけはなれた縁《えにし》ない意味ではないのか」と夫人はおそれをいだく。いわば、言葉によって〈純粋体験〉が類型化されることを夫人はおそれているのである。そこで、夫人は「祈り」を捧げることに思い至る。「禱りは生命力の流露」であり、ここにおいて「生命力はいまかの女自身である」。

　この箇所において熙明夫人は二度の「感動」のプロセスを経験する。まず、聖母の姿を発見したことによる受動的な「感動」。「わたし」は聖母の顕現を「切羽つまつた場合にだけ、憧れが摂るうつくしい手段」と解釈する。「かの女の祖先」が蒔いた種を夫人が開花させたのが聖母顕現の理由であると「わたし」は語っている。つまり、夫人自身は知らなかったが「祖先」が夫人を導いたのだ、というのである。これによって熙明夫人は言葉を介在しない「生命力」と受動的に接することができた。しかし、それは次の瞬間に「意味」が付与される宿命にある。「ほんたうの意味」がありきたりな言葉にすり替わりそうな刹那に夫人は「祈り」を捧げることを思いつく。これによって「かの女はもはや人体」ですらない「生命力」そのものとなる。つまり、いちど受動的に体験し、「意味」によって汚されそうになった「感動」を、今度は「祈り」によって能動的に生み出すことによって、夫人は「生命力」の獲得に成功したのである。

　受動的に体験した「生命力」をふたたび能動的に手にすること。それは「序の巻」で「わたし」が望む「祖先」との共生と同じ構造を持っていることがわかるだろう。「その二」の冒頭で「わたし」は「わたしの憧れの在処を知つている。」とし、自らの「祖先」の正統性を言挙げしているため、自らに「憧れの種子」があることを「わたし」は確信している。幼年時代に祖母の「病気」との同居を強いられた「わたし」がいま触れたいと願っているのは「生命力」であり、その資格を有していることを、自らの「血すぢ」に見出される「憧れ」の情の存在によって証明しようというのが「序とその一」の「わたし」の語りである。

　そのように考えると、「花ざかりの森」、とくに「その二」が、『赤絵』第一号に発表された「苧菟と瑪耶」とよく似た「主題」をもっていることがわかる。「苧菟《おつとお》と瑪耶《まや》」は永遠の存在である恋人・瑪耶を失い、ふたたびめぐりあいたいと願う苧菟が、一度は瑪耶の顕現によって姿を見ることに成功するが、次にはやはり「祈り」の力によって「なんのたすけもかりずに自分のなかに瑪耶を完成させるすべを会得」するまでの物語である。(6) この、苧菟による瑪耶獲得のプロセスは熙明夫人の「生命力」の場合と同様である。ここに、「花ざかりの森」の「その二」以降が割愛された理由の一がある。つまり、『赤絵』第一号においては、「花ざかりの森」の「その二」に描かれた〈純粋体験〉獲得のプロセスが「苧菟と瑪耶」においてふたたび描かれているために、「その二」以降が割愛されたのだといってよい。

では、このような「主題」をもつ「その二」以降を切り離すことによって、「序とその一」にはどのような意味が浮上するだろうか。「その二」以降の主人公たちは、〈純粋体験〉獲得の一瞬を求めてやまず、その憧れを物語に記そうとした女性たちである。「その三（上）」の女人は「憧れ」の対象である「海」に直面して怖れをいだき、そこで踏みとどまってしまう。しかし、彼女はそれを一巻の「物語」に仕立て、「わたし」の祖先に献呈した。「その三（下）」の伯爵夫人は若い日に「海」への「あこがれに没入」するが、結局その生涯を通じて「あこがれ」の対象を手にすることはない。しかし、晩年の彼女は山荘を訪れる人に「海のおはなし」をする。このふたりは、熙明夫人が経験した〈純粋体験〉に憧れて果たせなかった。しかし、それを言語化することによって「わたし」に「憧れ」の種を蒔いた祖先たちといってよい。

しかし、「わたし」は彼女たちとは異なり、直接に〈純粋体験〉を求めていない。「わたし」は祖先との共生を願い、「真実と壁を接して住」んでもらうことによって、「真実」がそれ「本来の衣裳を身につける」ことを念願する。ここには間接的なプロセスがある。すなわち、直接〈純粋体験〉を求めるのではなく、〈純粋体験〉を体験した「祖先」を求め、「祖先」と共生することによって〈純粋体験〉を手にしようと「私」は語っている。直接〈純粋体験〉を追い求めた「祖先」たちと、その「祖先」との共生を果たすことによって〈純粋体験〉を手にしようとする「わたし」には方法上の差異がある。そして、「わたし」の語る擬人化の方法は〈純粋体験〉を手中に収める術であると同時に、同じ願いを持った「祖先」をも「現在」から救済しようという二重構造である。「花ざかりの森」の「わたし」は二兎を追いかけたよくばりな語り手であって、これが読解を困難にしている。

しかし、「その二」以降を切り捨てることによって、〈純粋体験〉への問いはある指向性、いいかえればイデオロギー性を帯びることになる。つまり、「わたし」の願う〈純粋体験〉がかつて「わたし」の祖先にあったという根拠は隠蔽され、「祖先」と共生したいという方法論だけが提示されることになる。ここに、「その一」における「アメリカナイズ」された「「当世」の女」である母の表象が加わるとき、「祖先」と共生したいという希望とそれのできない現代、という文明論的なメッセージが強調されることになる。

このように考えると、「序とその一」が『赤絵』巻頭に置かれることによって浮上する意味がわかるだろう。「花ざかりの森」で描かれた〈純粋体験〉の「主題」は切り離され、「祖先」との共生という「わたし」の方法論が「主題」に切り替えられたのである。「大みことのり以前の作物を、それ以後の時代の陽光にうつしてみて、真偽ほどを試さうといふ気持」（前述無題序文）という表現によって、この「主題」は政治性すら帯びることとなる。いうまでもなく、当時の文壇においては〈日本的なるもの〉への問いがくりかえされていた。また、誌名が『白樺』を想像させることから、「祖先」との共生という「主題」は学習院における「血すぢ」の正統性を『赤絵』に付与する。個人的・内発的なモチーフよりも社会的・メディア的なメッセージを提出することによって、「序とその一」は『赤絵』における巻頭言のかわりとなっている。

しかしそれはあくまでも「序とその一」の解釈を通して理解される事柄であり、けっしてあからさまな主張として『赤絵』に明文化されているわけではない。筆者としては、ここに「後記」で東の記す「さゝやかな意図」の一例をみたいのである。それは、声高な主張を控え、作品を丹念に読み解いた者が気づけばよいという、控えめな『赤絵』の意思表示といえるのではないか。

3

さて、「序とその一」の巻頭掲載が『赤絵』第一号の「さゝやかな意図」を語っているとしても、それはせいぜい「赤絵目録」の「三島由紀夫」の項目内にとどまり、雑誌全体の「意図」とするには足りないという考え方も成り立つ。しかし、「序とその一」と同じ「意図」の痕跡は徳川・東の作品にも見ることができる。これによって、前章に見た「さゝやか」さが「赤絵」第一号全体の「意図」として一体化していることを論証したい。

まず、徳川の作品から。徳川の作品はページ順に小説「噴煙」、詩三編よりなる「夏から冬へ」、小説「春逝く」の三作品である。この配列は作品内の季節の経緯をふまえたものであろう。『赤絵』の挿絵、あるいは『学習院輔仁会雑誌』に掲載された絵画や文芸創作からは、徳川の芸術観が観照的な立場にあったことがうかがわれる。「元来、僕の感情は絵の方に向いてゐる。生活と絵画がぴつたりする処まで行つてゐる位だ。」と「後記」に記していることからも、季節感を重視した徳川の芸術観は、文芸より絵画に向いていた。「後記」で「感興が湧いて来ればすぐに絵筆をとることになつてしまふ。」と記しているように、徳川は平岡や東ほどには文学に熱心ではなかったようみえる。それゆえ、ここに掲載されている作品も、「序とその一」のイデオロギー性には遠い。

「噴煙」に例を取ろう。健吉と母は病気（アルコール中毒か）療養中の父に会うため草津へ向かう途次、軽井沢に宿を取る。母は「あの子はどうも少し他人様の子供とは違ふやうだ」、「人一倍だらしない生活をした」「父親の血があの子には流れてゐる」という思いから「子供を可愛がることが出来ない」。そして別荘住まいをする美しい姉妹をみて「女の嫉妬」を感じ、「健吉が女の子だつたら……」と思う。健吉はだれにもかまってもらえない寂しさから土産物屋のピンポン球を盗む。翌日、母は停車場で草津ではなく東京行きの切符を買う。浅間山が噴火をはじめる。彼女は「冷静と云ふには余りに複雑した気持」のまま車中に座っていたが、身を乗り出す健吉をやさしくたしなめる言葉が自然に口をついて出た。それで「幾分、心のわだかまりが解けたやうな気がした。」という緩和が示されて作品は閉じられる。軽井沢に集う上流階級の生活を対照させることによって健吉親子の不遇を強調し、同情的にその内面に踏み込むことで社会を発見した驚きを表現する。この素朴な図式は当時の『学習院輔仁会雑誌』に頻出する小説の類型でもある。(7)

徳川の小説は、社会に対する関心とそれを声高に論じない作風において「序とその一」で三島が示した方向性に合致しているとはいえるが、学習院の類型を出るほどの社会意識や方法論を示すものではない。また、同様の作風は『白樺』創刊期の作品、たとえば志賀直哉「網走まで」や正親町公和「萬屋」（いずれも明治四三・四『白樺』）などにもみることができる。徳川「東さんのこと」（東文彦『遺稿集　浅間』）に「私は武者小路実篤氏、志賀直哉氏から温い指導を受けてゐた」とあり、徳川は白樺派の人脈に連なる存在だったことがわかる。さらに、父の淫蕩な血を気に病む母の心情は自然主義的な発想が背後にあり、同じ「血すぢ」を問題としていてもアクチュアルな時代性に寄り添う「序とその一」に比べて新鮮味に欠ける。徳川作品は手慣れた題材によって書かれた作品といえる。それが作品を『三田文学』や『文芸文化』といった当時の新しい潮流に連なる場所に発表していた他の同人の目に古めかしく見えたとしても不思議ではないだろう。そもそも、学習院での活動にあきたりない思いを感じていたからこその『赤絵』刊行であったはずである。

病床にあった東が編集の実務に携わることは困難であった。一方、徳川は「後記」で「東、平岡両君から勧められて」小説を書いたと述べている。この表現は、雑誌の計画が具体的になってから同人に加入したことを暗示しており、さほど刊行に熱心であったとは考えにくい。また、昭和十七年三月二十八日付の東宛書簡で平岡は徳川から『赤絵』の表紙・カットの絵を預かり、カット画について「あまりにも素人雑誌向」と酷評している。これによって編集の実務を平岡が担当していたことが分かると同時に、徳川の『赤絵』に対する態度に疑念を持っていたことも推測できる。

そのような不満の痕跡が「目録」に残った「(?)」や「( )」という文字通りの疑問符であったとは考えられないだろうか。徳川の作品のできばえに疑問をもった平岡は、徳川作品の掲載を決定する以前の編集段階で「赤絵目録」の原稿ないしはゲラにこの記号を書き記し、うっかり消し損ねたのである。しかし、この痕跡が消されずに残ったことによって、『赤絵』にひそむ「意図」に対する作者間の意識の違いが露呈し、かえってその「意図」を浮き彫りにしたと言うこともできる。

次に、東の作品に移る。東の作品は小説「凩」「少年」の二作である。このうち、「凩」は乗馬に興ずる上流家庭子弟の何気ない言動にひそむ内面の葛藤を描いたもので、堀辰雄に高く評価されたことが昭和十七年七月二十五日付東菊枝（東の母）宛平岡書簡に伺える。しかしここでは「少年」に注目したい。「少年」は末尾に（一五年三月―五月作十月―十一月改作）とあり、同じく（一六・一一・七―一一・二八）とある「凩」より古い。それは三島の場合と逆の配列である。にもかかわらず、この作品が『赤絵』の掉尾に配置されていることは「序とその一」の巻頭掲載同様に、『赤絵』の「意図」と関連があると思われる。

小学校六年生の章は訓導たちに不良少年扱いされている。官吏だった父を亡くし、母・幾子、姉・香都子と生活している。香都子の夫・浩平が思想犯として捕らえられて以来、家庭内には当たらず触らずを主義とする煮え切らない空気が流れている。鋭敏な神経を持ち、死に魅せられている章は、窒息しそうなやりきれなさに追いつめられてゆく。いたたまれない気持をかかえた章は、子犬と戯れながら道路の方へ駈け出してゆく。章の声はもうどこからも聞こえてこない、という全七章、『赤絵』第一号ではもっとも長大な作品である。

不良少年家庭を題材にしている点で、「少年」は「噴煙」に通じるものがある。しかし「少年」の場合、義兄を政治思想犯としている点に、より踏み込んだ問題意識を読みとることができる。章が不良化した原因である、訓導の偏見と冷え切った家庭とは、ともに浩平が政治思想犯であることに起因するからである。しかし、「少年」においてこの問題が直接取り上げられることはない。救いのない結末に向けて少年を追いつめてゆく遠因として暗示されるにとどまる。前述の東菊枝宛書簡によれば、堀辰雄が「なにもかも自分の無意識の内に行動しつゝ、だん〳〵あゝいふ悲劇になつてゆくやうに描けてゐたら」と「少年」を批評した旨が記されているが、それはある程度このもくろみが実現されていたからこその批評と言えるだろう。

その描写方法について平岡の助言があったことを、私たちは昭和十五年十二月二十日付東宛平岡書簡に知ることができる。

「少年」実に有難く拝見しました。あの小説で一番私がびつくりしたのはやはり貴下の「小説の巧さ」です。〔中略〕然しこれだけ根本においてすぐれてゐても、尚、文章と表現には物足りないものがあるやうに思はれます。少年の心理を年長の人が書く以上、もう一寸突つ放した、さらりとした、稚拙な文体の方が適しはいたしますまいか。それから浩平の書斎での章の長い独白。どうも大人つぽすぎるやうに思はれます。就中わざとらしいのは大団円のレコオドの場合で、あゝいふ場合、生意気な中学生かなんかでなければ、あんな態度はとりますまい。章の思想は子供の不良にしては何だか妙です。大人が懸命に子供に扮して演じてゐるやうです。失礼な御批評を申し上げました、お許し下さい。

平岡はこの書簡で、あらわな社会批判ではなくプロット全体を通してにじみ出てくるような主張のあり方を要求している。『赤絵』に掲載された「少年」に「書斎での章の独白」や「大団円のレコオド」のシーンは存在せず、章が思想を語ることもない。作品末尾では昭和十五年十一月の改作とあるが、東がこの助言を聞き入れ、昭和十五年十二月二十日より『赤絵』投稿までの一年あまりの間に改稿したことがわかる。

こうした特徴は太平洋戦争開戦以降の状況において「少年」を時代遅れにさせずにすんだ要因といえる。昭和十五年十二月以前の「少年」においてどのような「思想」が語られていたかは不明だが、もしここで声高な「思想」が章を通して語られていたら、それは陳腐化につながりかねない。「序とその一」の無題序文にみる「大みことより以前の作物を、それ以後の時代の陽光にうつしてみて、真偽のほどを試さう」という意図は「少年」に対しても適用されるのだろう。「少年」はこの改稿によってその試練に耐えうる作品になったといえる。

このように考えると、「序とその一」巻頭掲載と「少年」の巻末掲載には共通する「意図」が存在することがわかる。『赤絵』第一号の「さゝやかな意図」とは、戦時下の社会に対する批評性をもちつつもそれを声高に訴えようとするのではなく、むしろそのような要素を慎重に取り除いたうえで、作品の内容とその配置やたたずまいから自ずと同人の熱意を読者に伝えようという、高踏的な理念であったということができる。それは、太平洋戦争開戦前後におけるメディアと文壇の状況に対する態度としては一定の意味をもつようにも思われる。しかし、『赤絵』に対する反響が当時のメディア上に確認できないところをみると、彼らの「意図」はその「さゝやか」さ故にインパクトをもちえなかったのかもしれない。

東宛平岡書簡を通読すると、この結論を補強するような言説が存在することに気づく。昭和十八年三月二十四日付東宛書簡で平岡は「近頃近代の超克といひ、東洋へかへれ、日本へかへれといはれる。その主唱者は立派な方々ですが、なまじつかの便乗者や尻馬にのつた連中の、そこゝにかもし出してゐる雰囲気の汚ならしさ」を東に伝える一方、「我々は日本人である。我々のなかに「日本」がすんでゐないはずがない。この信頼によつて「おのづから」なる姿勢をお互に大事に」することで、『白樺』同様の信頼感を作り出そうと東に語りかけている。また、

『赤絵』第二号刊行後の昭和十八年九月十四日付書簡では「世人の「赤絵」に対する非時局だといふ批評を、屈服させる本当の道は、ほら赤ゑ同人だつて戦時生活がかけるぞ、といふやうなやり方でなく、相手をしてなにか厳かな美しさの前に沈黙させ、どんな論議も泡のやうなものだとおもはせるだけの源をさがしあてることであらうとおもひます。」と論じている。これをみると、時局に乗じ声高に戦争を賛美する「お先走りの文報連中、大東亜大会などで大獅子吼を買つて出る白痴連中」（後者の書簡）に迎合するのではなく、静かに「美」を提出しつづけることこそが真に日本的なありかたであるという信念が平岡にあり、それが東を動かして『赤絵』の誌面ができあがったのだ、と考えてみたい誘惑に駆られる。

もちろん、右の書簡は『赤絵』第一号刊行後のものであり、東が口頭なり書簡なりで示した「意図」に添うように書かれた可能性は排除できない。刊行以前である前述の「少年」改稿に関する書簡も、すでに東に「さゝやかな意図」があったからこそ助言として聞き入れたのだという解釈も成り立つ。それでも、読者に理解されなかったにせよ、この「意図」に自信を持っていたからこそ、「さゝやか」にふるまう必要のない仲間である東に対する書簡の中で右のように語られたということができるだろう。

4

さて、最後にその「意図」が及ぶ方向について考えてみたい。これは冒頭で述べた流通の領域ということになる。一般に、同人誌の流通する範囲を確定することは困難である。採算が優先される商業誌の場合には、あらかじめ読者層（＝購買層）が想定され、その嗜好に叶う誌面作りがなされる。そのため、誌面の形態と言説内容からその雑誌の読者層を推測することができる。しかし、発行部数が少なく商業ルートに乗らない同人誌の場合、不特定多数の読者に選択されるための配慮は一般に稀薄である。

同人誌の作者は発行者を兼ねる。『赤絵』の場合、製作部数はおそらくほんの数百部にすぎず、当然のことながら流通範囲も極めて限定的であった。そのため、雑誌ではあってもそのメッセージはパーソナル・コミュニケーションに近い流通の方法と内容をもつことになる。作者＝発行者にしてみれば読者が想定しやすく、形態や言説といったメッセージに対してもある程度の自己規制が働くことになるだろう。具体的に作者たちが念頭に置いた読者層が一部でも明らかになれば、先に述べた「意図」＝『赤絵』の発信するメッセージの範囲と指向性を理解することが可能となる。

これを考える手がかりがひとつある。それは諏訪精一氏所蔵の『赤絵』第一号である。氏の所蔵する『赤絵』第一号には際だった特徴がある。それは、誌面に遺された書き入れである。

その特徴を述べよう。まず表紙右上部に二箇所の書き入れがある。書き入れはいずれも「保存用」とあるが、大きい字が黒ペン、小さい字が赤ペンで記されており、両者は同じ筆跡である。次に、「赤絵目録」のページに小さな書き入れがある。先述した徳川義恭「噴煙」に対する（?）の誤植を訂正するもので、「?・」の部分に斜線が二本、これも黒ペンで書かれている。次に、十二ページの三島「馬」の本文一行目冒頭に「あの鳥が」とある誤植を「鳥」の字に×を付け、となりに「馬」と訂正してある。中身に関する書き入れはその程度である。

注目すべき書き入れは裏表紙にある。裏表紙には全部で八行に渡って、やはり黒ペンで人名（名字のみ）が書かれている（図版4）。その人名を掲げよう。

室生3　堀　林芙　川端　宇野浩　伊藤整　福田　日比野　河原
永沢10部　秦　森田　椎木　居野　石光　戸川　乾　徳大寺　坊城

岡崎　田中　豊田　田中峰　和木　成瀬　山崎　佐々木　風早
入江　佐久間　松村
徳川
平岡
久米
菊池
藤村　津村　秋聲　川崎　亀井　横光　井伏　ヤ島　久保田　森田
柳田　芹澤　中里恒子

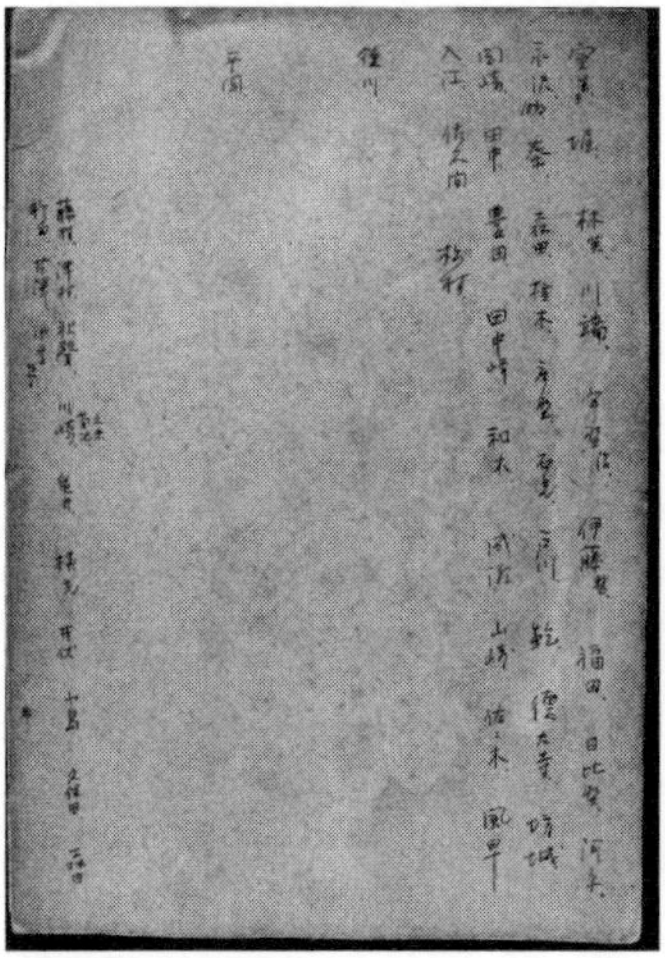
図版 4

名字しか並んでいないので憶測は慎まなければならないが、「室生」「堀」「川端」等、当時の有名作家の名字も散見される。一方、同人である「徳川」「平岡」の名前はあたかも部類立てのように別の行に書かれている。その一方、もうひとりの同人であった東の名前はここにない。

なぜ東の名前がないのか。それは書く必要がなかったからである。つまり、右の四行に渡る作家名の集合群は「東」でまとめられる場所ではないだろうか。そして「東」の名前をそこに書き記す必要がない人物、それは東本人である。本人であれば自分の名前を書かなくてもその人名の集合群が自分にかかわることはわかるからだ。ちなみに『遺稿集 浅間』には「病中のノート」として東の自筆ノートの写真が掲載されており、印象としてはよく似た筆跡である。この二点から、この諏訪氏所蔵『赤絵』第一号が東の旧所蔵品であったという推測が成り立つ。つまりこの書き入れは、東が自分で『赤絵』第一号を寄贈した人名を右の欄に記したのち、徳川や平岡が贈った人名を両者から聞いたら空欄部に記すつもりでスペースを取った、寄贈者リストではないだろうか。「徳川」「平岡」の欄に人名が書き込まれていれば、『赤絵』第一号の流通の領域は具体的かつ明瞭に分かったはずだが、残念ながらその書き入れはない。したがって以下の考察は東のもっていたコネクションのみ、それもある時点までのものによる。

まず、冒頭の二名・室生（犀星）、堀（辰雄）は東の師であり、雑誌『四季』に連なる人物である。東は医師・秦勉造（表にある「秦」か）の紹介で昭和十五年頃より室生犀星に師事し、作品の添削を受けていた。犀星は東の才能を高く評価しており、『遺稿集 浅間』に「東文彦君の遺著」を寄せている。これによれば、生前は一度も対面することなく、原稿の上だけの交流であった。作品ができると東の母が「それをこくめいに清書して勢ひ込んで」持参してきたという。堀辰雄については昭和十七年七月二十五日付の東菊枝宛平岡書簡に、『赤絵』に対する堀の批評の一端がうかがえる。また、昭和十八年二月十一日付の平岡宛東書簡には、東の「方舟の日記」（昭和一八・六『赤絵』二号）を『四季』に投稿する旨が記されている。このように、東は師弟関係を通じて『四季』に連なっていた。これによって、左側のブロックに中里恒子の名前があることも頷けるし、「津村」は津村信夫と推測できるだろう。

次に、『三田文学』に関係する名前もここには見出しうる。東は「章子」（東の長編「浅間」の一部。昭和一七・三）「冬景色」（昭和一八・二）の二作品を『三田文学』に発表している。それには犀星の助力があったと考えられる。

「室生」の下には「3」と書かれているが、この数字は贈った冊数と考えられる。『四季』『三田文学』両誌にかかわる人脈をあてにして犀星には三冊を贈ったのだろうか。他に『三田文学』関連から人名を判断すると、「田中峰」が田中峰子、「和木」が『三田文学』編集長の和木清三郎と考えられる。その他、「田中」が田中孝雄、「福田」に福田清人といった名前が推測される。伊藤整以下の四名に関しては、平成十七年に神奈川県立神奈川近代文学館において開催された『生誕80周年・没後35周年記念展　三島由紀夫ドラマティックヒストリー』カタログに掲載された昭和十七年八月十八日付平岡宛東書簡に「「赤絵」をこちらからあげたのは、河原さんを通じて、伊藤整、福田清人、日比野士朗など」とある。

学習院関係者としては右のブロック二行目にある「徳大寺」「坊城」、三行目の「成瀬」「風早」、四行目の「入江」などが掲げられる。学習院には同姓の学生が多いので断定は難しいが、いずれも文芸部の関係で交際があったと考えられる人物である。

最後に、身内に通じる人名。先に「秦」が医師の秦勉造ではないかという推測をしたが、そのほか「石光」は外祖父である石光真清の家族（真清は昭和十七年五月に死去）であろう。「乾」は『遺稿集　浅間』に追悼詠を寄せている民法学者で弁護士の乾政彦であろう。乾は東の父・季彦の実弟である。この兄弟はともに佐佐木信綱門下の歌人であった。佐佐木信綱は『遺稿集　浅間』に「悼歌」一首を寄せている。とすれば、三行目の「佐々木」は信綱であろう。

十部も贈呈している「永沢」が判然としないなど、調査には限界があるが、その他林芙美子、川端康成、宇野浩二、伊藤整、島崎藤村、徳田秋聲、川崎長太郎、菊池寛、久米正雄、亀井勝一郎、横光利一、久保田万太郎、柳田国男、芹澤光治良といったあたりはまちがいないだろう。ただし、左側のブロックに連なる名前は大御所であり、「川崎」のとなりに「菊池」「久米」が並ぶことでわかるように文壇の配置図そのものである。左側に少し低く小さな字で書かれていることからも、これは今後贈ってみたい作家のリストではないだろうか。実際、現在筆者の知りうる限りにおいて左の欄にある作家名と東とは交流の形跡がない。『赤絵』が『白樺』を意識したものだとしたら白樺派に連なる名前がないのは奇妙だが、先に述べたように徳川義恭が志賀・武者小路と関係していたので徳川が贈ると考えたのだろうか。

平岡公威はだれに寄贈しただろう。昭和十八年七月二十九日の東宛書簡には『赤絵』二号を贈った返事として池田勉と『故園』の斎藤という名前を掲げている。また、昭和十八年八月八日付の書簡には池田のほかに『文芸文化』同人として栗山理一と蓮田善明に贈ったとある。その他、この書簡には伊東静雄、佐藤春夫、田中克己の名前がある。東没後、東菊枝に宛てて書かれた昭和十九年八月十四日付書簡には、『遺稿集　浅間』の送付先として「清水先生」「豊川先生」「中河与一氏」「林富士馬」の名を掲げている。平岡の場合には覚え書きもなく、書簡に記載された名前はその都度の話の流れから話題に挙げたものであるため客観的な判断はできないが、清水文雄宛書簡をみると、『文芸文化』に連なる同人や、保田與重郎などに贈ったことが想像できる。これらの作家名に共通する特徴は、開戦にあたって「大獅子吼」をしなかった作家たちであるということができるのではないだろうか。平岡は東宛書簡の中でくりかえし文学報国会を批判している。その意味においては、「さゝやかな意図」は贈呈する相手＝流通圏の一部にも通底するメッセージであったといえるだろう。生前の東に宛てた、現存する最後の書簡である昭和十八年十月三日付の平岡書簡には佐藤春夫に初めて対面したときの様子が描かれている。

林氏に引つぱつてゆかれ、佐藤春夫氏のところへ伺ひましたが、思ひの外の、御親切なおことばをいたゞき、「あああの『赤絵』の」と、奥さんまですぐお思ひ出しになるのは、赤絵の為にもうれしく存じました。佐藤氏は接してゐると大へん温かい感じのする、実にいゝ方です。

ここに東を喜ばせようとする意図があることは明白だが、その前の九月十四日付の東宛書簡では、第一号のときに佐藤から返事をもらえず、贈呈をやめようとしたが人に勧められたので出した、「まあこの御返事はあきらめてをります。」とあるので、そのうれしさは格別であっただろう。それにしても彼らの「意図」が流通する際の「さゝやか」さを知ることができるだろう。ここに自分たちが作家として認められつつあることへの喜びがあることは隠しきれない事実だが、『赤絵』を通して知られたことに対する喜びとして語られていることは重要ではないだろうか。つまり、彼らはその「さゝやかな意図」を武器として、戦時下の文壇にひそやかな異議申し立てを行い、それを通して自らも文壇に足がかりを得たいと願っていた。その証しをこういった対面に求めているのである。発信するメッセージが「さゝやか」である以上、その伝達は必然的にひそやかなものとなる。『赤絵』第一号は、そのようにひそやかなメッセージ伝達を、彼ら自身が選択した結果としてこのような誌面になっているのである。

以上、『赤絵』第一号にみる「さゝやかな意図」をメディア上のメッセージと位置づけ、その解釈を試みた。これまで、「三島由紀夫」論はあまりに晩年の作家と読者との余人を交えぬ対話でありすぎた。それはそこに存在するメッセージの歴史性・空間性を無視する結果を生む。この自己言及的な問いの連鎖によって生成された地平＝〈個人全集的思考〉を断ち切るためには、なにか別の解釈枠によって相対化する必要がある。同時代の読者と作者を媒介する存在（＝メディア）を前景化することは、初期三島を共時的な作品生成の場においてとらえなおすために有効な手段であると筆者は考える。そして、そこから分析されたメッセージをこそ私たちは重視すべきではないだろうか。

注

（1）『赤絵』第一号「後記」の東による紹介。

（2）第二号では、「神詠の系譜」と題して古今和歌集の序の一部を巻頭に掲げている。
（3）小説を書かずにいたこと。
（4）前章でも取り上げた、『決定版三島由紀夫全集』三十八巻掲載の東宛書簡八十通（東の母・菊枝宛二通を含む）と『新潮』（平成一九・一）掲載の東宛書簡十二通、『遺稿集　浅間』（昭和一九・七　私家版）や『東文彦全集』第三巻（平成一九・一　太陽書房）に掲載された平岡宛東書簡八通。ただし部分的なものを含む。
（5）この呼称は小埜裕二「「花ざかりの森」の構造——方法としてのアナロジー」（平七・五『日本近代文学』）に倣った。
（6）「苧菟と瑪耶」の読解に関しては本書第Ⅲ部第一章参照。
（7）たとえば、本書第Ⅰ部第二章で紹介した山縣蹄児「真赤い花」（昭和一一・七『学習院輔仁会雑誌』一五六号）などはその典型例である。

第三章　敗戦前後・観念としての学習院——『清明』『輔仁会報』を中心に

1

平岡公威は昭和十九年九月に学習院高等科を卒業し、十月に東京帝国大学法学部に進学する。九月の卒業は戦時下の学業短縮措置に基づくもので、学徒出陣した十名の同級生はすでに卒業済み、その他の文科学生二十四名が九月九日の卒業式に臨んだ。東京帝大進学後の昭和二十年一月に平岡は勤労動員で群馬県新田郡太田町の中島飛行機製作所小泉工場に行く。二月四日に自宅に帰り、入営通知を受け取った。そして兵庫県富合村に赴き、二月十日に入隊検査を受けることとなる。風邪の高熱から右肺浸潤と誤診され、即日帰郷となったことは後年の三島が語り、「仮面の告白」（昭和二四・七　河出書房）に描かれた有名なエピソードである。帰京後は自宅に滞在し、いくつかの小説・評論を執筆したが、五月五日には神奈川県高座の海軍工廠へ動員される。八月十五日は世田谷区豪徳寺の親戚の家で高熱を発して療養中に迎えた。

この時期に関して筆者が注目するのは、平岡公威が卒業後も学習院と一定の関係をもっていたという事実である。そして学習院という存在に対してある種の観念をもっており、その観念に基づく発言を学習院に関連する雑誌メディアに掲載している点である。たとえば、詩「空想の手紙」「夜告げ鳥」を寄せた雑誌『しりうす』（二号、刊記なし）は学習院出身者を多く含む同人誌だった。また昭和二十一年二月には戦後復活した輔仁会大会を見学し、その感想を後輩に書き送っているほか、現役の学生がはじめた演劇研究会に助言を与えるなど、後輩たちに影響を与えてもいる。

本章では、いくつかの資料をもとに、学習院卒業前後における学習院とのかかわりを検証したい。

2

まず、『清明』（昭和一八・一一　学習院中等科）を取り上げる。

学習院の校友会である輔仁会は、昭和十八年二月の改組により初等科を含む全教職員・学生の組織となり、高等科部と中等科部とに分離された。すでに昭和十五年九月十七日の高等学校長会議において文部省は「現下校友会其ノ他ノ校内団体ヲ再組織シ、一意報国精神ニ基ク心身一体ノ修練施設トシテノ新シキ校内団体タラシムルコト」と命じ、準則を設けてその再編を促していた。輔仁会の改組は遅まきながらこれに基づくものであった。これによって、それまで読者や作者に両方の学生を含んでいた『学習院輔仁会雑誌』は高等科のみを対象とする雑誌となった。そこで中等科に用意されたのが新雑誌『清明』であった。結果的に一号を発行したのみで終わった『清明』だが、創刊号には力が入っており、A5版一六七ページの立派な雑誌に仕上がっている。目次を掲げる。(1)

編集過程は教官・清水文雄の「編集後記」に明らかである。「原稿は始業式のあつた九月一日頃からぼつ〳〵集りはじめ、作文受持諸先生の御尽力によつて締切日の九月十日には、私の机の上は原稿の山をなしてゐた。」とあり、進行状況とともに編集の主体がどこにあるかわかる。文芸部の学生が中心となって編集する『学習院輔仁会雑誌』と異なり、編集は教官、特に清水文雄を中心に行われたもので、必然的に内容も作文授業の成果発表が主となる。『学習院輔仁会雑誌』と異なり、小説は掲載されていない。『学習院輔仁会雑誌』よりは『小ざくら』(2)に近いコンセプトである。

このように教官主導で創刊された『清明』を論ずる上では、メッセージの有無と内容とを浮き彫りにする必要があるだろう。教官の目を通して選択された学生の作品は、同時に学生に対する宣伝として機能する。右の引用に「作文受持諸先生の御尽力」とあることから考えて、それは学習院中等科における教育方針の反映とみなすべきであろう。

まず、『清明』には院長・山梨勝之進の祝辞以下、教官陣による論説が並ぶ。中等科長・関口雷三「「清明」の発刊に当りて」には、

時局は今や未曾有の重大時期である。我等は日夜一寸の怠りもなく修文練武に御奉公の誠を致すべき秋である。ここに於て我等は日々の院内錬成に加へて、一方又「清明」を通して我等の赤心を吐露し、互に意見を述べ、激励し合ひ、以て協力一致此の一大国難を突破すべきを思ふものである。

とある。教授・宮原治「競技道」にも、

競技の道は、先づ己れに克ち、事に当れば粉骨砕身、己が力を尽し、その成るを楽しむにある。即ち、帰する所、日々これ倦まざる修養の道の一つに外ならない。

斯くして、修文と練武と一体の実を挙げ、心身倶に優秀なる皇国民となり、御召を蒙れば、何時、何処にても、潔く皇国に殉ずるに遺憾があつてはならぬ。これこそ戦時下学徒の務めであり、負荷の大任の一端を果す

所以である。

とあり、やはり「修文練武」の語がみえる。教授・岩田九郎「国難と北條時宗」でも元寇に際しての時宗の態度を分析するに際して、「時宗その人は果して如何なる人であり、またいかなる修養をした人であるか」という点を論じ、「今やいよ〳〵苛烈なる決戦状態に入つて、空襲必至を叫ばれる今日、英傑時宗の高風を想見しつゝ、一億一心、一死以て国難に当りたいと思ふ。」と結ぶ。昭和十四年の勅語にある「修文練武」を唱え、皇国民として国難に殉ずる主体の涵養を訴える教授陣の論説に、『清明』のメッセージの一端をみることができるだろう。

「編集後記」の清水は学生の論説に対する講評でも「夫々「水戸学」「英国貴族」「禅と鎌倉武士」の歴史的事実を借りて各の志をのべた」論説に「大和魂の持主らしい見識」を認め、「不敵の面魂」を見出し、読者にも「非常の日に処する決意」を育てるため一読することを訴える。そして誌面に「学習院出身戦没者芳名」を掲載し、「忠霊に捧ぐ」と題された和歌を並べたうえで、「編集後記」末尾に入営学徒と海兵入校者への餞別として聖武天皇の御製「ますらおのゆくとふ道ぞおほろかに思ひてゆくなますらをのとも」を掲げ、「さらば、親愛なる若人達よ、征け！」と締めくくることで、その意図は明瞭になる。『清明』創刊号の訴える「修文練武」とは戦死の準備としての心身鍛練を意味するといってよい。それは戦時下の教育として決して珍しいものではないから、これだけでは『清明』の固有性は見出しえない。しかし、この「編集後記」には学習院に固有の発想もみえる。

　読み進むに従ひ、わが中等科に現に芽生えつつある、或る尊いものの実体を明白に観取り、心躍るのを押へるすべを知らなかつた。これは学生諸君は意識してゐないことかも知れない。尊いものは往々にして意識しないものの中に息づいてゐるものだ。［中略］その尊いものといふのは諸君の「私」のものでなく、已に「公」のものとして、やがては国の歴史を護り抜く根源の力ともなるべきものである。

ここで清水の述べる学生の内面に気づかれずに蔵されている「或る尊いもの」は、坊城俊民が「鼻と一族」(昭和一一・七『雪線』)で「内なる力」と記し、平岡公威が「花ざかりの森」(昭和一六・九〜一二『文芸文化』)で記した「あるところでひそみ或るところで隠れてゐる」「憧れ」とよく似た構造をもっている。坊城においてそれは二・二六事件に熱狂する周囲との違和感として現れた[3]。「花ざかりの森」は学習院内の議論に対する自らの姿勢を示すために書かれ、『文芸文化』に掲載されることによってある種の公共性を獲得したメッセージであった[4]。これに対し、明瞭に「公」の領域と結び、「国の歴史を護り抜く根源の力」として方向付ける点が、清水の、そして『清明』のメッセージ性である。学生の側からでなく教官側から提案されていることによってこのメッセージはプロパガンダ化する。

高等科二年であった平岡公威は『清明』に「森の遊び」という随筆を寄せている。これは先輩から寄せられた文章をまとめた「目白の森(先輩から後輩へ)」という欄に富永惣一(教授)、馬場充貴(東大法科)、北條浩(海兵)、平岡公威(高二)の順で掲載されたものである。「編集後記」で清水は「「目白の森」は富永先生をはじめ四先輩から後輩たる諸君に送られた言葉である。懐しい目白の森を想ひ起しつつ語られた、温情溢るるこれらの言葉の一つ一つが、君達の五体の中に感動の波を呼びつつ、太陽の光の如く泌み通つてゆくことと思ふ。」と述べている。ここでやはり読者の内面にある「根源の力」への浸透が期待されている点に注目したい。平岡「森の遊び」はこれに呼応しているからだ。

「森の遊び」は『清明』の五十六〜五十七ページに見開きで掲載されている。五十七ページ左下の余白に「学習院出身戦没者芳名(続キ)」として二名の戦没者の名前が記された誌面である。目白の森で駆け回り遊んだ記憶と、それがいつしか「嘘のやうに忘られてしまつた」こととが記され、末尾に「ことさらに先輩ぶつて」の「お説教」が付け加えられた随筆である(5)。

目白の森の遊びに時間を忘れた中等科初年の日々は過ぎ去る。徐々に成長し、「僕たちはもう大人だよ、と皆が皆さう云つてゐるやうにおもはれた」時、「とりのこされてしまつた子はどうすればよいのだ。」という慨嘆があり、森の遊びを忘れることは「自分のなかのある大事なもの――見捨てたのは森や遊戯でなく正に自分のうちにもつてゐたある大事な部分を、捨て去つたのに気づかないことである」という。このプロットに、「酸模《すかんぽう》――秋彦の幼き思ひ出」（昭和一三・三『学習院輔仁会雑誌』一六一号）や「谺」（昭和一二・一二『学習院輔仁会雑誌』一六〇号）との類縁性を読みとることは容易だろう。森の遊びに対するこの執着は「さういふ幼年時代ばかりでなく、一旦かくれて、成人したのちにまたいつか現はれてくるであろう。」という。これも「酸模」末尾「おゝその足下に酸模の花が――」という詠嘆を連想させる(6)。

「森の遊び」の平岡公威もまた、後輩たちへの温情を示しつつ、五体に「泌み入」るものの存在を語っている。それは、「ことさらに先輩ぶつて、こゝに次のやうなお説教をくつつける」、その「お説教」の部分にある。「諸君がおひおひ進級するにつれ、さまざまな疑問やさまざまな憤怒に身をたぎらせる日が来るであらう」、そのとき、「諸君は諸君のよんだいくらかの書物の著者に倣つて、学習院を再認識したり再検討したりしようと企てるであろう」。しかしそんなときには君たち自身の「森の遊び」を思い出してほしい、すると「学習院の本当の姿、標本にされてカサカサになつたそれではなく生き生きとしたまことの姿」が立ち上がるだろうから、と平岡は語る。「一旦かくれて、成人したのちにまたいつか現はれてくる」「自分のなかのある大事なもの」の内実として「くつきりと空にかゞやく富士のやうな「学習院」そのもの」を読む点は、『清明』のプロパガンダとみごとに合致する。つまり、さきほど引用した「編集後記」の一節「これは学生諸君は意識してゐないことかも知れない。尊いものは往々にして意識しないものの中に息づいてゐるものだ。〔中略〕その尊いものといふのは諸君の「私」のものでなく、已に「公」のものとして、やがては国の歴史を護り抜く根源の力ともなるべきものである。」とまったく同じ構図で語られているのである。

「森の遊び」は『清明』が宣伝する、死に赴く決意を促す「公」の精神の涵養と合致し、また「酸模」における生命力の主題を時局や教育に適応した社会性の獲得に拡大する意図を含んでいるといえる。「森の遊び」は『清明』のプロパガンダの一翼を担っている。「森の遊び」の掲載に関する言及は昭和十八年八月八日付の清水宛平岡書簡にあるのみ、それも「中等科学生への影響を考へ」ると書きづらい、といった内容で、打ち合わせの有無は不明である。しかし入念な打ち合わせがあったと考えたくなるほどに、『清明』創刊号のメッセージと合致した「お説教」である。「目白の森（先輩から後輩へ）」欄への依頼原稿という背景や年齢差から、下級生に対するメッセージが「お説教」めいてしまうのはやむをえない。「酸模」や「花ざかりの森」と比べ学習院に対して指導的にその語りが変化しているさまを読みとることができる。

その一方で、「森の遊び」には『清明』のプロパガンダから微妙にずれている部分もある。「お説教」の部分で、自分を取り残して大人への道を進み始める級友は「運動部」に入っている。「修文練武」の大事な舞台であった運動部での生活とは別の次元に「自分のなかのある大事なもの」＝「「学習院」そのもの」があると述べる点に、「森の遊び」の批評性がある。学習院の「本当の姿」は「修文練武」に代表される重苦しい風潮によってではなく、「朧ろげに頼りなく一見不真面目に又漠然と」した「あの季節」によってであるとする。ここに、『清明』のプロパガンダ、ひいては戦時下の学習院に対するしたたかな批評性をも読みとることができる。

3

次に、『輔仁会報』をとりあげる。

『輔仁会報』は昭和十九年十二月末に創刊号が発行されたのち、昭和二十年七月に第二号が手書きの回覧雑誌として一部のみ製作されて終わった雑誌である。ともに発行所は「学習院輔仁会生活部」。

学習院輔仁会生活部は、輔仁会活動の縮小にともなって文化部を再編・統合して作られた部である。『輔仁会報』創刊号の「創刊の辞——先輩諸兄に捧ぐ」によれば、学習院輔仁会の活動は昭和十九年五月に大規模な縮小があった。前述した昭和十八年二月の改組によって鍛錬部、国防部の二部となっていた体育系の部が鍛錬部に統一されたことと、文化部を生活部に合併したことである。このとき、昭和十八年二月の改革では文化部の一部門としてかろうじて存続していた文芸部も消滅した。そのため、一六九号の発行元はそれまでの「学習院輔仁会文芸部」ではなく、「学習院高等科」になっている。

すでに『学習院輔仁会雑誌』は一六九号（昭和一八・一二）を最後に休刊となっていた。平岡が中等科に進学したころ年間三回発行されていた『学習院輔仁会雑誌』は、昭和十四年より年間二回、昭和十六年以降は年間一回の発行に減少していた。平岡が編集長となった一六七号（昭和一六・一二）、一六八号（昭和一七・一二）が年刊であったのはそのためである。昭和十八年九月に高等科長の野村行一と文芸部長を務めていた教授・豊川昇が大日本出版報国団に加入し、その維持に務めたが、やはり学生主体の文芸誌の存続は不可能であった。

しかも、戦局の悪化は学習院全般を分散に追いやっていた。昭和十九年五月に初等科の四年生以上が沼津へ疎開したのち、八月には日光・修善寺へと分散していった。中等科も同年六月より勤労動員に入り、学年別に分散した。

七月には高等科も勤労動員に配置されていったのである。そうした折り、出征した先輩諸兄への院内通信と、分散した各科学生の連絡融和を目的として、生活部の有志が『輔仁会報』の発行を企画した。

『輔仁会報』創刊号は昭和十九年十二月三十日発行。B3判を折ってB5判八ページとした体裁である。「編集後記」には千秋信一・神崎陽・坊城俊周《としかね》（いずれも高等科学生）の名が見える。第二号の神崎陽「序」によれば、当初は「号外位の大きさの紙に謄写版刷りの——簡単なものを作ると言ふ話しであつた」というが、実際の創刊号紙面は各ページ三十二行二十一文字の三段組。原稿用紙換算で四十枚程度の内容となっている(7)。

一ページには出陣した先輩の名を掲げており、巻頭の無記名「創刊の辞——先輩諸兄に捧ぐ」は「願はくば諸兄、桜花の院章燦たる處、永遠に学習院魂の存在する事を胸奥に刻銘せられよ。」と訴えている。その他、学習院の現況報告などを内容に千五百部が印刷され、出征者にも約五百部が発送された。「創刊の辞」にも「即ち本紙は、我等の敬愛する先輩諸兄［中略］皇国の防人たらん先輩諸兄に、母校学習院の毅然たる姿を報じ、在院学生の潑剌たる状況を告げんとするに在り」とあり、各地に分散した現役学生とともに出陣した卒業生たちを読者層に想定していた。「編集後記」には、

> お榊壇と言へば、此のお榊に関係のある一本を某先生が育てゝをられました。先生のお許しを受けて、其のお榊の葉を皆様に捧げて、其の昔、ザク〳〵と砂利を踏んで、お榊壇に額突いた、尊い思ひ出の因として頂きたいと思ひますそして、又、懐しい公孫樹の一葉も、共々此の会報の中に挿せて頂きます。手に取つて、本院の秋色をお偲び下さい。

とあり、発送に際しても出陣した先輩に対するきめ細やかな、そして学生らしい配慮のあったことがうかがわれる。

これに関しては第二号「序」に、「懐しい目白ヶ丘の香り、全く感謝の外はない。お榊のお守りもあの時から肌身につけてゐる」といった内容のはがきを「土岐と言ふ先輩から賜つた」と記されており、受け取った先輩にも強い印象を与えたようだ。

記事においても、先輩たちに学習院の現状を語りかける言説が多い。「初等科」欄は学年ごとに分散しての集団疎開の様子が記されているが、二階堂誠也(初等科五年生)「日光だより」は、「先ぱいの軍人さん方ごきげんよう。お元気でおつとめに励んでいらつしやることと思ひます。」と書き出されている。中等科は九月より学年ごと小田原・内原・丸子に動員されていたが、各地の手記が掲載される一方で、「掲示板」という小さな欄には一高とのラグビーや院内グラウンドボール大会の結果なども報告がなされている。高等科の「目白ヶ丘通信」は「四月以降十月末迄の記録」と副題があり、平岡も在籍した学習院高等科の状況が分かる。「戦時下学生生活の一面」では、

成程、我々が中等科の低学年の時分に、遙かに高等科を垣間見て憧れたものは、自由な楽しさうな寮生活、華かな輔仁会大会、水上大会、演奏会等々の、色取々の糸に依つて織り成された、感激と躍動のゴブランであり、さう言つた色々の楽しい催しを貫く、温い幸福な雰囲気でありました。

そして現在の高等科は、当然その様な願望とは少々縁の遠いものである事は、皆様が通信でお読みになつた通りなのです。

とあり、平岡が「扮装狂」(生前未発表。昭和一九・八・一擱筆)で記した学習院の華やかな行事が追憶となったことを、(8)『輔仁会報』の編集者も率直に記している。「修文練武」に代表される戦時下の教育を嫌悪し、華やかな文化活動の追憶に学習院の栄光を語る点は「森の遊び」を受け継ぐ一節ともいえるだろう。

そして「戦時下学生生活の一面」は、勤労と勉学の両立に苦しむ学生たちの「精神的な拠り所」は昼休みに正堂前の草原でくりひろげられた「馬鹿話」にあると語る。トルストイの理想を掲げて理科学生と口論する文科学生。漱石の「虞美人草」を論じる学生のかたわらで紙将棋に興じる学生の姿。西田幾多郎やゲーテを論じ、「豚とトマトの共通点を述べよ」という問いに答える学生たちの姿など、学生の「若さ」が生き生きと語られる。「編集後記」では「次号には、肩の凝らぬ小品とか、文芸味豊な短篇の様なものでも、御覧に入れたい」と記している。このように『輔仁会報』創刊号には、戦時下の苦況にあっても学生によって編集されたらしい若々しさがある。

この学生たちの「精神的な拠り所」をいいかえれば、内面の自由ということになるだろう。「戦時下学生生活の一面」には書かれていないが、学生たちの苦労は勤労と勉学の両立だけではない。彼らには戦況の悪化、やがて来る召集令状など、未来に対する不安が渦巻いていたはずである。『輔仁会報』創刊号編集時の昭和十九年十二月以降、すでに東京への爆撃は始まっていた。死に直面する状況が生まれていたのである。銃後の学生がそのような苦境を吐露して戦場に送ることは検閲や配慮の面でありえないから、編集者に規制があったことはたしかだが、それにしてもここに描かれる学生の姿は実に生き生きとしている。この『輔仁会報』が学生の概況だけでなく精神的な状況の一面をも伝える資料であることは確かである。

『輔仁会報』創刊号は卒業生たちのあいだで非常に評判が良かった、と編集に携わった神崎氏はインタビューで筆者に語ったが、それは、この内面の自由が描かれていたことによる部分が大きいと思われる。これも「森の遊び」同様に、戦時下の学習院に対する、そして戦時下の教育環境に対するささやかな批判として機能しているといえるだろう。

4

次に、『輔仁会報』二号（昭和二〇・七　学習院輔仁会生活部）を論じたい。

『輔仁会報』二号は手書きの回覧雑誌である。体裁は「学習院」ネーム入りのB４判四〇〇字詰め原稿用紙を袋とじにし、表紙を付けたもので、本文一四六ページ。編集に携わった神崎陽氏がながらく保管していたが、平成十二年に学習院院史資料室に寄贈したものである。

内容は学習院教官らによる「出陣諸兄に捧ぐ」、出陣卒業生の寄稿による短歌集「目白ヶ丘の桜と咲かむ」、卒業生・三井高恒の追悼記事、学内の記録をつづった「目白ヶ丘通信」など。(9) 前年九月に卒業した平岡はここに本名で「悼歌併序」「別れ」「夜告げ鳥——憧憬との訣別と輪廻への愛について」（以下副題略）の三編を寄せている。万年筆による浄書は編集者の神崎氏の手でなされている。ただし、「夜告げ鳥」のタイトルと署名は平岡の原稿を切り抜いたものを貼付してある。その他、岩田水鳥（九郎）「出陣学徒諸兄を送る」のタイトルと署名、清水文雄「出で征きし人に」の署名など、「出陣諸兄に捧ぐ」欄に名を連ねた教官たちの署名もやはり切り抜きが貼付されている。編集は神崎陽と千秋信一。創刊号に名を連ねていた坊城俊周の名はない。

『輔仁会報』創刊号は好評で、多くの先輩から寄せられた手紙に励まされた有志は、すぐさま第二号の編集に取りかかった。だが、この編集作業は空襲の激化により困難を極めることになる。前号なみの規模を整え、編集を終えたのは昭和二十年三月末のことであった。その目次は現行『輔仁会報』二号の神崎陽「序」に記されており、「第三第四号の発刊は危ぶまれたので、そんな気持から第二号は内容を豊富にしようと務めた」とある。第一号には登場しなかった平岡も「悼歌併序」を寄せている。(10) だが、第一回の校正刷りができた四月十三日、目白の学習院も罹災した空襲によって、依頼した印刷所が焼失してしまう。このとき神崎の自宅も焼失したが、「骨折つて集めたものの焼けたことは、自分の家が焼けるよりつらかつた。」と神崎は「序」で記している。彼らはふたたび日本橋の印刷所に依頼したが、五月二十五日の山の手大空襲でこの印刷所も焼け、『輔仁会報』二号の印刷は不可能となってしまう。

しかし、「苟も「輔仁」と名乗つて学習院から発刊した刊行物が、何時の間にか消えてしまふと云ふ事は、いくら倥偬の世と雖も余りに情ない話である」と考えた編集者たちは、「その終りをはつきりと、堂々と」（「序」）終わるために、手元にあった原稿をもとに一冊限りの回覧雑誌を作ることとした。資料の保管と、分散した各科への回覧を願ってのことだった。

神崎からこの連絡を受けた平岡公威は、後輩たちの志を汲んで、かれらを手紙で励まし、さらに「夜告げ鳥」「別れ」を新たに書き送った。この励ましが、かねてより平岡に尊敬の念を抱いていた編集者たちに力を与えたことは「序」や千秋信一「編集後記」に記されている。

学習院は六月十六日をもって授業を打ち切りとし、高等科学生は鶴岡・六原・高湯・軽井沢・都内各研究所へと分散することとなった。こうして学習院生が目白に別れを告げる前日・七月八日の夜、六原へ向かう神崎は「序」をしたため、都内に残る千秋にあとを託した。千秋は「編集後記」（「昭和二十年七月二十四日」と日付がある）を加えて装幀をほどこし、翌日完成させた。完成ののちは学習院に置かれ、立ち寄った人々に読まれたという。すでに学生の地方分散は進んでおり、学習院は無人に近い状態であった。そのため、どの程度の人の目に触れたかはわからない。彼らが期待したほどの効果は上げられなかったわけだが、「序」には、

此の会報がどうかして、時折学校から疎開地へ、疎開地より疎開地へ、研究所から研究所へと、視察され移動

される先生によつて運ばれたならば、如何に嬉しいことであらうかと思ふし、さうして頂きたいと祈るのである。若し、さうされたならば、輔仁会報第二号は、回覧本来の使命を達し得ると同時に、恰も鳥の羽毛に附いた種子の如く、各疎開地から疎開地へと飛び廻つて、其処に働く人々の胸に、目白ヶ丘時代の思ひ出の花を開花させ、其処に改めて学習院を発見させるであらうことを私は夢みてゐる。

とあり、志を偲ばせる。彼らはなんとかして疎開先の学生たちの内面に自由闊達な学習院の姿を蘇らせたかったのだ。この『輔仁会報』二号がかろうじて戦火をかいくぐり、輔仁会の名を冠した戦中最後の雑誌として姿をとどめたことは敗戦前後の荒廃を思えば奇蹟に近い。(11)

次に、本誌に平岡公威の名前で収録された三作品について、成立順に触れることにする。

「悼歌併序」は、さきに触れた三井高恒の追悼歌として短歌五首に序文が付き、六十九ページから七十一ページまで。成立年月日の記載はない。末尾に「神崎代筆」とある。自筆原稿の所在は不明。

三井高恒は三井十一家のひとつ「伊皿子」三井家の長男としてうまれ、初等科から学習院に在籍、競技部のエースとして活躍した。昭和十九年九月の卒業後、海軍予備学生として武山海兵団に入隊したが、翌年一月二十三日に急性腸捻転で死去している。(12)後年の三島は『追悼の達人』(嵐山光三郎　平成一一・一二　新潮社)のひとりに数え上げられる追悼文の名手として知られているが、本作は「東健《たかし》兄を哭す」につづく二作目にあたる。「東健兄を哭す」もそうだが、かつての『学習院輔仁会雑誌』では学生・卒業生が死去すると友人や教官が追悼文を寄せるのが通例であった。『輔仁会報』二号はほかに生活部の筆になる「故三井高恒兄について」「三井兄最後の御書翰」と遺影を掲げている。三井と平岡とは初等科以来の同期で、中等科時代には同級になったこともある。平岡は十九年九月卒業生の文科総代であり、すでに短編集『花ざかりの森』(昭和一九・一〇　七丈書院)で作家として認められていたことから、神崎が依頼したものである。

平岡は、卒業に際し他の多くの学生のように特別幹部候補生の志願をせず、一兵卒として応召する道を選択した。確認が必要とされるのは、本作の成立が平岡自身の召集令状到着の前後いずれかという点であろう。なぜなら、この短歌に込められた追悼の思いに、自らが軍隊に赴く機会を逸したことの投影を読むべきかどうか、解釈の分かれるところとなるからである。神崎氏の記憶から、原稿依頼が二月四日以前であったことは確認できたが、残念ながら執筆および投稿が二月十日の前後いずれか不明であり、その判断を保留せざるをえない。学習院文芸部ではアララギ派の歌人で学習院図書館の村田利明を中心に短歌会を催しており、平岡も参加していた。三井が短歌会に参加した形跡はないが、学習院時代の級友を悼むにはふさわしい形式だったといえる。

さて、あとから投稿された二編は、終戦間際の平岡の心境と学習院を舞台に育んできたモチーフの変容とを考えるうえできわめて興味深い作品である。

詩「夜告げ鳥――憧憬との訣別と輪廻への愛について」は、本誌三十九ページから四十四ページにかけて掲載されており、末尾に（――二〇・五・二五）と成立年月日が記されている。かつてこの詩は雑誌『しりうす』一号（実物に刊記はないが、旧『三島由紀夫全集』は昭和二十二年一月とする）が初出とされていた。一年半ほど本誌が先であり、回覧雑誌『東雲』（昭和二〇・七）への発表とほぼ同時期ということになる。末尾に記述はないが、やはり編集者の神崎による浄写で、文字遣いやルビ、改行箇所など、書写行程で生じたと思われる異同をのぞけば全集とも大差ないため詳細は省く(13)。自筆原稿は三島由紀夫文学館に所蔵されているが、これは何らかの編纂意図から他の詩編とともに書写されたもので、さらに別の自筆原稿が存在したと思われる。

このように、「夜告げ鳥」は『輔仁会報』『しりうす』という学習院と関連をもつメディアに掲載されたという経緯をもつ。そこで、学習院における「憧憬との訣別と輪廻への愛について」という副題のもつ意味を考えておきたい。

まず「憧憬との訣別」について。「夜告げ鳥」本文第二連には「憧憬と訣別したまへ、美々しき族《うから》を従へた王者よ妃よ」という章句がある。「美々しき族《うから》を従へた王者」「妃」とは幻想的な素材だが華族学校である学習院においては具体的かつ身近な存在といえるだろう。彼らは「憧憬」と訣別しなくてはならない。この「憧憬」は「花ざかりの森」において示した観念でもある。「花ざかりの森」において「憧憬」は祖先との共生をもたらす大事な能力であり、同時に祖先との血縁を確かめる大切な証拠でもあった。「花ざかりの森」のプロットは、武家や公家の祖先をもつ子弟を教育する機関であった学習院において〈公〉に通じるメッセージ性をもつ。前節までに論じたように、それは『清明』や『輔仁会報』創刊号にみられる学習院に通じる。だとすれば、ここで「憧憬と訣別したまへ」と命ぜられているのは、平岡自身も含む学習院の学生たちであり、夜告げ鳥は学習院を捨てよと鳴いていると読めるのではないか。

学習院を捨てたかわりに導入される価値観が「輪廻」である。「輪廻の身にあまる誉れのなかに／現象のやうに死ね、蝶よ」と夜告げ鳥は命じる。この「輪廻」を言祝ぐとき、夜告げ鳥は「死」を「知られざる航海へと立去つた」と比喩にして歌う。この「蝶」が「憧憬との訣別」を求められた「王者」以下の存在をまとめる比喩であるならば、右の命令形の一文も学習院に対するメッセージとして解釈することができる。

本書で何度か述べたように、学習院における平岡公威のメッセージは、過去から受け継がれて学生の心の内部に流れている存在を学習院そのものになぞらえることだった。その文脈にしたがうならば、夜告げ鳥の命令は、もはや「憧憬」が支える祖先たちとの血脈を確認する場を保ちえないならば、甘んじて死を受け入れ、未来の子孫のなかに蘇る日を期して旅に出でよ、というメッセージと読むことができる。ふたたび「花ざかりの森」になぞらえるなら、未来の子孫に呼ばれるのを待つ「祖先」になれと述べていると言ってよい。

この詩が昭和二十年五月二十五日に書かれたものであることを考えると、それがいかに切迫した感情であったかがわかる。五月二十四日未明、東京に大空襲があった。学徒動員で神奈川県高座郡大和高座工廠にいた平岡はこの報に接し、急遽帰宅した。そこへ二十五日の夜半にも大空襲があった。この山の手大空襲で、青山・麻布・渋谷界隈は焦土と化した。この日前後に神崎は平岡家を訪問する約束をしており、空襲によって不可能になっていた。おびただしい数の黒こげの死体が転がる青山通りの情景を神崎氏は筆者に語ってくれた。しかしこのとき、同期生を介して平岡から「待っていた」という言伝てがあり、申し訳なく思った神崎氏は文書で連絡をしたという。

焦土と化し、死であふれかえる東京のありさまを、後年の三島由紀夫はほとんど語ることがない。「仮面の告白」を読むと語り手「私」は空襲と行き違ってばかりの印象を受けるが、それは創作上の作意であって作者のレベルにおいてはそんなことはない。たしかにこのとき渋谷区大山町の平岡家は焼失を免れたが、それは偶然にすぎない。山の手空襲直後の惨状は平岡も目にしたはずであるとも神崎氏は語ってくれた。四月十三日の空襲で自宅を焼失していた神崎に対して「待っていた」と伝えるのは無神経である。しかしこのときの平岡の心境は、目の前にあふれかえる死に圧倒され、この世の終わりをみてしまったような気がしていたのかもしれない。目の前の現実はもはや理解の範疇を超えていた。理解を超える状況におかれたとき、その現実はなにほどのこともないと考えることはひとつの受容のありかたである。「輪廻」に帰依すれば、後生の手によって復活する可能性をもつこととなる。そう考えることによって平岡は眼前にあふれかえる「死」によってもたらされた動揺を昇華したのではないだろうか。それを『輔仁会報』に投稿することは、「森の遊び」を共有する後輩たちに対する新たなメッセージとなる。自らの受容・昇華のプロセスを詩に表し、『輔仁会報』に掲載することで学習院や自宅の焼失そして死に直面した後輩たちに慰謝を与えようとした、と考えられる。

このように、抽象的な詩を学習院に対するメッセージとして読むのは牽強付会の印象を与えるかもしれない。しかし、同時に投稿された「別れ」が学習院に対する別れを語っていることは、その読解を裏付ける傍証となるだろう。「別れ」は、本誌七十七ページから九十ページまで。末尾に（――二〇・六・二二深夜――）とあり、高座工廠にいた時期に書かれたことがわかる。なお、本作も末尾に［神崎代筆］とある。自筆原稿の所在は不明。消えゆく「輔仁会」の名を冠した雑誌への惜別の念を述べたエッセイである。

まず平岡は、中等科下級生時代に通った旧部室の思い出を語る。自らを郡虎彦になぞらえ、「天才を夢みてゐた」平岡はやがて「自嘲に逢会せねばならなかつた」。さらに三島は先輩・坊城俊民[14]とリルケの詩の一節を引用し、そこに描かれた季節の転変や小鳥の死に「喪失がありありと証ししてみせるのは喪失それ自身ではなくして輝やかしい存在の意義」であり、それは「すべて流転するものゝ運命をわが身に得て、欣然輪廻の行列に加はる」とする。

これは「夜告げ鳥」に示された「輪廻」への帰依を継承するモチーフだが、ほかならぬ学習院との「別離」として語られている点が重要であろう。「別離はたゞ契機として、人がなほ深き場所に於て逢ひ、なほ深き地に於て行ずるために、例へていはゞ、池水が前よりも更に深い静穏に還るやうにと刹那投ぜられた小石にすぎない」。ここで郡虎彦以来の学習院は終わりを告げるが、それは「輪廻」によって未来に接続する希望となる。「別離それ自体が一層深い意味に於ける逢会であった。／私は不朽を信ずる者である。」と平岡はこの文章をしめくくる。「不朽」を信ずるかぎり、いつか「輪廻」によって「逢会」する期待がもてる。

「夜告げ鳥」における「輪廻」は〈私〉の領域に属する。しかし「別れ」では学習院という存在を通して「輪廻」を〈公〉に結びつけている。さきほども述べたように、あいつぐ疎開や動員、そして昭和二十年四月十三日の東京空襲によって目白の本館や高等科教室が焼失しても、このような昇華によって内部に築かれた観念としての学習院は不変である。「別離それ自体が一層深い意味に於ける逢会」であるかぎり、現実の学習院がどのような状況にあるかはあまり関係がない。ここで学習院の歴史が途絶えても、「森の遊び」の伝統が育んだ学習院の種子は、遠い未来にふたたび花を咲かせると訴えているのである。

本章第1節で見たように、「森の遊び」において平岡が後輩たちに示した「お説教」は、学習院生ならば自らの裡にひそやかに隠されているもの、学生生活の中で育まれているはずの学習院の「まことの姿」を、自らの幼き記憶の中から見出してほしいとするものであった。それが「酸模」と同様の構造であるならば、幼き日の生命力という〈私〉の領域を学習院という〈公〉の領域と一致させようとする心の動きであったと言ってよいだろう。「酸模」から「花ざかりの森」を経て「森の遊び」へと徐々に公共性を高めつつ変容する「生命力」のモチーフは、『輔仁会報』二号では、現実の学習院の崩壊という事実に対してその生命の不滅を訴え、後生に託すことによって学習院そのものを救済しようとするに至るのである。

このメッセージは「序」や「編集後記」の文章に影響を与えた。それはこの「逢会」という言葉を彼らが用いていることに明らかである。神崎「序」は学習院の焼失について、

我々にとつては、若い中に愛するものの喪失、憧れるものゝ喪失と言ふ事件に逢会したことは、之は又何か無駄にはならないと思はれる。

と記している。神崎氏によれば、平岡「別れ」にある「池水」の一節を長く記憶にとどめ、後年になってその感慨を氏に伝えた読者もいたという。この二作品は、母校の崩壊を前になんとか「輔仁」の名の付く雑誌を世に遺そうとした編集者たちに慰藉を与えた。「別れ」には「森の遊び」のようなプロパガンダへの荷担は感じられない。それは、『輔仁会報』が生活部の学生、ことに神崎の献身的な努力に支えられており、教官の関与が薄かったことと、平岡も空襲の惨禍を現役学生と共有していたことによる。卒業していたにもかかわらず、平岡は「輔仁会雑誌の名

残の花、残んの鶯」（「別れ」）たる『輔仁会報』二号においても中心人物だったのである。

5

『輔仁会報』第二号の完成から三週間して、日本はポツダム宣言を受諾する。地方に分散疎開していた学習院は疎開を解除したが交通機関の混乱によって一斉に帰ることができず、帰京は遅いところで十月上旬までかかった。その後、紆余曲折あって学習院は昭和二十二年三月に私立学校化されることとなる。昭和二十年九月の地方長官宛て文部次官通牒で学校報国団の解体と校友会の再編が指示されたことによって、同年四〜五月以後いっさいの活動を停止していた輔仁会の部活動は同年十一月九日に復活することとなった。文芸部もこのとき復活を果たす。翌昭和二十一年二月十日には輔仁会大会も開催されるのである。戦争末期に学習院の崩壊とその「輪廻」を歌った平岡は、この復活に何を感じたか。本節ではこの点を神崎陽宛の書簡二通を素材に考察する。(15)

昭和二十年八月十六日付の書簡は絵はがきで、疎開をかねた勤労動員のため岩手県和賀郡湯川の萬鷹旅館に滞在していた神崎氏に宛てられたものである。絵はがきは大阪商船株式会社の名前が入り、矢代千代二筆「瀬戸内海国立公園（本島の展望）」である。「軍人の使命」が終わり、「文人の真の使命は今はじまります。」と、後輩に対して文人として生きる覚悟を語り、また覚悟を求めた文面である。敗戦の翌日に二級下の後輩に宛てて「絶望せず、至純至高至美なるもののために生き生きて下さい。」「我々はみことを受け、我々の文学とそれを支へる詩心は個人のものではありません。」と訴える平岡を、「神崎氏は、このことばと不慣れな労働環境との間に、東京と岩手山中との距離以上の落差を感じなかったであろうか。」「三島は、悲嘆も歓喜もエゴイズムも届かない〝詩の王国〟を見つめていたのだ。」と佐藤秀明氏は論じている。たしかにその文面は高らかな決意に満ちているが、戦争末期の状況も勤労動員の労苦もまったく眼中にない。それは山の手空襲の翌日に「待っていた」と言伝てする態度と通底する。

短い文面だが、その内容も「夜告げ鳥」「別れ」と共通する。「我々の文学」と平岡は記すが、書簡における「我々」は一義的には差出人と受取人であろう。そして二人は学習院の卒業生と学生である。その「詩心は個人のものではない」とするからには、数ヶ月前同様に観念化された学習院の〈公〉を文学上の理想としていることになる。

だが、現実の学習院は戦後、平岡の構築した観念としての学習院とはかけはなれた方向に変化していく。平岡が考えた学習院は貴族学校という成り立ちに由来するものだが、その根拠となる華族制度は戦後すぐに廃止される。昭和二十年九月には議会制度審議会が設置されて貴族院令の改革がはじまり、十一月に宮内省は「華族制度改正の要ありや。ありとせば改正の方針如何」を宗秩寮審議会に諮問する。華族制度そのものが検討されるのであれば、学習院の存在も問題となる。GHQの介入により、昭和二十年十月に石渡荘太郎宮内大臣は教育目的の変更を学習院評議会に諮問、十二月には華族教育という目的を廃し、学習院を一般市民の教育機関とする旨の学制改正が交付・施行された。さらに昭和二十一年、GHQは学習院を宮内省から分離すべきという指示を発したため、翌二十二年三月、学習院官制に関する皇室令および宮内省令が廃止され、私立学校化されるのである。

その混乱のただ中にある昭和二十一年二月十日、四谷の初等科正堂において戦後初の輔仁会大会が開催された。当時高等科文科甲類の学生であった坊城俊周氏は「戦後演劇ルネッサンス　喝采のうちに幕は上がる」（平成八・二『立春大吉』私家版）で、輔仁会大会の復活が昭和二十年九月に復員してきた兄・俊久氏とのあいだにかわされた会話から生じたと述べている。もちろんそれだけではあるまいが、学生の自発的な活動が輔仁会大会の復活に結びついた側面は大きかっただろう。坊城は大佛次郎「ドレフュス事件」・有島武郎「吃又の死」の上演を企画し、実現にこぎつけた。前述の神崎・千秋も舞台に立つ。『学習院百年史』第三編（昭和六二・三　学習院）に掲載されたプログラムには次の挨拶がある。

> 平和の訪れと共に学習院輔仁会も五〔ママ〕年ぶりに再開致すことになりました。輔仁会再出発の情熱と歓喜に充てる学生達の演技をゆつくり御覧いたゞき、以て初春の一日を楽しくお過し下さいませ。

「Hawaiian Music」として「椰子の木陰で」「ウリリエ」を中等科有志が演奏するなど、このプログラムにははやくも戦後の世相が反映している。また、このプログラムの存在に明らかなように、ふたたび父兄・OBも来場した。平岡も徳川義恭とともに来場した。だが、平岡はこの場を楽しまず、その感想を含む長大な書簡を神崎に送った。

この昭和二十一年二月十日付神崎宛書簡を論じる。平岡はまず「ドレフュス事件」の感想を述べ、神崎の演技を賞賛する。だが輔仁会大会全般の雰囲気、ことにアメリカナイズされた雰囲気を腹立たしく思ったらしい。「いやしくも伝統的な音楽部の音楽が、開幕前から演奏をはじめ、演奏しつゝ幕をあけるといふ、近頃のジャズ趣味を発揮し、閉幕もそれをやつたのは実に遺憾でした。」と記している。[16]

そして平岡は神崎に自らの学習院観を開陳する。まず、もし共産党がこの輔仁会大会をみることがあれば「心の中では一種の安心を感じるだらう」、そして「失望と寂しさも感じるだらう」と述べる。それは、「彼等が正面の敵としてゐる天皇、皇族、華族、上流階級といふもの、その子弟たちのありさまを見て、今更、「俺たちの敵々とさわいでゐる正体はこんなものなのか」といふ安心と、敵愾心に価ひする好敵手ではなかつたといふ失望を感ずる」からだという。そして「学習院文化」「ひろく貴族主義文化の中軸となつて、活躍されること、飽くまで真美なるものを守りとほされることを信じてゐます。」と神崎に期待を寄せる。それは、終戦直後に送った絵はがきと思いを一にするものであり、『輔仁会報』第二号に「別れ」「夜告げ鳥」を寄稿した態度に通じる。

そして平岡は「学習院文化」「貴族主義文化」の解釈を語る。まず平岡は、「華族」とは政治的な名称であり「文化的意義は頗る稀薄」なものであるとして、「華族」と「貴族」を峻別する。次に「貴族主義とはプロレタリア文化に対抗すると同じ強さを以てブルジョア文化（アメリカニズム）に対抗するといふこと」であるという。ここで「アメリカニズム」がやり玉に挙げられていることは、直接にはジャズ趣味でハワイアン演奏もあったこの輔仁会大会を批判する理由であろう。それは「花ざかりの森」で「わたし」が母を批判する口振りとも重なる。「貴族精神」に関する学習院内の議論を受けて書かれた「花ざかりの森」と、戦後の輔仁会大会の「ジャズ趣味」が同じ「アメリカニズム」として批判されることは、戦後における学習院あるいは日本の変化をいかに苦々しい思いで平岡が見つめていたかを物語るものだろう。

平岡はここで「文化的貴族主義」として「歴史的意味」＝「実用的価値」、「精神的意味」＝「精神的価値」の二点を掲げている。前者は「家と血統と特殊な好条件によつて、歴史的所産、文化的遺産を保護し管理し育成し蒐集し、研究して学問的ひろく文化的貢献をすること」、後者は「あらゆる時代に超然とし、凡俗の政治に関らず、醇乎たる美を守るといふエリートの意識」であると言いかえている。それは、平岡の観念としての学習院を後輩に対して分かりやすく表現したものといえる。そして学習院の現状に対して批判を繰り返し、「僕は右の如く学習院の悪口を言ひつゞけました。学習院が僕に唯一の恋人の如く思はれるゆゑに、彼女が冒瀆されるのをみるのが耐へられないのです。」と締めくくる。

「君ならわかつて下さると思ひ妄言を並べ」られて面食らった神崎氏は、この尊敬する先輩の書簡を教科書代わりに勉強したという。そのため書簡には神崎氏による書き入れがある。神崎氏はしかし、この書簡の意味はわからずじまいだったと筆者に語った。親しく接した神崎氏にわからないことを筆者にわかるのか、という疑問はおいても、神崎氏の立場からこの書簡の意味をとらえることは非常に難しいという気がする。なぜなら、この書簡に語られている学習院はあくまでも平岡の創造した観念としての学習院であり、文芸理念の根拠としての学習院だったからである。

「輪廻」を表現した平岡であれば、私立学校化されるくらいなら廃校になってもかまわないと考えたかもしれない。そうすれば、内面に息づく「森の遊び」の学習院はなにかをきっかけに浮上し、違うかたちで行動理念となると考えることもできる。しかし、GHQの指導のもとその性格を変えつつあった戦後の学習院はこうして輔仁会大会を復活させるまでになった。平岡自身が現役学生として輔仁会活動に主体的にかかわっているかぎりにおいて、その批判は次の行動の理念となりえたかもしれないが、もはや彼は一卒業生にすぎない。自ら関わりえない歯がゆさから、どうしても平岡の記述はいらだちを含むこととなる。

神崎はついに戦時中から望んだ輔仁会大会の晴れ舞台に立った。その興奮の余韻さめやらぬ神崎の気持ちに、平岡はここでも無頓着である。ただし、それまでとちがうのは、平岡は局外者であり、彼が構築した観念の根拠が失われたこと、またそれは一学生・一卒業生の気持ちや行動ではどうにもならない、日本の体制変動の一環だったことである。神崎にとって、輔仁会大会の舞台は新制学習院の学生として新時代にふさわしい文化活動をはじめたまさにその頂点となる舞台であった。その立場の相違は、かつて両者の間に通った交友をもってしても越えがたいものであったように筆者には思われる。

ともあれ、このようにして平岡公威は学習院に対する関心を失った。それと同時に、彼は戦後の執筆活動を開始する。戦中に蓄積した文学的キャリアをご破算にして、一からの出直しを迫られたことは、「私も内心、さういふ波に乗りたい気があつたが、戦時中の小さなグループ内での評判などはうたかたと消え、戦争末期に、われこそ時代を象徴する者と信じてゐた夢も消えて、二十歳で早くも、時代おくれになつてしまつた自分を発見した。」と語る「私の遍歴時代」に明らかである。方針転換を開始した時期と、学習院に対する関心を失った時期が重なるのは偶然ではない。平岡の学習院は現実の学習院より一歩先を歩み、自らの文学理念に染め上げられ、またその根拠となる観念的な理想像であった。それゆえ彼は戦争末期に学習院の喪失さえ夢想したのである。しかし、彼の観念とそれを支えた社会は敗戦によってともに突如無価値な存在となってしまった。そこで平岡公威は現実の学習院に反旗を翻すと同時に文学理念の改造に着手せざるをえなかった。それが、後年の三島由紀夫が学習院に冷淡であった理由のひとつ――しかしとても大きな理由――であると考えたい。

観念としての学習院をうち捨てると同時に、平岡公威は現実の学習院もうち捨てた。そしてふたたび新しい観念の構築に進んだ。そのため、みずからを語り直すときは学習院について「しばらく措く」（「私の遍歴時代」）のである。また、晩年に「十代に受けた精神的な影響、いちばん感じやすい時期の感情教育がしだいに芽を吹いてきて、いまじゃあ、もう、とにかく押さえようがなくなっちゃった」（古林尚との対談「三島由紀夫対談　いまにわかります」昭和四五・一二・一二『図書新聞』）ときにも、現実の学習院がたどった道との相違から完全にその場が失われたことを自覚し、学習院について語ることを控え、また避けたように思われる。

注

（1）『清明』第一号（昭和一八・一一　学習院中等科）目次

「清明」の発刊を祝す	学習院長　山梨勝之進	五頁
「清明」の発刊に当りて	中等科長　関口雷三	六頁
山本元帥（和歌）	三ノ一　邦昭王	七頁

（清水文雄）

（2）『小ざくら』については本書第Ⅰ部第一章で詳述した。

（3）この点については本書第II部第一章を参照。

（4）本書第II部を参照。

（5）この「お説教」の箇所は旧『三島由紀夫全集』二五巻（昭和五〇・五　新潮社）では「解題」に切り離され、『決定版三島由紀夫全集』二六巻（平成一五・一）でも校訂欄に記載されている。このような措置が取られた理由として同校訂欄は「著者の書込み訂正により削除した。」とする。

（6）「酸模」の読解については本書I部第二章を参照。

（7）『輔仁会報』創刊号（昭和一九・一二　学習院輔仁会生活部）概要（目次欄はない）

創刊の辞――先輩諸兄に捧ぐ　一頁
出陣
初等科　二頁
日光だより　五年　二階堂誠也
俳句（日光にて）　三年（八名）
中等科　三頁
小田原報告　一年　中西晴哉
内原の修練生活　三年　真田幸一　四頁
本院にて　五年　亀井泓
掲示板
高等科　五頁
目白ケ丘通信――四月以降十月末迄の記録
理科学徒の決意　理二　草鹿履一郎　六頁
戦時下学生生活の一面
院内風景　その一――血洗池　八頁
編集後記　（千秋信一・神崎陽・坊城俊周）

（8）「扮装狂」については本書第I部第三章参照。
（9）『輔仁会報』二号（昭和二〇・七　学習院輔仁会生活部）目次

（10）神崎陽「序」（『輔仁会報』二号）の記述にしたがって、焼失した『輔仁会報』一号の目次を掲げる。

三井兄悼歌併序　平岡公威
初等科修善寺疎開報告
随筆立春記　（千秋信一）
院内風景その二稽古に励む　（神崎陽）

（11）筆者がインタビューした際に『輔仁会報』が神崎氏の手元に帰ってきた経緯をうかがったが、記憶にないとのことであった。
（12）学習院陸上競技部後援会編『学習院競技部史』（平成二・九）による。
（13）嶋田直哉「三島由紀夫「夜告げ鳥」の成立」（『立教大学大学院日本文学論叢』平成一四・九）に詳細な比較があるほか、『決定版三島由紀夫全集』三十七巻（平成一六・一　新潮社）にも異同が記されている。
（14）坊城の詩「樹々」の一部が引用されている。「樹々」は昭和二十一年七月、当時坊城が勤務していた東京府立第九中学校発行の雑誌『柊』が初出である。平岡がこの時点で「樹々」を引用しえたのは、坊城からもらった書簡に書かれていたためであろうか。
（15）神崎陽宛書簡二通は佐藤秀明氏の「解題」とともに『文学』（平成一二・七）に掲載された。
（16）『学習院百年史』第三編（昭和六二・三　学習院）の八六二〜八六三ページに『輔仁会大会プログラム』の写真が掲載されている。これによれば、音楽部は前述の“Hawaiiaw Music”のほか、午後の部の幕開けに室内楽として「雲雀」を演奏したのち、寸劇をはさんで軽音楽として「バラのタンゴ」「碧きドナウ」「ウキーンの森の物語」を演奏している。

終章　「三島由紀夫」を語る場の権力とその終焉

1

本章では、本書を貫く筆者の基本的な態度を語っておきたい。

近年——といってももう二十年以上のことになるが——、日本近代文学研究の場においては作家の固有名に対する信頼が薄れ、論証上の根拠を作家に負う研究方法の無効が宣告される事態となった。それはまずテクスト論の流行となってあらわれ、やがて国民国家批判の文脈と結びつくことによって正典批判として隆盛を極めた。それは知的に洗練され、旧来の研究や評論が根拠とした存在に対する懐疑は隅々まで行き渡った。

筆者はそれを是とする。なぜなら、論証の根拠を作家の存在に負うことになれば、その妥当性はすでに流布した作家のイメージに依拠せざるをえないからだ。序論で述べたように、作家に関するイメージはさまざまな要因から生成された幻像である可能性が高い。根拠とすべき存在がもはや根拠として成立しえない状況がこの場にはある。そのために私たちはこれまで根拠とみなしてきたものが根拠とみなされるに至った理由を問い、その批判的姿勢そのものを根拠とするに至った。そこではさまざまな従来の根拠が相対化に晒されている。しかし相対化の徹底は自らの存在基盤を危うくしかねない。ついに私たちはある種の後退局面の中で戦うことそれ自体を目的としてさまざまな試みを繰り広げているように思える。

しかし、それは日本近代文学研究というささやかな場における局面であるにすぎない。なぜなら、文学をめぐる言説の場全体において日本近代文学研究の占める場はごくわずかにすぎず、全体に対してあまり影響を与えていないからだ。序章でも述べたように、一般に作家に対する関心は旺盛であり、それはほとんど作品に対する興味を上回る。筆者もときおり依頼を受けて講演を行うことがあるが、そこではつねに作家に対する関心から聴衆が訪れる。そもそも、三島由紀夫という知名度抜群の作家を研究しているからこそ筆者のような者のところにも依頼があるのである。こうした作家に対する知的関心に沿うようにして作品は装いを改められ、商品化されつづけている。読書離れが叫ばれ、出版業界の不振がささやかれることは周知の通りだが、この関心に応えるべく商品が提示されることはこれからも当分はつづくはずである。

テクスト論といい正典批判といい、その対象となる作家が批評対象と化すのが、商品価値を失ってからであるという事実は筆者には興味深い。批判の対象となる作家のほとんどは死後五十年経って著作権が消失した作家たちである。これは「正典」と呼ばれる作品がもはや古典になっているということを示している。「古典」という言い方に筆者はふたつの意味をもたせているつもりで、それは一つには教育等の機会を通じて誰もが親しむべき規範として認定されているという意味であり、もうひとつは、ほとんど一般に読まれていないという意味である。

文学史に記載される――ということは国民の歴史として学ぶべき教材に選ばれているということである――ほどの作家・作品を古典と呼んでさしつかえないと思うが、私たちは正典批判の文脈においてその政治性や権力を批判しているわけである。一方、実際にはそういった古典がほとんど読まれていないことは大学教員のため息混じりにしばしば語られる事柄である。筆者もいくつかの大学で文学に関する講義を担当しているが、いま「坊っちゃん」を通読した経験のある学生はせいぜい数割だろう。その意味でも、いまや明治から大正期に活躍した作家たちの作品のほとんどは古典の域に入っている。これは世代によっても意識のちがいがある。以前何度か受講者の年齢差が五十年を超えるというクラスで講義をしたことがあるが、こういう場において近代文学を講ずることは至難である。ある世代にとって親しみの持てる同世代の作家が、ある世代にとってそれは遠い過去にかつて存在した歴史上の人物の名前でしかないといったことはよくあることだ。平成の時代しか記憶のない若い読者にとって、昭和はすでにノスタルジーですらない。まして明治大正など、ひとくくりに「遠い過去」なのである。

2

そのような状況下でいま三島由紀夫をめぐる場はどのような状態にあり、今後どのような方向に進むだろうか。それは本書および筆者の立脚点を語ることにもなるだろう。

序章にも述べたが、筆者は昭和四十三年十月の生まれである。これは「三島由紀夫」という存在に対して微妙な時期に生まれたことを意味する。つまり、筆者の生まれたとき三島は『豊饒の海』第三巻「暁の寺」(昭和四三・九〜四五・四『新潮』)の連載をはじめたばかりであり、昭和四十五年十一月の自殺時には満二歳を迎えたばかりであった。したがって、筆者は二年ほど三島と同じ時間を過ごしたことになるが、筆者にとってもっとも古い社会的事件の記憶は昭和四十七年二月の浅間山荘事件である。筆者がこれを記憶しているのは、たまたま同時期に妹が生まれたという個人的な事情に付随してのことにすぎないのだが、筆者にとって個人史と社会史の最初の接点がここにあるということは、筆者は三島の死を知らず、したがって生を知る機会もなかったことになる。その点ではいま筆者が教えている学生と同じ立場に立っているわけである。

一方、生後三年四ヶ月の浅間山荘事件を記憶していることからわかるように、筆者があと一年数ヶ月早く生まれていれば、三島事件の記憶を個人史と社会史の最初の接点として記憶しえたはずである。ということは、筆者より年長の評論家や研究者はほぼこの記憶をもっている。没後三十五年といわれた平成十七年に『三島由紀夫が死んだ日』（正続　中条省平編・監修　実業之日本社）という本が出たが、筆者はこの記憶語りに参入できない第一世代に属している。それは幸福と言ってよいことなのだろう。三島由紀夫の作品は、けっして三島の身体を知る世代の専有物ではないからだ。

しかしそれゆえの葛藤は心理的にではあるが厳然として存在する。年長の研究者や評論家、あるいは一般の三島読者が当たり前とみなす事柄が筆者には当たり前ではなく、その根拠を問わなければならない事柄として存在しているからである。さすがに、三島由紀夫という人格がかつて存在したことを疑うほどではないが――やがてそんな日も来るのだろうが――そこで語られている言説が同時代的な文脈において妥当性をもっているのかどうか、なにかを論ずるときにはその根拠を問うことが必要であると考える筆者のような立場にあっては、どれだけ一般に知られた事項であっても手続き上いったんはその自明性を疑い、カッコに入れ、検証しなければならないのである。

一方、筆者より年長の者にとってそれは常識であり、実体験であり、自身の人生の一部である。それはその人々にとって大切なものであり、そうであるがゆえに筆者のような者や、筆者より年少の世代に属する者にとってはきわめて重い。年齢的な上下関係が存在する以上、その重みは権力として作用する。序章において〈読者の読みに介在する権力〉と名付けたものの今日における実体のひとつはこれである。

こういった状況を前節の文脈に沿っていいかえれば、筆者より年長の世代にとって三島由紀夫は現代の作家に属するのに対し、筆者以下の世代にとって三島由紀夫は古典の領域に属する作家なのだということができるだろう。しかし、今日の三島を語る場は三島を古典とはみなしてはおらず、古典化を拒否しているように思える。それはひとつには、三島事件と称される三島の死が予言的な内容を含むものであったからだろう。死によって政治的な現実が改変されることを三島は望んだとされる。それがたとえば改憲や国軍創設といった、筆者が本章を書いているそのただなかに議論されている事柄でもあることは、その政治的メッセージがいまなおある程度は有効であることを示している。しかしその政治的メッセージが実現したとき、あるいは実現の果てに私たちの未来が破綻したとき、私たちは三島を予言者として賞賛することはできないという気がする。

しかしながら、今日の三島がいまだ例外的に高い商品価値を持った作家である以上、彼の「作家」を際だたせ、それを前面に押し立てたほうが得であるという功利性がその根底にありはしないだろうか。毎年十一月二十五日になると三島関連書が何冊も刊行されるという現象はそれを裏付ける。これは、古典化した他の作家にはみられない、三島特有の現象である。しかしそのような現象もいずれは終息に向かうだろう。なぜなら、時間の経過はいずれ三島の作品を、否応なく古典の領域に進めてゆくからである。現に、いま大学生の読書において三島作品はあまり読まれていない。発表当時から擬古的で難解な文体をもっていた三島の作品は、魅力的な娯楽が豊富に提示されている今日の学生にとってあまり積極的に選択したくなる代物ではないようだ。文学好きな学生の意識としても、三島文学は新しい古典という位置づけにあるというのが筆者の印象だ。

そんな状況下にあって、三島という作家をめぐる権力の自明性を信ずるには中途半端に出遅れる一方、近代文学研究などという後退戦における一兵卒を酔狂にも志願してしまった筆者のような存在はどのような役割を果たすべきなのだろうか。それは、いつか三島由紀夫が古典となる日のために準備しておくことであると筆者は考える。その意味において、日本近代文学研究における正典批判の実践は有益な示唆を与えてくれる。「三島由紀夫」の場においては「三島由紀夫」の名前そして三島の存在そのものが正典なのである。その権力がいつか無効となる日のために、「三島由紀夫」の権力によってかき消えがちなささやかな事柄を丹念に拾い上げ、強力な「三島由紀夫」の権力に対抗して提示すること。それは、かろうじて記録と記憶の残る今、「三島由紀夫」に関する先入観の稀薄な世代によって行われなければならないと考える。

3

そこで筆者が具体的に設定した課題が〈三島の語る三島〉と〈三島の語らなかった三島〉の区分である。右記のような「三島由紀夫」を語る場が三島の自己言及によって生じた状況であることは本書の各論で述べたが、私たちの読解は今日なお三島の指示する方向に向かって制御されている。そして研究や評論はこの力にあらがうことなく、むしろその自己言及を補強する方向に進んでいる。

三島は自らの十代を日本浪曼派に連なる存在として理解されることを望んだ。たしかにそれは彼の一側面ではある。本書第II部で論じたように、「花ざかりの森」に代表される『文芸文化』掲載作品はその思想に合致する要素を含むが故に『文芸文化』に掲載されたのである。自信作であった「苧菟と瑪耶」が掲載に至らなかったことはその傍証となるだろう。

一方で三島は自らの学習院における文学活動をほとんど語らなかった。その理由としてはまず、第III部第三章で論じたようにアジア・太平洋戦争終結後の学習院の変化が掲げられる。GHQが主導する戦後の民主化によって、学習院は従来の存在基盤であった華族制度を失うこととなる。「花ざかりの森」でもっとも鮮明に打ち出した〈祖先との共生〉というモチーフは、学習院において思考され、語られようとしたものであった。平岡公威は華族制度と貴族精神は別物であるとするが、それは平岡個人の観念においてであり、学校という組織は制度に従って変化していくものである。その変化に強い違和感をいだいた平岡は学習院に見切りを付けたのである。

次に「三島由紀夫」としてのセルフイメージの問題も理由として掲げられるだろう。平岡公威が「三島由紀夫」

として デビューした『文芸文化』が日本浪曼派との関係が深かったことは言うまでもないが、そのことの重みは三島の中で高まっていったと考えられる。自殺に際して、自らの死を政治的な大義に基づく行為と位置づけるため『文芸文化』や日本浪曼派との関係はいわばアリバイとして用いられたといえる。その一方で、ほとんど紹介してこなかった学習院における自らの活動をことさらに取り上げる必要はなく、またあえて紹介するまでもない事柄と判断した可能性は高い。

後年の三島にとって、学習院は遠い昔にうち捨ててしまった過去に過ぎないのかもしれない。しかしここで三島の意図を忖度する必要はないだろう。作家自身の価値判断がすべて正しいわけではなく、作家の自作解説が作品にとってせいぜい第一読者の感想にすぎないと考えるのは、前述したように今日の文学研究におけるごく普通の考え方である。それは自分の人生を語る際にもいえるだろう。むしろ、様々な思惑にしたがって自己の過去の一面を声高に語ったことが結果として〈三島の語る三島〉の領域と〈三島の語らなかった三島〉の領域との区分を生成した、そのことが重要である。

では十代における〈三島の語らなかった三島〉の領域を従来の三島論はどのように扱っていただろうか。三島が語らなかったために断片的なエピソードしか与えられておらず、それを俯瞰する視野が得られていないこと。そして、その断片的なエピソードがつなぎ合わされる際には従来の三島イメージに合致するよう遡及的に扱われたこと。この二点が原因となって、従来の三島論における十代のイメージは曖昧模糊としていて怪しげなものとなった。これが序論に述べた遡及的な問いのもたらす最大の弊害である。

その具体例として、従来の三島評伝における学習院イメージを検証してみよう。

John Nathan『MISHIMA a biography』(1974.2 Little Brown、邦訳『三島由紀夫 ある評伝』(野口武彦訳、昭和五一・六 新潮社))以来、多くの評伝において「三島由紀夫」の少年時代が語られてきた。ここ十年ほどの間にも、村松剛『三島由紀夫の世界』（平成二・九　新潮社）、奥野健男『三島由紀夫伝説』（平成五・二　新潮社）、猪瀬直樹『ペルソナ　三島由紀夫伝』（平成七・一一　文藝春秋）、安藤武『三島由紀夫の生涯』（平成一〇・九　夏目書房）、佐藤秀明『三島由紀夫　人と文学』（平成一八・二　勉誠出版）など、ほぼ数年に一冊の割合で評伝が刊行され、反響を呼んでいる。

こうした評伝を読み比べてみると、学習院時代の三島についての記述はおおむね平板で、同趣旨の記述がくり返されていることに気づく。そのパターンは次のようなものである。生まれてすぐに父母から引き離され、ヒステリックな祖母の膝下で物音を立てぬようしつけられ、病弱と過保護から陽の光のもとでのびのびと遊ぶこともままならなかった幼年時代。祖母と母の不仲。武家の出自と有栖川家への出仕を誇りとした祖母の意向で学習院へと入学し、教師との折り合いの悪さ、身分、病弱などによって引き起こされた悲惨な初等科時代。やがて創作に活路を見いだし、先輩・坊城俊民や恩師・清水文雄との出会いによって一気にその才能を開花させた中等科時代。当時の三島は、乗りこえたと自覚するや坊城との交際を絶ち、やはり先輩である東文彦や徳川義恭にやすやすと乗り換える功利性をもっていた。文学に対する父の無理解。このころ自身の同性愛嗜好を発見した。抜群の成績を誇り、卒業に際して恩賜の銀時計を拝領した高等科時代。『文芸文化』の同人として新進気鋭の国文学者と席をならべ、のちに敗戦に接して連隊長を射殺し、みずからもピストル自殺を遂げることになる蓮田善明から「国文学の中から語りいでられた霊のやうなひと」（「古典の生命と現代の青年」昭和一八・八『文学』）と賞賛された気鋭の青年作家。卒業後に出版された初の創作集『花ざかりの森』（昭和一九・一〇　七丈書院）は四〇〇〇部を一週間で売り切った…、云々。

ここに、野坂昭如『赫奕たる逆光』（昭六二・一一　文藝春秋）と松本健一『三島由紀夫亡命伝説』（昭六二・一一　河出書房新社）がほぼ同時期に言及した祖母・夏子と有栖川宮威仁親王との関係に関する憶測、あるいは、村松氏前掲書が触れ、猪瀬氏前掲書が検証した祖父・定太郎に関する出自を付け加えると、ほぼエピソードは出そろう。

従来の評伝はこうしたエピソードに依拠することによって、初期作品の叙述をロマン主義的憧憬や同性愛嗜好に還元し、あるいは晩年の政治思想や自決にいたる行動面の必然性を強調する。昭和四十五年の自決に至る三島の生涯を決定づけた原型としてこうしたエピソードにバイアスをかけようとするのである。それは精神分析学的発想を根拠に、ストーリーを貫徹する主旋律を評伝の冒頭箇所に提示しようとするものである。

学習院に限定してさらに詳述しよう。華族階級の子弟の教育機関であった学習院の特殊性と、そこで三島が蒙ったかもしれない階級的な疎外感を強調し、この進学や疎外感の理由を祖母の溺愛と結びつけることによって精神分析学的なコンプレックスの問題へと抽象化するといったストーリーをもった評伝がいくつかある。奥野氏前掲書や安藤氏前掲書がその代表例であろう。三島の文学との出会いに関しては、三島の七年年長であった先輩・坊城俊民の存在とともに語られ、坊城の著作『焔の幻影 回想三島由紀夫』（昭和四六・一一 角川書店）に描かれたふたりの出会いのエピソードは、さしたる検証もなされぬまま、たいていの評伝に引用されている。それは、近年の評伝である猪瀬氏前掲書、安藤氏前掲書も変わるところがない。

評伝におけるこうした退屈な類型化はいつはじまったのだろうか。どうやらその源流はジョン・ネイスン氏前掲書にたどりつくようである。ネイスン氏は死に至る三島の思想面を心理学的なコンプレックス説の援用によって解明しようと試みた。それ自体に問題はなかったのだが、その記述の多くには根拠が示されていないため、そこに語られた三島に対する批判的検証がむずかしいものとなった。また、引用文献などの問題から日本において一時期絶版となったことも、結果として問題を複雑にした。つまり、そののち執筆された多くの評伝がここにある記述を未検証のまま参照することとなってしまったのである。そして、その記述が遡及的な手法であったために、当時の三島に関わる多くのエピソードや資料が、死のイメージに染め上げられてしまったのである。

筆者は、こうした評伝の記述もまた〈読者の読みに介在する権力〉と考える。それは、こうしたエピソードのほとんどが三島没後に流布したものであり、その死の衝撃によって強調されたエピソードであるからだ。その死もひとつのパフォーマンスであるとみなすならば、これらは〈三島の語る三島〉によって改変されたエピソードということができるだろう。それをことさらに取り上げて強調するこれら評伝の語りには、これらのエピソードに遡及的に意味を与えることで自らの三島論、なかんずくその死に対する解釈に説得力を与えようとする意図がみえる。しかしそれは「三島由紀夫」に対する批評者の敗北ではないだろうか。なぜなら研究とは、あるいは批評とは、ある権力――それは固定観念といいかえてもよい――をまずは疑い、その根拠を問うという回路をもっていなければならないと筆者は信ずるからである。

本書における〈三島の語らなかった三島〉の領域は、このような伝説的エピソードに抵抗するために措定した概念である。この存在を実証しようとした本書の叙述が従来の「三島由紀夫」を語る場における伝説を多くの読者、ことに若い読者が疑う契機となってくれれば幸いである。そうすれば、「三島由紀夫」の特権性は剝奪され、やがて古典として扱われてその言葉の力のみによって輝くようになるだろう。

このことは当の三島が森鷗外に仮託して語ったことでもある。昭和四十一年一月に中央公論社より出版された『日本の文学』第二巻「森鷗外（二）」の「解説」で、三島は次のように語っている。

もちろん、綜合的人格「全人」としての鷗外を評価することは重要である。しかしすべての伝説が死に、知識の神としての畏怖が衰へた今こそ、鷗外の文学そのものの美が、(必ずしも多数者によつて迎へられずとも)、純粋に鮮明にかがやきだす筈だと思はれる。［中略］

そこで私は、ここらで、鷗外といふ存在の、現代における定義を下すべきだと思ふ。

鷗外は、あらゆる伝説と、プチ・ブウルジョアの盲目的崇拝を失つた今、言葉の芸術家として真に復活すべき人なのだ。

本書の最後に至って三島由紀夫の発言に依拠することは〈三島の語る三島〉に対する筆者の敗北なのだろうか。この場合、そうではないだろう。本章冒頭に述べたように、近年の日本近代文学研究は、作家の固有名に付随する諸々の物語や伝説、あるいは商品としての価値付与を一種の権力ととらえ、その権力構造そのものを研究対象としてとらえる方向に進みつつある。その方向性をもたらした最初の定義である「作家の死」を三島自身がここで語っているのだとしたら、〈三島の語る三島〉に依拠し、三島の作家性を自明とする態度はただちに過ちを認めなくてはならないだろう。一方で、これだけ強固に「三島由紀夫」の場が形成されている以上、いま一足飛びに「言葉の芸術」としてのみ三島文学を定義することは困難であるし、それは目の前の問題を見て見ぬふりする態度でもあるだろう。「文学そのものの美」に近づくために、まずは「あらゆる伝説」と「盲目的崇拝」とを払拭する努力が払われなければならない。

そこで筆者は本章に記したような立場から本書を執筆した。蟷螂の斧にも似たそれは現時点においてはおそらく敗北であろうが、うがたれた小さな穴からやがて新しい潮流が到来することを筆者は信ずる。

資料の部

板倉勝宏「学習院の想い出」翻刻・解説

以下に紹介するのは、板倉勝宏氏によって書かれた原稿「学習院の想い出」(執筆年不明、学習院院史資料室蔵)の全文である。本原稿の概要に関しては、本書第I部第一章で触れているが、ここでもういちど記しておく。

板倉勝宏氏は大正十四年東京生まれ、昭和六年に初等科入学以来、学習院に在学し、戦時下の繰り上げ措置によって昭和十九年九月に同校高等科を卒業している。平岡公威の同窓生である。初等科時代はとなりのクラスであったが、中等科以降同級になり、とくに高等科時代は文科乙類(ドイツ語)の同級生であった。卒業後は東北帝国大学に進学、同時に海軍に入隊したが戦後復学。平成十八年十二月に八十二歳にて逝去された。

この「学習院時代の想い出」はB5版レポート用紙二十二枚に横書きで書かれたもので、正確な執筆年は不明だが、三島の没後であることはその記述に明らかである。本原稿は当時の学習院の状況を記した回想である。学習院院史資料室では学習院に関する歴史を調査し、関連資料を保管している。本原稿は、そうした調査の過程で板倉氏によって執筆され、院史資料室に保管されていたものである。したがって、平岡公威に関する氏の記憶を語ったものではない。

にもかかわらず、本書においてこの原稿を取り上げる理由は、これまで実態が解明されてこなかった平岡公威の教育環境・生育環境としての学習院のありさまが、生き生きと描かれているからである。本書でくりかえし訴えてきたように、初期三島由紀夫における学習院の意味は、根拠不明の伝説に基づくか、あるいは表にあらわれた一部の資料を通じてしかなされてこなかった。だが、三島由紀夫文学館の設立や『決定版三島由紀夫全集』の刊行などを通して、さまざまな事実が明らかになることと思われる。その際に、ひとつの支柱となる可能性をこの原稿がもっていると判断したからにほかならない。とくに三島についての回想ではないという点も、三島の死がもたらしたさまざまな感情の起伏から自由であるという意味から、かえって冷静な実証的研究の推進に資するところが大きいと考える。

本文中、鍵カッコは原稿の改ページ、それにつづくカッコ内の数字は原稿のページ数をそれぞれ表し、［ ］は筆者注の番号を表す。判読不能な箇所については□とした。なお、（ ）内の記述は板倉氏によるものである。

この原稿の公開に際しては、板倉勝宏氏・板倉峰子氏および学習院院史資料室よりご快諾をえた。また、学習院の花田裕子氏には当時の教官名や難読字についてご教示いただいた。心より御礼申し上げる。

＊　＊　＊　＊　＊

学習院の想い出

私共の学習院入学と卒業は次の様な年次であつた。

昭和6年4月　初等科入学　昭6—9　満州事変始マル
昭和12年3月　初等科卒業　昭11—2　2、26事件
昭和12年4月　中等科入学　昭12—7　日華事変始マル
昭和17年3月　中等科卒業　昭16—12　大東亜戦争始マル
昭和17年4月　高等科入学　昭18—12　学徒出陣

昭和19年9月　高等科卒業　昭20—8　終戦

この年次は全く太平洋戦争の年次と一致してゐた。ここに我々の学年の特色があるのであらう。

この点は院長：荒木寅三郎（前京大総長—初等科時代）野村吉三郎（海軍大将—中等科前半）武者小路公共（中等科一部）

山梨勝之進（中等科後半及高等科）：の名前でも浮彫りにされるであらう。

尚初等科長は石井国次、川本為二郎[1]、中等科長は関口雷三、高等科長は野村高一[2]、初等科6年間の主管は秋山幹一郎[3]、鈴木弘次[4]の諸先生であつた。

私共の学生生活（旧学習院は初等科から教授、学生という呼称であった）の目立つた点を述べてみたい。

初等科
中等科
高等科
大学

中・高の先生方と友人」（1）

初等科

私は幼時身体が弱かつたので幼稚園は葉山で終え、直接初等科に入学した。

当時の初等科は今上天皇御入学の為に造られた木造校舎で、六年生の時皇太子殿下御入学の改築の為　目白の仮校舎に移つた。当時の旧正堂（講堂）は習志野の小学校に移され、戦後迄使はれてゐた。（後日野外演習で休憩したことがあるが、現在は不明である）

入学当時は昭和恐慌の直後であつたが、全くの平和時代であつた。思い出すことをいくつか挙げてみよう。

石井先生

今上天皇の担任教官を経て、当時は初等科長であつた。修身の時間には天皇陛下の御話しが多く、「おぢいさま（明治天皇）によく似てをられる」というのが口癖みたいであつた。科長として全員に訓辞する時は「学生諸子は…」という切出しであつた。小学生でも当時は教授、学生という官制であつたからであらう。

主管

当時は一学年2組（女子学習院は全く別組織で青山にあつた。）で、担任の先生は6年間全く変わらなかつた。（所謂持ち上り制）唱歌、図画、手工、体操」（2）以外の全教科を持ち、三年生からは理科系と文科系の学科を2人で分担された。（旧制中学授業の資格ある方々で文・理の組合せになつてゐた。）

私共の担任は秋山先生と鈴木先生で後に皇太子殿下の担任になられた方々である。

私は秋山先生の組で明くて恐い先生であつた。修身の時間（低学年）は脱線が多く、前任地の尾道高女（こゝで林ふみ子を教へられた。）で、港内で泳いでおこられた話、鉄道線路を歩いてゐて汽車が来て肥溜におちた話などは皆の記憶にある。

夏休みの課外教科

夏休みには当時としては珍しい2つの行事があつた。

一つは自由研究である。対象題材は全く自由に撰ばせてゐた。当時のこととて父兄や書生さん、家庭教師のお手伝いも相当あつたのではあらうが可成ハイレベルのものも発表されてゐた。全員に強制し、秋に優秀なものを全員の前で発表させてゐた。[5]

もう一つは沼津の游泳演習である。乃木院長時代からの伝統で初4から中2迄強制的であつた。今日もあるらしい赤フンドシで小堀流の泳法と和船の操法を教へてゐた。大体10日位であつたが、半数近くは1時間1里（4㎞）の編隊遠泳が出来る様になり、潜泳、執銃立泳（村田銃使用）等もあつた。

この游泳演習のレベルが高かつたのは後に述べ」（3）る。

年中行事

夏休みの行事の他春秋の遠足、隔月位の校外運動（新宿御苑の桜、神宮内苑の菖蒲拝観等に歩いて行つた）等があつた。

この他に高学年には天長節の観兵式拝観があつた。陸軍幼年学校の隣に並んでゐたが、長いので閉口したのを覚えてゐる。（乃木院長時代には陸軍大演習を見学して突撃に参加した由である。）またエチオピア皇帝御来朝、満州国皇帝御来朝の折の特別大観兵式も拝観した。黒人皇帝も満人皇帝も天皇陛下よりも偉丈夫に見えたが、その胸中と現在を考へ併せると感無量である。」（4）

中等科時代

当時の中等科は5年制であつた。当時は中学高校の一貫制教育としては7年制高校（東京には成蹊、成城、武蔵、東京高校）があり、学習院もこのグループに分類されてゐた。しかし7年制高校は中学4年高校3年であつた。（当時は中学は5年制であつたが4年終了で上級学校へ進学出来た。）学習院のみ中学5年があつたのは華族の義務教育が中学迄となつてをり、学習院は華族教育の為のものであつたからであらう。

中等科時代は戦時体制への移行の時期でもあつた。中1芦溝橋事件、中2国家総動員法、中3欧州開戦（ノモンハン事件）　中4日独伊軍事同盟　中5宣戦布告といつた具合であつた。しかし吾々の生活はまだ平和であつた。

学級編成

当時の中等科は一学年3組であり、主管は毎年交代し、組も毎年組替えられてゐた。

中等科1年では英語の別級があつた。これは初等科4年から英会話を必修としてゐたので、中等科で新入の者に対する措置であつたが、特に出来の悪い学生は初等科組でも随時これに編入されてゐた。

また吾々の時期だけ中四、中五の英語、数学をA・B・Cの三級とし、成績順に分類し、毎学期成績によつて組替えてゐた。もつとも当時は落第も多」（5）かつたのでC組に入れられてもそれ程動揺しなかつた様である。

学課の特色

一般中等学校と同じではあつたが、変つてゐたのは次の様な所であらうか。

図画が1年生から日本画、洋画の選択であり夫々の教室があつた。今日でも同様らしいがクラブ活動としての美術部のレベルも高かつた様である。

ソロバンを殆ど教へなかつた。中1の1学期に週1時間だけで足し算と引き算を少しやつただけである。（初等科はなし）これは戦後会社勤めをして全く閉口したものである。（当時は小学校で教へてゐたらしい。）

最大の特色は中4の必修正課に馬術（中5は選択）があつたことであらう。西洋貴族の必須教養であつたためらしい。また中5以上の華族の子弟は土曜の午後宮内省主馬寮に騎乗に行けた。私も半年位通つたことがあるが、もつと詳しい人がゐる筈なので省略する。

この馬術は学校教練の一部として扱はれ、馬術の査閲も行はれてゐた。（学校教練については高等科の項で纏めて述べる[6]）

中等科5年」（6）

私にとつて中学5年は忘れられない年であつた。この年の6月に父がなくなつて襲爵した。一ヶ月違いで同級の六條有康君も同様のことがあつて、宮内省から呼出されて宗秩寮総裁から2人に華族としての心得を訓された。私は大名華族であつたのでそれだけであつたが、六條君は公卿華族であつたので公卿としての心得をもう一度訓されたらしい。2人で「下らないね」とつぶやきあつたのを覚えてゐる。

リポート　中学5年は中学4年間のおさらいの様な教科編成なので就職も上級学校への入試もない吾々は楽しい一年間の筈であつた[7]。これに目をつけた山梨院長は我々の年だけ「リポート」を作ることを命ぜられた。

論題は「歴史に関するもの」で「20枚？　以上」と指定され、他は自由であつた。困つたのはクラブ活動の文化部のリーダー連である。当時は史学会（東亜研究会）理学会、文芸部、美術部、音楽部、等があつたが、当時の文芸部のリーダーは平岡公威（三島由起夫《ママ》）君であつた。私は史学会（東亜研究会）であつた。

結果としては80名中7名が表彰され、賞品の希望図書に院長が「温故知新」と揮ごーして下さつた。私の憶えてゐるのは平岡君が「王朝心理文学小史」で入選したことである。戦後の同君の文章とは方向が異るものである。私は「切支丹史」で」（7）入選した。驚いたことは戦後同級生の某君（東大文学部）と親戚の女子学生（慶大文学部）がその資料を卒論用に借りに来たことである。

遠足　中等科では遠足（修学旅行）は中5だけであつた。たしか春に行つた覚えがあるが、そのコースは次の通りであつた。

伊勢神宮→奈良→京都→海軍機関学校（舞鶴）→有馬温泉→龍田丸（神戸→横浜）

海軍機関学校に一泊したが、モーレツさに驚いて海機希望者がなくなつてしまつたことは印象的であつた。当時は海機・三高のラグビー定期戦があつて負けたことがないと自慢してゐた。

当時は勿論未成年であつたが、京都のデパートで皇軍慰問用のブドー酒を買つて有馬温泉の宿で飲んだことと龍田丸（外国航路）の食堂でビールを飲んだのを覚えてゐる。龍田丸は日華事変で徴用され、解除された時で、その後太平洋で散つたクィーンであつた。

少年寮

現在でも寮歌祭で歌はれる「大エイの水」に「六寮の健児」という言葉があるが、乃木院長時代は全寮制であつた。その時六寮あつたのが半分はそのまゝ残つてゐた。我々の時は中二が強制入寮で二寮を使つてゐた。これを少年寮といつて二人二室であつた。ラッパで起床、就寝、自習を指令してゐたが、夏目ソー石の「坊ちゃん」を読んで舎監の先生をその通り」（8）からかつたりした。[8]

当時は現在と逆で、初等科は給食がなく、中等科高等科は希望者に寮食を給食してゐた。マヅイという評判であつたが、大部分の学生は給食を食べてゐた。昼食は30銭位であつたと思う。

古墳発掘

私にとつては中五から高一にかけての出来事であつた。当時皇太子殿下が初等科に在学され、中等科校舎新築の必要があつた。その用地として喜多見（当時のP、C、L（現新東宝）撮影所隣）を海軍で買収してゐた。こゝは喜多見古墳の一角で、前方後円墳1基、円墳6基があつた。

校舎を建てる為には古墳を壊すことになるのでその前に史学会で発掘調査しようということになつた。当時の史学会は開店休業状態で、瀬川昌久君（トビ級高一）桜井裕君（同様）と私で細々と運営してゐた。現学長の児玉先生の教導によつて動くのであるが、児玉先生の専門は考古学ではない。

桜井君が東大史学科に偵察に赴いて帰つて来ての相談は意外であつた。東大は大陸古墳しか掘つてゐない、京大梅原博士に師事せよとのことである。結局帝室博物館嘱託・国士舘教授の内藤教授（出身者）に指導を御願いしてスタートした。発掘予算はたしか200円であつた。人夫一日の公定価格が3円50銭であつたので、人夫は1～2名とし、労力奉仕は」（9）学生有志に期待した。予算の大部分はフィルム代と印刷費にあてることにした。

当時の学生有志の協力は大したもので、高2、高1、中5、中4（昭16年始の年次）の諸兄は交代で土方作業をして下さつた。実人員でも100名近く、延人員で数百名に上つたであらう。当時はナチスドイツのアルバイトディーンスト（勤労奉仕）という言葉が流行つてゐたが、文字通りの無料奉仕であつた。

児玉先生を始めとする諸先生が宮内省諸陵寮及警察署の許可を得て昭和16年8月と17年□月[9]に作業をして全部掘つた。慶応の日吉校舎敷地の発掘について、終戦迄の最後の公式発掘であつた。出土品は前方後円墳のみであつたが、この記録は戦後市川君等が纏めて印刷してくれた。

慶応その他の見学者もあり、新聞記事にもなつた。その中で文部省の斉藤忠技官は一日円墳のボーリングを指示して下さつたが、内藤教授が翌日見えてカンカンになつて怒られた。ボーリングの位置が間違つてゐたのである。今日の大家も大陸古墳しか御経験がなかつた為らしい。

開戦

昭和16年12月8日ラヂオのニュースは早朝から「我国は今未明米英両国と戦斗状態に入れり」の大本営発表を流してゐた。登校すると授業所ではなく中等科の前にマイクを据えてニュースをきく」(10) 騒ぎとなつた。勝報が続いて提灯行列？　もやつた。大学は3ヶ月卒業を繰り上げてゐたが、我々は3月迄平常通りの授業があつた。3月のシンガポール陥落あたりは夢の様な気持であつた。皆の顔も明かつた。

しかし山梨院長は開戦直後の訓辞で二つのことをいはれた。「ハワイ海戦で米海軍の大部分は沈んだ。しかし港内だから腰を抜かしただけである。半年後には元に戻る。油断してはいけない。同時に海上でも戦略拠点を押へれば敵は攻められない。」とこれは中々の卓見であつたと思う。後日海軍に入隊して空母ワスプ（ハワイ沖で沈んで再就役）の模型で偵察の講義をされてこの言葉をハタと思い当つたのである。」(11)

高等科

大東亜戦争緒戦の勝報相次ぐ時に高等科に進んだ。

当時の学制は元来は旧制高校は三年、大学も三年であつたが、夫々半年縮めて二年半づつとなつた。我々は高校二年半、大学三年の筈であつた。我々の下のクラスは高校2年大学三年の筈であつた。

我々は二年半の為に高校5期制という制度をとられ、科目名も道義（倫理）等と改名されたものが多かつた。五期制の故に秋休みが出来て何日か休めたのを覚えてゐる。

演習（ゼミナール）

我々のクラスだけ五期制と共に大学並にゼミナールを正課とされた。尤も専門課程ではないので、先生方も困られたらしく、大学の専門講義の小型版を何人かの先生がして下さつた。記憶してゐるのは次の様なものである。

（半年で打切り週1時間）

方言論　東條操　（日本方言の同心円分布）

演劇論　新関良三　（トラゲディとコメディ）

立正安国論　山本直文

東條、新関両大家の講義は上級生から羨しがられたものである。立正安国論は戦後創価学会が盛になつた時に役に立つた。終戦前に日蓮宗以外で教つた者は少かつたであらう。当時としては時宜に適つたものであつたが、フランス語教授」(12)で料理の大家である山本先生の講義としては些か異様であつた。[10]

修練

たしか高2の時と思うが、クラブ活動が正課扱いとなつた。

旧制のクラブ活動は全くフリーで入会も自由なら、不入会もよい、いくつ重複しても構はなかつた。所が補講と組合せてクラブ活動を運動部、文化部各1の必修とされたのである。

後で考へてみると山梨院長はえらい方であつた。海軍大将であつたのに戦争が激しくなる程「勉強しなさい。」といはれたのである。これもその一環で軍事教練の強化に伴つて主要課目の時間減少を補う為の補講が一つの狙いであつた様である。その為に1日7時間授業ということになり当時の慶応予科は1日5時間で羨ましかつたのを覚えてゐる。（小泉塾長と山梨院長は同じことを考へてをられたのではないであらうか。）

学生としては修練で補講はふえるし、部活動は制約されるしテンヤワンヤであつた。運動部の猛者が文化部選びに悩むのはザラにあつた。何もしてゐない者は何部が楽かを調べてゐた。数部掛持ちの者は整理に苦しんでゐた。

私は史学会と東亜研究会のメンバーであり、不充分ながら山岳部に籍があり、課外の馬術をやつてゐた。」(13)

運動部は当然に山岳部を選べたが、東亜研究会には若干のいきさつがあつた。

高1の時に輔仁会等クラブ活動の整理があり、各部の幹事学生が招集されて大会議となつた。学校案では東亜研究会は廃止となつてゐた。確に同会は会員はゐなかつた。しかし六年以上勤務してゐた包翰華といふ支那語（中国語）の先生があり、満州皇室の縁戚だということであつた。先生の年俸200円がフイになつては大変なので「大東亜戦争中に東亜研究会をつぶすとは何事か。」と開き直つた。

その結果大東亜部と改称され、修練の対象となつたので一躍部員20名以上を数へることとなつた。私は史学部にゐたかつたが、大東亜部に入らざるを得なかつた。

この大東亜部で印象に残つてゐるのはタイ国のワラワン殿下とプラサツト君（随行貴族学生）である。一年下の聴講生であつたらしいが、学習院に記録がないらしく、その後の消息も聴かないので気になつてゐる。何か寂しさうな二人であつた。[11]

学校教練

学習院は華族の学校である。華族は皇室の藩屏である。華族の子弟は「明治天皇の勅諭」に沿つて成可く軍人になれ。乃木院長は初等科から挙手の敬礼を日常の敬礼とし、寮生活はラツパによらせた。この伝統は終戦迄脈々と生きてゐた。」(14) 陸士、海兵、海機、陸幼の受験希望者に補講もしてゐた。教練、武道にも力を入れてゐた。剣道、柔道、弓道、射撃、馬術の各部は学生課直轄で部員も多かつた。教練も中3以上の学生には小銃一挺づつ貸与され、中学生には38式歩兵銃の特別型（小型）があてがはれてゐた。

しかし2・26事件の反感からか大半の学生は学校教練には無関心であつた。中1から中4迄の教練の査閲の成績は悪かつた。

所が時局の緊迫と名配属将校の出現によつて中5からは一変した。査閲の成績（講評）は4年連続優秀であつた。連合演習（中5）や行軍競争（高1）等の場合は校名を挙げて「軍規厳正にして最も宜しい。」とほめられる様になつた。これは柏崎大佐という方の誘導がよかつたことが大きいと皆で感じてゐた。

当時の学校教練は陸軍の歩兵科（今日ならば陸上自営[ママ]隊の普通科）の初歩を教へてゐた。兵器としては軽火器（小銃、軽機関銃、テキ弾筒）の操法を教へ、大隊単位迄の密集教練と戦斗教練であつた。内容的にはいはゞ真似事であつたが、昭和18年末の学徒動員以来は一変した。

「高専大学は予備士官学校である!」というので高3の時は週2時間の教練が週7時間となり週1回終日軍事教練を行うこととなつた。吾々はこれを教練デーと名付けてゐた。（旧制高校で第1外国語よりも教練の時間の方が多くなつてしまつたのであつた。）」(15)

この時の教練のレベルが相当に高かつたことは後に海軍に入隊して気が付いたのである。当時の言葉で対米戦斗（いはゞゲリラ戦）に切換る迄は我々が学習院で教つた陸戦の智識で充分であつたのである。（海軍でも陸戦は重点科目であつた。）陸戦科の教官は別として他科の教官よりも我々の方が陸戦は知つてゐたのである。

旧昭和寮

当時は高等科は下落合に定員52名の昭和寮というのがあつた。本館と4棟の寮があつて、各寮には夫々「オバサン」がゐた。本館は食堂、ダンスホール、図書館、浴室、舎監室等があり、1人1室のR・C造で優雅な寮であつた。今日は日立製作所の寮となつてをり、略旧観を残してゐる。

英国のイートン校をモデルとしたといはれるが、舎監の官舎も構内にあり、紳士、貴族の養成にふさわしいものであつた。

しかし「昭和寮に入ると落第する」という伝説があつた位にクラブ活動等に熱心な人が多かつた。私も一年生の時に入つたが、翌年高一全寮制（二段ベットに改造）ということで全員追出された。自由の殿堂の崩壊という感じで大いに口惜しがつたものであつた。

朝鮮貴族」(16)

明治年間の日韓合邦以来、李王朝の貴族も華族として取扱はれ、高等科に毎年一名づつ入り、昭和寮に入つてゐた。表面的には何もなかつたが個室では露骨に民族意識を出してゐた。同級生の朴君は陽気な男で呑気者と見られてゐたが、個室では諺文廃止をさせた東條軍政を呪つてゐた。（私が東條批判をきいた最初である）１人は勉強家で東大法科に入つた。もう１人は昼寝て夜起きて何かやつてゐた。明かに反軍思想の持主で李王朝貴族としてのプライドを聞かせてくれた。

親日一辺倒である筈の人々でも故国は日本ではない朝鮮であるといゝ切つてゐたのは当時としても考へさせられたものである。

海洋教練

海洋教練とは旧海軍のＰ・Ｒ・であつた。開戦後たしか2回中学と高専大学を対象として開かれた。我々は海軍に親近感を持つてゐたので参加者が多かつた。我々は軍部に対して恐怖感は少かつたが、接触が少く緒戦の花形であつた海軍にあこがれを感じてゐた。

１回目は昭和17年夏に房州保田で行はれ30名位参加した。この時は下士官の教員でミツドウェー海戦に参加した上等兵曹がゐて、その話も内々で聞かしてくれた。何処かて［ママ］三日間泳いだ（艦が沈んで）といつてゐたが、500米の編隊遊泳をしたら学習院隊のみケロリとしてゐて他校は落伍者が多かつた。沼津遊泳の成果は著しく兵曹先生は喜んだり驚いたりであつた。」(17)

2回目は昭和19年春に行はれたが、武山の横須賀第2海兵団で行はれ、戦局をうつして大分暗いムードであつた。特に学徒出陣の予備学生になれなかつた水兵さんが助手でゐて弱々しくて大分ショックを受けた。

学徒出陣

昭和18年10月1日学生生徒の徴兵延期が廃止され、文科系学生の入営（所謂学徒出陣）が行はれた。旧制高校は一年以上遅れてゐないと該当しなかつたが、落第の多かつた学習院では最高学年の高2以下（正規なら満19才で翌年徴兵である）の該当者が多かつた。

我々高校文科の1／3は神宮外苑の出陣式の他、学習院のみの出陣式を行い、皇太子殿下の御歓送を受けた。答辞を読んだ代表学生の姿は今はない。

学徒出陣で思い出すことが二つある。

一つは出陣学徒の送別会だというと酒のない街で未成年学生でも酒を出してくれたことである。便乗送別会も大分あつた様である。

もう一つは大川周明である。前述の大東亜部でも出陣学徒がゐて昭和寮で送別会をやつた。その時に何もないので大川氏の話をきくことにした。同氏は二つ返事で来て一応の話をした。所が話し終つても帰らない。曰く「こゝは憲兵が来ないから真実を申し上げたい。今日本は勝つてはゐない。大東亜共栄圏の各地の親住民（当時の言葉）は離反しつゝある。軍人の非常識な行動の為である。その実例はこれこれである。諸兄は将校要員として」(18) 入隊されるのだし、常識ある方々なので、入隊して任官されたら軍隊の内部からの改革に心を留めてほしい。」皇国［ママ］

二千六百年史で親んでゐた東亜の論客の意外な言葉であつた。

出陣学徒12名は皇太子殿下の御臨席の下に歓送式を受けた。その時代表で答辞を読んだ渡辺君は今はない。在隊中病を得、戦後薨じたのである。

卒業式とお榊壇

我々の卒業式は19年9月7日[12]に行はれ卒業式らしい卒業式としては終戦前では最後であつたらしい。文科系は23名位しかゐなかつたが卒業、入学、入隊が一緒であつた。

国防の第一線といはれた委任統治領内南洋のサイパン島は敵手にわたり、物資は欠乏してゐた。式後の会食はたしか和菓子2ヶであつた。

一連の行事の後で理科の学生がお榊壇の門前で円陣をつくて[ママ]「枯スヽキ」の替歌を作つて円陣を作つて[ママ]歌つてくれた。「院門から隊門へ」であつた。

このお榊壇は現存してゐるが、昔は鉄門（現戸塚校舎正門）があり、虎ノ門から移したものであつた。野球の附属戦の後で勝つても負けても中等科全員が集つて泣いた所で送別の歌を受けたのは思出深かつた。」(19)

大学

当時の学習院は旧制高校であつたので、各帝大若くは単科大学に進学しなければならなかつた。何処かには入れる筈であつたが、入学試験はあつた。我々も入試の為の受験勉強をやつてゐた。しかし入試3ヶ月前に「空襲の恐ある為」に内申制に切換へられた。私も受験はしなかつたが、落第の経験はある。（人数の少い高校は合否予想がつかなくて願書提出は一つのかけ（賭）であつた。）

航空隊

我々は出陣学徒（前年）を除いて24名が卒業し、6名が飛行専修海軍予備学生となり、1名が陸軍特別操縦見習士官となつた。卒業生の1／4が航空隊に入つたのは学習院だけであつた様である。（しかも7名中4名は華族の子弟であり、華族の在学比率は1／2未満であった。）私も飛行専修海軍予備学生となつた1人であるが、他校の人には奇異に見えたらしい。「よく如何してこんな危い所へ来たのか」とよく聞かれた。

当時の学生の入隊者の中飛行科に入つたものは数％（1割以下）であつたらしい。優秀な者程危い所へは志願しなかつた様である。旧制高校の華形であつたナンバースクール（一～八高）は七高造士館以外は1％以下であつたらしい。私は祖国の急に参ずるのは当り前のことと思つてゐたので心外であつた。しかし英国貴族の第一次大戦の活躍を考へると学習院の」(20) 航空隊入隊者が多かつたことは誇つてよいと思う。

北桜寮

終戦後我々は東北帝国大学に復学した。復学といつても始めて大学に行つたわけである。仙台は大学と軍隊の町であつたが、戦災で何もなかつた。最も困つたのは下宿であつた。

寮も下宿も足りないので大学総長と大喧嘩もした。転学の自由も主張したが東大の南原総長は拒絶した。昭和21年の夏上級の稲葉植輝兄[13]が一軒の借家を見付け桜友会の4人で住まうということになつた。所が預金封鎖で現金がない。新世帯なので鍋釜がない。

桜友会理事の故明石元長氏（東北大出身）に相談した所、桜友会の資金（公債を換金したもの）から800円を補助金として下さつた。これで世帯道具を買つて4人は上杉山区19番地（北4丁）に居を構え、北桜寮と名付けた。これは

10年近く存続し後輩も裨益した筈である。

桜友会の隠れた活動として特記したいものである。」（21）

友人

初等科で入学した時は63人位で、通常ならば高等科卒業も60人強であつた。しかし入学から卒業迄同一クラスでゐたのは半数にすぎなかつた。

中等科新入は10人強、高等科新入は数名であるから、メンバー入れ換りの主なものは落第であつた。我々の場合は中1で15%　高1で20%（文乙だけだと1／3）が落第してゐる。

病気休学は退学させなかつたので上級生が病休のまゝ一年後に下級生になることもあつた。これを「素通り」と云つてゐた。5年位素通りした人もゐた様である。健康な落第生は人気者が多く、病休は同情があつたので、当時は落第生のひがみという様なものはあまりなかつた様である。

我々のクラスメートで異色なのは故平岡公威（三島由起夫［ママ］）君と北條浩君であらう。両兄の歩いた道は正反対であり、且両兄とも極めて優才であつた。」（22）

注

［1］正しくは「川本為次郎」。

［2］正しくは「野村行一」。

［3］正しくは「秋山幹」。

［4］正しくは「鈴木弘一」。

〔5〕　こうした優秀作は学習院初等科幼年図書館の雑誌『小ざくら』にみることができる。
〔6〕　板倉氏によれば、当時の学習院では、中一～三年生のあいだに柔道・剣道・弓道を習うことになっていた。一年時には弓道と剣道の両方を習い、二年になるとそのうちのいずれかプラス柔道を習う。そして三年次もこれを習ったのち、四～五年に馬術を習ったとのことである。
〔7〕　「花ざかりの森」執筆時である昭和十六年に平岡が創作に没頭できたのも、こうした背景があったためではないか。
〔8〕　平岡は健康上の理由から入寮しなかった。
〔9〕　学習院百年史編纂委員会編『学習院百年史』第二編（昭五五・三　学習院）によれば、実際には昭和十七年七月と翌十八年三月のことという。
〔10〕　三島由紀夫文学館所蔵の評論「日蓮のこと立正安国論のこと」（平成一五・一『決定版三島由紀夫全集』二六巻　新潮社）はこのゼミのレポートであった可能性が高い。
〔11〕　三島晩年の小説「春の雪」（昭四〇・九～四二・一『新潮』）にシャムの王子・パッタナディ殿下とクリッサダ殿下という二人の留学生が登場する。作中と時代設定は異なるが、あるいは彼らから想を得たものかもしれない。
〔12〕　九月九日のあやまり。
〔13〕　正しくは「稲田植輝」。

坊城俊民著作目録

目録の提示に先立ち、坊城俊民という人物について解説しておく。

坊城俊民は大正六年、堂上華族の嫡男として東京にうまれた。初等科以来学習院に在籍、とくに中・高等科時代には文芸部に所属し、文芸部の編集する『学習院輔仁会雑誌』『雪線』に多くの作品を発表した。また後輩・東文彦と共著『幼い詩人・夜宴』を刊行した。昭和十八年、東京大学文学部国文科卒業後は都立高校教員として教育者の道を歩みつつ、自ら教え子や知己とともにいくつかの雑誌を創刊し、そこに小説・評論・詩・短歌などを発表しており、著作も小冊子も含めれば二十冊をこえる。平成二年四月の没後は、教え子たちによって編まれたアンソロジー『にほへわがうた　わがふみのあと』や若き日の作品集『末裔』の復刻によって新たな読者を獲得したとはいえ、彼の本職は教育者であり、学習院時代の一時期をのぞき、職業作家になろうとはしなかった人物である。

三島由紀夫の文学に接したものであれば、短編「詩を書く少年」（昭和二九・八『文学界』）にでてくる、主人公の先輩Rのモデルといった方が分かりやすいかも知れない。また、三島の学習院時代のエピソードとして多くの評伝に『焔の幻影　回想三島由紀夫』が引用されている。後者によれば、坊城が高等科三年の昭和十二年、中等科一年の三島が『学習院輔仁会雑誌』に投稿した詩にその才能を見出して以来、ふたりは親密な交友関係を結んだ。坊城が三島からもらった手紙は本棚の一段を占めたという。また同書で、坊城はそのころの自分の創作がいかに年少の三島の影響を被っているかを記しているが、年齢差を考えたとき、坊城が平岡に与えた影響も無視しえないだろう。

三島も『花ざかりの森』の「跋に代へて」や『末裔』の「跋」で、少年時代に影響を被ったことを明言している。坊城の「夜宴」に触発されて「坊城伯の夜宴」を書いた例に見るように、坊城の初期作品を見ると、三島に与えた影響は大きいように思われる。三島没後の坊城が、自らの被った影響ばかりを語る気持ちの底には、『豊饒の海』に日本の「優雅」を描いて逝った後輩への慎み深い友情が隠されているように思われてならない。ともあれ、その後、坊城は「詩を書く少年」に描かれたような事情から三島との交友が途絶えた。以後、三島とは無縁な場所で創作を続けていたが、「春の雪」に「この国の暗い地下水、「優雅」」を見出した坊城は、その感激を三島に書き送った。こうして、三島の死に至るまで交友は復活したのである。

坊城について、三島は「優雅の専門家」（昭和四十四年三月十二日付坊城宛書簡）、また、友人であった中村真一郎は「現代に遠流された大宮人」（「二十世紀の大宮人」坊城『ねずみもち』帯文）との称号を冠している。それは、単に彼が堂上家の家柄であったことを指すばかりではなく、その生涯を通じて書き続けられた創作上のモチーフをも示している。華族の末裔としての没落の予感と自負心との間にうまれた彼の創作は、かつての日本浪曼派との親近性をも見せ、現に三島没後における日本浪曼派の拠点であった『浪曼』『ロマン派』『浪曼派』に創作を発表している。『ロマン派』『浪曼派』では保田與重郎らかつての日本浪曼派のメンバーとともに編集同人に名を列ねた。それは、三島の死が坊城に与えた新たな知己であり、以降の創作においては、三島の死が彼に与えた新たな使命、「優雅の専門家」として失われゆく日本の優雅を描くことに力を注いだ。こうして三島没後も坊城と三島の友情は続いたのである。

教育者としての坊城は都立北園高校における指導教官制・モザイク制といった特色ある教育を主導した。今日の目で見ても先進的な教育制度からは多くの人材が育っている。「人間の学校」をはじめ本目録に掲げられたいくつかの著作からはその経緯を知ることができる。また、大原重明より披講を伝授され、式部職嘱託（歌会始講師）としろうか。

て披講会会長をも務めた。宮中行事である歌会始についても、坊城の作品から教えられることは多いのではないだ

では、なぜ筆者はそのような人物を取り上げて目録化したのか。その意図を述べておきたい。

本書で繰り返し述べてきたことであるが、学習院を枠組みとして初期三島由紀夫を考察する試みはこれまでまったくなされてこなかった。それどころか、学習院時代の平岡公威に関しては『焰の幻影　回想三島由紀夫』（昭和四六・一一　角川書店）や三谷信『級友　三島由紀夫』（昭和六〇・七　笠間書院）の叙述以上のことがらはほとんど知られていなかったのである。そのため、平岡公威の学習院時代はまったく闇に閉ざされ、検証不能な伝説ばかりが流布するといった状況がながらく続いてきた。そうして伝説化された学習院時代の平岡公威を実証的に調査し、実態を解明しようという試みは、研究あるいは評伝や評論において残念ながらなされてこなかった。

学習院時代の文学的盟友であった東健《たかし》（筆名・文彦）宛の書簡が大量に発見され、『三島由紀夫十代書簡集』（平成一一・一一　新潮社）として公開された際、作家の安藤武氏は次のように述べている。

大学の学究関係の方はだれも東文彦さんのことを取り上げない。『浅間』という本自身が私家版だからなかなか入手できないのはわかるが、古本屋に頼んでおけば入手することはできる。その辺のところをもう少し学究の方が『浅間』を手に入れ、手に入らなくても講談社のものが、結構古本屋にあるんですから、あれを手に入れて、三島の初期の作品と合わせてやれば、三島さんの真実、本質はさがせるのではないか、そこにあると思います。

（富岡幸一郎との対談「『十代書簡集』をめぐって」平成一二・一一『国文学　解釈と鑑賞』）

筆者は、東の『遺稿集　浅間』（昭和一九・七　私家版）のコピーと、古書店で入手した『東文彦作品集』（昭四六・三　講談社）を所持し、本書の執筆に参照した。平成十九年に『東文彦作品集』は文庫化され、『東文彦全集』（平成一八・一一〜一九・一　太陽書房）も出版されるに至った。しかし、三島関連のコレクターとして名高い安藤氏が「大学の学究関係の方」の東への無関心を揶揄的に語っているところに、三島研究の問題点があるように思われてならない。つまり、初期三島を考察するにあたって基礎的なデータの蓄積がおろそかになっていることを安藤氏は指摘しているのである。しかし、そうした基礎的な作業こそ「大学の学究関係の方」がやらねばならない研究だったのではないか。

坊城の場合にもまったく同じことがいえる。平岡と坊城の関係をより正確に理解し、学習院を枠組みとして平岡公威を考察するには、これらの作品を基礎資料として研究の俎上に載せることが必要とされる。とくに、『学習院輔仁会雑誌』に所収された初期作品や『幼い詩人・夜宴』（昭和一五・一　小山書店）、『縮紳物語』（昭和一九・三　私家版）、『末裔』（昭和二四・二　草美社）といった私家版かそれに近い少部数出版書籍に掲載された作品群は、『焔の幻影』に描かれたエピソードの意味を解き明かし、三島の文学的な出発にあたって坊城ならびに学習院文芸部が果した役割を解明するために必須の文献である。『焔の幻影』以外でも、坊城は目立たないところで自分の記憶にある三島を語りつづけた。そのなかには従来の三島評伝が触れていない事実も含まれている。筆者が本書、ことに第Ⅱ部で論じてきた内容は、本目録の作成を通じて発見したことが非常に多い。そして、本目録のデータは、橋川文三氏（『日本浪曼派批判序説』昭和三五・二　未来社）、野口武彦氏（『三島由紀夫の世界』昭和四三・一二　講談社）以来連綿と続いてきた、初期三島を日本浪曼派の範疇から論じる流れを相対化する役目を担うことになると筆者は信ずる。

凡例

・タイトル中、『　』は著書（単著）、「　」は雑誌掲載の際に複数作品の総題として付けられたものを表す。これらについては、次行以下に二字下げで所収作品名を示した。韻文等で総題がない場合には（　）で示した。
・共著・共編著の場合は『　』で表記し、編者・共著者等を※以下に記した。
・ジャンルは目次・題名から確認できるもののみ、タイトルの後に［　］で付した。それ以外の作品については、必要と思われる場合に限り（　）で付した。
・発表月を誌名の下に記した。発行の月が不明の場合、？を記した。奥付等がなく、作品末尾の擱筆日付などから判断したものには（　）を付してある。
・現物を未確認の作品はタイトルの後に（＊）を付した。
・多少とも三島由紀夫に関する言及のあるものはタイトルの後に○を付した。
・※以下に発表誌などに関する情報を記した。

一九二六（大正15＝昭和元）年

鎌倉に行つたときのこと［綴方］　小ざくら1　11

※『小ざくら』は学習院初等科幼年図書館発行の雑誌。夏休みの自由研究や綴方、書道・工作・絵画作品の写真や和歌・俳句など、授業成果が掲載されており、教育内容をうかがい知ることができる。

（俳句一首）　小ざくら1　11

一九二七（昭和2）年

（俳句一首）　小ざくら2　7
五色温泉へ行つたこと［綴方］　小ざくら3　12

一九二八（昭和3）年

奉祝の秋［綴方］　小ざくら5　12
（俳句一首）　小ざくら5　12

一九二九（昭和4）年

（短歌一首）　小ざくら6　7
（俳句一首）　小ざくら6　7
羊歯の研究［自由研究］　小ざくら7　12
（短歌一首）　小ざくら7　12
（俳句一首）　小ざくら7　12

一九三一（昭和6）年

秋の訪れ　輔仁会雑誌143　12

火事　輔仁会雑誌143　12

※『輔仁会雑誌』（正しくは『学習院輔仁会稚誌』）は学習院文芸部の編集・発行する雑誌。

一九三二（昭和7）年

月［散文詩］　輔仁会雑誌146　12

一九三三（昭和8）年

こゝろ［散文詩］　雪線1　5

※筆名「坊城春霙」。

一九三四（昭和9）年

草稿（＊）　雪線2　3

緑陰（＊）　雪線3　9

「小品二種」　雪線4　12

うづまき／巳春

※筆名「坊城春霙」。

編集雑記　雪線4　12

一九三五（昭和10）年

此の頃の状態—或は、五年間—　雪線5　3

※筆名「坊城春霙」。

図案［創作］　輔仁会雑誌153　7

作品「図案」について　輔仁会雑誌153　7

（俳句三首）　輔仁会雑誌153　7

※編集後記欄に。

編集後記　輔仁会雑誌153　7

白き花［散文詩］　輔仁会雑誌154　12

編集後記　輔仁会雑誌154　12

一九三六（昭和11）年

彼と夜寒の開戦［創作］　輔仁会雑誌155　3

※筆名「坊城春霙」。

（俳句一首）　輔仁会雑誌155　3

五月［随筆］　輔仁会雑誌156　7

（俳句三首）　輔仁会雑誌156　7

鼻と一族　雪線6　10

織女の北極へ旅する頃　雪線6　10
※筆名「河原町俊彦」。
編集雑記　雪線6　10
秋風に寄する歌［詩歌］　輔仁会雑誌157　12
※シェリーの翻訳詩。

一九三七（昭和12）年

昭子さんのこと［創作］　輔仁会雑誌158　3
げんじやうらく［随筆］　輔仁会雑誌159　7
「詩と笑話」　輔仁会雑誌160　12
作者の手帳第一／臭気連中／空家／階段／菫／露の絵／印象／横顔／星座／物は／作者の手帳第二／尾花沢／うらぼんえ／作者の手帳第三
「詩と笑話拾遺」　輔仁会雑誌160　12
巴比伊国／日の出／モーター・ボート／応挙の萩／二月事件／本庄伊代子

一九三八（昭和13）年

砂　輔仁会雑誌161　3
風　輔仁会雑誌161　3
靴下留　輔仁会雑誌161　3

一九四〇（昭15）年

『幼い詩人・夜宴』　小山書店　1
「夜宴」［詩と小品］
還城楽―序にかへて―／巴比伊国／幟／朝の日本橋／春の唐招提寺／菜の花／帰るみち／マリー・ロオランサン／五月の夜／孫の祭／梅雨／電話／浅間あげは／夏の朝／月／男性／野分の後／誰だつけな／可愛い女学生／大時計／靴下留／十一月
※東文彦との共著。タイトルの「幼い詩人」は東の作。

一九四二（昭和17）年

芥川龍之介小論　井本農一・日本文学懇話会編『日本文学の諸相』　成武堂　8

一九四四（昭和19）年

『縉紳物語』　私家版　3
幼年時／少年時／尾花沢日記／鼻と一族／昭和風俗

絵巻／氏の末裔／巴比伊国史／おくがき

※「三島由紀夫氏に献ず」との献辞がある。

一九四六（昭21）年

巻頭言　蝗　1

「敗戦の朝」［詩］　蝗　1

枕／天井／少女／ショパン／政治／雲／空襲／夾竹桃／朝だ

いも　蝗　1

もの言へば　蝗　1

※『蝗』は旧制芝中学で坊城が学生たちと作った回覧誌。二部に分かれており、それぞれ二〇〇ページ前後ある。2号以降が存在したかは不明。平3・4に復刻版が作られている。

（俳句一首）　ひいらぎ1　3

光藤抄　ひいらぎ1　3

※『ひいらぎ』（『柊』とも）は、東京府立第九中学校文芸部の雑誌。

都立九中都立二四中合併記念校歌　5

源氏物語管見　国語と国文学　6

王子と乞食［感想］　柊2　7

樹々［詩］　柊2　7

※三島由紀夫「別れ」（昭二〇・七『輔仁会報』2）に引用されている。

一九四七（昭和22）年

学生演劇の為のプロローグ　柊3　2

編集雑記　柊3　2

一九四八（昭和23）年

ある一幕　輔仁会雑誌170　1

プロロオグ　森1　5

「詩十篇」　森1　5

泉の歌／星／此の腕は何の為に／彼／芍薬の花が咲いたら／緑の夢／汽笛が鳴つた／日附／言葉／私は旅の魔術師

※筆名「森茂」。

エピロオグにかへて　森1　5

※『森』は坊城が都立北園高校の生徒たちと始めた回覧誌。なお、4・7・8号は未見。

「詩二篇」　森2　?
祈り／稽古
※筆名「森茂夫」。
鐘が鳴る　森3　?
※筆名「森茂夫」。
黒百合物語　森3　（7）
※筆名「森茂夫」。
「詩七篇」　森5　（8）
夏蜜柑／自画像／花は話してゐた／もしも僕が五年若かつたら／風に聴け／雨／散歩
※筆名「森茂夫」。
丘の上　森6　（9）
※筆名「森茂夫」。
「森」のきやうだいへ　森6　（9）
※筆名「森茂夫」。

一九四九（昭和24）年

『末裔』　草美社　2
偽序（渡邊一夫）／遠花火／鼻と一族／舞／落日／跋（三島由紀夫）／あとがき○
※平6・8、篠沢秀夫「回帰する光輝」を併せ集英社より復刻。
四月二日　森9　（4）
無題　森10　（5）
百年　柊5　12

一九五〇（昭和25）年

学芸活動の指導　高校教育　4
塔　塔1　5
※「塔」は北園高校演劇部の雑誌。
物語の諸系列　国文学解釈と鑑賞　5
招待　柊6　6
第六号原稿取捨の事情　柊6　6
都立北園高等学校校歌　10

一九五一（昭和26）年

『日本詞歌集』　国民教育会　?
※田代三良・安川定男との共著。
新月　柊7　2
編集後記　柊7　2

星影［詩］　柊8　7
後記　柊8　7
新月　ひひらぎ2　7

一九五二（昭和27）年

第十号について　柊10　7

一九五三（昭和28）年

詩精神に就て　国語と国文学　7
落成　関根俊雄編『校史草案』　11
新制　関根俊雄編『校史草案』　11
※『校史草案』は、都立北園高校の歴史をまとめたもの。

一九五四（昭和29）年

もっときびしさを　きたその1　9
※『きたその』は都立北園高校文芸部の雑誌で、『柊』後継誌。4号以下の存在は不明。

一九五五（昭和30）年

きたその第二号のはじめに　きたその2　1
文芸部雑感　きたその3　11

一九五七（昭和32）年

『（無題）』　?
人間の学校［小説］／くろゆりとくろゐ［劇詩］
おとなの醜さ―PとTとSの問題―　北園新聞　10

一九五八（昭和33）年

罪ほろぼし　北園新聞　10

一九六〇（昭和35）年

『ふるさとの青春　王朝文学管見』　表現社　2
序（久松潜一）／日本文化の古代史的非継続制／有声の文学と無声の文学／摂籙／宮仕え／親近の人びと／青春の代償／野性と王朝／『をかし』の次元／註／あとがき

一九六三（昭和38）年

古狸　柊4　3

※『柊』は都立北園高校生徒会発行の雑誌。

御子左高家［小説］　知己1　6

※『知己』は坊城が高橋渡・入江和也と始めた同人誌。

（無題）　知己1　6

※同人・入江を紹介したもの。

『京の翳』　表現社　6

献辞／花山落飾／小白河八講／たきの御所／少納言出仕／一の人／たちばなの朝臣／藤原のむすめ／註／あとがき

一九六四（昭和39）年

雪迎え［小説］　知己2　2

柊合唱団のこと　柊5　3

秘曲［散文詩］　知己3　12

一九六五（昭和40）年

休み　石神井11　3

※『石神井』は都立石神井高等学校父母と教師の会

篇の小冊子。

「鬼の四季」［小説］　知己4　7

ひげを洗う・玄象が鳴る・成村のかかと・王統

後記　知己4　7

浅間あげは［小説］　知己5　12

一九六六（昭和41）年

源氏物語と紫式部［評論］　知己6　5

祇王寺［詩］　知己6　5

曽丹［小説］　知己6　5

ひいらぎの森［小説］　知己7　12

泉の記憶［小説］　知己7　12

一九六七（昭和42）年

楽［劇詩］　知己8　7

定家「左近の桜の詠」について［評論］　知己9　12

鬼［小説］　知己9　12

一九六八（昭和43）年

河原院［小説］　知己10　6
後記　知己10　6
道［小説］　知己11　10

一九六九（昭和44）年

王城今昔［詩］　知己12　3
優雅論「春の雪」をめぐって［評論］○　知己13　8
※「春の雪」に感動した坊城が三島に書簡を送ったことをきっかけに、二人の交際は復活した。本論はそのときの感想を基にしたもの。長谷川泉編『現代のエスプリ三島由紀夫』（『解釈と鑑賞』別冊至文堂昭46・2）に転載された。
後記　知己13　8

一九七〇（昭和45）年

襲［小説］　知己14　5
後記　知己14　5
新校長に坊城俊民先生―罰則規定など用いないですむ学校に―「人間の教育」をめざす（インタビュー）　池商新聞34　6
※以下『池商新聞』の記事は『池商新聞縮刷版』（昭52・10）による。
ヒューマニストで理想主義者―坊城新校長の横顔―　池商新聞34　6
〝十代の力〟―池商祭統一テーマに寄せて―　池商新聞35　7
秋なかば、学園祭に花と咲け……―池商祭を終って―　池商新聞36　11
小品二種［小説］　知己15　12
後記　知己15　12
三島由紀夫の思い出○　池商新聞37　12
※同年一月に三島の招待を受けたときの出来事を記したもの。同じエピソードは『焔の幻影』にも描かれる。なお、同号「照明灯」欄にも三島事件について坊城が語った朝礼の言葉が引用されている。

一九七一（昭和46）年

回想・わが友〝優雅の冠者〟○　文藝春秋　2
平岡公威の花ざかりの時代○　諸君　2

※座談会（清水文雄・越次倶子と）。

優雅論「春の雪」をめぐって［評論］○

長谷川泉編『現代のエスプリ三島由紀夫』（『解釈と鑑賞』別冊　至文堂）　2

『説庵歌集』所感○　？　5

『日本の古典I』　正進社（名作文庫）　6

枕草子／今昔物語／平家物語／徒然草／奥の細道

自主的に勉強できる学校に――一問一答　坊城校長に聞く――

※インタビュー。　池商新聞39　6

先輩をたずねて　都立池袋商校長　坊城俊民先生○　高等科8　7

※インタビュー。『高等科』は学習院高等科発行の雑誌。本号には三島事件に関して四名の生徒が感想を寄せている。

『豊饒の海』解釈［評論］○　知己16　8

『焰の幻影　回想　三島由紀夫』○　角川書店　11

ポオ、リラダン、鷗外の影響○

日本学生新聞編『回想の三島由紀夫』　行政通信社　11

制服自由化によせる　池商新聞　12

一九七二（昭和47）年

青い夕闇○　知己17　4

※『焰の幻影』出版を記念して『知己』本号には龍野咲人「優雅をそそぐ」林富士馬「卓上演説」鈴木亨「日本の地霊」西垣脩「雲と水」が寄せられている。それぞれ三島由紀夫論ともなっている。

花山院の熊野御幸　『紀伊・熊野路』　毎日新聞社　4

新旧校長に聞く　生涯教育こそ大切である　池商新聞44　6

※インタビュー。

人間の学校［小説］　知己18　12

後記○　知己18　12

一九七三（昭和48）年

色好みの家［小説］　知己19　7

三島由紀夫における優雅の軌跡［評論］○　知己20　12

一九七四（昭和49）年

校歌　都立狛江高校　5
きじばと○　知己21　8
美麻びと　知己21　8
後記　知己21　8
春庭花［小説］　知己22　12
※『知己』本号に、芳賀檀が「三島の死」［詩］を寄せている。

一九七五（昭和50）年

春庭花　浪曼　2
紫式部日記覚え書［評論］　知己23　6
鬼の島［小説］　知己23　6
後記　知己23　6
『虎子如渡深山峰または紫式部日記私抄』　表現社　7
※『知己』別巻として出版。
後記○　知己24　12

一九七六（昭和51）年

（項目執筆）○
長谷川泉・武田勝彦編『三島由紀夫事典』　明治書院　1
赤絵／東文彦／苧菟と瑪耶／華族／閑雅／貴族／公家／芸術狐／郡虎彦／座禅物語／清水文雄／白樺派／酸模／鈴鹿鈔／玉刻春／彩絵硝子／中世／中世に於ける一殺人常習者の遺せる哲学的日記の抜粋／典雅／花ざかりの森／林富士馬／東の博士たち／風雅／富士正晴／文芸文化／松尾聰／祭り／まほろば／館／優雅
三帖源氏の物語［小説］　知己25　3
比留間兄へ　知己25　3
※比留間一成詩集『おくりもの』評。
後記　知己25　3
夕顔の巻の問答歌について［評論］　知己26　8
水元のうた　都立水元高校校歌　10
『ゆふがほ抄』　表現社　10
ゆふがほ抄／詩四篇（二の舞／祇王寺／新宮殿／青い夕闇）／校歌三題（柊のうた／狛江のうた／水元のうた）／回帰の書

花守の言葉Ⅰ［詩］　知己27　12

一九七七（昭和52）年

卒業生へ　志高ＰＴＡだより36　3
保護者の皆さまへ　志高ＰＴＡだより36　3
宮中の歌会始　別冊『太陽』19　6
会長を辞して欧州に遊ぶ　楽志　7
※『楽志』は東京都学士クラブ会報。
うきふね抄［小説］　知己28　8
後記　知己28　8
月と文学　三井むろまち17　12

一九七八（昭和53）年

清涼殿西廂―天徳歌合―［小説］　知己29　3
後記　知己29　3
ゆふがほ抄［創作］　ロマン派1　5
新宮殿［詩］　ロマン派1　5
※『ロマン派』は創生社発行の季刊文芸誌で、編集同人は浅野晃・内城輝雄・中谷孝雄・仲野年嗣・芳賀檀・濱川博・坊城・保田與重郎。巻頭「ロマン派宣言 Ecce Homo」（無署名）には三島について言及がある。巻末には次号予告も出ているが、実際には出版されなかったようだ。
内なるもの［詩］　知己30　9
風騒の鬼［小説］　知己30　9
されかうべ　山の樹42　11
※西垣脩への追悼文。
『竹芝寺縁起』　表現社　11
※Ａ5版、12ページの小冊子。

一九七九（昭和54）年

「浪曼派」と私○　浪曼派1　1
※『浪曼派』は出雲書店発行の季刊文芸誌で『ロマン派』の後継誌とみてよい。坊城は中谷孝雄・保田與重郎・芳賀檀・浅野晃・濱川博とともに編集委員を務めた。
歪曲された「日本浪曼派」観○　浪曼派1　1
※座談会（中谷・芳賀・濱川・浅野と）。
みやびの時　浪曼派1　1
みやびの時　浪曼派2　4

『歌会始』　五月書房　5
　小御所…／表西の間／新宮殿／千鳥の間・松の間・
　竹の間／清涼殿西廂
京三日［詩］　知己31　6
後記　知己31　6
紫式部日記私抄　浪曼派3　7
歌会始と披講　入江相政・木俣修・坊城俊民『宮中新年歌会始　ご詠進の手引き』　実業之日本社　9
紫式部日記私抄（2）　浪曼派4　9
由良京子への手紙○　浪曼派4　9
姥百合のうた　知己32　10
紫式部の攻撃性　土車12　10
　※『土車』は財団法人古代学協会発行の「平安博物館だより」。
紫式部日記私抄［第三回］　浪曼派5　12
東京都立館高等学校校歌　12

一九八〇（昭和55）年

反歌（短歌10首）　地中海　1
紫式部日記私抄［第四回］　浪曼派6　4
BALLADE　知己33　5
竹芝寺縁起　浪曼派7　8
若葉（短歌7首）　地中海　9
ひつじぐさ（短歌6首）　地中海　10
『伝大弐三位註紫式部日記抄』　昭森社　10
　序／破／急／跋に代へて
「みやび」のくに○　浪曼派8　11
池　andante　知己34　12

一九八一（昭和56）年

文科丙類○　輔仁会雑誌　1
　※特集「我が懐かしの高等科」の一。同欄、徳大寺公英「私の『学習院』」にも三島への言及あり。
池　andante　浪曼派9　3
若葉の感情評　地中海　3
　※寺田章子歌集の評。
手紙より　地中海　4
　※『伝大弐三位註紫式部日記抄』出版に関する香川進宛書簡。坊城宛の清水文雄・松尾聰・秋山虔各書簡を引用する。

みやび［第一回］	浪曼派10	6
衛士のうた　長歌	地中海	8
手足の表情	さんぽ	8
みやび［第二回］	浪曼派11	9
刊行にあたって	鬼1	9
後記	鬼1	9
『みやび　その伝承』	昭森社	9
序曲／上代／王朝時代／武家時代／近代／終曲		
衛士のうた	知己35	10
和泉式部と敦道親王　断章	知己35	10
門出○	知己35	10

一九八二（昭和57）年

冷泉の（短歌8首）	地中海	2
和泉式部　むかしがたり	鬼2	3
後記	鬼2	3
旧制学習院高等科　『旧制七年制高校』	学藝書林	9
鯉沼広行を聴く（短歌9首）	地中海	9
家家のむすめ達	鬼3	10
後記（無署名）	鬼3	10
『家家のむすめ達』	表現社	11
はじめの言葉／清原のむすめ　清少納言／大江のむすめ　和泉式部／藤原のむすめ　紫式部／菅原のむすめ　孝標娘／反歌／あとがき		
※『鬼』別冊として発行。		
箱根大会（短歌4首）	地中海	11
古代へのみち（短歌8首）	地中海	12

一九八三（昭和58）年

墓（短歌5首）	地中海	1
吹雪（短歌8首）	地中海	2
『波霧らう』を読む	地中海	2
※長谷川純子歌集の評。		
島（短歌8首）	地中海	3
王朝の和歌とその背景	鬼4	3
後記	鬼4	3
雪（短歌6首）	地中海	4
甲斐駒（短歌6首）	地中海	5
新古今からみた王朝の和歌（1）	地中海	7

反欧（短歌8首）　地中海　9
恋歌（短歌5首）　地中海　10
みやびと私　鬼5　10
後記　鬼5　10
公教育と私教育　中部日本新聞　11・1
「椿の門」を読む　地中海　11
　※関根栄子歌集の評。

一九八四（昭和59）年

ありあけ（長歌・反歌）　地中海　1
新古今集よりみた王朝の和歌二　地中海　1
藤川氏急逝（短歌8首）　地中海　2
新古今集よりみた王朝の和歌三　地中海　2
その石（短歌8首）　地中海　3
葛城山愛宕山（短歌8首）　地中海　4
遠花火（短歌7首）　地中海　5
歌がたり　鬼6　5
巻末記　鬼6　5
幼名（短歌8首）　地中海　6
『黄砂』を読む　地中海　6
　※内田英雄・内田キヨカ歌集の評。
長き夕暮（短歌6首）　地中海　6
『みやび新古今集の時』　桜楓社　8
　春の夜の夢（序文・入江相政）／みやびと私／新古今集からみた王朝の和歌／反歌／巻末記
詩の言葉［エッセイ］　地中海　9
夢の中の藤川さん　地中海　10
　※藤川高追悼文。
（短歌8首）　地中海　10
　※同誌2月号に発表したものの転載。
みちのくの藪柑子　家庭と電気　10
幾輪廻○　鬼7　10
巻末記　鬼7　10
幾輪廻（短歌7首）　地中海　11
ほほゑめる宮廷［エッセイ］　地中海　11
時（短歌8首）　地中海　12

一九八五（昭和60）年

湖の歌を読む（短歌7首）　地中海　1
旅（短歌2首）　地中海　3

『君し旅ゆく』　桜楓社　3

みどり／口びる思ひみる／からたちばな／東宮みうた／殿下の青春／戦争と御製／敗戦と歌会始／せつぶん草／野の香立ち／うみまひまひ／せつかの声／まてばしひの実／みやびの泊り／旅／おほみうた一覧／巻末記

あまけ（短歌7首）　地中海　4
あきつ（短歌6首）　地中海　5
（落合矯一先生追悼）弔辞　鬼8　5
「棒の如きもの」　鬼8　5
　あきつ／かすが
巻末記　鬼8　5
かすが（短歌11首）　地中海　6
塚崎進の四部作　地中海　7
征服者と土民　地中海　8
あづま　地中海　9
『露原』読後　地中海　9
　※糸井とし歌集の評。
笈の内（詩・反歌）　地中海　10
ねずみもち［エッセイ］　地中海　12

一九八六（昭和61）年

歌会始のお歌　知識　1
　※特集「皇太子の世紀」の一編。
叔父相政［追慕］　地中海　1
短歌五十三首　地中海　1
二人の三島由紀夫［エッセイ］○　地中海　2
　※60・5・31講演（主催者・会場等不明）の要旨。
飛雲（短歌8首）　地中海　3
『今上陛下の御製とみやび』　神社本庁　4
　※「氏子のしおり」シリーズの31として発行された、B6版、27ページの小冊子。黒神直久（神社本庁総長）「はじめに」を付す。『君し旅ゆく』が基になっている。
君が旅路　短歌　5
序　井出聖子『しのふ枝―九つの苗の物語』　私家版　5
毛越寺曲水（短歌9首）　地中海　8
毛越寺曲水十曲（短歌10首）　地中海　9
『ねずみもち』［詩集］　不識書院　9

鬼の言葉／沖縄のうたびとへ／雲／小鳥／出祚／かすが／つるぎみち／ゑみ／ありあけ／二の舞／武蔵竹芝／あづま／笈の内／ねずみもち／遠流の霊へ／毛越寺曲水十曲／をはりに／二十世紀の大宮人（中村真一郎…オビに）

むかしとんぼ（短歌8首）　地中海　10

『伝統文化に学ぶ　第一回　披講』　11

※NHK文化センター・霞会館共催による特別公開講座（昭61・11・12〜12・3、NHK文化センター青山教室）におけるテキスト。A5版、12ページの小冊子。

一九八七（昭和62）年

はじめに　つつじ11　？

※「つつじ」は新宿区短歌協会発行の雑誌。

四季の屏風　清少納言筆［エッセイ］　地中海　2

楠（詩1編）　地中海　3

『海ゆかば』と『遠茜』　地中海　3

※板倉秀『海ゆかば』行本昭子『遠茜』評。

『ミモザの別れ』［詩集］　不識書院　6

歌会始の約束／HIROKOへ／年譜／四季の屏風／一条院夜曲／蓑／叔父／昭和十五年／楠がもと／ミモザの別れ／業平の恋歌／定家と恋歌／芥川龍之介／三島由紀夫○／あけぼのすぎ／をはりに

ひじきも［詩］　知己36　7

言挙せぬ歌合［詩］　知己36　7

霧の月の輪［詩］　知己36　7

後記　知己36　7

弟ほか（短歌9首）　地中海　8

霧の朝　枕草子三十六段［エッセイ］　地中海　8

えにし　地中海　9

※岡本秀一歌集『縁　えにし』評。

『幕切れの台詞　星に貸す琴』　表現社　11

幕切れの台詞○／星に貸す琴／をはりに

※古希記念に作られたA5版、8ページの小冊子。

一九八八（昭和63）年

ゆかり（詩と反歌）　地中海　1

しらゆきについて　地中海　1
※柏原房枝歌集『しらゆき』評。
車　白い国の詩377　1
※座談会（冷泉布美子・冷泉勝彦・扇畑忠雄と）。
「ながめ」の精神に学ぶ　教育じほう380　1
こほろぎ（短歌3首）　地中海　2
久目継子さんへ―『やすからなくに』を読む―
地中海　2
※久目継子歌集の評。
珊瑚のいとなみ　君し旅ゆく考反歌
短歌　4
『おほみうた　今上陛下二二一首』　桜楓社　4
※『君し旅ゆく』の改訂版。
歌会と「宵あかつきの声」　信濃毎日新聞夕刊6・25
『君し旅ゆく考』［詩集］　不識書院　？
君し旅ゆく考／珊瑚のいとなみ○／杉たてるかど／
大宮人・坊城君に（中村真一郎）／かへし○／地霊
伝統と中世の「花」○　短歌　10
地の霊　北園二期会文集2　12

一九八九（昭和64＝平成元）年

君し旅ゆく考〈天皇の御製〉　短歌臨時増刊　1
※特集「天皇陛下と昭和」の一編。
指導教官制の頃
創立六〇周年記念誌編集委員会編『北園のあゆみ―創立
六〇年記念誌―』　5
※座談会（奥村進・奥山正・立花正雄・野田保之・松
村孚と）。

一九九一（平成3）年

『（無題）』　表現社　4
（無題…「伝統と中世の花」草稿抜粋○）／（無題…坊城
章子）
※A5版、8ページの小冊子。

一九九二（平成4）年

『にほへわがうた　わがふみのあと』
不識書院　3
月／巳春／図案／作品「図案」について／白き花／
げんじやうらく／尾花沢／短歌／短歌出所控／書簡

／書簡提供者／坊城俊民著作一覧／跋（坊城章子）
／編集後記（小林政就）
※坊城俊民先生を偲ぶ会編。同会は芝中・北園ＯＢ
が中心となって組織された。

二・二六事件のころ　同編纂委員会『あんそろじい旧制
高校　第二巻　みとせの春の花嵐―理知と情感のるつ
ぼ』　国書刊行会　5

一九九四（平成6）年

『末裔』　集英社　8
偽序（渡邊一夫）／遠花火／鼻と一族／舞／落日／
跋（三島由紀夫）／あとがき○／回帰する光輝（篠
沢秀夫）

不明

進め二十四中　東京都立第二十四中学校行進曲
からす（Ｂ5ガリ版）
※北園放送研究部発表の放送劇台本。
道づれ（脚本、Ｂ4ガリ版）
左衛門督光頼（脚本。Ｂ4藁半紙5枚）
夾竹桃［散文詩］
※「左衛門督光頼」の末尾に。
橋（脚本）
※演劇部・絵画部・音楽部・放研部合同
角の怪　？　P126―127

参考文献一覧

本書執筆にあたって参照した文献を掲げる。三島由紀夫に関する文献は膨大な数になるため、本文中の引用文献を中心に、とくに本書とかかわりの深いものにかぎった。全集・著作集等に所収された文献はそちらに統一した。資料の部第二章「坊城俊民著作目録稿」所収の文献は省いた。

1 書籍

北原白秋『思ひ出』明治四十四年 東雲堂
紀平正美『哲学概論』大正五年 岩波書店
紀平正美『行の哲学』大正十二年 岩波書店
紀平正美『日本精神』昭和五年 岩波書店
坊城俊民・東文彦『幼い詩人・夜宴』昭和十五年 小山書店
原勝郎『中世に於ける一縉紳の生活』昭和十六年 創元社
坊城俊民『縉紳物語』昭和十九年 私家版
東文彦『浅間』昭和十九年 私家版
三島由紀夫『花ざかりの森』昭和十九年 七丈書院
坊城俊民『末裔』昭和二十四年草美社→平成六年 集英社
東季彦『樫の実』昭和二十八年 竹柏園
橋川文三『日本浪曼派批判序説』昭和三十五年 未来社
清水文雄『河の音』昭和四十二年 私家版
野口武彦『三島由紀夫の世界』昭和四十三年 講談社
小高根二郎『蓮田善明とその死』昭和四十五年 筑摩書房
東武百貨店編『三島由紀夫展』昭和四十五年 東武百貨店
長谷川泉他編『三島由紀夫研究』昭和四十五年 右文書院
三枝康高編『三島由紀夫・その運命と芸術』昭和四十六年 有精堂
三島由紀夫『三島由紀夫十代作品集』昭和四十六年 新潮社
東文彦『東文彦作品集』昭和四十六年 講談社→平成十九年 講談社文芸文庫
日本学生新聞編『回想の三島由紀夫』昭和四十六年 行政通信社
坊城俊民『焰の幻影 回想三島由紀夫』昭和四十六年 角川書店
平岡梓『伜・三島由紀夫』昭和四十七年 文藝春秋→平成八年 文春文庫
日本文学研究資料刊行会編『日本文学研究資料叢書 三島由紀夫』昭和四十七年 有精堂
島崎博・三島瑤子編『定本三島由紀夫書誌』昭和四十七年 薔薇十字社
林房雄他『浪曼人三島由紀夫 その理想と行動』昭和四十八年 浪曼
小川和佑『三島由紀夫少年詩』昭和四十八年 潮出版社
三島由紀夫『三島由紀夫全集』全三十六巻（付録月報）昭和四十八年〜昭和五十一年 新潮社
平岡梓『伜・三島由紀夫（没後）』昭和四十九年 文藝春秋

白川正芳編『批評と研究　三島由紀夫』昭和四十九年　芳賀書店
光栄堯夫『三島由紀夫論』昭和五十年　五月書房
長谷川泉・武田勝彦編『三島由紀夫事典』昭和五十一年　明治書院
佐伯彰一『評伝　三島由紀夫』昭和五十三年　新潮社
三島由紀夫展企画委員会編『三島由紀夫展』昭和五十四年　毎日新聞社
鈴木一男編『学習院輔仁会雑誌総目録』昭和五十五年　学習院
田中美代子編『鑑賞日本現代文学　三島由紀夫』昭和五十五年　角川書店
学習院百年史編纂委員会編『学習院百年史』全三編　昭和五十五年～昭和六十二年　学習院
野田宇太郎『天皇陛下に願ひ奉る』昭和五十六年　永田書房
上田秋成『雨月物語』昭和五十六年　講談社学術文庫
菅原洋一『三島由紀夫とその海』昭和五十七年　近代文芸社
永畑道子『恋の華・白蓮事件』昭和五十七年　新評論
野口晴哉『野口晴哉著作集』第一巻　昭和五十八年　全生社
越次倶子『三島由紀夫　文学の軌跡』昭和五十八年　広論社
清水文雄『続河の音』昭和五十九年　私家版
小川和佑『三島由紀夫　反日本浪曼派論』昭和六十年　林道舎
三谷信『級友・三島由紀夫』昭和六十年　笠間書院
野坂昭如『赫奕たる逆光　私説　三島由紀夫』昭和六十二年　文藝春秋
吉田好尚『素絹』昭和六十二年　劇団風の子出版部
富士正晴『富士正晴作品集』第一巻　昭和六十三年　岩波書店
高橋文二『三島由紀夫の世界　夭折の夢と不在の美学』平成一年　新典社
小高根二郎編『蓮田善明全集』平成一年　島津書房
磯田光一『磯田光一著作集』第一巻平成二年　小沢書店
松本徹編『年表作家読本　三島由紀夫』平成二年　河出書房新社
村松剛『三島由紀夫の世界』平成二年　新潮社
『新文芸読本　三島由紀夫』平成二年　河出書房新社
長谷川泉『三島由紀夫の知的運命』平成二年　至文堂
学習院陸上競技部後援会編『学習院競技部史』平成二年　学習院
佐藤秀明編『日本文学研究資料新集　三島由紀夫・美とエロスの論理』平成三年　有精堂
奥野健男『三島由紀夫伝説』平成五年　新潮社→平成十二年新潮文庫
比治山女子短期大学図書館編『清水文雄先生旧蔵　三島由紀夫文庫目録』平成五年　比治山短期大学図書館
比治山大学・比治山女子短期大学図書館編『三島瑤子氏寄贈三島由紀夫文庫目録』平成六年　比治山大学・比治山女子

短期大学図書館
浅見雅男『華族誕生　名誉と体面の明治』平成六年　リブロポート
猪瀬直樹『ペルソナ　三島由紀夫伝』平成七年　文藝春秋
林富士馬『林富士馬評論全集』平成七年　勉誠社
島田亨『三島由紀夫解釈』平成七年　西田書店
坊城俊周『立春大吉』平成八年　私家版
安藤武『三島由紀夫「日録」』平成八年　未知谷
入江俊久『連　第二版（改訂版）』平成九年　ニチコンサービス
ソースティン・ヴェブレン『有閑階級の理論』高哲男訳　平成十年　ちくま学芸文庫
橋川文三『三島由紀夫論集成』平成十年　深夜叢書社
安藤武『三島由紀夫の生涯』平成十年　夏目書房
ヘンリー・スコット＝ストークス『三島由紀夫　生と死』徳岡孝夫訳　平成十年　清流出版
嵐山光三郎『追悼の達人』平成十一年　新潮社
保田與重郎『保田與重郎文庫』平成十一〜十三年　新学社
山中湖文学の森　三島由紀夫文学館編『山中湖文学の森　三島由紀夫文学館開館記念展』
平成十一年七月　三島由紀夫文学館
タキエ・スギヤマ・リブラ『近代日本の上流階級　華族のエスノグラフィー』竹内洋他訳　平成十二年　世界思想社
小埜裕二編『日本文学研究論文集成　三島由紀夫』平成十二年　若草書房
ジョン・ネイスン『新版・三島由紀夫―ある評伝』野口武彦訳　平成十二年　新潮社
三島由紀夫『決定版三島由紀夫全集』四十二巻＋補巻　平成十二年〜平成十八年　新潮社
松本徹・佐藤秀明・井上隆史編『論集三島由紀夫』全三巻　平成十三年　勉誠出版
松本徹・佐藤秀明・井上隆史編『三島由紀夫事典』平成十三年　勉誠出版
柴田勝二『三島由紀夫　魅せられる精神』平成十三年　おうふう
志村有弘『林富士馬の文学』平成十四年　鼎書房
テレングト・アイトル（艾特）『三島文学の原型　始原・根茎隠喩・構造』平成十四年　日本図書センター
『生誕80年・没後35年記念展　三島由紀夫ドラマティックヒストリー』平成十七年　神奈川近代文学館
松本徹『三島由紀夫　エロスの劇』平成十七年　作品社
阿部誠『東文彦　祖父石光真清からの系譜』平成十七年　太陽書房
阿部誠『東文彦ガイド　評伝編』平成十八年　太陽書房
阿部誠『東文彦ガイド　作品編』平成十八年　太陽書房
佐藤秀明『三島由紀夫　人と文学』平成十八年　勉誠出版
中条省平編・監修『三島由紀夫が死んだ日』（正続）平成十八年　実業之日本社

井上隆史『三島由紀夫　虚無の光と闇』平成十八年　試論社
阿部誠編『東文彦全集』（全三巻）平成十八〜十九年　太陽書房
『旧新訳聖書』刊記なし　聖書協会連盟

2　雑誌特集等

『学習院輔仁会雑誌』明治二十三年六月〜　学習院輔仁会文芸部ほか編
『小ざくら』大正十五年十一月〜　学習院初等科幼年図書館編
『雪線』昭和八年五月〜昭和十一年十月　学習院輔仁会文芸部編
『日本浪曼派』昭和十年三月〜昭和十三年八月　ただし復刻版（昭和四十六年・雄松堂）による
『学習院輔仁会大会次第書』（冊子・チラシ）昭和十三年五月　学習院輔仁会
『文芸文化』昭和十三年七月〜昭和十九年八月　ただし復刻版（昭和四十六年・雄松堂）による
『赤絵』昭和十七年七月〜昭和十八年六月
『輔仁会報』昭和十九年十二月〜昭和二十年七月　学習院生活部
『清明』昭和十八年十一月　学習院中等科
『しりうす』二号　刊記なし
『学習院文芸』（『赤絵』と改称）昭和二十五年六月〜昭和五十四年
『バルカノン』昭和四十二年二月
『国文学』臨時増刊　昭和四十六年一月
『新潮』臨時増刊　昭和四十六年二月
長谷川泉編『現代のエスプリ　三島由紀夫』昭和四十六年二月
『文藝春秋』昭和四十六年二月
『文学界』昭和四十六年二月
『国文学解釈と鑑賞』昭和四十六年四月
『新潮』昭和四十七年十一月
『国文学』昭和五十年十二月
『国文学解釈と鑑賞』昭和五十三年十月
『国文学』平成二年四月
『新潮』平成二年十二月
『国文学解釈と鑑賞』平成四年九月
『国文学』平成十二年九月
『国文学解釈と鑑賞』平成十二年十一月
『新潮』臨時増刊平成十二年十一月
『三島由紀夫研究』平成十七年十一月〜　鼎書房
『新潮』平成十九年一月

3　雑誌等掲載記事・論文等

北原白秋「ほのかなるもの」大正四年五月『ＡＲＳ』
板垣直子「三木氏に与ふ」昭和八年一月十五〜十七日『朝日新聞』

三木清「文芸時評　文学の真について」昭和七年七月『改造』
三木清「唯一言」昭和八年一月十八日『朝日新聞』
林達夫「いわゆる剽窃」昭和八年一月二十二〜二十五日『朝日新聞』
志賀直哉「万暦赤絵」昭和八年九月『中央公論』
加賀淳子「浮雲城」第一部　昭和二十五年一月『改造』
『東京日日新聞』昭和十一年十月二十日〜二十一日
保田與重郎・清水文雄「対談　日本浪曼派とその周辺」昭和三十三年八月『バルカノン』
小高根二郎「伊東静雄と日本浪曼派」昭和三十三年八月『バルカノン』
塚本康彦「保田與重郎・文芸文化」昭和三十四年十一月『国文学私論』
古田博保「『文芸文化』と三島由紀夫氏」昭和四十二年二月『バルカノン』
清水文雄・坊城俊民・越次倶子「平岡公威の花ざかりの時代」昭和四十六年二月『諸君』
相原和邦「三島文学と「文芸文化」」昭和四十六年六月『文学研究』
清水文雄「百日忌を迎へて」昭和四十六年四月『バルカノン』
大久保典夫「三島由紀夫と日本浪曼派—保田・蓮田との関連について」昭和四十七年十二月『国文学解釈と鑑賞』
河崎真「三島由紀夫論「芋菟と瑪耶」覚書」昭和四十八年十一月〜十二月『探求』
小高根二郎「三島由紀夫と文芸文化」昭和四十六年十一月『国文学解釈と鑑賞』
岡保生「『文芸文化』の〝みやび〟の美学」昭和四十六年十一月『国文学解釈と鑑賞』
栗原克丸「『文芸文化』の方法と思想—国文学界に寄せる提言」昭和四十七年七月『文学的立場』
富士正晴「三島由紀夫の追憶」昭和四十八年六月『ポリタイア』
清水文雄「『花ざかりの森』出版のこと」昭和四十八年六月『ポリタイア』
野島秀勝「古今的叙情の凶暴」昭和五十年十月『ユリイカ』
饗庭孝男「三島由紀夫と日本浪曼派」昭和五十一年二月『国文学解釈と鑑賞』
平岡倭文重「暴流のごとく」昭和五十一年十二月『新潮』
長谷川泉「〈王朝心理文学小史〉について」昭和五十五年一月『学習院輔仁会雑誌』
小沢保博「『文芸文化』と三島」昭和五十四年十二月『琉球大学教育学部紀要第一部』
先田進「三島由紀夫と日本浪曼派」昭和五十九年六月『イミタチオ』
小林和子「三島由紀夫『花ざかりの森』」昭和五十九年七月『稿本近代文学』

杉本和弘「三島由紀夫初期作品の一問題」昭和六十年十一月　名古屋近代文学研究

若森栄樹「三島由紀夫論」昭和六十一年五月『ユリイカ』

白石喜彦「花ざかりの森」昭和六十一年七月『日本の近代小説II』東大出版会

岡田隆彦「『花ざかりの森』について」昭和六十一年七月『国文学』

岩崎克朗「作家以前の三島由紀夫」昭和六十二年三月『兵庫県立加古川北高校紀要』

小原優「三島の古今集と文化概念」昭和六十二年八月『明治大学日本文学』

佐々木寛「「ながい混迷の時期」と「小さなオポチュニスト」—三島由紀夫の少年期　その一」昭和六十三年六月『解釈』

先田進「三島由紀夫と日本浪曼派」昭和六十三年六月『イミタチオ』

宇川宏「〝花ざかりの森〟時代の三島由紀夫—十代書簡集による」昭和六十三年七月『新潮』

小原優「「文芸文化」時代と「花ざかりの森」」平成一年八月『明治大学日本文学』

小埜裕二「「苧菟と瑪耶」論—〈美的迷宮〉〈死の錬金術〉について」平成三年十一月『稿本近代文学』

藤井哲史「三島由紀夫学習院初等科・中等科時代の韻文作品について」平成四年二月『福岡教育大学国語科研究論集』

有元伸子「「花ざかりの森」論—女性の「み祖」の物語」平成四年九月『国文学解釈と鑑賞』

Yuriko Ikeda「BOJO TOSHITAMI: HEIAN NOBLEMAN WHO WAS EXILED TO THE TWENTIETH CENTURY」平成六〜七年 waseda journal of asian studies

小埜裕二「「花ざかりの森」の構造—方法としてのアナロジー」平成七年五月『日本近代文学』

斎藤順二「『三島由紀夫十代書簡集』を読む」平成十一年二月『群馬女子短期大学紀要』

『日本経済新聞』平成十一年六月二十六日夕刊

高寺康人「三島由紀夫「花ざかりの森」論—新出資料に基づく作品構造」平成十二年一月『近代文学注釈と批評』

高寺康人「「花ざかりの森」の〈カメラ・アイ〉」平成十二年三月『湘南文学』

嶋田直哉「三島由紀夫「夜告げ鳥」の成立」平成十四年九月『立教大学大学院日本文学論叢』

佐藤秀明「自己を語る思想—『仮面の告白』」平成十八年十一月『国語と国文学』

梶尾文武「三島由紀夫『花ざかりの森』論—物語の読者」平成十九年七月『国語と国文学』

4　草稿その他

平岡公威「永井玄蕃頭尚志」昭和十一年　個人蔵

『昭和十六年九月　中等科学年時間割表』昭和十六年九月　学

習院院史資料室蔵
『昭和十六年九月　中等科教官時間表』　昭和十六年九月　学習院院史資料室蔵
『昭和十七年一月　中等科学年時間表』　昭和十七年一月　学習院院史資料室蔵
『昭和十八年九月　高等科学年時間割表』　昭和十八年九月　学習院院史資料室蔵
『昭和十九年四月　高等科学年時間割表』　昭和十九年四月　学習院院史資料室蔵
『高等科教官時間表』　昭和十九年九月　学習院院史資料室蔵
三島由紀夫「エスガイの狩」原稿　昭和二十年四月　三島由紀夫文学館蔵
板倉勝宏「学習院の想い出」　執筆年不明　学習院院史資料室蔵
鈴木弘一「学習院百年史原稿」　執筆年不明　学習院院史資料室蔵
「学習院初等科年表　昭和二年四月―三二年一月」　執筆年不明

あとがき

近年、筆者の知己の間で著書の出版が相次いでいる。貴重な一冊を贈ってくださる方もいて、うれしい気持で梱包を解く。著書には挨拶状が挟まっている。シンプルながら思いのこもった文面の中に、所属校や地域の図書館にリクエストしてほしいというお願いが添えられていることが近年になって増えてきた。

雑誌に発表した論文や書き下ろしの論文を一冊の著書にまとめる。それはふたつの意義を有していると筆者は考える。ひとつは、自らの研究成果を体系立てて学界内外に広く提示することであり、もうひとつは、学問の未来へ向けて蓄積に耐えうる形態を備えるということである。著書は書店や図書館の本棚に並び、読者にめぐりあう時を待つ。そしていつか読者を得てその内容が伝達される。雑誌と違って本は耐久消費財だから、それは近未来でなくてもかまわない。序章にも記したが、来たる日のためにいま知りえたこと・考えたことを蓄積しておくことが本書の執筆意図のひとつである。図書館に配架されることは筆者自身の願いでもある。なにより、筆者自身がそのような過去の蓄積物を基に本書を執筆したのである。

しかし、そのような未来のための蓄積は徐々に困難な状況となりつつある。『論座』（二〇〇七・八）の特集「図書館が日本を救う⁉」によれば、一九九七年から二〇〇六年の十年間に全国の公共図書館は二千五百館以下から三千館超へと増加したものの、資料費予算は毎年下がっており、これを一館あたりにならすと一四二六万円から九八九万円へ、つまりは2／3に低下しているのである。これを「仏作って魂入れず」と論評した友人がいたが、まったくそのとおりである。図書館の資料費予算が学問上の蓄積の一端を表象するとすれば、その数値の低下は未来の学問の基礎を脆弱にする。

この十年間において私たちが体験した「改革」とは結局のところ、目先の利益を確保するために未来への投資を削減することであった。ことは学問領域ばかりではない。筆者はつくば市で開催されるクラシックコンサートの運営に携わっているが、芸術もまた各地方自治体や企業メセナの「改革」で恰好の削減対象となっている。筆者の妻は理学療法士だが、患者の病後の人生にとって重要なリハビリに対して治療日数に制限が設けられ、多くの「難民」が生まれる事態となった。人間の「生」に関する領域までが削減対象になっているのだ。人の精神や身体に関わる領域がまっさきに削減対象となるこの状況は、「改革」に携わる人たちの未来に対する想像力がいかに貧困であるかを証明する。

このような状況下、著書を出版することには学問の未来に対する大きな責任が伴う。果たして本書がその責に応えうる内容を備えているか、率直に言って自信はない。その点は時の試練に委ねたい。

ここで、本書が多くの方々のご助力によって成立したことに対する感謝の念を記したい。

まず、調査の便宜を図ってくれた学習院院史資料室、学習院大学図書館、東京都立北園高等学校、山中湖文学の森・三島由紀夫文学館、そしてご所蔵の資料を研究に供してくださった井上隆史氏、上祥一郎氏、小林政就氏、諏訪精一氏、高橋任子氏、幡野武夫氏、矢崎祥子氏に感謝する。また、学習院時代の平岡公威の面影を語ってくださった板倉勝宏氏、入江俊久氏、神崎陽氏、林易氏、坊城俊周氏に感謝する（五十音順）。この方々のご理解とご協力がなければ本書は成立しなかった。坊城氏を紹介してくださった青柳隆志氏にも感謝したい。

本書は二〇〇二年三月に筑波大学で受理された学位請求論文を大幅に改稿して成ったものである。その際に指導してくださった筑波大学の教官陣にも感謝する。文学を作家の固有名に還元するのではなく、メディアの存在に注目し、そこに表象された文化との関係に基づいて考察する本書の基本的姿勢は、主査であった池内輝雄先生の、初期『白樺』『太陽』『キング』を素材とした指導に影響を受けている。そしてどのような手法を用いるにせよ読解を基礎に置くべきことを教えてくれたのは副査を務めてくださった新保邦寛先生である。同じく副査である川那部保明先生・清登典子先生・名波弘彰先生からも貴重なご助言を賜った。竹本忠雄先生・平岡敏夫先生・利沢行夫先生の教えを受けたことも私には幸福であった。机を並べた院生室の方々や修了生の方々にも感謝したい。

筆者は学生時代を金沢大学に過ごした。近代文学担当の上田正行先生、当時は助手として筆者に三島由紀夫研究の手ほどきをしてくださった小埜裕二先生をはじめとする諸先生から学んだことは、遠い過去に蓄積された言葉を、時間をかけてじっくりと考察し、未来に向けて発信する学問の楽しさと奥深さ、そしてなにより時流におもねらないその姿勢であった。

ともに学んでいる研究仲間たち。関塚誠氏・松村良氏は多忙にも関わらず本書の校正を手伝ってくれた。庄司達也氏はその行動力で出不精な私を新しい学識に触れさせてくれる。今回の出版の導きをしてくれたのも氏ならば、本書の装丁をお願いした藤田俊哉氏と知り合うきっかけを作ってくれたのも氏である。そして非常勤先の講師控え室で知り合った非常勤仲間たち。他領域の研究者との対話には自己の学問を検証する契機が含まれている。彼らとの対話は私にとって大切な時間である。

翰林書房の今井肇氏と静江氏。右に述べたような状況下において、いま研究書を出すことは著者よりも発行者にとってさらに困難な事業である。クラシック音楽とリハビリ問題に関する雑談で貴重な時間を浪費させてしまったが、そのような話題を共有できる方々の手によって本書が作られることを筆者はうれしく思う。そして最後に妻と家族に感謝したい。

このようなよき人々との関係の中から生み出された本書が、いつかどこかの本棚でよき読者とめぐりあうことができれば、これにまさる幸いはない。本書が未来に対する責任を果たし得たことが、そのとき証明されるのだから。

（二〇〇七・一〇）

初出一覧

Ⅰ 第二章 三島由紀夫「酸模」の出発――『学習院輔仁会雑誌』との関連から
(平成七年十一月『稿本近代文学』筑波大学日本文学会近代部会)

Ⅰ 第三章 輔仁会文化大会の三島由紀夫――「扮装狂」「玉刻春」にふれつつ
(平成十三年十月『京都語文』佛教大学国語国文学会)

Ⅰ 第四章 三島由紀夫初期未発表小説における〈貴族階級〉――「心のかゞやき」「公園前」「鳥瞰図」の一側面
(平成十八年六月『京都語文』佛教大学国語国文学会)

Ⅱ 第一章 坊城俊民と雑誌『雪線』――三島由紀夫参加以前の学習院文芸部
(平成九年七月『昭和文学研究』昭和文学会)

Ⅱ 第二章『焔の幻影』にみる三島由紀夫――初期三島成立の〈場〉に関する一考察
(平成十五年三月『昭和文学研究』昭和文学会)

Ⅱ 第三章「花ざかりの森」の成立背景――学習院における「貴族的なるもの」の位相
(平成十九年二月『日本語と日本文学』筑波大学国語国文学会)

Ⅲ 第一章「苧菟と瑪耶」論――その達成と『赤絵』第一号
(平成十年十二月『稿本近代文学』筑波大学日本文学会近代部会)

Ⅲ 第三章『輔仁会報』第二号と三島由紀夫
(平成十二年七月『文学』岩波書店)

資料の部 第二章 坊城俊民著作目録稿
(平成十二年十二月『稿本近代文学』筑波大学日本文学会近代部会)

＊本書所収にあたっては改題・加筆を施した。記載のない章は書き下ろし。

索　引

本索引は本書 4 ～333ページの索引である。資料の部「坊城俊民著作目録」の目録部分は省いた。

人名索引

＊姓名が確定できない人名は省いた。
＊作中人物名は省いた。
＊平岡公威（三島由紀夫）は省いた。

【か行】

【さ行】

【た行】

事項索引

＊作品名・記事名を「 」で、書名・誌紙名を『 』で表した。

【あ行】

【か行】

【ま行】

【や行】

【ら行】

【わ行】

【著者略歴】
杉山欣也（すぎやま　きんや）
1968年静岡県生まれ。博士（文学）。
金沢大学文学部文学部卒業。筑波大学大学院博士課程文芸・言語研究科修了。現在、茨城県立中央看護専門学校、大東文化大学、中央学院大学、筑波大学、日本橋学館大学、佛教大学通信教育部非常勤講師。三島由紀夫のほか、近代の雑誌メディアと文学との関係を研究している。

著書（共著）
『明治期雑誌メディアにみる〈文学〉』『明治から大正へメディアと文学』（ともに共編、筑波大学近代文学研究会）、『大衆文学の領域』（共編、大衆文化研究会）ほか。

論文
「三島由紀夫〈伝説〉と芥川賞の行方」（『近代文学合同研究会編集』1号）、「作家を求める読者、読者を求める作家—改造社主催講演旅行実施踏査の印象」（『日本近代文学』77号）ほか。

「三島由紀夫」の誕生

発行日	2008年 2 月 21 日　初版第一刷
著　者	杉山欣也
発行人	今井 肇
発行所	翰林書房
	〒101-0051 東京都千代田区神田神保町 1-14
	電 話 (03) 3294-0588
	FAX (03) 3294-0278
	http://www.kanrin.co.jp
	Eメール● Kanrin@mb.infoweb.ne.jp
印刷・製本	シ ナ ノ

落丁・乱丁本はお取替えいたします

ISBN978-4-87737-260-6